SCHATTEN DES WAHNS

Christian v. Ditfurth

SCHATTEN DES WAHNS

Stachelmanns dritter Fall

Kiepenheuer & Witsch

Informationen über dieses Buch:
www.stachelmann.de

1. Auflage 2006

Umschlaggestaltung: Philipp Starke, Hamburg
Umschlagmotiv: © Marc-Oliver Schulz, Hamburg und
getty images/photonica/CSA
Autorenfoto: © www.zitzlaff.com
Gesetzt aus der Bembo
bei Pinkuin Satz und Datentechnik, Berlin
Druck: Druckerei C. H. Beck, Nördlingen
Bindung: G. Lachenmaier, Reutlingen
ISBN 10: 3-462-03709-9
ISBN 13: 978-3-462-03709-8

Für Gisela

Things they do look awful cold
I hope I die before I get old
Talkin' 'bout my generation
Pete Townshend (The Who), »My Generation«

1

Sie traten aus dem Haus Kettengasse 25. Drei hatten sich eingehakt, einer ging vorneweg zu einem VW-Käfer, der um die Ecke im Unteren Faulen Pelz stand, an der Mauer des Gefängnisses. Über ihnen hing der Vollmond hinter Stacheldraht.

Sie sagten kein Wort. Der Mann, der eng zwischen zwei anderen ging, schien unwillig zu sein. Er drehte zwei- oder dreimal den Kopf zurück, als wollte er bleiben. Dabei fielen ihm lange braune Locken ins Gesicht, sodass er den Kopf schüttelte, um etwas sehen zu können. Es wirkte, als wollte er nein sagen. Doch er wehrte sich nicht.

Sie mussten alle auf der Fahrerseite einsteigen, so dicht stand der Wagen an der Mauer. Der Mann, der vorne gegangen war, klappte den Fahrersitz vor, dann schob sich einer der beiden, die den Langhaarigen eingehakt hatten, auf die Rückbank. Er trug einen roten Vollbart. Die beiden anderen drückten den Langhaarigen hinein, dann quetschte sich der andere Begleiter daneben. Er hatte ein hageres Gesicht mit hervorstehendem Kinn. »Was soll das?«, sagte der Langhaarige in einem Ton, in dem Ungläubigkeit mitschwang.

Sie hatten geklingelt in der Wohnung im Dachgeschoss und ihn gleich herausgezerrt, als er die Tür geöffnet hatte. Woher hatten sie gewusst, dass er allein war? Marianne und Ingo waren noch nicht zurück vom Kino. Was hatten sie vor? Er spürte die Angst, aber dann sagte er sich, sie wollten ihn nur erschrecken. Die tun keinem was, die nicht.

»Wirst schon sehen«, sagte der Mann, der sich hinters Steuer gesetzt hatte.

Da schüttelte sich der Langhaarige, er drängte zur Tür, wollte den Fahrersitz nach vorn drücken, aber die beiden neben ihm hatten keine Mühe, ihn zu halten.

»Lass den Quatsch«, sagte der mit dem Kinn, der links vom Langhaarigen saß.

Der Langhaarige fiel zurück auf die Bank.

Der Motor startete erst nach dem vierten Versuch. Der Fahrer gab zu viel Gas, dann nahm er den Fuß abrupt vom Pedal, stieg auf die Bremse und würgte den Motor ab. Die Insassen wurden durchgeschüttelt. »Reiß dich zusammen!«, brüllte der Vollbart auf der Rückbank. »Kannst du nicht mehr fahren, oder was?«

Der Fahrer antwortete nicht. Er startete den Motor erneut, trat die Kupplung und legte den ersten Gang ein. Der Motor heulte kurz auf, dann beschleunigte der Wagen ruckartig, hätte fast ein parkendes Auto gerammt, und endlich wurde die Fahrt ruhiger.

Sie fuhren langsam die Friedrich-Ebert-Anlage hinunter. An der großen Kreuzung ging es rechts ab in die Sofienstraße, dann über die Brücke nach Neuenheim. In Handschuhsheim bog der Wagen wieder rechts ab, den Hang hinauf; der Weg wurde immer kurviger. Die Scheinwerfer tanzten die Böschung entlang, Büsche und Bäume trugen noch kein Laub. War der Langhaarige erst überrascht, dann erstaunt gewesen, so griff jetzt wieder die Angst nach ihm, langsam und von unten. Der Darm wurde unruhig, dann der Magen, schließlich kam der Schweiß, und er fragte: »Was habt ihr vor?«

»Mach dir nicht ins Hemd«, sagte der Mann mit dem Kinn neben ihm, ohne ihn anzusehen.

Schweigend fuhren sie in den Wald. Der Langhaarige kannte die Gegend, grau ragte die Ruine des St.-Michaels-Klosters im Mondlicht. Hier hatten sie im letzten Sommer unter Bäumen gesessen, Joints geraucht und Bier getrunken. Aber jetzt war hier niemand, die Kneipe noch nicht geöffnet. Der Fahrer steuerte den Käfer auf den großen Parkplatz hinter der Gaststätte. Sie waren die Einzigen. Dann stiegen sie aus, und die beiden von der Rückbank hakten den Langhaarigen wieder unter. Der ließ sich mitziehen, er war allein, die waren zu dritt. Sie führten ihn weg von der Gaststätte weiter in den Wald hinein. Sie näherten sich der rund gemauerten Bühne der Thingstätte von hinten. Die beiden führten den Langhaarigen durch den Eingang zwischen den beiden Flügeln, dann sah er die Treppen und Sitzreihen aus Stein, die sich steil nach oben streckten. Irgendwo schrie ein Kauz. Geraschel im Wald, der Langhaarige spürte, wie der Vollbart rechts neben ihm zuckte. Erst jetzt entdeckte der Langhaarige den langen, dicken Gegenstand in der Hand des Fahrers. Sie näherten sich der Stahlgittertür des linken Bühnenflügels, von den Sitzreihen aus gesehen. Das lange Ding entpuppte sich als Bolzenschneider mit Hebelgriffen. Der Fahrer setzte die Zange an den Bügel des Vorhängeschlosses, drückte die Griffe zusammen und zog sie auseinander. Das wiederholte er an einer zweiten Stelle des Schlossbügels, und mit einem Klacken fiel das Schloss auf den Steinboden. Dann hatte der Fahrer eine Taschenlampe in der Hand. Er öffnete die Gittertür, leuchtete in den Raum hinein und sagte: »Los!«

Die beiden anderen führten den Langhaarigen in den Lichtkreis. Es roch nach Fäulnis. Eine Ratte huschte durch das Licht hinaus aus dem Raum. Einer schloss die Gittertür, dann sagte der Fahrer: »Knie dich hin!« Er leuchtete dem Langhaarigen ins Gesicht, dann fiel der Schein der Taschenlampe auf den Boden vor dem Langhaarigen. »Dahin!«

Der Langhaarige blieb stehen.

Der mit dem Kinn trat dem Langhaarigen in die rechte Kniekehle. Der schrie auf und sackte zu Boden. Dann kniete er. »Ihr seid wahnsinnig«, sagte er. Nun hatte er nur noch Angst.

»Du bist ein Verräter«, sagte der Fahrer.

Der Langhaarige starrte ihn an und schüttelte den Kopf. »Nein, nein!«

Dann hatte der Vollbart eine Pistole in der Hand, der Fahrer sah sie und fragte: »Was machst du?«

Der Langhaarige begann zu zittern.

Der Vollbart stellte sich hinter den Langhaarigen. Der mit dem Kinn schaute auf die Pistole, dann auf den Langhaarigen. Der Fahrer sagte: »Wir wollen alles wissen.« Auch er klang zittrig.

»Ich habe nichts verraten«, sagte der Langhaarige.

»Du kennst doch den Wieland«, sagte der Fahrer.

»Du hast ihn mir mal gezeigt, daher kenn ich ihn.«

»Du bist mit ihm gesehen worden.«

»Nein«, sagte der Langhaarige. »Doch, ich habe ihn mal um Feuer gebeten.« Er erzählte nicht, wie es ihn gereizt hatte, Wieland nahe zu kommen. So einen genau zu sehen.

»Er war bei dir zu Hause.«

»Er ist gekommen und hat mich bedrängt, mit ihm zu reden.« Das war Wochen, nachdem er ihn um Feuer gebeten hatte. Wieland schien ihn nicht wieder zu erkennen.

Der mit dem Kinn trat dem Langhaarigen ins Gesicht. »Sag die Wahrheit, du Schwein!«, brüllte er. Der Langhaarige fiel auf die Seite. »Los, hoch«, sagte der Fahrer. »Stell dich nicht so an.« Der Langhaarige stöhnte und hockte sich wieder auf die Knie. Er betastete die Stelle, wo ihn der Tritt getroffen hatte.

»Wenn uns jemand hört«, zischte der Vollbart.

»Um die Zeit, hier, bestimmt nicht«, sagte der Fahrer.

»Wegen diesem Schwein werden wir lebenslang Scherereien haben«, sagte der Fahrer. Der Vollbart drückte dem Langhaarigen die Pistole ins Genick.

»Wo hast du die her?«, fragte der mit dem Kinn. Er klang unsicher.

»Von meinem Alten, aus dem Krieg, ist eine 08, durchschlägt alles.« Der Vollbart war stolz.

Dann begannen sie wieder, den Langhaarigen zu befragen und zu quälen. Der aber bestritt alles. Die drei anderen erregten sich immer mehr. Sie fragten, schlugen und traten. Der Langhaarige fiel immer wieder um, die anderen zerrten ihn immer wieder auf die Knie. Längst blutete der Langhaarige aus Gesichtswunden. Er kniete im eigenen Urin.

»Die Flasche hat sich in die Hose gemacht, es stinkt!«, rief der Fahrer hysterisch.

»Bringen wir es zu Ende. Gestehst du deinen Verrat, dann geben wir dir eine Chance.« Der Vollbart trat dem Langhaarigen ins Kreuz, nicht fest, eher als Aufmunterung. Sie bauten ihm eine Brücke. Der Langhaarige schüttelte den Kopf, vielleicht weil er nichts mehr verstand, vielleicht weil er nein sagen wollte.

Den Schuss hörte er nicht mehr. Die Neunmillimeterkugel aus dem letzten Krieg drang in seinen Hinterkopf ein und ließ das Gesicht nach vorne platzen. Dann drang der Knall durch die Gittertür aus dem Raum, raste die steinernen Sitzreihen und Treppen hoch und verlor sich im Wald. Mit einem Ächzen sank der Langhaarige zur Seite. Die drei standen erstarrt vor der Leiche. Der mit dem Kinn übergab sich.

2

Es war die Erleuchtung. Sie blendete ihn, doch bescherte sie ihm ein Glücksgefühl, wie er es nie zuvor erlebt hatte. Endlich kam sie. Sie wollte ihm irgendetwas sagen, etwas Wichtiges. Gewiss, dass er bald den Durchbruch erleben würde, dass nur wenige Schritte fehlten dazu. Ein bisschen musste er sich noch anstrengen, aber es war schon fast alles fertig. Die Erleuchtung rückte ihm näher und gleißte immer heller. Dann spürte er sie, sie war warm, schön warm. Dann wurde sie heiß. Sie kam noch dichter heran. Nun schmerzte sie, er kreuzte die Arme vor seinem Gesicht. Brandblasen wuchsen auf seinen Händen und Armen. Gleich würde die Erleuchtung ihm die Hände wegbrennen, dann die Arme, dann den Kopf. Die Schmerzen waren höllisch.

Er schrie vor Angst und Schmerz. Dann schlug er die Augen auf. Vorsichtig starrte er in die Dunkelheit. Bald sah er Umrisse des Schranks, daneben das alte Bücherregal, in dem sie Bücher aufbewahrte, die er längst zum Altpapiercontainer getragen hätte. Sie hustete, ohne aufzuwachen. Er sah nur den Schattenriss ihres Gesichts im Dämmerlicht, das die Straßenlaterne warf. Sie atmete langsam und gleichmäßig. Er mühte sich, den Schmerz im Rücken zu besänftigen, indem er seinen Körper vorsichtig hin- und herschob auf der Matratze. Es half wenig, er stand auf.

Er tastete sich zur Tür, trat auf etwas Hartes, einen Bleistift vielleicht, und stöhnte auf. Als er im Flur stand und die Schlafzimmertür geschlossen hatte, drehte er das Licht an. Er setzte sich aufs Klo, pinkelte, wusch und trocknete sich die Hände. Dann ging er in die Küche. Die Uhr zeigte halb vier. Er goss sich ein Glas mit Wasser ein und trank es aus. Er setzte sich an den Tisch, blätterte im Hamburger Abendblatt, eine Gerichtsreportage, da fiel ihm Ines ein. Der Prozess war vorbei, er würde sie nie wieder sehen. Er dachte an die Nacht, die sie miteinander verbracht hatten, die Erinnerung reizte ihn. Er schloss die Augen und versuchte sich vorzustellen, wie Ines aussah. Aber die Konturen verschwammen. Dann blätterte er weiter, ohne recht zu verstehen, was er überflog.

Die Küchentür öffnete sich. Anne blieb im Türrahmen stehen: »Was ist? Schmerzen?«

»Ja, auch.«

»Auch?«

»Mich hat die Erleuchtung geweckt«, sagte Stachelmann.

Sie starrte ihn ungläubig an. »Aber sonst geht es dir gut?« Sie trat in die Küche und schloss die Tür. »Wir wecken noch Felix.« Sie gähnte. »Und wie sieht die aus, die Erleuchtung?«

»Hell natürlich, sie blendet. Und sie verbrennt einem erst Hände und Arme, dann den Rest.«

Sie ließ ihre Augen über seine Hände und Arme wandern und schüttelte den Kopf. »Und dir geht es wirklich gut, bis auf die Schmerzen?«

Er nickte. »Warum bist du aufgewacht?«

Sie stellte sich hinter einen Küchenstuhl und stützte die Hände auf dessen Lehne. »Ich habe einen Mist geträumt.«

Er schaute ihr fragend in die Augen.

»Na ja, dass du schon wieder den Detektiv spielst, und diesmal geht es schief.« Sie lachte müde.

Er grinste sie an. »Nein, zweimal reicht. Wirklich. Beim ersten Mal war ich zu neugierig, mein Fehler. Beim zweiten Mal hatte ich keine Wahl. Und damit hat es sich.«

Sie setzte sich auf den Stuhl, stützte die Ellbogen auf den Tisch und legte das Kinn in die Hände. »Hast du denn auch über die andere Sache nachgedacht?«

»Die andere Sache? Ach so. Ja, natürlich.«

»Und was ist das Ergebnis?«

»Es gibt keines, noch nicht.«

»Du machst es uns schwer, Josef, immer so schwer. Warum nur?«

»Ich nehme es ernst, das ist was anderes. Komm, geh schlafen, solche Nachtdiskussionen bringen uns nicht weiter.«

»Die am Tag aber auch nicht.« Sie stand auf und schaute ihn zärtlich an. »Versuch doch auch zu schlafen. Sonst bist du morgen, nee, heute wieder so zerschlagen.«

»Mal sehen, nachher.«

Sie verließ die Küche und schloss die Tür. Er starrte auf die Tür, als könnte er hindurchsehen. Ihr Streit, wann hatte er begonnen? Und um was ging es eigentlich? War Streit überhaupt das richtige Wort? Seit Wochen lief es so, und es zerrte an beider Nerven.

Dann fuhr er zusammen, als hätte ein Blitz ihn getroffen. Es war die Klingel. Einmal, zweimal, dreimal schrillte sie durch die Wohnung. Da sprang er auf, der Stuhl fiel nach hinten um und schlug laut auf den Linoleumboden. Als er die Küchentür aufriss, hörte er Felix weinen.

Anne kam aus dem Schlafzimmer. »Das kann nur ein Besoffener sein, verdammt.« Sie verschwand in Felix' Zimmer. Stachelmann fragte zornig in die Gegensprechanlage: »Sind Sie verrückt?«

»Polizei«, sagte eine leise Frauenstimme. »Machen Sie auf, bitte.«

Die Stimme berührte etwas in ihm. Er hatte sie schon einmal gehört, irgendwann. Stachelmann drückte auf den Knopf, der die Haustür öffnete. Dann eilte er ins Badezimmer, zog sich den Bademantel an, trat zurück in den Flur und wartete. Die Schritte auf der Treppe näherten sich rasch. Es waren leise, schnelle Schritte. Dann sah er sie. Natürlich, er kannte sie. Das war doch Ossis Kollegin. Wie hieß sie nochmal? Sie war klein und hatte kurze schwarze Haare. Sie ähnelt Anne, dachte Stachelmann, nicht nur der Haare wegen. Etwas zierlicher. Sie hatte rote Augen, als wäre sie erkältet. Oder als hätte sie geweint.

»Entschuldigung«, sagte sie. »Es ist früh.« Ihre Augen sagten: Ich kann nicht anders.

Stachelmann führte sie in die Küche, füllte Kaffeepulver in einen Filter und Wasser in die Maschine, dann schaltete er die Kaffeemaschine ein. Die Polizistin setzte sich auf einen Stuhl und nestelte an ihrem Pullover, den sie unter dem Anorak trug. Warum ist sie gekommen? Bestimmt nicht wegen mir oder Anne. Sie war fertig mit den Nerven und würde etwas sagen, wenn sie es für richtig hielt. Wenn seiner Mutter etwas passiert war? Ein Verbrechen? Aber sie will doch zu Anne, woher sollte sie wissen, dass du hier bist? Es beruhigte ihn ein wenig. Aber wenn Annes Mutter etwas geschehen war? Furchtbar, wo sich doch der Vater schon erschossen hatte, ohne einen Abschiedsbrief zu hinterlassen. Er spürte, wie die Ungewissheit ihn zu quälen begann. Er stellte drei Kaffeebecher sowie Zucker und Milch auf den Tisch. Die Polizistin schien es nicht zu bemerken. Sie nestelte am Ausschnitt des Pullovers und starrte auf die Tischplatte. Dann schluckte sie zweimal und sagte: »Wir kennen uns.«

Stachelmann nickte. Er setzte sich ihr gegenüber.

Dann sagte sie: »Ossi ist tot. Heute Nacht.«

Er schaute sie streng an, als vermutete er einen geschmacklosen Scherz. Dann fiel ihm ein: »Sie sind Frau Nebel.«

»Hebel«, sagte sie. »Carmen Hebel. Nennen Sie mich Carmen, das hat Ossi auch getan.«

Ossi war tot. »Tot?«

Sie nickte. Eine Träne lief vom Auge über den Wangenknochen und den Mundwinkel bis zum Kinn, dort blieb sie hängen.

Stachelmann starrte die Träne an. Er hörte Felix schreien.

»Als wir einmal hier vorbeigefahren sind, hat Ossi mir erzählt, dass Sie manchmal bei Ihrer Freundin wohnen. Er hat ein bisschen geschwärmt von Ihrer Freundin, hatte sogar ihren Namen in sein Adressbuch geschrieben. Und einmal haben wir Sie hier vorbeigebracht, Sie haben es gewiss vergessen.« Er hatte es nicht vergessen.

Die Kaffeemaschine spotzte leise, dann zischte und fauchte sie.

Er wollte fragen, wie es geschehen war, spürte aber, es war besser, sie erzählen zu lassen, auch wenn seine Ungeduld ihn plagte.

Anne trat ein, Felix schrie nicht mehr. Sie stellte sich hinter Stachelmann und legte ihre Hände auf seine Schultern. Sie fragte nicht, sondern schaute Carmen an.

Aber die sah es nicht, hatte offenbar nicht einmal bemerkt, dass Anne in die Küche gekommen war. Carmen starrte aus feuchten Augen immer nur auf die Tischplatte. »Er sitzt da an seinem Schreibtisch ... sein Kopf auf der Schreibtischplatte ... auf einem Stapel Papier, einer Art Akte, in der er vor seinem Tod vielleicht gelesen hat.« Sie schüttelte den Kopf. »Nein, er ist jetzt in der Rechtsmedizin, und sie haben ihn vielleicht schon aufgeschnitten.« Sie schüttelte wieder den Kopf. Dann sagte sie noch leiser: »Und wenn er sich umgebracht hat? Warum? Und wenn ihn jemand ermordet hat? Warum? Ich verstehe es nicht.«

Stachelmann spürte, wie Annes Hände seine Schultern fester drückten. Carmens Gesicht hob sich, sie schaute Anne an aus nassen Augen. Die drehte sich weg zur Kaffeemaschine, zog die Kanne heraus und goss ein in die drei Becher auf dem Tisch. Dann setzte sie sich an den Tisch, rührte in ihrem Becher, obwohl sie weder Zucker noch Sahne hineingegeben hatte. Der Löffel kratzte am

Becherrand, Stachelmann schaute kurz hin, ärgerte sich einen Augenblick, aber dann war es ihm egal.

»Ich habe ihn gefunden«, sagte Carmen. »So gegen Mitternacht oder kurz danach. Ich kam aus dem Präsidium ...« Sie trank einen Schluck Kaffee. »Wir waren befreundet.« Sie trank hastig mehrere Schlucke. »Es war eigentlich schön, aber auch nicht leicht. Und da gab es dieses Problem, das er vor aller Welt versteckt hat.«

»Welches Problem?«, fragte Anne sanft.

»Alkohol«, erwiderte Carmen. »Ich hab versucht, ihn davon abzubringen. Manchmal hab ich geglaubt, es sei geglückt. Aber dann habe ich wieder eine Flasche gefunden. Wissen Sie, er hat sie versteckt, wenn er wusste, dass ich kam. Zwei- oder dreimal in der Woche. Zusammenziehen wollte ich nicht mit ihm.« Es klang, als machte sie sich einen Vorwurf. Als hätte sie seinen Tod verhindern können, wenn sie mit ihm zusammengezogen wäre.

Stachelmann versank noch tiefer in sich. Er musste nichts sagen oder fragen. Anne würde es tun, und er würde zuhören und nachdenken. Er dachte an die Szene am Flughafen, als er fast erschossen worden wäre und Ossi ihn gerettet hatte. Ossi, der mal die Revolution herbeigesehnt hatte und dann doch Polizist geworden war. Wie er Stachelmann anrief, nachdem er in der Zeitung gelesen hatte von einem Vortrag, den Stachelmann gehalten hatte. Wie er Stachelmann half, sich vom Mordverdacht zu befreien. Ines tauchte wieder auf in seinen Gedanken. Sie hatte Ossi auch gekannt. Natürlich hatte der so getan, als wollte er mit ihr anbändeln. Ossi konnte nicht anders. Er war ein Angeber gewesen, doch dahinter steckte einer, der nicht nur geprotzt hatte. Der seine Unsicherheit versteckte. Aber der war nun tot, vielleicht hatte er sich umgebracht.

»Woran ist er gestorben?«, fragte Anne. Stachelmann hörte es wie hinter einer Wand.

»Er hat wohl Gift geschluckt«, sagte Carmen mit monotoner Stimme. »Der Arzt schließt aus, dass er einen Herzinfarkt oder so was bekommen hat. Er saß auf einem Stuhl, der Oberkörper lag auf der Schreibtischplatte. Er ist nicht auf die Platte gefallen, dann hätte man eine Verletzung gefunden. Ich stelle mir vor, er ist vornübergesunken. Und die Akten haben den Kopf geschützt, wie ein Polster. Komische Akten, Flugblätter, irgendwas aus Heidelberg, altes Zeug. Ihr Name taucht darin auch auf, gleich auf dem ersten Blatt.« Sie hob kurz ihren Kopf, um Stachelmann anzusehen. Der las in ihren Augen Trauer, aber auch Angst. Vor was hatte sie Angst?

Stachelmann versuchte sich vorzustellen, wie Ossi tot am Schreibtisch gesessen hatte. Aber er bekam das Bild nicht in den Kopf. Was er da hörte und sah, schien ihm weit weg zu sein, wie verschleiert durch eine Nebelwolke.

»Ich habe zuerst die Kollegen gerufen, den Rechtsmediziner. Ich habe der Spurensicherung geholfen, Taut kam sogar, der Hauptkommissar verlässt ungern sein Büro. Schon gar nicht sein Bett.« Ein Lächeln lief über ihr Gesicht und verschwand. »Dann wollte ich mit Ihnen sprechen.« Sie hob wieder den Kopf und schaute Stachelmann kurz ins Gesicht. Dann starrte sie erneut auf die Platte. »Aber Sie sind nicht ans Telefon gegangen. Dann fiel mir ein …« Sie warf einen Blick auf Anne, um gleich wieder ihre vorherige Haltung einzunehmen. »Ich hab's nicht ausgehalten. Wo sollte ich hin?«

Stachelmann griff über den Tisch und nahm ihre Hand. Sie hatte feingliedrige Finger. Stachelmann drückte die Hand, dann ließ er sie los. »Das war ganz richtig«, sagte er. »Ich war sowieso wach … wir waren sowieso wach.«

»Er hat viel von Ihnen erzählt. Über die Zeit in Heidelberg.«

Von einer anderen Zeit hätte er auch nichts erzählen können, da er Stachelmann davor nicht gekannt und danach lange Zeit nicht mehr gesehen hatte. Stachelmann ahnte, dass Ossi sich selbst nicht zu kurz hatte kommen lassen in seinen Berichten aus bewegter Zeit. Demonstrationen, Flugblätter verteilen, Seminare umfunktionieren oder sprengen, Prügeleien mit der Polizei. Manchmal war Stachelmann die Protzerei peinlich gewesen. Es fiel ihm ein, wie Ossi Anne und später Ines beeindrucken wollte, so aufdringlich, dass es niemanden beeindrucken könnte. Stachelmann nickte. »Ja, da haben wir manches miteinander erlebt.« Und damals war Ossi auch noch nicht so ein Angeber gewesen, vollendete er den Satz im Kopf. Er muss sich verändert haben, als es abwärts ging mit ihm. Als er nicht Anwalt wurde, als er seine Ideale verlor, als er Polizist wurde, was so ziemlich das Gegenteil war von dem Anwalt der Bewegung, der Revolutionäre vor dem Gericht des Klassenfeinds heraushaute oder wenigstens ihre Verurteilung in ein Fanal ummünzte. Und nun war er tot, vielleicht hatte er sich selbst getötet. Irgendwie wäre das konsequent. Stachelmann überlegte, wie Ossi sich gefühlt haben mochte in seinen letzten Stunden. An was hat er gedacht? Bestimmt an seine große Zeit, in Heidelberg, als Hinz und Kunz ihn kannten als den *roten Ossi*, und diesen Ehrennamen trug er nicht seiner Haarfarbe wegen.

»Er hat Sie beneidet«, sagte Carmen. »Sie haben es geschafft, er wurde Polizist. Verstehen Sie mich nicht falsch, er war ein guter Polizist. Und auch nicht der Einzige, der zu viel trank. Aber manchmal« – sie suchte nach einem Wort –, »manchmal war er so traurig. Und mir fiel auf, dann sprach er kaum. Wenn doch, machte er Andeutungen über die Zeit des Studiums, Satzfetzen, und Ihr Name fiel dann häufig.« Sie schüttelte den Kopf. »Und dann hat er den Kopf geschüttelt.« Sie schüttelte wieder ihren Kopf. »Und dann hat er gelacht, ein bisschen gequält, und so mit der Hand gewischt.« Sie wischte über den Tisch, als wollte sie Schmutz beseitigen. »Als würde er die Erinnerung wegwischen.« Ihre Hand bewegte sich noch einmal über den Tisch, langsam, vorsichtig, und sie schien einem Gedanken zu folgen.

Stachelmann drängte es, wieder ihre Hand zu nehmen. Doch er unterließ es.

»Er lebte in seiner Erinnerung. Sie quälte ihn und sie half ihm, auch wenn das jetzt komisch klingt.«

»Nein«, sagte Anne. »Das kann ich verstehen. Vielleicht weil Ossi früher mal was war und ihm das Selbstbewusstsein gab, aber wenn er schlecht drauf war, dann zeigte ihm die Erinnerung seinen Abstieg.« Sie setzte an, ihre Hand auf den Mund zu legen. »Er empfand es dann so, glaube ich. Dabei ist es doch kein Abstieg, wenn man Kriminalkommissar wird.«

»Wenn er daran gearbeitet hätte, wäre er längst Hauptkommissar geworden.« Carmen zog ein Taschentuch aus der Jeans und trocknete sich die Augen.

Stachelmann dachte an die Akten, auf denen Ossis Kopf gelegen hatte.

»Wollen Sie ihn noch einmal sehen?«, fragte Carmen.

Stachelmann überlegte, er stellte sich den Leichnam vor in der Rechtsmedizin, weiß, schlaff. »Nein, aber ich möchte gern in die Wohnung.«

Carmen überlegte. »Die ist versiegelt. Aber ich werde Taut fragen, der kennt Sie und macht vielleicht eine Ausnahme. Womöglich finden Sie etwas oder können was erklären. Ich fahre jetzt ins Präsidium und ruf Sie dann an.«

Stachelmann nannte ihr seine Nummer am Historischen Seminar. Carmen schrieb sich die Nummer auf, steckte ihren Notizblock in die Anoraktasche, dann verharrte sie einige Augenblicke. Sie stand auf, fasste an die Tischkante, als wollte sie sich festhalten, dann drehte sie sich weg. Sie murmelte etwas und verließ die Küche, Stachelmann hörte die Wohnungstür klacken.

Sie saßen schweigend zusammen. Stachelmann schaute sich um, als säße er zum ersten Mal in Annes Küche. Anne trommelte lautlos mit den Fingern auf die Tischplatte. Stachelmann blickte zur Uhr an der Wand. Es war kurz nach sechs, draußen dämmerte der Morgen mit Streulicht.

»Hast du ihn gemocht?«

»Weiß nicht«, sagte Stachelmann.

»Das musst du doch wissen.«

»Na, ich habe ihn monatelang nicht treffen wollen.« Womöglich hätte ich es verhindern können, dachte er. Wenn er sich umgebracht hat, dann vielleicht weil er einsam war. Nein, das war er doch nicht. Er hatte was mit Carmen. Aber man kann etwas mit jemandem haben und trotzdem einsam sein. Er hat dich beneidet, obwohl es da nichts zu beneiden gab. Du hättest es ihm ausreden können. Manchmal reicht eine Kleinigkeit, um einem den Rest zu geben. Vielleicht war der Neid so eine Kleinigkeit. Er erinnerte sich, wie sie damals in dieser Kneipe, dem Tokaja, gesessen und über den Holler-Fall gesprochen hatten, über einen Serienmörder, der eine ganze Familie töten wollte, einen nach dem anderen, quasi im Jahrestakt. Im Tokaja hatte er dann auch mit Ines etwas angefangen, was er besser nie angefangen hätte. Er würde nie wieder in diese Gaststätte gehen. Immer wenn er dort war, wurde er in ein Verbrechen verwickelt. Damals, als er mit Ossi im Tokaja gewesen war, da hätte er merken können, wie neidisch Ossi war auf ihn. Er hätte energischer widersprechen müssen. »Er hat sich nicht zum Besseren entwickelt. Man soll ja nichts Schlechtes sagen über Tote, aber früher war er ein Kerl, hier in Hamburg, fast dreißig Jahre später, kam er mir manchmal vor wie ein Aufschneider, wie einer, der sich selbst belügt.«

»Er verbarg etwas Dunkles in sich. Ossi war nett, aber ein bisschen aufdringlich, gerade gegenüber Frauen. Er hat getrunken, na gut, da kenn ich noch ein paar andere, die deshalb nicht zu Bösewichten werden. Doch war da etwas, das mich abgestoßen hat. Etwas Klebriges. Vielleicht spinne ich ja.« Anne schaute Stachelmann in die Augen.

Der wich dem Blick aus. »Ossi war wichtig für mich, damals, als wir gemeinsam studiert haben. Mir kam das immer vor, als wären es viele Semester gewesen. Ich hab vorhin nachgezählt, es waren nur drei. Er war älter als ich, hat mich hin und wieder beschützt. Das rechne ich ihm hoch an, auch wenn er es weniger für mich getan hat als für sein Ego. Aber wenn man ein Vierteljahrhundert später immer noch an alten Geschichten hängt …«

»Du bist ungerecht, das hat euch verbunden, und deswegen hat er mit den alten Geschichten angefangen. Alles andere wäre doch abwegig gewesen. Rate mal, worüber wir beim letzten Klassentreffen gesprochen haben.«

»Er hat in den alten Geschichten gelebt. Was für ein kleines Leben, ein paar Jahre, und seitdem ist alles Abstieg.«

Sie schwiegen. Stachelmann schenkte Anne und sich Kaffee nach. Ihr Löffel klang im Becher wie eine kleine Glocke fernab.

»Das bist du ihm schuldig.«

»Was?«

»Dass du in seine Wohnung gehst. Dir diese komischen Akten anschaust. Die sollen ja aus Heidelberg stammen.«

»Hm.«

»Das ist doch keine Sache. Schau sie dir an, dann erzähl der Polizei, was drinsteht und was sie bedeuten. Ich stell mir das so vor: Ossi hat in alten Akten, gewissermaßen in alten Zeiten geblättert, in großartigen Zeiten, wie er fand, dann hat ihn der Jammer gepackt, und er hat sich umgebracht, weil er nicht sehen konnte, wie es jemals wieder gut werden könnte.«

»Wenn es so wäre, wie du sagst, dann hätte er sich erschossen und nicht vergiftet. War es Freitod, dann offenbar mit Vorbereitung. Man hat normalerweise nicht genug Tabletten oder gar Gift im Haus, das muss man erst besorgen. Also war es eher so: Er will sich umbringen, aus welchem Grund auch immer, er bereitet alles vor, und bevor er die Tabletten schluckt, erinnert er sich noch einmal an die gute alte Zeit. Er will mit einer schönen Erinnerung abtreten. Vielleicht hat er Mist gebaut im Dienst und hat Angst, dass es rauskommt, vielleicht leidet er unter Depressionen, wundern würde es mich nicht, vielleicht hatte er einfach die Nase voll von einem beschissenen Leben.«

Sie schaute ihn fragend an. »Selbstmord ist schrecklich.«

»Keineswegs«, sagte er. »Freitod ist kein Mord, sondern jedermanns gutes Recht.«

Wieder ein langer Blick, traurig. Er sah, wie sie eine Frage stellen wollte, sie dann aber nicht aussprach. Sie sagte etwas anderes: »Du hast keine Depressionen?«

Die Frage erstaunte ihn. Was hatte er damit zu tun? Er war ja sonst bereit, alles auf sich zu beziehen, Schuld zu suchen, wo andere keine fanden. Sie kannte ihn doch, nein, er war manchmal niedergeschlagen, aber Depressionen sind was anders. Sie sind eine Krankheit.

Mit Ossis Abgang hatte er nichts zu schaffen. Obwohl, wenn er öfter mit ihm gesprochen hätte? Er wehrte den Gedanken ab. Aber der kam wieder. »Ich hätte mich öfter mit ihm treffen sollen. Seit dieser Geschichte mit Griesbach hab ich ihn nicht mehr gesehen. Obwohl er mir geholfen hat. Wir haben ein-, nein zweimal miteinander telefoniert, er hat angerufen, um zu quatschen.«

»Übertreib nicht«, sagte sie. »Als brächte sich jeder um, den du nicht mit deinem Besuch beglückst. Red dir das nicht ein.«

»Wenn ich doch nur eine Ahnung gehabt hätte. Eine Andeutung Ossis, das hätte genügt.« Er schlug mit der Faust auf den Tisch, die Kaffeebecher klapperten. Anne erschrak. Mit Ärger im Blick stand sie auf und verließ wortlos die Küche.

Stachelmann saß noch lange, trank einen weiteren Becher Kaffee, erinnerte sich. Und fragte sich, ob Ossi nicht Recht gehabt hatte, wenn er sich getötet hatte. Er überlegte, wie oft er mit dem Gedanken gespielt hatte abzutreten. Einfach so, ihr könnt mich alle mal. Der Gedanke reizte ihn. Wenn einem das Leben zur Qual wird, warum soll man es nicht beenden?

***

17. April 1978
Dieses Schwein. Verräter sind wie Wanzen. Die zerquetscht man auch. Obwohl, Wanzen können nicht wählen, ob sie Wanzen sein wollen. Also sind Verräter schlimmer. Den Feind sieht man klar vor Augen, und er sieht dich. Die Faschisten und ihre – naiven??? Sie müssten es doch wissen!!! Also wollen sie es!!! – Helfer bekämpfen uns mit allen Mitteln. Demokratie, dass ich nicht lache. Wenn die »Demokratie« die falschen Ergebnisse produziert, wird sie abgeschafft. Beispiel Pinochet. Aber ein Verräter ist doppelt gefährlich. Er zersetzt die eigenen Reihen, er verrät deine Taktik an den Feind. Wie viele Kriege wurden durch Verrat entschieden? Wir sind auch im Krieg. Sie töten uns. Und wir töten sie, wenn es notwendig ist. Ich will nicht töten, es ist eklig. Und hoffentlich muss ich es nicht. Wenn ich mir vorstelle, ich wäre es gewesen, der das Schwein abgeknallt hat, ich müsste dauernd dran denken. Ich war sauer, als es passiert war, stinksauer. Mir hatte niemand was gesagt. Man will es doch vorher wissen, wenn man bei einer Hinrichtung mitmacht. Auch ein Revolutionär muss sich auf so was vorbereiten. Es hätte doch nichts gekostet, mir wenigstens was anzudeuten. Ich hätte trotzdem mitgemacht, oder? Doch, Verräter sind schlimmer als Wanzen.

Habe Angelika gesehen, zufällig, beim neuen Italiener in der Hauptstraße. Irgendwer hat gesagt, sie habe einen scharfen Hintern. Das stimmt. Ich glaube, sie hat mir zugelächelt. Zuletzt bei der Demo gegen die Fahrpreiserhöhungen sind wir eine Weile nebeneinander gelaufen. Sie hat mir erzählt vom Stress vor der

Germanistikklausur. Und ich habe erzählt, ich hätte beim Studium ausgesetzt, eine revolutionäre Pause. Da hat sie gelacht, aber ich bilde mir ein, sie hat mich ein bisschen bewundert. Weil ich konsequent bin. Wenn wir nicht aufpassen, hat sie gesagt, dann sind bald die Faschisten am Drücker. Und dann schicken sie uns wieder nach Auschwitz. Das hat sie also verstanden.

Ich muss noch an mir arbeiten. Das mit dem Hintern ist sexistisch, würden die Genossinnen der Frauengruppe sagen. Die Frau reduziert auf ihre Geschlechtsmerkmale. Sie haben ja Recht. Und ich werde nichts sagen darüber. Meine Gedanken hinken den heutigen Anforderungen der Revolution hinterher. Im Kopf bin ich manchmal noch richtig reaktionär. Ich muss an mir arbeiten.

Wenn ich Angelika erzählen würde von der Hinrichtung, was würde sie sagen? Auch, dass es konsequent gewesen sei? Das war es doch.

3

Sie lief vor ihm die Treppe hinauf in den dritten Stock. An der Wohnungstür klebte ein Zettel mit der gedruckten Aufschrift *O. Winter.* Carmen entfernte das Polizeisiegel und schloss auf.

Sie hatte ihn am frühen Nachmittag angerufen und am Philosophenturm abgeholt, um mit ihm zu Ossis Wohnung im Lohkoppelweg 7 in Lokstedt zu fahren. Auf der Fahrt hatten sie kaum miteinander gesprochen. Im Tageslicht sah Carmen noch erschöpfter und niedergeschlagener aus. Ihre Stimme war brüchig, als hätte sie Husten. Auch Stachelmann war müde, aber er kannte diesen Zustand, halb wach zu sein. Oft rissen ihn die Schmerzen aus dem Schlaf.

Carmen drückte die Wohnungstür auf, die klemmte etwas. Stachelmann hatte Ossi nie zu Hause besucht, Ossi hatte ihn nie hierher eingeladen. Es roch muffig und nach Zigarettenrauch. Der Läufer in der Diele war verschlissen, die Wände grau. Die Türen standen offen, links war die Küche, schmutziges Geschirr stand neben der Spüle, Schimmelgeruch drängte sich auf. Gegenüber lag das Wohnzimmer. CDs, Zeitschriften und Bücher lagen herum, ein Zweiersofa an der Wand, ein Sessel an der Schmalseite eines Glastischs. Schlieren zeigten, er war lange nicht gereinigt worden. Von draußen dröhnte der Verkehrslärm durch die geschlossenen Fenster. Der Schreibtisch stand neben einer Tür, die ins Schlafzimmer führte. Stachelmann warf einen Blick hinein, schmuddeliges Bettzeug lag herum, die Hose des Schlafanzugs auf dem Boden. An der Wand ein aufdringlicher Frauenakt, wohl aus einem Kaufhaus. Er setzte sich auf den Schreibtischstuhl und überlegte, was Ossi gedacht hatte in seinen letzten Minuten.

»Wirklich Selbstmord?«, fragte er, auch wenn er fand, es war das falsche Wort. Freitod klang irgendwie komisch. Wer sagte das schon?

»Wahrscheinlich«, sagte Carmen. »Keine Einbruchspuren, sonst auch keine. Es war wohl niemand hier außer Ossi.«

»Und wenn er einen Mörder hineingelassen hat, weil er ihn kannte?«

Carmen stand dicht neben ihm, sie roch gut. Sie hob die Hände, ließ sie wieder sinken. »Möglich ist alles. Aber Mord ist unwahrscheinlich. Äußerst unwahrscheinlich. Wenn den Rechtsmedizinern nicht noch etwas auffällt, werden die Ermittlungen eingestellt.«

Stachelmann verstand es gut. Alles spricht für einen Freitod, kein Indiz dagegen. Es sei denn, die Polizei findet noch eines. Ossi war ausgestiegen aus seinem Leben. Stachelmann begann sich an diese Vorstellung zu gewöhnen. Man muss den Tatsachen ins Auge sehen. Anne hatte Recht, er hätte es nicht verhindern können. Ossi hatte sich nach der Sache mit Ines kaum mehr gemeldet bei ihm. Wäre es seine Pflicht gewesen, Ossi nachzulaufen? Gewiss nicht.

»War der Aktendeckel geschlossen, als Sie ihn fanden?«

Sie nickte.

Er stellte sich vor, Ossi hatte in den Papieren gelesen, dann den Deckel zugeschlagen, um die Tabletten oder das Gift zu schlucken. »Aber legt man sich nicht aufs Bett oder in die Badewanne, wenn man so was vorhat?«

»Eigentlich schon. Aber wer weiß schon, was in seinem Kopf vorging? Er wird seinen Grund gehabt haben. Vielleicht wollte er es anders machen als andere.«

»Wissen Sie schon, was er genommen hat?«

Sie schüttelte den Kopf. »Nein.«

Er schlug den Aktendeckel auf, der Ordner stammte aus Polizeibeständen. Obenauf lag ein Flugblatt. Es ging um Fahrpreiserhöhungen bei der Heidelberger Straßenbahn. Rote-Punkt-Aktion. Stachelmann erinnerte sich, wie die Demonstrationen und Blockaden der Gleise im Chaos geendet hatten. Die linken Gruppen fielen übereinander her, die Studenten widerte es an. Auf dem Flugblatt stand unten handschriftlich *Jossi.*

»Warum hat er das hingeschrieben? Das ist doch Ihr Spitzname?«

Stachelmann nickte bedächtig. Er überlegte. »Ich hab das wohl geschrieben«, sagte er. Er nahm das Blatt vom Stapel und legte es mit der Vorderseite zuunterst neben den Ordner. Die Rückseite war nicht bedruckt. Er erinnerte sich, es war dieses labbrige Papier, die billigste Sorte, die sie durch die Wachsmatrizendruckmaschine gezogen hatten. Das Papier saugte die Farbe gut auf, bei glattem schmierte sie. Auch das nächste Flugblatt handelte von der Fahrpreiserhöhung, aber Ossi hatte nichts draufgeschrieben. Dann ein handschriftliches Protokoll mit dem Datum vom 3. Mai 1977, *Auswertung der revolutionären Maidemo*, entzifferte er. Ossi hatte eine grauenhafte Schrift, nach links geneigt, die Buchstaben eng aneinander, manche teilweise übereinander. Es folgten einige Punkte, unter denen *Erfolge* abgebucht wurden. *Mehr Teilnehmer als 1976*, oder *Eindeutige revolutionäre Parolen.* Negativ wurde erwähnt: *Immer noch Unklarheiten über den Charakter der RAF-~~Genossen~~ Leute in Stammheim. Genossen* war durchgestrichen. Unklarheiten eben. Er musste grinsen.

»Was ist?«, fragte Carmen irritiert.

»Nicht wichtig«, erwiderte er. »Es erinnert mich nur an meine Dummheit. Manchmal könnte ich darüber weinen, manchmal nur lachen. Heute grinse ich.« Er blätterte weiter. An vieles erinnerte er sich. Manche Papiere waren vor seiner Zeit in Heidelberg erschienen. Maoisten prügelten auf Kommunisten ein, Kommunisten auf Maoisten. »Warum hat er dieses Zeug ausgegraben? Das wird ja nicht all die Jahrzehnte auf dem Schreibtisch gelegen haben?«

»Nein, ich kenne es nicht, habe es nie gesehen. Bedeutet es etwas?«

»Es bedeutet nur, dass Ossi sich in seiner letzten Stunde damit beschäftigt hat. Ein Indiz für Freitod.«

»Aber es fehlt ein Abschiedsbrief«, sagte Carmen. »Die meisten Selbstmörder wollen den Hinterbliebenen etwas erklären. Ich hätte gerne eine Erklärung, und ich glaube, er wusste es. Das ist ein Indiz gegen Selbstmord.« Sie klang sachlich, aber Stachelmann hörte, sie war den Tränen nah. Auch weil sie gekränkt war. Weil Ossi nicht an sie gedacht hatte.

»Vielleicht kann man diesen Ordner als eine Art Abschiedsbrief verstehen. Ich habe meine glücklichste Zeit in Heidelberg verlebt, danach kam nichts Gutes mehr. Entschuldigung.«

Aber Carmen wehrte ab. »Wenn es so sein sollte, dann muss ich es aushalten.«

»Sie müssen mir die Frage jetzt nicht beantworten. Sie und Ossi, Sie waren so richtig ein Paar?«

»Ja, irgendwie schon. Wir haben das natürlich für uns behalten. Sie hätten einen von uns sonst versetzt. Und den letzten Schritt habe ich von Ossi nicht erwartet.« Sie schniefte. »Da hat immer etwas gestanden zwischen uns. Er hat mich nicht wirklich nah an sich herangelassen, niemanden.«

»Vielleicht weil er fürchtete, dass Sie sich von ihm trennen, wenn Sie mehr über ihn erfahren. Er war kein Ausbund von Selbstsicherheit, obwohl er so tat.«

Sie dachte nach. »Dann war es gar nicht gegen mich gerichtet. Er hatte Angst vor sich selbst.«

»Ja. Das befürchte ich.«

»Darf ich Sie duzen?«

»Wenn ich es auch darf. Meine Eltern haben mir den schrecklichen Namen Josef gegeben. Den Zweitnamen verschweige ich, der ist geradezu peinlich.«

Sie lächelte. »Maria«, sagte sie.

»Wenn Sie … Entschuldigung, du diesen Namen benutzt oder mich Jossi nennst, dann beantrage ich die Wiedereinführung der Prügelstrafe für diese Form der Beleidigung.«

»Hab's verstanden.« Sie lachte leise und wischte sich eine Träne aus dem Auge. Der Unsinn tat ihr gut. »Danke«, sagte sie und streichelte fast unmerklich den Rücken seiner Hand, die auf dem Papierstapel lag. »Er hat so oft von dir gesprochen. Das zeigte, wie unglücklich er war, weil er nicht erreicht hat, was er erreichen wollte.«

»Noch ein Indiz für Freitod«, sagte Stachelmann.

Sie antwortete nicht.

»Was überlegst du?«

»Ob er in letzter Zeit eine Andeutung gemacht hat, die ich als Signal hätte verstehen müssen. Ob ich etwas überhört oder übersehen habe.«

»Ich glaube, das fragen sich alle Leute in so einer Lage. Mach dir keine Vorwürfe, es ist sinnlos. Im Nachhinein findet man immer etwas, das man hätte besser machen können.« Er fuhr sich mit der Hand durch die Haare. »Mir geht's genauso. Warum habe ich mich nicht öfter getroffen mit ihm? Wäre doch keine große Sache gewesen, ein Bier trinken zu gehen. Oder öfter mal telefonieren. Ich habe geahnt, wie einsam er war. Obwohl er dich hatte.«

»Einsam ist das falsche Wort. Er hatte einen guten Draht zu den meisten Kollegen, er hatte gute Ideen, war erfolgreich. Und er hatte mich. Er war nicht einsam, er war unglücklich, selbst dann, wenn er lachte. Und da hättet ihr noch so viel Bier trinken können, es hätte ihn womöglich noch unglücklicher gemacht. Du warst der Maßstab für ihn. Jünger, aber erfolgreich. Und das geworden, was du immer werden wolltest.«

»Dabei habe ich ihm doch erzählt, dass meine Lage gar nicht gut ist. Die Wahrscheinlichkeit, dass ich rausfliege, ist größer als die Wahrscheinlichkeit, dass jemals was Richtiges aus mir wird. Vielleicht werde ich sogar Professor, aber dann bereichere ich nur die akademische Reservearmee. Es gibt einen Haufen arbeitslose Professoren oder solche, die praktisch arbeitslos sind, weil sie zwar ihre Minimalpflicht in der Lehre erfüllen, aber besser auf den Titel pfeifen würden und zur Arbeitsagentur gingen.«

»Wirklich?«

Er nickte. Dann stand er auf und ging im Zimmer umher. Sie setzte sich an den Schreibtisch. Er kramte in Regalen, öffnete Schubladen und kam sich vor wie ein Eindringling. In der unteren Schublade entdeckte er Pornovideos. Er schloss die Schublade schnell, als wollte er die Videos nicht wahrnehmen. Sie blätterte in dem Ordner.

Stachelmann setzte sich in den Sessel. »Tatsächlich keine Spuren?«, fragte er.

»Nein. Wahrscheinlich nicht. Die Kriminaltechnik wird noch Fasern untersuchen und Fingerabdrücke auswerten, aber sie haben schon gesagt, dass es eher nichts geben wird.«

»Kann man heutzutage eine Wohnung betreten, ohne Spuren zu hinterlassen?«

»Kaum«, sagte sie. Sie drehte den Stuhl, bis sie ihm gegenübersaß. »Wenigstens ein Haar oder eine Textilfaser oder eine Hautschuppe verliert man. Und mit ein wenig Glück finden wir das dann. Ein Haar genügt für eine DNS-Analyse, die brauchen nicht einmal mehr die Wurzel. Wenn wir die Analyse haben, benötigen wir nur noch das Vergleichsmaterial, und meistens war es das dann. Es soll Kollegen geben, die glauben, Kriminalpolizisten würden sich bald nur noch damit beschäftigen, die richtigen Leute zu verhaften, und Gerichtsverfahren könnte man sich auch bald sparen.«

Stachelmann schaute sie erstaunt an.

»Polizei-Science-Fiction«, sagte sie. »Kommst du mit ins Präsidium?«

Er schaute auf die Uhr und stand auf. »Ich habe am Abend noch ein Seminar. Wenn es nicht zu lange dauert.« Er griff nach Ossis Ordner.

Sie fuhr zügig und routiniert zum Bruno-Georges-Platz. Im Präsidium saßen Mitarbeiter der Mordkommission zusammen, Stachelmann erkannte einige Gesichter, darunter das von Taut, dem Leiter der Kommission, der wie Buddha hinter seinem Schreibtisch thronte. Die Stimmung war schlecht, das spürte Stachelmann sofort. Taut erhob sich nur andeutungsweise und reichte ihm die Hand über den Schreibtisch hinweg. Dann deutete er auf einen Stuhl an der Wand. »Nun?«, fragte er.

Carmen setzte sich neben Stachelmann. Sie zuckte die Schultern. »Einen Abschiedsbrief oder etwas, das man so auslegen könnte, haben auch wir nicht gefunden«, sagte sie. »Dr. Stachelmann wird sich den Ordner genauer anschauen, der auf dem Schreibtisch lag. Aber ob das was bringt? Habt ihr schon was aus der Rechtsmedizin gehört?«

»Ich komme gerade von dort. Eigentlich keine Spur von äußerer Gewalteinwirkung«, sagte Taut.

»Eigentlich?«, fragte Carmen. Sie hatte den Hauch des Zweifels in Tauts Worten gehört.

»Es gibt an der rechten Schläfe eine kaum wahrnehmbare Rötung. Könnte vom Druck eines harten Gegenstands stammen. Oder davon, dass Ossi sich den Kopf gestoßen hat, kurz bevor er das Zeug schluckte.«

Ein langer, hagerer Beamter sagte aufgeregt: »Ich habe es doch gleich gesagt. So einer wie Ossi bringt sich nicht um.«

»Langsam, langsam, Kollege Kurz. Wenn die Rechtsmediziner oder die Kriminaltechniker nicht mehr finden als bisher, kann ich dir jetzt schon sagen, was der Staatsanwalt mit diesen Ermittlungen machen wird. Deckel zu, Affe tot.«

»Aber die Druckstelle …«

»Wolfgang, die kann sonst wo herkommen. Entscheidend ist, dass wir keine Spur eines Einbruchs gefunden haben. Und wenn die Kriminaltechnik jetzt nicht noch irgendeine außergewöhnliche Spur findet, dann ist die Ermittlung beendet. Auch wenn es brutal klingt, wir haben genug Arbeit. Und wenn Ossi abtreten wollte, dann bin ich der Erste, der das betrauert, er war ein guter Kollege. Aber für jemanden, der sich umbringt, können wir nichts mehr tun. Wenn du es genau wissen willst, bin ich nicht nur traurig, sondern auch zornig. Man tritt nicht so einfach ab. Das ist nicht fair. Schon weil man den Hinterbliebenen die Frage aufzwingt, ob sie etwas hätten tun können. Er hätte wenigstens einen Abschiedsbrief schreiben können. Verdammt.« Für Tauts Verhältnisse war es eine lange Rede. Sie zeigte, wie sehr ihn Ossis Tod aufwühlte.

Bedächtig äußerte sich jetzt ein anderer Beamter, den Stachelmann ebenfalls kannte: »Da gibt es vielleicht doch eine Spur. Ich habe mir die Konten von Ossi angeschaut. Er hatte auf dem einen ein Guthaben von knapp neunzigtausend Euro, auf dem anderen fünfundzwanzigtausend Euro Miese.«

»Hm«, sagte Taut.

»Roland, woher hat ein Polizist so viel Geld?«, fragte Kurz. »Wenn ich mir mein Konto anschaue …«

Roland Kamm hob die Augenbrauen. »Ich habe noch keine Zeit gehabt, mich damit zu beschäftigen. Ich weiß nur, in den letzten drei Monaten hat Ossi jeweils zehntausend Euro abgehoben, immer am Ende eines Monats. Es gibt weitere, aber eher normale Abhebungen.«

»Warum hat er die Überziehungszinsen bezahlt, statt das Minus auszugleichen?«, fragte Kurz.

»Keine Ahnung«, sagte Kamm. »Weißt du was?« Er warf einen Blick zu Carmen.

Die schüttelte den Kopf.

»Jeden Monat zehntausend Euro in bar, wofür?«, fragte Kurz.

»Vielleicht Zahlungen an seine Ex«, sagte Carmen. »Er hat ja zwei Kinder. Und womöglich hat er bei den Alimenten gezickt, bis ihn die Reue packte.«

»Überprüf das«, sagte Taut.

Carmen wollte etwas erwidern, aber dann schwieg sie doch.

Vielleicht will sie Ossis ehemaliger Frau nicht begegnen, dachte Stachelmann. Er versuchte sich die Szene vorzustellen. Aber dann dachte er an das Geld, das auf Ossis Konto lag, und die mysteriösen Zahlungen. Ob er gespielt hat? Ob er in Bordelle ging? Ob er erpresst wurde? Oder zahlte er tatsächlich an seine ehemalige Familie? Warum dann nicht per Überweisung? Aus Steuergründen oder wegen Hartz IV? Da müsste man sich erkundigen. Vielleicht durfte seine Exfrau nicht so viel Geld auf ihrem Konto haben? Und womöglich würde sie Carmen belügen? Wenn sie Sozialhilfe beziehungsweise dieses Arbeitslosengeld 2 bezog, durfte sie nebenher nicht viel einnehmen. Stachelmann zuckte der Gedanke durch den Kopf, er müsse sich bald auch mit diesen Dingen herumschlagen. Wenn er so weitermachte. Und Ossi hatte in ihm einen gesehen, der es geschafft hatte. Nichts hatte er geschafft, gar nichts.

Ossis Akte lag auf seinem Schoß, ungeduldig folgte er der Diskussion. Dann stand er auf und sagte, zu Carmen gewandt: »Du hältst mich auf dem Laufenden?«

»Ja, tschüs. Ich ruf dich an.«

Stachelmann reichte Taut die Hand, winkte den anderen kurz zu und verließ das Präsidium, Ossis Ordner unter dem Arm. Auf der Straße überraschte ihn ein milder Sommerwind. Der kam von der Nordsee und wehte die Elbe hinunter durch die Stadt, weiter nach Lübeck an die Ostseeküste Schleswig-Holsteins. Stachelmann kam es vor, als hätte er bis dahin das Wetter an diesem Tag nicht gespürt.

In drei Wochen waren Semesterferien, da wollte er mit Anne und Felix in den Urlaub fahren, nach Schweden in ein einsames Haus an einem einsamen See. So hatten sie es vor Monaten schon verabredet. Als er daran dachte, spürte er die Beklemmung, die in ihm wuchs. Da lag etwas zwischen ihnen, und das würde nicht verschwinden in einem Urlaub mit einem Kind, das öfter schrie als andere Kinder, wie Stachelmann glaubte, und das Annes Aufmerksamkeit und Kraft so sehr beanspruchte, dass für ihn nicht viel übrig blieb.

Während er zur U-Bahn-Station Alsterdorf ging, überlegte er, wann ihm die Freude auf den ersten gemeinsamen Urlaub verloren gegangen war. Als Anne andeutete, sie wolle ein Kind von ihm haben? Er hatte es jedenfalls so verstanden und nicht nachgefragt, weil er fürchtete, die Idee könnte sich festsetzen. Was hatte sie gesagt? Ich habe irgendwo gelesen, es sei nicht gut, wenn ein Kind ohne Geschwister aufwächst. Man dürfe natürlich nicht alles ernst nehmen, was geschrieben werde, aber das habe sie sich hin und wieder auch schon überlegt. Und es seien ihr all die Einzelkinder eingefallen, die sie kenne. Die neigten zu Narzissmus, und einige von denen seien verzogen, sie könne es nicht lange aushalten mit ihnen. Irgendwann hatte sie gesagt, sie kenne Leute, deren Ehen bestimmt nie scheitern würden. Jetzt fiel ihm ein, letztes Weihnachten hatte sie angefangen, über Familie und Kinder zu sprechen, so ganz nebenbei, absichtslos vielleicht. Vielleicht aber auch nicht. Als sie den gemeinsam bereiteten Entenbraten aßen, Heiligabend. Stachelmann hatte ihre Gedanken dünnlippig weggeredet, also schnell etwas gefunden, das an Annes Ideen anknüpfte, aber gleich wegführte, zu eigenen Erinnerungen an schreckliche Familien mit schrecklichen

Kindern, wohlgemerkt keinen Einzelkindern, deren Welt trotzdem eingegrenzt war auf einen Radius von drei Metern um die eigenen Bauchnabel. Er erinnerte sich an ihre Blicke, als er das sagte, so eher nebenbei, wo doch mitklang, dass sie sich auch über etwas anderes unterhalten könnten. Dann hatten sie erst einmal eine Zeit gar nichts mehr gesagt. Felix hatte geschrien, sie mühten sich, ihn zu beruhigen. Später hatten Anne und Felix Weihnachtsgeschenke ausgepackt, sie hatte Stachelmann geküsst, um sich zu bedanken, er hatte sie geküsst, um sich zu bedanken. Dann waren sie müde und ein wenig angetrunken ins Bett gegangen, am Morgen sprachen sie über vieles, nur nicht über das, was sie am Abend zuvor auch nicht beredet hatten.

Aber ein paar Wochen später fing sie wieder an, redete von ihrem Lebensentwurf, ohne ihn auszumalen. Doch es war klar, er sah nicht vor, dass es so weitergehen könne wie bisher. Warum nicht, fragte sich Stachelmann. Es war gut, wie es war. So ist es im Leben doch selten, und wenn es gut ist, sollte man nichts ändern. Aber er widersprach nicht, sagte eher nebulös, er müsse über dieses und jenes nachdenken, sie nickte verständnisvoll, aber nicht ohne zu zeigen, sie erwarte etwas von ihm.

In der U-Bahn war es heiß. Er fuhr bis zum Stephansplatz und stieg um in die Metro-Bus-Linie 5, die ihn zum Dammtor brachte. Von dort lief er zum Philosophenturm und fuhr mit dem, je nach Kunstverständnis, bemalten oder beschmierten Aufzug nach oben. In seinem Dienstzimmer staute sich die Hitze, er riss das Fenster auf. Ein warmer Wind ließ Blätter von seinem Schreibtisch fliegen, aber er beachtete es nicht. Er legte Ossis Ordner auf den Beistelltisch, der damals den *Berg der Schande* getragen hatte, all die ungelesenen Akten für seine Habilschrift, und beschwerte den Deckel mit einem Buch. Er schaute auf die Uhr und sah, er hatte noch eine gute halbe Stunde

Zeit. Das reichte nicht, um eine Seminararbeit zu korrigieren, so stellte er den PC an. Nachdem der hochgefahren war, entfernte er Müllmails und mögliche Viren aus dem Eingangspostfach und fand nur eine Nachricht, die ihn interessierte. Sie war von Carmen. Die Rechtsmedizin habe einen vorläufigen Befund, der noch überprüft werden müsse. Erfahrungsgemäß aber träfen vorläufige Befunde meistens zu, deshalb informiere sie ihn kurz. Ossi habe ein starkes Schmerzmittel namens Tramal genommen und sich dann ein neuartiges Insulinpräparat, ein Spray, in die Nase gespritzt. Eine Überdosis, die ihn rasch getötet habe. Die Spurensicherung habe ein Insulinspray gefunden auf dem Schreibtisch. Sie hätten es genau untersucht und entdeckt, dass die Sprayöffnung erweitert worden sei, mit einer Nadel oder Ähnlichem. So sollte sich offenbar die Dosis vergrößern beim Sprühen, aber das könne nicht funktionieren. Aufgefallen sei sonst nichts außer einer schwachen Rötung an der Schläfe. Sie hätten auch keine Spuren gefunden, die nicht von Ossi oder ihr stammten. Offenbar habe niemand Ossi besucht, schon gar nicht sei jemand in die Wohnung eingebrochen. Es sehe alles nach Selbstmord aus. Dagegen spreche nur, dass ein Abschiedsbrief fehle, und vielleicht auch die Rötung an der Schläfe. Diese aber könne man sich leicht holen, wenn man beispielsweise seinen Kopf anstoße. Warum Ossi keinen Abschiedsbrief geschrieben habe, werde sein Geheimnis bleiben. Er sei nicht der erste Selbstmörder, der schweigend abtrete. Sie müsse sich damit abfinden und ihre Schuldgefühle verdrängen. Vielleicht könnten sie sich bald wieder treffen, um zu reden. Ihr würde es helfen. Wenn er Ossis Akten gelesen habe, möge er sie bitte zurückgeben. Taut würde trotz der eindeutigen Lage gerne hören, was Stachelmann von diesen Unterlagen halte.

Der Befund überraschte ihn nicht. Er beantwortete aber die Frage nicht, warum Ossi sterben wollte. Er muss verzweifelt gewesen sein. Ob er doch an Depressionen gelitten hat? Aber das hätte Carmen doch gewusst und Stachelmann gesagt, weil es sie entlastete. Einem Menschen, der unter Depressionen litt, kann man nicht helfen durch gutes Zureden. Der verliert sich in seiner Welt der Finsternis. Auf Stachelmann hatte Ossi nicht gewirkt wie ein Depressiver. Dann griff Stachelmann doch zum Telefon. Carmen hob ab.

»Wie kommt er an dieses Spray, gibt es das in Apotheken?«

»Nein«, sagte Carmen. »Das Zeug ist noch nicht im Handel. Wir wissen nicht, woher er es hat. Und wir wissen auch nicht, warum er sich nicht mit einer Überdosis Tramal begnügt hat, die hätte auch gereicht. Die Pathologen sagen, er habe womöglich auf Nummer sicher gehen wollen. So wie die Leute, die in der Badewanne Schlaftabletten nehmen, damit sie ertrinken, falls die Tabletten nicht reichen.«

»Hatte er Depressionen?«

Sie überlegte kurz. »Nein. Er war manchmal niedergeschlagen. Aber wer ist das nicht? Und wer trauert nicht verpassten Gelegenheiten nach?«

»Das Leben ist gepflastert damit«, sagte Stachelmann. »Aber hätten wir alle verpassten Gelegenheiten wahrgenommen, hätten wir verpasst, was wir erlebt haben.«

Sie lachte, und er freute sich. Einige Augenblicke sagte keiner etwas. Er hörte sie atmen.

Es klopfte an der Tür. Sie öffnete sich, ein Gesicht schaute herein. Darauf zeichnete sich ein Vorwurf ab, als es Stachelmann telefonieren sah. »Das Seminar hat angefangen, Herr Stachelmann«, sagte der Student.

»Gleich«, erwiderte Stachelmann unfreundlich. Verstehe einer diese Studenten, früher hätten sie ihren Spaß gehabt, wenn ein Dozent sich verspätete.

Er beendete das Telefonat, dann hängte er sich seine

Aktentasche am Riemen über die Schulter und ging zum Seminarraum. Nun fiel ihm ein, er hatte die Seminararbeit nicht gelesen, die gleich diskutiert werden sollte. Ihre Autorin war eine kleine Rothaarige mit stets verbissenem Gesichtsausdruck. Als er den Seminarraum betrat, erstarben alle Geräusche. Die vielleicht fünfzehn Studenten schauten ihn erwartungsvoll an. Wieder überraschte ihn das Strebertum. Er hatte andere Zeiten kennen gelernt. Zeiten des Aufruhrs, Zeiten der Langeweile, und nun war die Zeit des Strebertums.

»Ich wurde heute Nacht von der Polizei geweckt.«

Irgendjemand kicherte leise.

Es störte Stachelmann. »Ein Bekannter von mir hat … ist tot. Ich musste mich den ganzen Tag damit beschäftigen. Deshalb konnte ich Ihre Arbeit« – er blickte zur Rothaarigen, die ihn mit den Augen anfeindete – »nicht lesen. Aber halten Sie Ihr Referat, ich werde das Schriftliche bis zum nächsten Mal benoten.«

Sie schien widersprechen zu wollen, aber dann kramte sie in einem Papierstapel vor ihr, zog ein Blatt heraus und begann vorzulesen mit einer fast keifenden Stimme. Sie klang nach Rechthaberei und dem Trotz, in dem sich eine Kränkung spiegelt. Dabei war es nicht schlecht, was sie vortrug über Mittelbau-Dora, das Konzentrationslager, in dem die Nazis bis zuletzt Zwangsarbeiter an Wunderwaffen arbeiten ließen. Zunächst war Dora ein Außenlager von Buchenwald gewesen, dann wurde es ein eigenständiges KZ, in dessen Stollensystemen die Gefangenen unter unglaublichen Bedingungen zu überleben versuchten. Vernichtung durch Arbeit. Der berühmte Raketenpionier Wernher von Braun stolperte fast über die Leichen, die täglich gestapelt wurden, Opfer auch seines diabolischen Paktes mit den braunen Mördern, von denen er selbst einer wurde. Aber kurz bevor die Naziherrlichkeit vorbei war, im April 1945, lief er zu den Amerikanern über und tauschte seine Freiheit ein gegen Informationen über die Vergeltungswaffen. Er hätte in Nürnberg auf der Anklagebank sitzen müssen, noch vor einigen anderen, die dort abgeurteilt wurden.

Die Russen machten es nicht besser. Als die Amerikaner ihnen Thüringen abtraten, da räumten die roten Besatzer die Reste der Raketenrüstung zusammen und verschleppten die Ingenieure, die geblieben waren, nach gemeinsam durchzechter Nacht in die Sowjetunion.

Diese Geschichte ging Stachelmann durch den Kopf, während die Studentin referierte über die Häftlinge, die aus dem kurz darauf befreiten Auschwitz nach Dora verschleppt worden waren, um unterwegs oder am Zielort in Massen zu sterben. Durch Kälte, Hunger, Krankheit, Misshandlung oder Hinrichtung. Warum, verdammt, musste ich mir das Konzentrationslager Buchenwald als Thema aussuchen für meine Habilitation? Das schlägt mir aufs Gemüt, kein Wunder, dass ich nicht zu Potte komme mit meiner Arbeit. Zäh quälte er sich Tag für Tag durch das umfangreiche Rohmanuskript, und wenn er ein Kapitel durchgearbeitet hatte, kehrten über Nacht die Zweifel zurück, ob es Bohmings Ansprüchen und vor allem den eigenen genügen würde. Banal erschien ihm, was er schrieb. Er hörte gar nicht mehr, was die Studentin berichtete, ihre Stimme war nur noch ein Hintergrundgeräusch seiner Gedanken. Zwar deutete der Lehrstuhlinhaber Professor Bohming seit Griesbachs Tod Stachelmann gegenüber immer wieder an, wie gern er ihn als Nachfolger sehen würde. Aber was nutzte es, wenn die Arbeit nicht fertig wurde? Und konnte er Bohming trauen? Vielleicht guckte er sich gerade irgendwo wieder einen neuen Favoriten aus und schmierte dem Honig ums Maul, wie er es bei Stachelmann und Griesbach auch getan hatte. Hausberufung? Kein Problem, du gehst für eine Zeit an eine andere Uni, das deichsle ich. Und dann rufen wir dich zurück. Setzen dich auf Platz eins der Bewerberliste, da wird nichts schief gehen. Wenn ich etwas organisiere, klappt das auch. Wäre doch gelacht.

Da merkte Stachelmann, es war still geworden. Die Augen waren auf ihn gerichtet, das Referat beendet. Er hustete, um die Peinlichkeit zu überspielen. »Ja, vielen Dank. Ein gutes Referat. Gibt es Wortmeldungen?«

Mehr nebenbei erteilte er diesem und jenem das Wort. Er mühte sich zuzuhören, aber die Diskussion rauschte großteils vorbei an ihm. Er war froh, als das Seminar beendet war. Er blieb sitzen, bis der letzte Teilnehmer gegangen war. Der Schmerz kroch vom Gesäß nach oben, zwischen die Schultern. Stachelmann versuchte ihn zu verdrängen. Er dachte an Ossi und daran, dass der vielleicht Recht gehabt hatte. Warum die Qual, die Angst, der Druck? Er fühlte sich alt und müde.

Zurück im Dienstzimmer rief er Anne an. Sie nahm nicht ab, er sprach auf den Anrufbeantworter, dass er für einige Zeit nach Hause fahre. Er müsse Ossis Akte lesen.

Sie wird sich jetzt fragen, warum ich das nicht bei ihr tue. Aber sagen wird sie es mir nicht, ich würde die Frage nur in ihren Augen lesen. Er packte Ossis Akte in seine Tasche, dann ging er zum Dammtorbahnhof. Nieselregen hatte eingesetzt, eine Brise trieb ihm Tropfen ins Gesicht. Er spürte sie kaum.

Im Hauptbahnhof stieg er um in die Regionalbahn nach Lübeck. Die erste Klasse war gut besetzt, sein Lieblingsplatz am Tisch belegt. Er setzte sich in die letzte Reihe ans Fenster. Der Zug fuhr an, der Lärm des Bahnhofs blieb zurück. Dann schloss er die Augen. Der Gleisrhythmus ergriff ihn. Er sah Pete Townshend mit dem Windmühlenarm die Gitarre schlagen, während er sprang und die Beine spreizte. John Entwhistle ließ im Knochenmannanzug den Bass krachen und trank aus dem Becher, der am Mikrophonständer hing und keine Honigmilch enthielt. Keith Moon schlug mit wenigstens drei Händen auf Snaredrum und Tomtoms, die doppelten Bassdrums trieben den Rhythmus voran, während Roger Daltrey ins Mikrophon schreistotterte: Things they do look awful c-c-cold / I hope I die before I get old. / Talkin' 'bout my generation.

***

2. Mai 1978
Wir werden sie noch erleben, die Revolution. Gestern haben mehr an der Demo teilgenommen als letztes Jahr. Unter roten Fahnen, hier und da waren auch schwarze. Die Sozis und die Gewerkschaftsbonzen haben ganz schön blöd geguckt. Die hatten noch den Suff im Kopf vom Tanz in den Mai und schleppten ihre fetten Bäuche.

Heute gibt es in der Rhein-Neckar-Zeitung einen langen Artikel über die Hinrichtung. Sie haben keine Spur, nur Spekulationen. Bandenmord, Nazis, Eifersucht. Vielleicht hätten wir einen Bekennerbrief hinterlassen sollen. Als Warnung für alle Verräter. Ich werde es vorschlagen. Wenn die Hinrichtung des Schweins, der für die Faschisten gespitzelt hat, eine revolutionäre Tat war, dann müssen wir damit offensiv umgehen. Auch wenn das Risiko wächst, dass sie uns kriegen.

Ach ja, auf der Demo habe ich Angelika getroffen. Sie hat sich sogar eine Weile bei mir eingehakt. Aber nicht nur bei mir. Ich hätte mich gern mit ihr verabredet. Aber ich hab mich nicht getraut, sie zu fragen.

4

Der Anrufbeantworter blinkte, sieben Nachrichten warteten darauf, abgehört zu werden. Er drückte auf den Wiedergabeknopf. Zuerst seine Mutter, die mit einem Vorwurf im Unterton erklärte, er habe sie lange nicht mehr besucht. Nun habe sie in Vaters Nachlass Dinge gefunden, die ihn vielleicht interessierten. Gleich meldete sich das schlechte Gewissen. Seit dem Tod des Vaters hatte er seine Mutter noch einmal besucht. Und das war nun fast ein Jahr her. Der zweite Anrufer hatte nur ein Piepen und Rauschen hinterlassen, der dritte auch. Nummer vier war Anne, die nur sagte, sie habe angerufen. Offenbar ärgerte sie sich. Fünf bis sieben hatten nicht aufs Band gesprochen.

Da klingelte es an der Haustür. Nicht aufmachen, du erwartest niemanden. Aber dann siegte die Neugier, und er drückte den Summer. Tapsige Schritte im Treppenhaus, dann schweres Atmen, das Stachelmann durch den offenen Türspalt hörte. Irgendetwas kam ihm bekannt vor an diesen Geräuschen. Dann tauchte der Kopf über dem Treppenabsatz auf und kam immer näher. Stachelmann erschrak, dann fluchte er leise.

»Du kennst mich wohl nicht mehr«, sagte der Mann. Er war klein und fett. »Ich habe dauernd versucht, dich anzurufen, aber du gehst ja nicht ans Telefon, nich?«

Stachelmann war wie erstarrt.

»Freust dich wohl so sehr, dass du keinen Ton rauskriegst, nich?«

Es war Olaf, sein Zellenkumpan aus dem Gefängnis Lauerhof, in dem er in Untersuchungshaft gesessen hatte. Den hatte er verdrängt, aber nun tauchte er auf wie ein böser Traum.

»Aber nicht, dass du nun wieder anfängst zu flennen, weil du dich so freust.« Er schob Stachelmann vorsichtig zur Seite. »Ich muss mal pinkeln, wo ist das Klo?«

Stachelmann deutete mechanisch in die Richtung.

»Bin gleich wieder da!« Es klang wie eine Verheißung.

Stachelmann stand wie erstarrt in der Wohnungstür, im Bad rauschte es. Den Wasserhahn hörte er nicht. Olaf öffnete die Badezimmertür und nestelte am Reißverschluss seiner Hose. Dann stellte er sich vor Stachelmann auf und schlug ihm mit der Hand auf die Schulter. »Hätteste nicht gedacht, nich? Hast du was zu trinken? Keine Milch. Die vertrag ich nicht, nich.«

Stachelmann ging in die Küche, Olaf folgte und setzte sich an den Tisch. Stachelmann kramte in den Küchenschränken, dann ging er ins Wohnzimmer, wo er im Schrank eine Flasche Weinbrand fand, die ihm vor ewiger Zeit jemand geschenkt hatte. Die Flasche war noch nicht geöffnet. Er ging zurück in die Küche, stellte ein Schnapsglas auf den Tisch und goss Olaf ein.

Der nahm die Flasche, betrachtete sie genießerisch und sagte: »Nicht schlecht. Und du trinkst nichts? Nicht mal zur Freude des Tages, nich?«

Stachelmann schüttelte nur den Kopf. Wie kann ich den Kerl loswerden?

»Aber dass du dich freust, sehe ich. Du gehörst zu den Typen, die das nicht so richtig zeigen können, nich? Verklemmt nennt man das, glaub ich, nich?«

Stachelmann saß starr am Tisch, während Olaf redete.

»Also, mich mussten sie rauslassen. Mangel an Beweisen. Zweiter Instant, nich?«

»Instanz«, rutsche es Stachelmann heraus. »Zweite Instanz.«

»Sag ich doch. Zweiter Instant.«

Stachelmann erinnerte sich. Der Staatsanwalt hatte Olaf angeklagt, eine Bank in Norderstedt überfallen zu haben.

Als Beweis dienten Videoaufnahmen. Völlig unscharf seien die, hatte Olaf behauptet. Offenbar hatte er Recht gehabt.

»Und warst du es denn?« Stachelmann fragte es, um etwas zu sagen. Es war ihm gleichgültig, wahrscheinlich war Olaf zu dumm, eine Bank zu überfallen.

»So was kann nur ein Geschichtenerzähler fragen.« Er zwinkerte mit den Augen. »Ich bin ein ehrlicher Bürger.« Er zwinkerte wieder. »Meistens jedenfalls, nich? Wenn ich mir diese Wirtschaftsleute anschaue. Die fahren eine Firma an die Wand und kassieren Millionen als Abfindung. Die sperrt keiner in den Knast, aber unsereinen, nich? Ist das gerecht?«

Er trank in einem Zug das Glas leer und schob es Stachelmann hin. Der schenkte nach. Olaf kippte auch den zweiten Weinbrand hinunter.

»Komm, wir gehen auf Tour«, sagte er. »Und ich hab auch einen Grund, warum ich herkomme, nich. Ich will ja nicht nur über die schöne Zeit im Knast mit dir quatschen. Ich hätte da was, nich. Scheißheiße Sache, fast ohne Risiko.«

Stachelmann packte das Entsetzen. »Nein, nein«, sagte er. Sein Hirn versuchte eine Methode zu finden, wie er den Kerl loswerden könnte. »Ich krieg gleich Besuch«, sagte er.

Olaf grinste. »Ist doch toll. Wen?«

Stachelmann wischte sich Schweiß von der Stirn.

»Ah, jetzt weiß ich's, nich?« Olaf formte Daumen und Zeigefinger zu einem O und steckte seinen anderen Zeigefinger ein paar Mal hinein. Dann schaute er Stachelmann grinsend an.

Der nickte. »Du musst jetzt gehen«, sagte er.

»Dann bequatschen wir die Sache später. Ich melde mich bald, keine Sorge, nich?« Er goss sich noch ein Glas voll, trank es in einem Zug aus, stand auf, schlug

Stachelmann auf die Schulter und ging zur Wohnungstür. Sein Tritt war unsicher geworden. In der Tür drehte er sich um und sagte zu Stachelmann, der ihm gefolgt war: »Du musst nicht denken, dass ich Kumpels vergesse, ich nicht, nich?« Dann stieg er langsam die Treppe hinunter. Ein Stück weiter unten drehte er sich wieder um, formte noch einmal das O und steckte den Zeigefinger hinein. »Gute Idee! Das mach ich jetzt auch, nich? Ich sag nur Clemensstraße. Beim nächsten Mal kommste mit, nich?« Dann verschwand er, Stachelmann hörte, wie die Haustür zuschlug. Einen Augenblick drängte es ihn, sich unten zu vergewissern, ob Olaf wirklich gegangen war. Aber er zog die Wohnungstür zu und schloss sie ab. Jetzt sah er, dass seine Hände zitterten.

Er ging in die Küche, nahm ein Glas und goss sich einen Weinbrand ein. Er nippte, schüttelte sich leicht, dann schüttete er den Schnaps runter. Er brannte in der Kehle, wieder schüttelte er sich, dann setzte er sich mit Ossis Akte im Wohnzimmer an den Schreibtisch und schlug sie auf. Die ersten Seiten kannte er. Es folgten Blätter aus einer Zeit vor seinem Studium in Heidelberg. Einladungen zu Treffen im CA, dem Collegium Academicum, einem selbst verwalteten Studentenwohnheim, in dem die linken Gruppen ihre Sitzungen abhielten. Auf dem Flur im ersten Stock stand ein Bierflaschenautomat, und jedes Mal, wenn er benutzt wurde, hallte es durch den Gang. Als Stachelmann mit dem Studium anfing, tauchte plötzlich Polizei in Massen auf und räumte das CA gegen den Protest von Studenten. Dann zog die Universitätsverwaltung ein. Er schloss die Augen und versuchte die Erinnerung zu schärfen. Es waren die Nachwehen der Studentenbewegung, die Absurdität des deutschen Herbstes und dann die Zeit der Lächerlichkeit, als die selbst ernannten Revolutionäre nichts begreifen wollten. Das Theater war vorbei, und die letzten Schauspieler wollten nicht von der Bühne herunter, so sehr liebten sie sich. Sie wurden weniger, aber sie schlugen weiter Schlachten um die Linie und für Ziele, die nicht mehr utopisch waren, sondern verrückt.

Er blätterte weiter. Richtig! Dieser Mord, die Leiche, die in der Thingstätte gefunden worden war, in jenem steinernen Ausdruck nationalsozialistischen Germanenwahns. 1935 eingeweiht von Joseph Goebbels, dann fast vergessen, die Nazis besaßen modernere Formen der Massenpropaganda. Wie hieß der Tote? Er blätterte, da stand der Name: Lehmann. Ein Flugblatt beschimpft ihn als Verräter. Dann ein ausgerissener Zeitungsartikel aus dem Heidelberger Tageblatt: Fememord? Der Ort des Leichenfunds deute auf den Täterkreis hin. Das Opfer sei ein Linksextremist gewesen, der Polizei einschlägig bekannt. Es folgten weitere Blätter mit Berichten oder Stellungnahmen zum Mord. Er würde sie später genauer lesen. Stachelmann blätterte weiter bis zum Ende des Ordners. Ein kleiner Artikel aus der Rhein-Neckar-Zeitung. Die Polizei teilte mit, die Sonderkommission werde aufgelöst, nachdem alle Spuren und Hinweise nichts erbracht hätten. Der Mordfall Lehmann werde vielleicht nie aufgeklärt werden. Das Wort »nie« war unterstrichen mit blauem Kugelschreiber. Das Bekennerschreiben sei vermutlich Trittbrettfahrerei von Wichtigtuern oder Irreführung. Die Gruppe, die sich »Revolutionäre Garde« nenne, gebe es vermutlich gar nicht. Wer hatte das Wort »nie« unterstrichen? Ossi? Wenn ja, warum?

Das Telefon klingelte, Stachelmann erschrak. Sofort fiel ihm Olaf ein. Er nahm ab.

»Warum rufst du nicht zurück?«, fragte Anne.

Er hatte es vergessen. »Olaf war hier.« Es war immerhin die halbe Wahrheit.

»Wer?«

»Der Irre aus dem Gefängnis.«

Sie schwieg einen Augenblick. »Und?«

»Ich weiß nicht.«

»Was weißt du nicht?«

»Was er will. Er hat irgendwas angedeutet. Ich tippe, eine Gaunerei, für die er einen Komplizen sucht. Die berühmte todsichere Sache, nehme ich an.«

Anne schnaufte. »Lass dich nicht auf irgendeinen Quatsch ein. Bist ja alt genug. Warum bist du nach Hause gefahren? Einfach was auf den Anrufbeantworter sprechen und verschwinden. Ganz die feine Art ist das nicht.«

»Tut mir Leid.«

»Das ist nicht so wichtig, ich kenn dich ja. Mich interessiert der Grund.«

Er dachte an die Unruhe in ihrer Wohnung, an Felix' Geschrei und Getobe. »Ich habe Ossis Akte dabei, die muss ich in Ruhe lesen. Das ist mir wichtig. Da steckt auch was von mir drin. Nur am Rand natürlich, aber es ist auch mein Leben. Und es geht um einen Mord. Es sieht so aus, als hätte Ossi alle Unterlagen zu einem Mord gesammelt, der uns damals aufgeregt hat, sogar noch zu meiner Zeit. Ich habe erst danach angefangen mit dem Studium.«

»Die alten Geschichten also.«

»Die einen zu dem gemacht haben, der man ist.«

»Oho, ein Philosoph ward geboren.« Ihr Spott klang versöhnlich.

»Na, überleg doch mal, ich lese lauter Dinge, von denen ich kaum noch etwas weiß. Aber damals, als sie geschahen, haben sie mich beschäftigt. Da waren sie wichtig. Es ist ewig her, aber ich glaube, es kommt zurück. Je mehr Akten ich lese in Ossis Mappe, desto näher rückt mir das alles. Ich habe Bilder im Kopf.« Warum fiel ihm jetzt Regine ein, verschwommen das Gesicht, deutlich die lockigen blonden Haare und dieses unglaubliche Lachen, das gleichzeitig herausforderte und zurückwies?

»Warum sagst du nichts mehr?«

»Tut mir Leid, mir ist da gerade was eingefallen.«

»Hm.« Ihm klang es so, als ahnte sie, wer ihm eingefallen war. Aber das konnte sie nicht wissen. »Du vergräbst dich also in diesen Geschichten. Und wann tauchst du wieder auf?«

»Weiß nicht. Aber das muss ich jetzt machen. Das bin ich Ossi schuldig.«

»Einem Toten ist man nichts schuldig. Das bist du höchstens dir selbst schuldig. Aber warum eigentlich schuldig? Das ist doch nur Gerede.«

Was faszinierte ihn an dieser Vergangenheit? Er hätte leicht sagen können, warum ihn dieses oder jenes Thema der Geschichte packte. Warum aber die eigene Geschichte? Was gab es da zu erforschen? Die offenen Fragen, fiel ihm ein. Das, was nicht geklärt ist. Das, wovor ich weggelaufen bin. Wie vor Regine. »Du magst es für eine besonders bescheuerte Form der Selbstverliebtheit halten, aber ich glaube, dass ich noch einige Dinge klären muss.«

»Und was, bitte?«

»Zum Beispiel, was ich damals getrieben habe. Vor allem, warum ich das getan habe. Warum ich den Revoluzzer geben musste. Und warum ich manches nicht getan habe. Das würde mich fast noch mehr interessieren.«

»Und die Antwort findest du in Ossis Akten?« Sie glaubte ihm nicht, er hörte es heraus.

Regine, wie konnte ich sie vergessen? Je größer die Schuld, desto stärker die Verdrängung?

»Nein, aber vielleicht Hinweise darauf.«

»Aber wir fahren doch nach Schweden in Urlaub, nicht wahr?«

Er zögerte einen Augenblick. »Natürlich.«

»Und du sagst gelegentlich Bescheid, wann du hier wieder auftauchen willst.«

»Gewiss.«

Als er sich verabschiedet hatte, nahm er eine Diclofenac, ging ins Schlafzimmer und legte sich aufs Bett. Der

Rücken und die Beine schmerzten, er war erschöpft. Stachelmann schloss die Augen und erinnerte sich, wie er mit Anne zusammengekommen war. Eine verrückte Geschichte. Als sie vor einigen Jahren ans Seminar gekommen war, änderte sich der Ton. Bohming bot seinen engsten Mitarbeitern sogar das Du an, nur um auch Anne duzen zu können. Sie schwänzelten um sie herum, aber sie tat so, als merkte sie nichts von den Annäherungsversuchen. Fast immer gut gelaunt, mit einem zauberhaften Lächeln machte sie ihre Arbeit. Stachelmann beteiligte sich nicht an dem Gebalze. Natürlich gefiel sie ihm auch, aber er rechnete sich keine Chance aus. Warum also um eine Enttäuschung betteln? Aber dann war es ausgerechnet Bohming, der sie zu ihm schickte, damit er ihr half. Vielleicht weil der Lehrstuhlinhaber ihn nicht als Konkurrenten um Anne wahrnahm. Sie gestand ihm, sie habe Angst vor Archiven, die waren ihr riesig, unübersichtlich und vor allem als Orte vorgekommen, an denen man etwas übersehen konnte, was einem die Fachwelt mit Hohn und Vergnügen um die Ohren schlug. Und dann wurden sie in diesen Serienmord an der Holler-Familie verwickelt. Stachelmann erinnerte sich gut an ihren gemeinsamen Abend im Tokaja, wo er später auch Ines getroffen hatte. Aber das ist eine andere Geschichte. Nachdem sie den Fall aufgeklärt hatten, setzte die Entfremdung ein. Warum eigentlich? Er war schuld, er hatte sich nicht getraut, den letzten halben Schritt zu gehen. Dass er ihn gehen würde, durfte sie verlangen, hatte sie doch genug Signale gesandt. Ja, ja, du hast ja Recht, flüsterte er, als läge sie neben ihm. Ich war zu feige. Ich habe mir selbst nicht getraut. Habe mir nie vorstellen können, wie eine solche Frau auf die Idee kommen könnte, etwas mit mir anfangen zu wollen. Ich bin nicht schön, er lachte leise, wahrhaftig nicht. Ich bin ein Versager, komme nicht zurande mit den einfachsten Aufgaben, bin die enttäuschte

Hoffnung unseres großen Meisters. Ausgerechnet mich, wer soll das glauben?

Dann wartete sie nicht mehr und bekam ein Kind von einem Typen, mit dem sie es keine paar Monate aushielt. Er entsann sich dieser Monate der Niedergeschlagenheit, als er sich zurückgesetzt gefühlt hatte wie nie zuvor. Und dann die Sache mit Wolf Griesbach, den er tot im Kofferraum seines Autos gefunden hatte und mit dessen Frau er ins Bett ging. Mit der schon, mit Anne nicht. Damals nicht. Er mühte sich, Ines in sein Gedächtnis zurückzurufen, aber ihr Bild verschwamm. Anne bekam mit, was geschehen war, und doch half sie ihm mit einem falschen Alibi aus dem Gefängnis. Er dachte an Olaf. Wie konnte er den loswerden? Und als die Griesbach-Sache geklärt war, da nahm Anne ihn mit zu sich nach Hause und ließ ihn erst mal eine Weile nicht weg. Er dachte an die erste Nacht, die Erinnerung erregte ihn. Aber am Morgen weckte ihn Felix' Geschrei. Damals war er glücklich und glaubte, sich daran gewöhnen zu können. Aber dann spürte er Eifersucht, er brauchte lange, sich das einzugestehen. Und die stete Unruhe begann ihn zu nerven. Doch lebte er die meiste Zeit in ihrer Wohnung und quälte sich am Tag unausgeschlafen mit seiner Habilitationsarbeit. Der Entwurf war längst fertig, und er hatte angefangen, ihn zu überarbeiten. Aber jede Zeile, die er las, zeigte die Grenze seiner Fähigkeit, zu verstehen und zu beschreiben. Wie steht's?, hatte Bohming vor kurzem gefragt. Und da schwang mit, dass es Schwierigkeiten geben könnte mit der Vertragsverlängerung, wenn Stachelmann nicht bald fertig würde. Diese verdammte Arbeit, flüsterte er. Sie raubt mir meine Kraft und meine Hoffnung. Und am Ende gehöre ich zu den Tausenden von arbeitslosen Historikern. Aber ich bin selbst schuld. Es liegt in meiner Hand. Vielleicht sollte ich besser sagen, es lag in meiner Hand.

Schweden? Ich will da nicht hin. Da wird sie sich vor

allem um Felix kümmern. Das ist nicht mein Kind. Aber sie will ein Kind von mir. Das würde heißen, wir ziehen endgültig zusammen. Ich müsste mein Leben aufgeben und Familienvater werden. Noch mehr Unruhe, noch mehr Geschrei. Und von Anne hätte ich noch weniger, obwohl wir jeden Tag zusammen wären.

Die Gedanken verflochten Dinge miteinander, die nicht zueinander gehörten. Er versuchte sich Regine vorzustellen. Sie war mittelgroß und schlank, die engen Jeans standen ihr gut. Er hatte sie in einem Proseminar über den englischen Bauernkrieg zum ersten Mal gesehen. Sie saß ihm gegenüber, und irgendwann erwiderte sie seinen Blick. Natürlich dauerte es Monate, bis er sich traute, sich im Kakaobunker zwischen Hexenturm und Neuer Universität an ihren Tisch zu setzen. Er entsann sich ihres spöttischen Lächelns, als wüsste sie, welche Angst ihn umtrieb.

Regine.

Wie sollte er Olaf loswerden? So gut kannte er ihn, der würde nicht aufgeben, der merkte nicht, dass Stachelmann nichts zu tun haben wollte mit ihm. Stachelmann hatte sich nicht freiwillig zu diesem Primitivling in die Zelle sperren lassen, doch Olaf begriff es als Beginn einer Komplizenschaft. Sollte er die Polizei rufen? Er fand es übertrieben. Und er erinnerte sich dieser Lübecker Kriminalbeamten, die ihn eingesperrt hatten, statt ihm zu helfen. Daran wollte er nicht mehr rühren.

Er stand auf und setzte sich wieder an seinen Schreibtisch. Konzentrier dich, vielleicht findest du einen Hinweis in den Akten, der Ossis Tod erklären könnte. Warum hatte der vor seinem Tod in diese Mappe geschaut? Halt, hatte Ossi hineingesehen, oder lag die Mappe die ganze Zeit ungeöffnet vor ihm, als ihn etwas trieb, sich umzubringen? Wieder irrlichterte der Gedanke durch seinen Kopf, jemand wie Ossi hätte sich nicht getötet. Das wäre die große Niederlage gewesen, und nichts hasste Ossi mehr als Niederlagen. Der war doch so eitel, dass er sogar für einen heldenhaften Nachruf gesorgt hätte. Getötet in einer Schießerei mit Bankräubern. Besser: Um eine schöne weibliche Geisel zu retten, wirft er sich in die Maschinenpistolensalve von Deutschlands gefährlichstem Verbrecher, den er beim letzten Atemzug erschießt. Dann kniet die Geisel neben ihm, der schon das Leben ausgehaucht hat, und streicht ihm über das Haar. Nur widerwillig lässt sie sich von Polizisten fortbringen. Stachelmann lachte leise vor sich hin. Das wäre ein Tod à la Ossi gewesen.

Aber vielleicht hatte er keinen Abschiedsbrief hinterlassen, um die Kollegen irrezuführen. Weil er fand, Freitod passe nicht in seinen Lebenslauf. Ossi, das wäre nicht fair, auch nicht mir gegenüber, oder Carmen. Aber warum sollte einer, der sich umbringen wollte, über Fairness nachdenken? Warum hatte er sich mit Insulinspray getötet, wo er doch kein Diabetiker war? Und warum noch das Tramal? Ossi hätte sich doch mit seiner Pistole erschossen. Lauf in den Mund, abdrücken, fertig. Schnell, schmerzfrei, eindeutig.

Stachelmann blätterte zu dem Artikel, in dem das »nie« unterstrichen war. Hatte Ossi das getan? Und wenn ja, wann? Kurz vor seinem Tod? Aber Ossi hatte mit dieser Sache doch nichts zu tun. Das hätte er Stachelmann erzählt. Oder nicht? Wahrscheinlich litt nur sein Polizistenherz, weil ein Mord nicht aufgeklärt worden war. Immerhin, Ossi war schon in Heidelberg gewesen, als das Verbrechen geschah. Die Leiche in der Thingstätte. Hingerichtet, Genickschuss. So wie die Juden im Osten am Rand der von ihnen selbst ausgehobenen Massengräber. Oder die polnischen Offiziere in Katyn. Oder die Opfer der großen Säuberung. Der Genickschuss war die Tötungsmethode der SS wie des sowjetischen Geheimdienstes. Da musste man dem Opfer nicht ins Gesicht sehen. Lehmann habe sich hinknien müssen, den Spuren nach zu urteilen, hatte ihm jemand in die Kniekehlen getreten. So um zwei oder drei Uhr am Morgen endete sein Leben.

Es war nicht nur ein Mord, sondern eine Demütigung. In dem Artikel wurden offensichtlich nicht alle Spuren beschrieben, die die Polizei gefunden hatte. Stachelmann kam er karg vor. Er versuchte sich vorzustellen, wie die Leiche ausgesehen haben musste. Er hatte es einmal erlebt, wie es aussah, wenn sich einer in den Kopf schoss. Es ekelte ihn, ihm wurde übel. Außerdem wusste er aus historischen Schilderungen, dass die Opfer kurz vor der Tat oder danach Kot und Urin abließen. Wenn es davor geschah, gehörte es zur beabsichtigten Entwürdigung des Opfers. Wenn es seine Würde verlor, hatten es die Täter leichter. Man erschlägt leichter eine Schmeißfliege, als dass man einen Menschen erschießt. So kann man den Unterschied kleiner machen. Man verwandelt Juden in Ratten wie der Naziregisseur Veit Harlan oder politische Feinde in Gewürm. Dann ist es kein Mord, sondern Desinfektion.

Er überflog die Seiten, die vom Mord handelten, und legte sie auf einen Stapel. Einen kleineren Stapel bildete das Material zur Roten-Punkt-Aktion. Dann ging es noch um Boykottaktionen der Studenten bei den Germanisten und Mathematikern, 1976 bis 1978. Die Endphase hatte Stachelmann miterlebt. Wie das Rektorat Studenten von der Universität verwiesen hatte und sie angeklagt wurden wegen Hausfriedensbruchs und Nötigung. Auftritt der Professoren und Dozenten als Zeugen der Anklage. Da sollte etwas demonstriert werden. Da setzte die schwarze Fraktion Lehrkräfte unter Druck, die einen Ausgleich mit den Studenten wünschten. Nächtliche Anrufe bei Leuten, die noch nicht auf Linie waren. Der Hinweis auf Verträge, die verlängert werden mussten. Bund Freiheit der Wissenschaft nannte sich der Zusammenschluss von rechten Lehrkräften, die hinter jedem Aufmucken der Studenten den langen Arm Moskaus witterten. Die Chefideologin dieser Vereinigung zog in den Bundestag ein und beglückte später die Fachwelt mit der Erkenntnis, in der DDR sei das »Kommunistische Manifest« von Marx und Engels wortwörtlich umgesetzt. Anders gesagt, um die DDR zu verstehen, müsse man nur das »Manifest« lesen. Was zeigte, sie kannte das »Manifest« oder die DDR oder eher beides nicht.

Und so jemand wird Professor, dachte Stachelmann. Und ich nicht. Aber es liegt in deiner Hand, red dich nicht raus. Ob anderen das Parteibuch genutzt hat, das spielt für dich keine Rolle. Du machst dich lächerlich. Sieh zu, dass deine Habilarbeit fertig wird, der Rest läuft von selbst.

Er zog den Stapel mit den Berichten und Stellungnahmen zum Mord vor sich. Ein RNZ-Artikel berichtet über das angebliche Bekennerschreiben. Eine »Revolutionäre Garde« erklärte in einem an verschiedenen Orten der Stadt ausgelegten Flugblatt, sie habe den Verräter Joachim Lehmann hingerichtet. Der sei in einem geheimen Gerichtsverfahren überführt worden, mit dem Verfassungsschutz zusammengearbeitet zu haben. Alle antifaschistischen Gruppen müssten den Verrat erbarmungslos bekämpfen, weil sonst der Faschismus wieder an die Macht komme. »Nie wieder Auschwitz«, sei das Papier unterzeichnet gewesen. Die Kriminalpolizei aber glaube nicht an die Echtheit der Erklärung. Sie sei spät gekommen. Und wer sie geschrieben habe, wisse nicht mehr über das Verbrechen, als in der Zeitung gestanden habe.

Die Notizen über den Fall wurden kleiner, es drängten sich andere Dinge in den Vordergrund. Stachelmann erinnerte sich gut an die Gerüchte, die nie verstummen wollten. Dass es doch ein Fememord in einer Sympathisantengruppe gewesen sei. Andere verwiesen auf den Fundort der Leiche und behaupteten, es könne sich nur um Nazis gehandelt haben. Hatte Ossi jemals etwas dazu gesagt in Stachelmanns Anwesenheit? Er konnte sich daran nicht erinnern. Eher nicht, oder nichts Wichtiges. Warum hatte Ossi diese Papiere aufbewahrt? Du wirst das Rätsel sowieso nicht lösen, heute schon gar nicht.

Er stand auf. Bevor er ins Schlafzimmer ging, warf er noch einen Blick auf seinen Schreibtisch. Dann sah er den Anrufbeantworter. Jetzt war es zu spät, die Mutter anzurufen. Er legte sich ins Bett und schloss die Augen. Bilder zogen an ihm vorbei. Demonstration auf der Hauptstraße, rote Fahnen, rhythmische Sprechgesänge, Polizei, überall Polizei, mit Helmen, das Visier geschlossen, und Knüppeln. In den Seitenstraßen Mannschaftswagen, Wasserwerfer mit vergitterten Scheiben.

Mich zieht es nach Heidelberg. Vielleicht ist Ossi gestorben, weil er etwas nicht erledigt hatte. Weil da etwas zurückgekehrt war. Du spinnst, du erfindest Gründe, nach Heidelberg zu fahren. Aber der Grund für Ossis Tod muss dort liegen. Sonst hätte er nicht diese Aktenmappe auf dem Schreibtisch gehabt. Das ist Zufall. Ossi hat sich umgebracht, zähl eins und eins zusammen. Der war fertig, schon lange. Und dann gab es etwas, das ihn ausrasten ließ. Eine Kleinigkeit konnte genügen, der Tropfen, der das Fass überlaufen lässt. Du schiebst Ossis Tod vor, um deine eigenen Geschichten ins Lot zu bringen. Aber nach fast dreißig Jahren kann man nichts mehr ins Lot bringen. Da sind Schuld und Streit verdampft.

Als er die Augen öffnete, war es hell. Der Wecker klingelte, er stellte ihn aus. Er schaute an die Decke, stieg aus dem Bett und humpelte ins Bad, die Gelenke waren steif. Sonst fühlte er sich gut. Nach dem Frühstück überlegte Stachelmann kurz, ob er Ossis Akte einpacken sollte, aber dann ließ er sie auf dem Schreibtisch liegen. Heute wollte er sich endlich wieder mit seiner Habilarbeit beschäftigen. Als er das Haus verließ, begann es zu regnen. Er fluchte leise, weil er seinen Regenschirm vergessen hatte. Aber der Regen war warm. Den Bahnhof konnte man nur durch einen Seiteneingang betreten, er war eine Baustelle, lange schon, auch weil ein Rechtsstreit einen Baustopp verursacht hatte. Provisorische Stahltreppen führten zu den Gleisen, die Stufen waren nassglatt, er stieg sie vorsichtig hinunter und setzte sich in die erste Klasse des wartenden Zuges nach Hamburg. Der Regionalexpress verließ pünktlich Gleis 9 und erreichte rechtzeitig den Hamburger Hauptbahnhof.

In seinem Dienstzimmer fand er einen Zeitschriftenausriss auf dem Schreibtisch. Es war eine als Artikel verkappte Anzeige: »Weihrauch – das Wundermittel gegen Rheuma«. Er überflog den Text, der von sensationellen Heilerfolgen berichtete, und wurde wütend. Welcher Idiot hat mir diesen Quatsch auf den Schreibtisch gelegt? Ich habe diese elende Krankheit seit fast zwanzig Jahren, und manche glauben, es genüge, zum Friseur zu gehen, in den einschlägigen bunten Blättern etwas zu entdecken, um es ihm hinzulegen. Wie viele Ratschläge, die ja immer so furchtbar gut gemeint und nie überlegt sind, habe ich schon bekommen? Ich kann sie nicht zählen. Weihrauch, Vitaminpillen, Diäten, Magnetismus, Rheumawunderpillen wie das längst wieder vom Markt verschwundene Vioxx – alles Unsinn, von dem sich eine Autoimmunkrankheit nicht beeindrucken lässt. Was denken sich diese Leute dabei? Halten sie mich für zu blöd, mit meiner Arthritis umzugehen? Stachelmann erinnerte sich eines Gesprächs mit einer Frau an einem Messestand, die ihm genau erklärte, wie er gesund würde, aber nicht einmal den Unterschied zwischen Arthrose und Arthritis kannte. Diese Mischung aus Mitleid und Bauernfängerei ist zum Kotzen. Fast wäre seine gute Laune verschwunden. Er knüllte den Ausriss zusammen und warf ihn in den Papierkorb. Du darfst dich von solchem Kleinkram nicht beeindrucken lassen.

Er schaltete den PC ein und öffnete die Datei mit seiner

Habilitationsschrift über das Konzentrationslager Buchenwald.

Es klopfte an der Tür, Anne erschien und setzte sich ihm gegenüber an den Schreibtisch. Sie lächelte ihn an. »Na, Krise überwunden?«

»Ich habe keine Krise. Ich bin vielleicht nachdenklicher als sonst.«

»Als ließe sich das steigern, was du für Nachdenken hältst und ich für Missmut«, lachte sie. »Wir gehen nachher in die Mensa, wenn es Ihnen recht ist, Herr Doktor, und danach machen wir Mittagspause bei mir zu Hause. Ich wüsste auch schon, wie wir die Zeit herumkriegen könnten.« Sie grinste ihn an, wartete nicht auf eine Antwort, sondern stand auf, ging um den Schreibtisch herum, nahm sein Gesicht in ihre Hände und küsste ihn auf die Nase, dann auf den Mund. »Kein Widerspruch«, sagte sie leise. »Gegen ein Uhr bin ich wieder da, und du bist dann bereit. Klar?« Dann verschwand sie.

Erst freute er sich, dann sank seine Stimmung. Wenn sie ihn nicht so liebte, wie sie es offenkundig tat, wäre alles einfacher. So aber konnte er sich ihr kaum widersetzen. Sie hielt die Zügel auf so liebevolle Weise in den Händen, wie sollte er sich wehren? Sie glaubte zu wissen, was gut war für ihn. Es bestärkte sie, immer wieder richtig gelegen zu haben. Wenn sie nicht entschieden hätte, wären sie nicht zusammen. Und doch fühlte er sich bevormundet.

Er drehte sich zum Computer und begann die Einleitung noch einmal zu lesen. Ganz von vorn und dann zäh bleiben bis zum Ende. Dann wird es eine Arbeit aus einem Guss. Die ersten Absätze gefielen ihm, er hatte wenig zu verbessern. Er entsann sich, wie enttäuscht er vor einigen Wochen gewesen war, als er denselben Text gelesen hatte. Heute war er ausgeschlafen, und alles schien gut zu sein. Er freute sich jetzt auch wieder auf das Mensaessen mit Anne, mehr noch auf das, was dem Essen folgen sollte.

Das Telefon klingelte. Er nahm ab, hörte die Stimme, und seine Laune verschlechterte sich. »Kannst du vielleicht mal einen Augenblick vorbeischauen, Josef? Wenn es dich nicht stört.«

Er war versucht zu antworten, ihn habe nur gestört, dass das Telefon geklingelt habe. Aber er sagte: »Natürlich, ich komme.« Was wollte Bohming von ihm?

Der Ordinarius saß behäbig hinter seinem Schreibtisch. »Schön, dass du Zeit hast.« Natürlich verlangte Bohming, dass seine Sklaven am Institut immer Zeit hatten für ihn. Dass sie geradezu danach lechzten, von ihm angesprochen zu werden. Es sei denn, es handelte sich um Unangenehmes. Darum handelte es sich in diesem Fall, das konnte Stachelmann der betrübten Miene des Professors ablesen. Bohming zeigte auf den Stuhl vor seinem Schreibtisch. Hätte er Stachelmann einen Sessel in der Sitzecke angeboten und sich dazugesetzt, wäre es ein eher angenehmes Thema gewesen, jedenfalls für Bohming, der voraussetzte, was für ihn erfreulich sei, müsse auch für seine Assistenten erfreulich sein. »Bist du denn jetzt darüber hinweggekommen?«

Stachelmann schaute ihn erstaunt an. Dann strichen seine Augen über die Rücken der Zeitschriften und Bücher im Wandregal. Fast alle waren ungeknickt, also ungelesen. Was trieb Bohming eigentlich? Dass er andere für sich recherchieren ließ, das war bekannt und ließ sich nicht verheimlichen. Aber dass er gar nichts mehr tat, mochte Stachelmann nicht glauben. Ein Historiker ist neugierig, sonst wäre er keiner. Es gab wohl Ausnahmen. Wie war Bohming früher gewesen, als er noch nicht Professor war?

»Du weißt doch, diese Sache mit Griesbach.«

»Ja, natürlich.« Das war schon eine Weile her. Nachts träumte er oft schlecht, da geisterte Griesbachs Leiche herum. Aber am Tag dachte er selten daran.

»Vielleicht lässt sich absehen, wann du mit deiner Arbeit …« Er schaute an Stachelmann vorbei und führte den Satz nicht zu Ende. Seine Hände spielten mit einer Buddhastatuette aus Messing, sie war an einigen Stellen blank gescheuert.

»Ich bin dabei. Gerade, als du angerufen hast.« Es hatte sich immer noch nicht daran gewöhnt, Bohming zu duzen.

»Ich frage nur, weil mich gestern der Dekan auf dem Gang darauf angesprochen hat. Alle sind gespannt auf deine Arbeit.«

Auch die Erwartung der anderen ängstigte Stachelmann, bestärkte ihn in seinen Selbstzweifeln. Du musst das jetzt hinter dich bringen. Aber da war noch die Sache mit Ossi. Gut, das konnte er abends klären, wenn es da was zu klären gab. Und Heidelberg? Eine Woche Heidelberg durfte er sich gönnen. Er würde die Arbeit mitnehmen und sich abends freigeben. Schweden mit Anne? »Ich werde auf meinen Urlaub verzichten, hatte ich ohnehin vor.«

Bohming schaute ihn fragend an. Stachelmann überlegte, wie viel der wusste über ihn und Anne. Stachelmann erwartete Bohmings Einwand, nein, den Urlaub solle er genießen, aber danach mit voller Kraft voraus. Doch Bohming sagte nichts, und da begriff Stachelmann, es wurde ernst. Alle Mahnungen zuvor waren Geplänkel gewesen. Jetzt wurde es eng. Er musste es schaffen.

»Ich habe dem Dekan gesagt, es sei eine große Arbeit, und das dauere. Wir alle hätten einen Nutzen davon, wenn sie veröffentlicht würde. Das Rohmanuskript verspreche viel. Und dann sei der Kollege Stachelmann ja in diese schreckliche Sache verwickelt gewesen. Traumatisch. Man müsse sich mal vorstellen, ins Gefängnis gehen zu müssen. Und dann der Prozess, der habe alles wieder aufgewühlt.«

Stachelmann war einen Nachmittag im Lübecker Landgericht als Zeuge vernommen worden. Daran wollte er nicht mehr denken. Bisher hatte er es geschafft, davon auch nicht zu träumen. Aber er wartete darauf. Er nickte.

»Gut, aber wir verständigen uns darauf, du machst das jetzt fertig. Ende September?« Bohming schaute wieder an Stachelmann vorbei. Es war eine Frist, zum ersten Mal. Das hieß: Wenn du nicht bis Ende September deine Habilitationsschrift vorlegst, kannst du eine weitere Vertragsverlängerung vergessen. Der Vertrag lief bis Ende des Jahres. Am 1. Januar würde Herr Dr. Stachelmann also zu den Arbeitslosen gehören. Ihm wurde kalt.

»Noch was anderes«, sagte Bohming überfreundlich. »Meine Frau – kennst du sie? Ach nein, wird aber Zeit, also, meine Frau hat jüngst was gelesen über diese Krankheit, die dich plagt, diese Arthrose. Da gibt es solche Pillen, Enzyme, wenn man die regelmäßig nimmt … ohne Nebenwirkungen. Ich sag dir das nur mal so, du wirst besser wissen, was dir hilft.« Er wischte flüchtig über die Tischplatte.

»Danke«, sagte Stachelmann und stand auf.

»Dann sind wir uns einig.«

»Ja.«

Vor der Tür atmete Stachelmann einmal durch und blies pfeifend die Luft aus. Eine Studentin kam vorbei, schaute ihn an und grinste. Stachelmann eilte zurück in sein Dienstzimmer. Er setzte sich an den Schreibtisch, stützte seinen Kopf in beide Hände und schloss die Augen. Das hatte er all die Jahre erwartet: ein Ultimatum. Es war überfällig. Er gestand sich ein, es lag allein an ihm. Er hatte die Geduld jener überdehnt, auf die er angewiesen war, vor allem Bohmings. Der mochte ein Aufschneider sein und fachlich längst nicht mehr wahrnehmbar, aber er hatte lange zugeschaut. Und nun war es zu Ende. Aber vielleicht war es die einzige Möglichkeit, ihn zu zwingen, diese elende Arbeit abzuschließen. Ob es ein Trick war?

Er kratzte sich an der Schläfe. Hatte Anne mit Bohming

gekungelt? Sie hatte Stachelmann bedrängt, ihm die Gefahr immer wieder an die Wand gemalt. Ab wann hatte sie nichts mehr gesagt über dieses Thema? Nach einem ersten Streit, als er gejammert und sie ihn abgefertigt hatte wie einen Schuljungen, der seine Hausaufgaben vergessen hat. Mein Gott, nun stell dich nicht so an, hatte sie gesagt. Eigentlich ist das große Werk längst fertig, aber die Feinarbeit verweigert der Herr Doktor. Er hat Schiss vorm eigenen Text. Das hat jeder! Jeder! Frag mal mich! Und jeder überwindet die Angst! Sogar ich! Nur du nicht! Du gräbst dir das eigene Grab. Glaub nicht, ich schau nur zu. Ich werde dich schon dahin kriegen, dass du zu Potte kommst. Verlass dich drauf. Dann war sie aus dem Wohnzimmer gerauscht, hatte die Tür zugeschlagen. Aber eine halbe Stunde später hatte sie ihn in den Arm genommen. Ist schon gut, du kriegst das hin, hatte sie gesagt.

Verlass dich drauf.

Machte sie die Ankündigung nun wahr? Er spürte seinen Zorn. Was ging es sie an? Es war sein Recht, unter der Brücke zu enden. Oder im Hauptbahnhof. Druck machen, hintenrum, aber in Urlaub fahren wollen mit mir. Nein, meine Gute, so nicht. Und wenn sie gar nicht gekungelt hatte? Oder wenigstens nicht bewirken wollte, dass Bohming ihm ein Ultimatum setzte? Wie oft erreicht der gute Wille das Gegenteil von dem, was er bezweckt. Aber sie darf sich nicht einmischen, nicht einbilden, sie könne ihm helfen. Da fiel ihm ein, wie sie gemeinsam den *Berg der Schande* abgebaut hatten, jedenfalls hatten sie gemeinsam damit begonnen. Und er war daran hängen geblieben. Ohne sie gäbe es diesen Aktenstapel auf dem Tisch – er schaute hin – immer noch. Da lagen jetzt Seminararbeiten und Fachzeitschriften, und die Akten hatte Stachelmann verarbeitet. Komm jetzt, an die Arbeit, Grübeln backt kein Brot.

Er zwang sich dranzubleiben. Im Kampf mit seinen trüben Gedanken ackerte er Zeile um Zeile durch. Er war streng mit sich, obwohl er wusste, die Gutachter würden gerade sprachliche Schwächen nicht bemerken, waren sie doch Meister der Jargons und des verbalen Imponiergehabes. Die Wissenschaft ist die Arena der Eitelkeit, wo sich die Matadore übertreffen an Aufgeblasenheit. Ihre Argumente glichen oft genug Luftballons. Sticht man hinein, bleibt nur die schrumpelige Hülle, gerade gut genug für die Mülltonne. Aber bitte in den gelben Sack, da grinste er. Die Niedergeschlagenheit verkroch sich in eine Ecke. Sie wartete dort nur auf die nächste Gelegenheit, das wusste er. Er war schon am Ende der Einleitung angelangt, als es an der Tür mehr kratzte als klopfte. Anne schaute hinein.

»Na, fleißig, großer Meister?«

»Das darfst du mich nennen, wenn du ab sofort meine Dienerin wirst.«

»Mal sehen«, sagte sie. »Ich diene aber nur wirklich großen Meistern. Du musst dich anstrengen. Was machst du?«

»Die Einleitung hab ich durch.«

»Bohming hat dich vorgeladen, hört man.«

»Was du so alles hörst. Er hat mir gekündigt.«

Sie hielt die Hand vor dem Mund und blickte ihn an aus großen Augen. »Was?«

Ein bisschen genoss er es. »Na ja, nicht so direkt. Wenn ich im September das da« – er zeigte lässig auf den PC – »nicht abgebe, wird mein Vertrag nicht verlängert.« Er stand auf. »Und jetzt gehen wir in die Cafeteria, für die Mensa reicht mein Hunger nicht. Mir ist das doch ein wenig auf den Magen geschlagen.«

Sie fuhren schweigend mit dem Aufzug ins Erdgeschoss. Stachelmann starrte auf einen Fleck, und sie schaute auf den Boden. Am Büfett wählte er ein Käsebaguette, sie einen kleinen Salat, beide nahmen Mineralwasser dazu. Sie fanden einen freien Stehtisch und stellten sich fast nebeneinander daran.

»Das heißt, du fährst nicht mit in den Urlaub?«

Er kaute.

»Ich habe es von Anfang an geahnt. Es hat nichts zu tun mit deiner Arbeit.«

»Womit sonst?«, fragte er.

»Du bist der schlimmste Eigenbrötler, den ich je getroffen habe. Warum, verflucht, muss ich einen Mann lieben, der so durchgeknallt ist wie du?« Sie schob sich eine Gabel Salat in den Mund.

»Die Frage kann ich dir schlecht beantworten«, sagte er. Er versuchte freundlich zu klingen. Doch er spürte, es würde Streit geben.

»Du kannst dich nicht binden. Jedenfalls nicht an eine Frau mit einem Kind.«

»Warum siehst du das nicht pragmatisch? Wenn Felix schreit, kann ich nicht arbeiten. Du könntest es auch nicht. Du hast eine Halbtagsstelle und eine Tagesmutter und im Notfall diese Freundin, die den Babysitter spielt. Ich habe eine Ganztagsstelle und sitze mitten im Schlamassel. Das habe ich mir zwar selbst eingebrockt, aber so ist es nun einmal. Du hättest dabei sein sollen beim Sagenhaften. Der ist ja feige, sagt einem das nicht gerade ins Gesicht. Aber für seine Verhältnisse war es eine Kampfansage. Entweder ich bin im September fertig und gebe ab, oder mein Vertrag wird nicht verlängert. Und da soll ich in Urlaub fahren! Gleichgültig, ob mir der vorher nicht geheuer war, jetzt geht es jedenfalls nicht mehr. Ich zahle natürlich meinen Anteil, stornieren kann ich ja nicht mehr.«

Sie knallte ihre Gabel auf den Tisch, drehte sich abrupt weg und ging hinaus zum Von-Melle-Park. Er erschrak, schaute ihr nach und stand wie gelähmt.

***

8. Mai 1978

Jahrestag der Befreiung vom Faschismus. Aber zerstört ist er nicht, eine Stunde Null hat es nicht gegeben. Kein Richter bestraft, die Generäle bemitleiden sich, weil Hitler sie nicht habe siegen lassen. In der Presse alte Nazis zuhauf, in der Politik sowieso: Globke, Oberländer, Lübke, der KZ-Baumeister, Kiesinger. Ein Kabarettist sagte jüngst: Ich kann leider nicht Bundespräsident werden, ich war nie Mitglied der NSDAP. Der 8. Mai ist ein Tag, an dem man verzweifeln könnte. Aber wir müssen kämpfen, immer weiter, immer weiter. Schwer macht es uns, dass die Faschisten sich heute tarnen. Die neuen Faschisten sind Sozialdemokraten, Christdemokraten, Freie Demokraten. Sie sind demokratisch, solange unser Kampf nicht vorankommt. Aber wehe, sie fühlen sich bedroht. Was für einen Affentanz sie gemacht haben wegen der paar RAF-Leute, Notstand, Dauerfahndung, und jedes demokratische Recht, das ihnen auf dem Papier entgegenstand, haben sie einfach weggepustet. Der Faschismus ist stärker und raffinierter denn je. Wir brauchen Mut, Kraft, vor allem aber Konsequenz. Wenn etwas richtig ist, dann muss es gemacht werden.

Vorgestern hat endlich unser Bekennerschreiben die Presse erreicht. Sie glauben es nicht. Sie wollen es nicht glauben und unserer Aktion den Sinn rauben. Ich gebe zu, das haben sie geschickt gemacht. Aber wir haben auch zu lange gewartet. Und wir müssen jetzt noch vorsichtiger sein. Ich glaube nicht, dass ich es überleben werde. Revolutionäre sind Leichen auf Urlaub.

Angelika hat mir vorhin zugelächelt. Aber was heißt das? Sie hatte eine dünne Bluse an, das Licht schimmerte durch. Sie trug nichts darunter. Es kommt mir vor, als hätte sie es für mich getan.

5

Am Nachmittag mühte er sich weiter mit seiner Arbeit. Aber er bekam den Streit mit Anne nicht aus dem Kopf. Manchmal ertappte er sich, wie er zum Fenster hinausschaute und doch nichts sah. Er war benommen. Schmerzen krochen den Rücken hoch und umspannten bald seine Brust. Er schwitzte und atmete flach. Stachelmann ging ein paar Schritte und setzte sich wieder hin. Er erschrak, als das Telefon klingelte. Es konnte nur Anne sein, sie hielt es nicht aus, im Streit mit ihm zu bleiben.

»Ja?«

»Carmen. Wir haben den Obduktionsbericht. Es ist so wie vermutet. Keine Fremdeinwirkung. Merkwürdig bleibt, wie Ossi sich umgebracht hat. Ein Insulinspray, wie gesagt. Er hatte keine Diabetes. Keine Ahnung, wo Ossi das Zeug herhat. Ach, was rede ich so viel am Telefon. Vielleicht hast du Zeit auf ein Glas Wein, da kann ich dir das haarklein berichten. Und bis heute Abend hat möglicherweise der Staatsanwalt schon entschieden, ob wir die Ermittlungen einstellen.«

»Ja, gut. Wo?«

Sie beschrieb den Weg zu einer Kneipe in Uninähe, Stachelmann hatte noch nie von ihr gehört. Er freute sich auf das Treffen, das ersparte ihm einen Abend in Trübsal. Bis um acht Uhr konnte er noch einige Seiten bearbeiten.

Er strengte sich an, verscheuchte andere Gedanken und schaffte es, das erste Kapitel abzuschließen. Das war wichtig, schließlich beschrieb er dort den Forschungsstand und natürlich auch die Literatur, die mit seiner Arbeit konkurrierte. Die Vielzahl der Titel schüchterte ihn ein, aber er hatte sich gezwungen, sie aufzulisten und kurz zu kommentieren. Er tat dies vorsichtig, erkannte die Leistungen der Kollegen an, verstand es aber auch anzudeuten, wie groß die Lücken waren, die er schließen, und wie falsch manche Interpretationen waren, die er berichtigen würde. Da musste er den richtigen Ton finden, und Stachelmann bildete sich ein, ihn gefunden zu haben. Je näher seine Verabredung rückte, desto besser wurde seine Laune.

Anne versteht mich nicht. Ich gebe zu, es ist nicht leicht, aber in diesem Fall liegen die Dinge doch klar. Es geht um meine Existenz, als wäre das kein Grund. Gut, ich habe vor dem Gespräch mit Bohming gezweifelt, und dieser Urlaub wäre in jedem Fall anstrengend geworden. Und dann ist da noch Ossis Tod. Ich weiß nicht, ob es richtig wäre, wenn die Polizei die Ermittlungen einstellte. Carmen hatte sich so angehört. Er versuchte sich ihr Bild ins Gedächtnis zu rufen. Sie gefiel ihm. Sie ist nicht so kompliziert wie Anne. Allerdings, du kannst sie nicht vergleichen. Mit der einen lebst du zusammen, oder so ähnlich. Die andere kennst du kaum. Vielleicht ist sie voller Komplexe und Marotten, ein Abgrund hinter der schönen Hülle. Und vielleicht gefällt sie dir besser, weil du Streit mit Anne hast?

Nun hatte er sich doch ablenken lassen. Weiter, immer weiter. Er schaffte noch gut fünf Seiten, in denen es einiges zu verbessern gab, vor allem sprachlich. Am meisten ärgerte es ihn, wenn er darauf stieß, dass er eine Quelle oder Sekundärliteratur mit dreimal X als nachzutragen markiert hatte. Er würde viel suchen müssen und wohl nicht alles finden. Hättest du es gleich getan, wäre es einfacher gewesen. Aber es hätte den Schreibfluss gestört, daran musst du auch denken. Anne hatte sich schon lustig gemacht über seine Angewohnheit, Selbstgespräche zu führen. Hin und wieder müsse man sich doch mit einem einigermaßen intelligenten Menschen unterhalten dürfen, hatte er geantwortet. Sie hatte gelacht, aber nun lachte sie nicht mehr.

Immerhin, er hatte nicht schlecht gearbeitet trotz des Streits mit Anne. Lass dich nicht unterkriegen, die wird es schon einsehen. Sie muss es einsehen.

Er ließ seine Aktentasche im Dienstzimmer und machte sich auf den Weg. Es dauerte eine Weile, bis er in einer Seitenstraße die Kneipe fand, die Carmen ihm beschrieben hatte. Rauch und Gesprächslärm schlugen ihm entgegen, als er eintrat. Er ging herum und suchte sie, Carmen war nicht da. Er schaute auf die Uhr, es war noch nicht acht. Er fand einen freien Tisch in einer Ecke und setzte sich. Seine Augen gewöhnten sich an die Dunkelheit. Ein Mann mit einer Lederschürze kam und fragte nach der Bestellung. Stachelmann konnte wählen zwischen trockenem und lieblichem Rotwein. Er verkniff sich die Frage, was für ein Wein angeboten werde, und bestellte einen trockenen Roten.

Plötzlich stand sie vor ihm. »Woran denkst du gerade?«

Er fand die Frage nicht aufdringlich. »An meine Arbeit und dieses und jenes.«

»Das Dieses und Jenes scheint dich ja schwer zu beschäftigen.« Sie hielt inne. »Entschuldige, es geht mich nichts an. Aber manchmal bin ich neugierig. Und wenn ich da in so ein Gesicht von jemandem schaue, der so abwesend ist, wie du es warst …«

»Berufskrankheit«, sagte Stachelmann. »Nicht nur ein Historiker, auch eine Kriminalpolizistin muss neugierig sein.« Sie hatte das gewiss schon tausendmal gehört. »Ich entschuldige mich jetzt für einen abgegriffenen Spruch.«

»Nein, nein«, sagte sie. »Bei mir ist es so: Ich bin Polizistin geworden, um für meine krankhafte Neugier bezahlt zu werden. Wo kann man sonst ungestraft in anderer Leute Dinge herumwühlen und wird dafür sogar noch belobigt?«

»Du lebst gewissermaßen pathologische Triebe aus auf Kosten der Allgemeinheit«, sagte er.

Der Mann mit der Lederschürze unterbrach sie. Sie bestellte ein Glas Wasser. Der Kellner verzog die Miene kaum merklich, dann ging er.

Stachelmann fiel auf, wie gut gelaunt sie zu sein schien. Ihr Freund hatte sich umgebracht, vor zwei Tagen erst. Sie war fertig gewesen, und jetzt sah sie aus, als wäre nichts geschehen.

»Und wie ist das mit dem Geld?«, fragte er.

»Ossi hat geerbt, mir hat er nichts verraten davon. Schon ein bisschen seltsam. Ich habe mich ihm geöffnet, ihm fast alles gesagt. Aber er hatte offenbar ein paar Geheimnisse. Das Erbe, die Heidelberg-Akten … Hast du damit was anfangen können?«

Stachelmann schüttelte den Kopf. »Wenig. Die Papiere in der Mappe befassen sich mit ollen Kamellen. Heidelberg, lange her. Interessant finde ich nur die Dokumente, die von diesem Thingstättenmord handeln. An den kann ich mich erinnern. Ich war zu dieser Zeit zwar nicht in Heidelberg, aber kurz danach, und da ging immer noch ein Rumoren durch die Studentenschaft. Ein Student wurde hingerichtet in der Thingstätte, einem Nazibau, Germanenkult und so weiter.«

»Feme?«, unterbrach sie ihn.

Er staunte, sie kannte diesen Begriff im Gegensatz zur Mehrzahl seiner Studenten.

»Gut möglich. Jedenfalls hat Ossi oder wer auch immer in einem Artikel das Wörtchen ›nie‹ unterstrichen. Da steht sinngemäß: Der Mordfall wird wohl nie aufgeklärt werden.«

»Das gibt's«, sagte sie.

»Natürlich. Aber warum unterstreicht er das? Ich unterstelle mal, dass er es war.«

Sie lehnte sich zurück und blinzelte ihn an. »Ist dir das noch nie passiert, dass du einen Kuli in der Hand hattest und beim Lesen ein Wort unterstrichen hast, einfach so, weil es dir auffiel? Vielleicht weil es auch deine Meinung ist. Oder das Gegenteil. Was für Gründe es immer geben mag, ein Wort zu unterstreichen. Du geheimnist da was hinein. Du kannst dir gar nicht vorstellen, auf was für bedeutungslose Seltsamkeiten man stößt bei Ermittlungen.«

»Und die drei Raten von zehntausend Euro, wer hat die bekommen?«

»Keine Ahnung, die Ex wohl nicht. Oder sie hat uns angelogen. Weil sie Angst hat vor dem Sozialamt. Oder mit der Sache nichts zu tun haben will. Oder glaubt, wir würden ihr vorwerfen, sie hätte ihn erpresst und in den Selbstmord getrieben. Da gibt es viele Gründe.«

»Wie erklärst du den roten Fleck an der Schläfe?«

Sie hob die Augenbrauen und senkte sie wieder. »Keine Ahnung. Zum Fleck sagt der Pathologe nicht viel. Hat sich gestoßen, schon ein kräftiger, lang anhaltender Druck auf eine Stelle kann genügen, um so einen Fleck hervorzurufen.«

Warum bist du nicht mehr traurig?, hätte er fast gefragt. Aber es ging ihn nichts an. Vielleicht spielte sie ihre gute Laune nur, beherrschte sich, um ihn nicht zu belasten.

»Und dieser Mord in Heidelberg?«

»Das hat nichts damit zu tun. Ossi hat sich mit seiner Vergangenheit beschäftigt, bevor er sich umbrachte. Das ist wenigstens plausibel. Er hat sein Leben betrachtet, Bilanz gezogen und dann gefolgert, er müsse abtreten.«

Soll ich jetzt sagen, ich kenne Ossi ein bisschen länger als du? Ich weiß, er würde sich nicht umbringen. Er hatte die Anerkennung seiner Kollegen genossen, war mit einer aufregenden Frau verbandelt, und es lagen viele Jahre vor ihm, in denen noch dieses oder jenes geschehen mochte. Aber vielleicht war das Unsinn. Es kommt nicht darauf an, wie die Dinge sind, sondern wie einer sie sieht.

»Was überlegst du?«

Sie war indiskret. Aber er nahm es ihr nicht übel. Sie

durfte teilnehmen an seinem Innenleben, ein wenig. »Ich mag das noch nicht glauben mit dem Freitod.«

»Ich eigentlich auch nicht. Aber wir beide machen den Fehler, uns einzubilden, alle möglichen Leute bringen sich um, nur unser Freund Ossi nicht. Bei dem sind wir uns sicher, vielleicht weil ja gerade wir zu tun haben mit ihm. Wir würden uns ja nie die Kugel geben …«

»Die Kugel nicht, aber was anderes, warum nicht?«

Sie schaute ihn lange an. »Red keinen Unsinn.« Dann legte sie die Hand auf den Mund. »Entschuldigung, ich habe das nicht so gemeint. Du hast mich erschreckt.«

»Warum, wenn man Bilanz zieht, und es kommt nur Mist heraus, und die Zukunft sieht schlecht aus? Dann mag man es für richtig halten, nicht weiterleben zu wollen.«

»Und du denkst gar nicht an die anderen? Was du denen damit antust?«

»Du bist Ossi also böse?«

Sie sagte eine Weile nichts. Stachelmann sah ihre Augen glänzen.

»Man muss doch berücksichtigen, wie die anderen es verstehen. Die machen sich Vorwürfe …«

»Vielleicht hat er es berücksichtigt und ist zum Ergebnis gekommen, dies sei weniger wichtig als die Gründe, die für einen Freitod sprechen.«

»Ich finde es egoistisch. Einfach nur egoistisch.«

»Finde ich nicht«, erwiderte Stachelmann. »Von außen betrachtet, mag es so aussehen, als hätte er keinen Grund gehabt. Aber wir wissen nicht, was in ihm vorgegangen ist.« Er trank einen Schluck. »Ich versteh dich richtig, ihr ermittelt nicht weiter.«

»Nein, wir haben kein Indiz, das gegen Selbstmord spricht.«

Sie hatte Recht. Aber vielleicht hing der Heidelberger Mord zusammen mit Ossis Freitod. Er sagte es ihr nicht, sie würde ihn für verrückt halten. Carmen stand auf und ging zur Toilette. Er sah ihr nach, sie hielt sich gerade und wiegte leicht in den Hüften. Sie erschien ihm fast zerbrechlich.

Sein Blick schweifte von Tisch zu Tisch und blieb am Tresen hängen, wo ein Pärchen sich betrunken stritt. Sie zischte, ihm gelang es nicht, leise zu bleiben. Seine Zunge war schwer. Als Carmen zurückkam, sah er, ihre Fröhlichkeit war aufgesetzt gewesen. Sie hatte einen leeren Blick. Die Erschöpfung, die Trauer.

»Warum hat er das Spray benutzt? Tramal allein hätte genügt«, fragte Stachelmann.

»Er wollte nicht wieder aufwachen. Als Polizist erlebt man es immer wieder, dass Leute sich umbringen wollen und es nicht schaffen. Also hat er sich quasi doppelt getötet, ein Insulinschock und das Schmerzmittel. Er hatte vielleicht auch Angst vor den Schmerzen eines Insulinschocks. Da wirkt so eine Kombination recht gut, sagen die Ärzte.«

Wenn es für alles eine gute Erklärung gab bei dieser Sache, warum dann am Freitod zweifeln?

»Morgen wird der Staatsanwalt erklären, dass die Ermittlungen eingestellt werden. Ich hatte es schon vorher erwartet. Aber sie prüfen besonders genau, das Opfer ist Polizist. Der Staatsanwalt hat nichts Handfestes, das ihn veranlassen könnte, anders zu entscheiden. Ich werde wohl immer zweifeln. Aber die Vernunft …« Sie brach ab. Dann sagte sie: »Bringst du mich nach Hause?«

Er schaute sie eine Weile an. Ihre Blicke begegneten sich. In ihren Augen las er etwas, das er nicht verstand. »Ich bin so allein«, sagte sie. Es klang so wie: Er hat mich sitzen gelassen.

»Ich bring dich nach Hause.« Er winkte dem Lederschürzenmann, bezahlte für beide. Sie hakte sich ein und führte ihn zu ihrem Polo. »Fahr du bitte«, sagte sie.

Unterwegs lotste sie ihn. »Fährst du in Urlaub?«, fragte sie dann.

»Nein.«

»So viel zu tun?«

»Ja. Vielleicht fahre ich ein paar Tage nach Heidelberg.« Als er es sagte, wusste er, er würde fahren.

Er spürte, wie sie ihn von der Seite ansah. »Warum?«

»Alte Zeiten.«

»Ossi hat darin gelebt, manchmal jedenfalls.«

»Er war ein toller Hecht, damals. Entschuldigung, nicht nur damals.«

»Ist schon gut.«

In Rahlstedt ließ sie ihn in einer Seitengasse halten. Sie zeigte auf ein mehrstöckiges Mietshaus. »Da wohne ich. Kommst du noch mit?«

»Nein, ich lauf zum Bahnhof.«

»Soll ich dich fahren?«

»Danke, der muss da vorne irgendwo sein.«

»Fünf Minuten«, sagte sie. »Du kannst bei mir bleiben, wenn du willst.«

Sie stiegen aus. Er nahm sie in den Arm, sie drängte sich gegen ihn. Ihre Haare rochen gut. Dann hob sie ihr Gesicht, küsste ihn auf den Mund. »Ich bin so allein«, sagte sie. Dann schüttelte sie den Kopf. »Ich bring dich zum Bahnhof. Ein bisschen frische Luft …«

Er nahm sie an der Hand, und sie führte ihn. Ihm tat es gut, ihre Hand in seiner zu spüren. Auch er fühlte sich allein. Schlimmer, allein gelassen. Anne hat mich verraten, dachte er. Vielleicht ein zu starkes Wort. Aber warum verstand sie nicht, dass er nun seine Arbeit beenden musste? Es ging um seine Existenz. Aber du hast schon vor Bohmings Drohung nicht mitfahren wollen. Stimmt, aber das zählt nicht mehr, die Lage hat sich geändert. Außerdem habe ich das Ultimatum schon geahnt, bevor es ausgesprochen war. Und Heidelberg? Ich werde die Arbeit mitnehmen und dort weitermachen. Wen geht das was an?

Sein Daumen streichelte über ihren Handrücken.

»Ich habe dich immer gemocht«, sagte sie.

»Auch als du gegen mich ermittelt hast?« Er lachte, wie um den Satz zu entschärfen.

»Ich hätte Beweise gefälscht, wenn es nötig gewesen wäre«, sagte sie mit rauchiger Stimme, um einen korrupten amerikanischen Polizisten nachzuahmen. »Aber das war ja nicht nötig. Allerdings habe ich mir auch überlegt, ob ich Spuren gegen dich fabrizieren sollte wegen der Geschichte mit dieser Ines.«

»Alle Bullen sind korrupt«, sagte er. »Vor allem Bullinnen. Oder nennt man euch Kühe?«

Sie hieb ihm ihren Ellbogen leicht in die Seite. »Das ist Beamtenbeleidigung. Ich sollte dich auf der Stelle festnehmen.«

»Oho, korrupte Bullinnen, die das Sensibelchen geben, denkwürdige Mischung.«

Sie lachte und drückte seine Hand.

Am Bahnhof wartete sie, bis sein Zug abfuhr. Sie sahen sich in die Augen, ihre waren traurig. Als der Zug ruckelte, winkte sie einmal, dann drehte sie sich weg und ging. Etwas fehlte ihm, er war nicht zufrieden. Er überlegte eine Weile, was es sein könnte, dann sah er sich im Großraumabteil um. Nur ein Mann saß gegenüber in der letzten Sitzreihe. Er schlief mit offenem Mund. Jetzt hörte Stachelmann ihn leise schnarchen.

In Bad Oldesloe musste er warten auf den Zug nach Lübeck. Es hatte angefangen zu regnen, ein nasser Wind strich über den Bahnsteig. Ihn fröstelte. Er dachte an Carmen und wie schnell sie sich nahe gekommen waren. Sie suchte seine Nähe, weil er mit Ossi befreundet gewesen war und sie sich einsam fühlte. Sie brauchte ihn als Trostspender. Gib dich keinen Illusionen hin. Und wenn es keine sein sollten, wäre es noch schwieriger. Und wenn du dir anschaust, was du da treibst, dann sieht es aus wie eine Flucht. Du musst Klartext sprechen mit Anne, aber du lässt es schleifen. Sag ihr doch einfach, was du denkst und was du willst, auch was du nicht willst. Aber sie will noch ein Kind, sie will vielleicht die Heirat, wenigstens zusammenziehen. Mir reicht schon Felix. Ich muss immer wieder allein sein. Und ich will selbst bestimmen, was mit mir geschieht. Vielleicht liegt es auch daran, dass ich nicht Felix' Vater bin. Wäre ich es, hätte ich vielleicht mehr Geduld. Dann würde ich ihn aushalten. Manchmal erscheint mir Felix wie Annes Rache, weil ich gezögert habe damals. Dafür kann er nichts, aber wenn er mich doch immer daran erinnert?

In Lübeck stieg er vorsichtig die Behelfstreppen hoch. Er hielt sich am Geländer fest, um nicht auszurutschen auf dem nassen Stahl. Er fror, als er vor der Haustür stand. Ein Pfiff ertönte, dann noch einer. Stachelmann schaute sich um, dann entdeckte er Olaf, der aus einem Hauseingang schaute mit einer Plastiktüte auf dem Kopf. Olaf eilte zu Stachelmann. »Komm, wir gehen schnell rein. Ist besser, wenn man uns nicht zusammen sieht, nich?«

»Nein«, sagte Stachelmann. »Das geht jetzt wirklich nicht.«

Olaf verzog das Gesicht. Dann hellte es sich wieder auf. »Wartet sie oben?«

Stachelmann nickte.

»Dieselbe?«

Stachelmann schüttelte den Kopf.

»Eijajei, alle Achtung! Aber wir müssen was bekakeln. Das ist wichtig, nich!«

»Morgen vielleicht«, rutschte es Stachelmann heraus. Fieberhaft überlegte er, wie er es zurücknehmen konnte.

»Gut«, sagte Olaf. Dann war er weg, bevor Stachelmann etwas sagen konnte.

In der Wohnung zog er trockene Kleidung an, dann setzte er sich missmutig an den Schreibtisch. Zuerst dachte er, er sollte seine Mutter anrufen. Der Anrufbeantworter blinkte. Aber dann versank er in seinem Trübsinn. Es war doch alles sinnlos. Was er tat, verursachte nur neue Enttäuschungen für ihn und für andere. Was geschah zwischen Carmen und ihm? Es war abwegig. Sie hängte sich in ihrer Trauer an ihn, ausgerechnet an ihn, als hätte er nicht genug am Hals. Sie gefiel ihm, aber wenn er sich mit jeder Frau einließe, die ihm gefiel – eine lächerliche Vorstellung. Du wirst noch zur späten Kopie des schönen Kugler von den Politologen, der alle Frauen anbaggerte, die nicht bei drei auf dem Baum waren. Er musste schmunzeln, als er an Kugler dachte. Dem musste er doch dankbar sein, seit er Stachelmann befreit hatte von Alicia, die so schön wie verrückt war. Die sogar einen Freitod vorgetäuscht hatte, um Stachelmann zu beeindrucken. Oder hatte sie den gar nicht vorgetäuscht? Das war schon so lange her, Kugler und Alicia hatte Stachelmann schon lange nicht mehr gesehen. Er stellte sich vor, wie sie als glückliches Paar in einem kleinen Haus mit zwei bildschönen Kindern vor sich hin lebten. Also das taten, was Stachelmann niemals vergönnt sein würde.

Einen Augenblick versuchte er sich vorzustellen, Ossi habe sich gar nicht umgebracht. Dann könnte er ihn anrufen und fragen, ob diese Sammlung von Flugblättern und Zeitungsartikeln einen Sinn hatte. Oder ob Ossi in diese Akte hineingepackt hatte, was aus dieser Zeit herumlag bei ihm. Warum hast du nichts gesagt, du Idiot? Du kannst doch nicht einfach den Abgang machen, ohne was zu sagen. Du warst schon immer ein Egoist, mein Bester. Du hast mich beschützt am Anfang, gewiss. Aber habe ich deinen Schutz gebraucht? Hast du nicht eher das Gefühl gebraucht, dass alle dich für einen tollen Hecht halten, weil du auf den Neuen aufpasst? In Wahrheit hat mich niemand bedroht, Ossi. Gut, einmal, da hätten mich die Rechten fast verprügelt, und du bist dazwischengegangen. Aber sonst hast nur du mich bedrängt, du wolltest immer das Sagen haben, im Großen und im Kleinen. Du musstest immer kandidieren, wahrscheinlich schon im Kindergarten, dann Klassensprecher, dann Schülersprecher, dann in den AStA, Vorsitzender unserer Gruppe, Chefredakteur dieses Kampfblättchens, geleitet hast du auch die Fachschaftsvertretung der Jurastudenten – eine Leistung, waren das doch Mustersöhnchen oder »Büttel der Klassenjustiz«, wie du gesagt hast. Und das hast du nicht nur witzig gemeint. Wann hast du eigentlich studiert, Ossi, bei all der Vortanzerei? Bist du nach Marburg gegangen, weil du vor uns verbergen wolltest, wie du scheitertest? Weil dein Ego dich überfordert hat? Weil dich deine Angeberei gehindert hat zu studieren?

Aber irgendetwas muss mich an ihn gebunden haben. Vielleicht weil ich dankbar war. Da hat jemand für mich gesprochen. Gut, er hat es auch noch getan, als es nicht mehr nötig und eine Bevormundung war. Einmal hatten wir uns deshalb sogar gestritten. Aber am Anfang, in dieser neuen Umgebung, unter diesen Leuten, die mir so unendlich überlegen erschienen, da hat es mir gut getan, dass mir einer alles erklärt hat. Aber war da sonst nichts, was mich verband mit Ossi?

Er schloss die Augen und mühte sich, Bilder zurückzuholen. Wie Ossi neben ihm saß in der Gruppensitzung im CA. Wie er hinausging und mit zwei Flaschen Bier zurückkehrte, von denen er eine vor Stachelmann stellte, obwohl der nicht darum gebeten hatte. Wie Ossi anfangs antwortete, wenn Stachelmann gefragt wurde. Wie andere sie verspotteten als die »Heidelberger Zwillinge«, fester zusammengewachsen noch als siamesische.

Hatte Ossi damals eine Freundin? Ja, da war etwas gewesen, aber Stachelmann hatte nur die letzte Zeit miterlebt, als es auseinander ging, ohne dass Ossi getrauert hätte. Er hatte sich jedenfalls nichts anmerken lassen und natürlich verkündet, er habe der Dame den Laufpass gegeben. Stachelmann wusste, es war anders gewesen. Einmal, vor der Trennung, da hatte Ossi ihm sein Leid geklagt. Es gebe einen anderen. Sie empfinde Ossi als unreif, eine größere Kränkung hätte sie ihm kaum antun können. Auch politisch seien sie verschiedener Meinung gewesen, sie habe diese ewigen Demos, Blockaden und Flugblattaktionen lächerlich gefunden. Vollversammlungen, die alles Mögliche waren, nur nicht voll. Und die politischen Ansagen in Seminaren waren ihr auf die Nerven gegangen. Verrenkungen mit weniger Wirkung als der Furz eines Kanarienvogels. Stachelmann musste lachen, leise nur. Wie hieß sie? Katharina, genannt Kathrin, mit einer roten Mähne, etwas dunkler als Ossis Haare. Und der wurde verspottet wegen ihr. Einmal rot, das sei gerade noch erträglich, aber das Doppelrot lasse einen erblinden.

Das Telefon klingelte. Er nahm ab, sah im Display Annes Nummer und hätte fast aufgelegt. Er tat so, als wüsste er nicht, wer anrief, und meldete sich mit »Stachelmann«.

»Tut mir Leid«, sagte Anne. »Ich war ein bisschen grob.«

»Kein Problem«, sagte er kühl.

»Dann ist ja gut.« Ihre Stimme sagte: Ich glaube dir nicht. »Aber du musst verstehen, das kam überraschend. Ich hatte mich so gefreut auf unseren ersten gemeinsamen Urlaub.«

»Ich doch auch. Aber was soll ich machen? Beklag dich beim Sagenhaften.«

Sie schwieg eine Weile, dann sagte sie: »Das ist nicht alles, Josef. Die Kurzfassung könnte lauten, du bist nicht als Familienvater geboren. Ich frage mich, seit einiger Zeit schon, wie wir das hinkriegen sollen.«

»Lass uns nach dem Urlaub darüber reden, ich muss noch nachdenken.«

»Das ist auch typisch«, sagte sie sanft. »Du redest nicht darüber, sondern grübelst vor dich hin, um eine Antwort zu finden. Vielleicht wäre es einfacher, wir sprechen darüber, und dann kannst du immer noch deine Schlüsse ziehen.«

Diesmal schwieg er.

»Na gut, kommst du morgen ans Seminar?«

Er hatte darüber nicht nachgedacht. »Eigentlich wollte ich zu Hause arbeiten«, sagte er nach einer Pause.

»Du meldest dich, wenn du wieder auftauchst.«

»Ja, natürlich.«

Sie legte auf.

Er saß eine Weile wie erstarrt auf dem Schreibtischstuhl. Dann fuhr er sich durch die Haare und verzog das Gesicht. Er fragte sich, was ihn mehr bedrängte: wenn sie böse auf ihn war, oder wenn sie sich sanft gab. Das Sanfte richtete sich an sein Gewissen, er fühlte sich ertappt. Dabei tue ich nichts Unrechtes, sondern versuche nur zu überleben. Das ist schwer genug, und man muss es mir nicht schwerer machen. Sein Fehler war, sich auf diesen Urlaub überhaupt eingelassen zu haben. Er hatte es getan, als der Urlaub noch fern lag, weil er sie nicht enttäuschen wollte. Damals war es auch anders gewesen mit Anne, manchmal so, als wollten sie nachholen, was sie all die Jahre versäumt hatten. Erst seit Ossi tot war, dachte er darüber nach.

Wie hieß Ossis Heidelberger Freundin mit Nachnamen? Weigand, nein, Wiegand. Katharina Wiegand. Er schaltete den Computer ein, wartete, bis der gebootet hatte, und gab dann den Namen in die Suchmaschine ein. Knapp fünfzig Treffer. Er fügte »Heidelberg« hinzu in der Suchzeile. Es blieb ein Treffer. Da stand eine Katharina Wiegand, Pressesprecherin eines Wissenschaftsverlags, dessen Namen Stachelmann kannte. Wie groß war die Wahrscheinlichkeit, dass sie die Richtige war? Gering. Aber wenn er es einfach versuchte? Jetzt würde er sie im Büro nicht erreichen. Also gab er ihren Namen im Online-Telefonbuch ein. »K. Wiegand«, den Eintrag gab es nur einmal. Er schaute zum Telefon und sah den Anrufbeantworter blinken. Er hörte ihn nicht ab. Aber es fiel ihm ein, er hatte wieder vergessen, seine Mutter anzurufen.

Was hinderte ihn daran? Der Streit mit dem Vater kurz vor dessen Tod. Er fühlte sich schuldig, er hatte das Gespräch abgebrochen, weil er die Lebenslügen nicht ertrug. Lebenslügen, die für seinen Vater Wahrheiten gewesen waren. Der Vater war verzweifelt, weil er sich und seine Zeit nicht wieder erkannte in der Wahrnehmung seines Sohnes. Es waren unvereinbare Welten, und Stachelmann hatte es aufgegeben, eine Brücke zu suchen zwischen ihnen. Er sah sich im Recht, das schlechte Gewissen hatte keinen sachlichen Grund. Warum redest du dir immer wieder ein schlechtes Gewissen ein?

Wie um auf andere Gedanken zu kommen, wählte er die Heidelberger Nummer. Es klingelte lange, gerade als er auflegen wollte, knackte es.

»Ja?«

»Stachelmann, entschuldigen Sie bitte die Störung …«

»Bist du es, Jossi!?«

»Ja.«

»Das ist ja nett, wenn auch ein bisschen spät. Wo bist du?«

»In Lübeck.«

»Ach, da oben.«

»Ich komme bald nach Heidelberg.«

»Dann müssen wir uns sehen, unbedingt!«

Jetzt erkannte er ihre Stimme wieder. Sie sprach einen gemäßigten kurpfälzischen Dialekt, weich, etwas nasal. »Gerne«, sagte er.

»Und wie geht es Ossi? Der wohnt doch in Hamburg. Ihr seht euch ja hin und wieder. Als er mir das erzählt hat, habe ich gleich an die alten Zeiten denken müssen. Ossi und Jossi.«

»Ossi ist tot.«

Schweigen.

»Er hat sich umgebracht.«

Er hörte sie atmen. »Das ist unmöglich«, sagte sie endlich.

»Warum?«

Sie schluckte. »Er war vor ein paar Wochen erst hier, wir haben richtig einen draufgemacht. Er war quietschfidel ... du machst einen schlechten Scherz.«

»Nein, es ist, wie ich es sage.«

»Rufst du deswegen an?«

»Ja, nein. Ich sitze vor einer Mappe mit Flugblättern und Artikeln von damals. Und da fiel mir ein, dass du mit Ossi zusammen warst.«

Sie sagte nichts. Er hörte sie atmen.

»Da geht es auch um diesen Thingstättenmord, du erinnerst dich?«

»Wie hat er es gemacht?«

»Ein starkes Schmerzmittel, dazu ein Diabetikerspray, etwas ganz Neues.«

»Er hatte Zucker?«

»Nein.«

»Ossi hat sich nicht umgebracht. Schon gar nicht mit so einem Spray. Ossi hätte sich aus dem dreißigsten Stock gestürzt oder sich in den Kopf geschossen. Aber mit einem Spray? Woher soll er denn gewusst haben, dass das tödlich ist?«

»Ich weiß es nicht.«

»Aber die Bullen glauben an Selbstmord?«

»Sie haben keine Spuren gefunden, die dagegen sprechen. Und Ossi war Kriminalist, der sollte doch wissen, wie man sich schmerzfrei umbringt.«

»Kein Abschiedsbrief?«

»Nein.«

»Glaubst du wirklich, der bringt sich um, ohne mindestens ein Manifest zu hinterlassen?«

Stachelmann musste lachen. So war Ossi. »Mir kommt

es auch komisch vor. Aber warum sollte die Polizei den Mord an einem Kollegen vertuschen wollen?« Er überlegte, ob er ihr von der Druckstelle an Ossis Kopf erzählen sollte, aber er wollte kein Lamentieren mehr hören.

»Ja, warum?«, sagte sie. »Vielleicht ist er einer Bullenverschwörung auf die Spur gekommen. Du hast von einer Akte gesprochen über den Thingstättenmord. Wenn das damals ein Bulle war? Da ging doch ein Gerücht um, weißt du das nicht mehr?«

Er erinnerte sich. »Aber damals wurden Bullen, Geheimdienste oder die Justiz immer verdächtigt, denk an die RAF-Selbstmorde, die als Morde verkauft wurden, und viele haben es geglaubt.«

»So ganz sicher bin ich mir da bis heute nicht. Aber sei's drum. Es steckten oft genug Bullen oder Verfassungsschutzspitzel hinter Schweinereien, denk nur an Peter Urbach, der die ersten Mollies geliefert hat. Damals, bei der Springerblockade in Berlin, nach dem Attentat auf Dutschke. Und Steinmetz, Schmücker, Mousli, Schlickenrieder. Schon vergessen?«

»Ja, ja, aber daraus kann man doch keine große Bullenverschwörung machen.«

»Es gibt auch keinen Beweis, dass es die Verschwörung nicht gab.«

»Es gibt auch keinen Beweis, dass die grünen Marsmännchen nicht vor hundert Jahren auf einen anderen Planeten gezogen sind, weil sie ihre Entdeckung befürchteten.«

»Ach, wirklich?«

Der Gedanke schoss ihm durch den Kopf, sie wolle ihn auf den Arm nehmen. Aber Kathrin war humorlos, und Menschen ändern sich nicht. »Hat Ossi was gesagt über den Thingstättenmord, als er in Heidelberg war?«

»Ja, irgendwie kamen wir drauf. Wir saßen im Palme, so wie früher, weißt du noch? Den Weißen Bock kann man sich inzwischen nicht mehr leisten, die machen auf fein und teuer. Haben über alte Zeiten gesprochen. Der Manfred und die Uschi waren dabei, ach ja, die Regine auch.«

Es war wie ein Stich ins Herz. »Regine auch?«

»Sie ist Lehrerin, für Geschichte und Deutsch, glaube ich.«

»Wo wohnt sie?«

»In Neuenheim, wie früher, aber natürlich woanders. Sie heißt jetzt Ginelli mit Nachnamen, hat einen Italiener geheiratet, ist aber längst geschieden.«

Stachelmann schrieb den Namen auf den Aktendeckel, dann erschrak er, die Akte war ein Beweismittel der Polizei.

»Was ist?«, fragte Kathrin.

»Nichts. Ich habe eben nur ein Beweismittel der Polizei verschönert. Was habt ihr geredet über den Thingstättenmord?«

»Warum willst du das wissen? … Also, irgendwer, ich weiß nicht mehr, wer es war, also irgendwer hat angefangen, von heroischen Vollversammlungen zu schwärmen. Doch, jetzt weiß ich's wieder, der Manfred war's. Wir kamen dann natürlich auf Ossi.« Sie schluckte. »Also, wie Ossi die DKPisten und Maoisten zur Schnecke gemacht hat. Du hast ihm da ja geholfen. Das war Ossis größter Auftritt. Darauf ist … war er richtig stolz, immer noch. Er hat gestrahlt wie ein Honigkuchenpferd.«

Jetzt erinnerte sich Stachelmann. Er hörte das Gejohle und Gelächter, als Ossi die anderen fertig machte.

»Und irgendwie haben wir angefangen, über den Mord zu reden. Wir haben natürlich nur wiederholt, was wir damals spekuliert haben. Also, ich bin nach wie vor überzeugt, die Bullen waren es. Oder der Verfassungsschutz, aber das läuft ja aufs Gleiche hinaus. Die anderen glauben da eher an Nazis, das Opfer war ja ein Linker. Aber was interessiert dich das? Was hat es mit Ossis Tod zu tun?«

Stachelmann berichtete knapp von der Akte und dem unterstrichenen Wörtchen »nie«.

»Das sagt doch nichts. Wenn Ossi was Neues gewusst hätte, das hätte er uns doch erzählt.«

»Was hat er denn erzählt?«

»Ein bisschen was von deinen Abenteuern. Wann kommst du?«

»Bald, ich melde mich. Du bist ja da, oder fährst du in Urlaub?«

»Nein, Urlaub kann ich mir nicht leisten.«

Nach dem Telefonat schrieb er »Regine Ginelli« auf einen Zettel und suchte ihre Telefonnummer. Er fand sie gleich und schrieb sie zum Namen auf den Zettel. Er griff zum Hörer, aber dann schaute er auf die Uhr. Es war Mitternacht, zu spät. Vielleicht war es gut so.

Er legte sich hin. In Gedanken war er in Heidelberg, saß in Seminaren, Gruppentreffen, demonstrierte und erinnerte sich auch seiner Zweifel. Aber am Morgen erwachte Stachelmann mit einem Traumsplitter von Horatio Hornblower, dem britischen Seehelden zu Napoleons Zeit, der seinen Körper hasste und sich gerade deshalb zwang, mit den Stärksten mitzuhalten.

***

16. Mai 1978
Angelika hat sich in der Marstallmensa neben mich gesetzt. Sie hätte sich auch neben R. oder K. setzen können. Es war also nicht so, dass ich der Einzige gewesen wäre, den sie kannte und neben dem Platz war. Den R. kennt sie sogar länger und besser als mich. Ich habe die beiden schon ein paar Mal schwätzen gesehen. Manchmal denke ich, ich sollte was andeuten von der Thingstättensache. Angelika sagte, dass sie glaube, der L. sei ein Verräter gewesen, und deshalb solle sich keiner beschweren. Man werde nicht gezwungen, Verräter zu werden.

Ein Gutes hat es, dass wir uns so spät bekannt haben. Die Polizei lässt uns in Ruhe. Wir sind wohl nur Spur Nummer 261 oder so. Manchmal träume ich vom Gefängnis. Wie sie mich einliefern im Faulen Pelz. Revolutionäre dürfen Angst haben, aber sie müssen sie überwinden.

6

»Nein, das habe ich doch schon der Polizei gesagt.« Die Frau ärgerte sich, und sie zeigte es.

Stachelmann überlegte, wie er sie besänftigen könnte. »Ich war ein Freund von Ossi …«

»Ich weiß«, sagte sie. Ihre Laune verbesserte sich nicht. Sie hatte ein hartes Gesicht, am Hals traten Adern hervor. Der Ärger packte sie nicht nur heute, sondern oft. Er hatte ihr Falten ins Gesicht geschnitten, dessen Haut sie offenbar regelmäßig im Sonnenstudio austrocknete. Sie bat Stachelmann nicht hinein.

»Wenn Sie mir etwas über diese Raten nur andeuten könnten. Ich werde der Polizei nichts sagen. Ich verspreche es.«

Sie schaute ihn mit schiefem Kopf an und lachte bitter. »Versprechen, wenn Kerle was versprechen …«

Stachelmann schaute in den Flur, hinten öffnete sich eine Tür, ein Mädchen starrte ihn neugierig an. Sie war vielleicht dreizehn oder vierzehn. Sie sah Ossi ähnlich, hatte rote Haare, die ihr in vielen dünnen Zöpfen vom Kopf hingen.

Die Frau folgte Stachelmanns Blick und zischte: »Mach die Tür zu!«

Das Mädchen verzog das Gesicht und gehorchte.

»Ich hätte mehr als dieses Geld verdient«, keifte die Frau. »Ich ziehe seine Blagen hoch, und die paar Kröten, die er dafür rausrückte, haben nicht gereicht. Und jetzt kriege ich gar nichts mehr.«

»Da ist schon Geld auf dem Konto«, sagte Stachelmann. »Aber ich kenne Ossis Testament nicht.«

»Der hat mir nichts vererbt, der nicht.«

»Aber vielleicht den Kindern?«

Sie machte eine wegwerfende Handbewegung.

»Wenn ich wüsste, dass er Ihnen diese drei Raten über jeweils zehntausend Euro gegeben hat, dann würde ich möglicherweise an einen Freitod glauben.«

»Es ist mir egal, ob Sie's glauben oder nicht. Ob da einer nachgeholfen hat oder nicht, ich weine dem Scheißkerl keine Träne nach. Keine einzige.« Sie war laut geworden. »Und jetzt muss ich weiterarbeiten, ich kann es mir nicht leisten, meine Zeit mit Gequatsche zu verschwenden, schon gar nicht über einen Haufen Geld, den ich nicht bekommen habe. Einen schönen Tag noch«, zischte sie und knallte die Tür zu.

Stachelmann erschrak und verharrte noch einige Sekunden vor der Tür der Doppelhaushälfte in Bergstedt. Im Carport stand der rote BMW, der ihm gleich aufgefallen war. Der Wagen war neu. Es war zwar das kleinste Modell, aber das war teuer genug. Zu teuer für eine allein stehende Frau, die zwei Kinder großzuziehen hatte.

Der Postbote stellte sein Fahrrad am Vorgarten ab. Für Stachelmann war es wie ein Signal, endlich zu gehen. Mit dieser Frau war Ossi verheiratet gewesen, wie hatte ihm das passieren können? Es muss die Hölle gewesen sein, wenn sie damals so war wie heute. Menschen ändern sich nicht, höchstens, dass sie ihre schlechten Eigenschaften ausprägen. Stachelmann versuchte sich vorzustellen, wie es in dieser Ehe zugegangen war. Wenn einen so jemand zu Hause erwartete, dann machte man lieber Überstunden. Vielleicht erklärte sich so auch Ossis Hang zur Flasche.

Er lief zur Hauptstraße und merkte erst jetzt, er wurde nass im Nieselregen. Er winkte Taxis, aber erst das dritte hielt. Der Fahrer schaute ihn missmutig an, weil er sich nur bis zur U-Bahn-Station Buckhorn fahren ließ. In Buckhorn setzte er sich in die U 1, in der Wandsbecker Chaussee stieg er um in die S 11 Richtung Altona. Am

Dammtor stieg er aus, auf dem Weg zur Uni wurde er noch nasser.

Auf seinem Schreibtisch im Dienstzimmer lag ein Prospekt, in dem Wasserbetten angeboten wurden. Er nahm ihn, zerknüllte ihn und warf ihn in den Papierkorb. Nur Renate Breuer hatte außer ihm einen Schlüssel für sein Zimmer, also konnte nur sie ihm diesen Unsinn auf den Schreibtisch gelegt haben. Er überlegte kurz, wie er es ihr abgewöhnen könnte, ohne sie zu beleidigen. Aber dann schob er es weg und griff zum Telefonhörer. Carmen war gleich dran.

»Hast du gewusst, dass Ossi vor ein paar Wochen nach Heidelberg gefahren ist?«

»Ja.«

»Hat er was darüber erzählt?«

»Eigentlich nicht. Es hat mich auch nicht so interessiert. Ich war auf einem Lehrgang, und als ich zurückkam, war er wieder da.«

Komisch, dass Carmen davon nichts gesagt hatte. Stachelmann überlegte, ob er nachhaken sollte, unterließ es dann aber. Stattdessen berichtete er ihr vom Besuch bei Ossis Exfrau. »Grauenhaftes Weib, aber ich glaube, sie hat das Geld gekriegt. Nur würde sie es nie zugeben.«

»Wie kommst du darauf?«

»Da stand ein funkelnagelneues Auto im Carport.«

»Das muss nichts bedeuten.«

»Stimmt, aber es kann was bedeuten. Ich glaube nicht an Zufälle.«

»Ich schon«, sagte Carmen. »Vor Gericht kämst du damit jedenfalls nicht durch.«

»Warum, bist du das Gericht?«

Sie lachte. »Ich bin die letzte Instanz.«

»Bescheidenheit ist eine Zier …«

»Doch weiter kommt man ohne ihr«, ergänzte sie.

»Ich habe selten jemanden getroffen, der mir unsympathischer war als Ossis Exfrau. Ein richtiger Drachen. Kennst du sie?«

»Nein. Das habe ich mir erspart. Ossi hat genug über sie erzählt.«

»Warum hat er sie geheiratet?«

»Das wird mir immer ein Rätsel bleiben«, sagte sie. »Er hat es wohl selbst nicht verstanden.«

Stachelmann überlegte, was das bedeutete.

»Am Samstagnachmittag ist die Beerdigung, um zwei Uhr, Hauptfriedhof in Ohlsdorf. Wir treffen uns am Krematorium.«

Kaum hatte er aufgelegt, klingelte das Telefon wieder.

»Josef, hast du eine Minute Zeit?«, fragte seine Mutter. Er erschrak, er hatte sie immer noch nicht zurückgerufen.

»Ja, natürlich. Tut mir Leid.«

»Was? Ach so, ist schon gut, du hast ja immer so viel zu tun. Ich wollte dir nur etwas sagen. Aber du sollst nicht erschrecken. Es hört sich schlimmer an, als es ist.«

Während er zuhörte, ahnte er, was sie ihm sagen wollte.

»Ich war beim Arzt. Eine Geschwulst.« Er begriff, sie wollte das Wort »Krebs« nicht in den Mund nehmen, um ihn zu schonen.

»Krebs«, sagte er.

Sie wartete, dann sagte sie: »So ähnlich, im Dickdarm. Es ist klein, aber sie werden es sicherheitshalber herausnehmen. Du brauchst dir aber keine Sorgen zu machen.«

Allein dass sie anrief, um es ihm zu sagen, widerlegte sie. Er widersprach ihr nicht. »Wann?«

»Montag, in Eppendorf.«

»Dann kann ich dich ja besuchen.«

»Aber erst nach der Operation.«

»Gut. Kann ich sonst etwas für dich tun?«

»Nett von dir. Nein, ich muss ja nur ein paar Sachen packen.«

»Ich könnte dich zum Krankenhaus fahren.«

»Gut, aber es ist sehr früh.«

»Reicht es, wenn ich gegen sieben Uhr in Reinbek bin?«

»Ja, aber sei bitte pünktlich.«

Er saß noch lange am Schreibtisch. Irgendwann würde sie sterben. Stachelmann wusste nicht, was es ihm bedeutete. Das würde er erfahren, wenn es sie nicht mehr gab. Er würde sie neben dem Vater beerdigen müssen auf dem Reinbeker Waldfriedhof.

Es klopfte, Anne kam, ihn zum Essen abzuholen. Fast wäre ihm herausgerutscht, er habe keinen Hunger. Sie gab sich fröhlich, lästerte über das Mensaessen, fragte, wie viele Jahre ihres Lebens sie der Bequemlichkeit opfere, das fertige Essen gereicht zu bekommen. Felix habe es besser, der bekomme bei der Tagesmutter immer nur das Feinste vom Feinen. Kleinkind müsste man sein. Sie lachte ihn an, während sie sich an einem Tisch gegenübersaßen. Ihre Fröhlichkeit versiegte, als er kurz von seiner Mutter erzählte. Danach sprachen sie nicht mehr viel.

Am Nachmittag plagte sich Stachelmann mit seiner Arbeit. Er schaffte weniger, als er sich vorgenommen hatte, aber das konnte seine Laune auch nicht weiter verschlechtern. Missmutig fuhr er nach Hause und hoffte, dass Olaf ihn nicht abpasste. Aber der wartete in der Nähe seiner Tür und tat so, als komme er gerade zufällig vorbei. Hatte der Kerl nichts anderes zu tun, als ihm aufzulauern? Bevor Olaf ein Wort sagen konnte, schnauzte Stachelmann ihn an, nun war er fast froh, schlecht gelaunt zu sein. Das machte es ihm leichter. »Was willst du noch? Ich habe keine Zeit und keine Lust! Schon gar nicht, wieder in den Knast einzuziehen.«

Olaf zeigte sich unbeeindruckt. »Ist ja gut. Lass mich rein, wir reden, dann gehe ich, nich.«

Stachelmann witterte eine Gelegenheit, Olaf loszuwerden, wenn er noch einmal nachgab. »Aber es ist das letzte Mal«, sagte er.

Olaf machte es sich in der Küche auf einem Stuhl bequem, als wäre er hier zu Hause. Er schaute sich demonstrativ um, was Stachelmann als Aufforderung begriff, irgendetwas Alkoholisches anzubieten. Er fand im Küchenschrank die angebrochene Flasche Weinbrand und stellte sie zusammen mit einem Wasserglas auf den Tisch. Olaf betrachtete das Etikett, nickte und schenkte das Glas voll. »Auf deines«, sagte er und nahm einen großen Schluck. Erst blubberte er mit den Lippen, dann schüttelte es ihn, schließlich atmete er scharf ein und stieß die Luft zischend aus. Er bohrte sich in der Nase, betrachtete den Ertrag auf der Fingerspitze und schnalzte ihn weg. »Wir brauchen einen, der was im Kopf hat. Und da dachte ich an dich, nich?«

»Bevor du weiterredest, sage ich dir, ich gehe zur Polizei, wenn du eine Straftat planst.«

Olaf schaute ihn aus großen Augen an. Dann grinste er. »Gehst wohl auf Nummer sicher, nich? Ist clever. So einen brauchen wir. Einen, der an alles denkt.«

»Ich meine es ernst«, sagte Stachelmann, der seinen Zorn unterdrückte. So weit ist es gekommen, dass dich ein Bekloppter zu einem Verbrechen überreden will. »Ich glaube, es ist besser, du gehst jetzt.«

Olaf verzog die Miene. Dann hellte sich sein Gesicht wieder auf. »Du meinst, wir werden hier abgehört. Da war doch was, ich hab's in der Zeitung gelesen. Oder hat es mir ein Kumpel erzählt?«

Stachelmann ärgerte sich jetzt noch, wenn er daran dachte, wie die Lübecker Nachrichten lang und breit über den Eindringling berichtet hatten, der mehrfach in seine Wohnung eingebrochen war. »Quatsch«, sagte er. »Niemand hört uns ab.«

»Lass uns draußen weiterreden, nich?«

»Nein«, sagte Stachelmann. Dann schrie er: »Nein! Raus!«

Olaf erschrak. »Was ist denn los? Du steckst in der Scheiße, nich? Sag das doch gleich. Einem Kumpel helfe ich immer.«

»Wenn du jetzt nicht abhaust, ruf ich die Polizei«, sagte Stachelmann. »Du hast zehn Sekunden Zeit.«

Olaf legte den Kopf auf die Seite und blinzelte. »Nu reg dich wieder ab. Ich versteh, du bist schlecht drauf heute. Kann ja mal passieren, nich? Habe ich auch schon gehabt. So 'nen Tag sollte man ins Klo werfen, nich?« Er erhob sich und stellte sich vor Stachelmann. Ein scharfer Geruch zog ihm in die Nase. Olafs Lieblingsort war nicht die Dusche. Olaf klopfte Stachelmann auf die Schulter. »Das wird wieder, bestimmt. Und dann reden wir, in aller Ruhe, nich?«

»Nein!«, brüllte Stachelmann ihm ins Gesicht. »Raus! Sofort!«

»Ist ja gut.« Olaf ging gemächlich zur Wohnungstür und öffnete sie. Als Stachelmann schon glaubte, Olaf steige die Treppe hinunter, erschien dessen Gesicht in der Türspalte. »Das wird wieder, bestimmt. Ich hab so was auch schon erlebt. Am besten, du trinkst dir einen und haust dich auf die Matratze. Morgen ist alles gut, nich?« Fast lautlos zog er die Wohnungstür zu.

Stachelmann blieb stehen im Flur und lauschte. Er hörte Schritte auf der Treppe, dann klackte die Haustür. Er ging zum Schreibtisch im Wohnzimmer, setzte sich auf den Stuhl und blätterte in Ossis Akte. Als wieder der Artikel mit dem unterstrichenen »nie« vor ihm lag, kam ihm der Gedanke, vielleicht könne die Polizei die Tinte untersuchen und feststellen, wann Ossi das Wort unterstrichen hatte. Aber was würde es bedeuten, wenn er das vor kurzem oder vor Jahren getan hatte? Wahrscheinlich bedeutete die Unterstreichung sowieso nichts. Du bist verrückt, aus einem kleinen Strich unter drei Buchstaben fabrizierst du einen Zusammenhang, für den es in Wahrheit nicht einmal ein halbes Indiz gibt. Was zeigt der Strich? Dass Ossi sich irgendwann mit der Sache beschäftigt hat. Er hat darüber nachgedacht, wie jeder darüber nachdenken würde, der einen solchen Artikel liest. Unaufgeklärte Morde verunsichern einen. Es laufen welche herum, die einen Menschen getötet haben. Möglich, dass man so einen trifft. Aber man erkennt sie nicht, und sie haben keinen Grund, einem etwas zu tun. Was steht fest? Ossi starb auf dem Schreibtischstuhl, sein Kopf lag auf der Akte, in welcher sich ein Artikel über den Thingstättenmord befindet. In diesem Artikel ist das Wort »nie« unterstrichen, wie um zu betonen, das Verbrechen sei nicht aufgeklärt. Es kann also sein, dass Ossis Tod etwas zu tun hat mit dem Thingstättenmord. Nur wenn du diesen Zusammenhang jemandem vorträgst, der etwas versteht von polizeilicher Ermittlung, wird der dich für bescheuert halten. Und dies zu Recht. Denn aus den Tatsachen ließen sich mit gleicher oder größerer Wahrscheinlichkeit andere Schlüsse ziehen. In Wahrheit geht es dir darum, nach Heidelberg zu fahren. Seit Ossi tot ist, zieht es dich dorthin. Aber Ossis Tod ist nicht der Grund, er hat dich nur darauf gestoßen. Du hast Fragen zurückgelassen in Heidelberg. Sie rücken dir näher, je älter du wirst. Möglicherweise bist du dabei, zu vergreisen, schon scheint dich deine Zukunft weniger zu interessieren als deine Vergangenheit. Wenn es anders wäre, würdest du in den kommenden Wochen nichts anderes tun, als deine Habilarbeit abzuschließen.

In den Nächten schlief er schlecht, die Schmerztabletten wirkten kaum. Tagsüber saß er an der Arbeit. Auch am Samstagvormittag versuchte er voranzukommen. Aber es gelang ihm nicht viel. Bald saß er da und dachte an Ossis Beerdigung. Er fand im Schrank den Anzug, in dem er schon seinen Vater beerdigt hatte, zog ihn an, dazu den schwarzen Schlips. Viel zu früh fuhr er mit der Bahn zum Hauptbahnhof. Er nahm die S 1 nach Poppenbüttel und stieg in Ohlsdorf aus. Am Haupteingang zeigte ihm ein Schild den Weg zum Krematorium, daneben das Ehrenmal für KZ-Opfer. Stachelmann sah die Gruppe gleich, darunter einige Uniformträger. Zuerst erkannte er Taut, den Anzug und Mantel besonders fett aussehen ließen. Etwas abseits stand Ossis geschiedene Frau mit ihren zwei Kindern, auch sie in Schwarz. Carmen stand am anderen Rand der Gruppe. Dann mussten sie ein Stück laufen zu einer Kapelle.

Ein Beerdigungsredner hielt so etwas wie eine Predigt. Stachelmann hätte am liebsten Carmen gefragt, ob sie den Schwätzer engagiert hatte. Wahrscheinlich war es die Exfrau gewesen, die saß jedenfalls vorn mit den Kindern, wo der Sarg aufgebahrt war, bedeckt mit der hamburgischen Landesflagge, davor Kränze mit goldbeschrifteten Schleifen. Carmen hatte sich zwischen ihren Kollegen in einer hinteren Reihe versteckt. Stachelmann fand nur einen Platz hinter ihr. Als der Schwätzer fertig war mit seinem Sermon über den Dienst am Bürger und den Sinn des Lebens, der vielen verdüstert werde in diesen Zeiten, verließ die Gruppe die Kapelle und wartete auf den Sarg mit den Trägern. Stachelmann näherte sich Carmen, tippte ihr auf die Schulter, und als sie ihn anschaute, sagte er: »Ich gehe jetzt. Das ertrage ich nicht.« Fast hätte er gesagt: Das hat er nicht verdient.

Sie zuckte mit den Achseln, Tränen standen in ihren Augen. Dann nickte sie und wandte sich ab. Er hoffte, sie würde ihn verstehen.

Erst am Sonntagnachmittag verschwand seine Niedergeschlagenheit, und er konnte wieder arbeiten. Wenn er so weitermachte, würde er in zwei Wochen fertig sein. Eigentlich könnte ich mit nach Schweden, aber dazu ist es zu spät. Und ich will nicht. Dann fiel ihm ein, es würden ihn in der zweiten Hälfte der Arbeit wahrscheinlich größere Schwierigkeiten erwarten. Er entsann sich, einige Fragen unbeantwortet gelassen zu haben. Das Gefühl, das er für Zufriedenheit gehalten hatte, verflüchtigte sich. Erst schaffst du nichts, weil du dir nichts zutraust, dann wirst du euphorisch, um schließlich erneut zu verzagen. Er schüttelte den Kopf und beschloss, ins Bett zu gehen. Am Morgen musste er früh aufstehen.

Die Schmerzen weckten ihn schon gegen vier Uhr. An Schlaf war nicht mehr zu denken, als ihm einfiel, er musste später nach Reinbek fahren, um seine Mutter ins Krankenhaus zu bringen. Sonst hätte es vielleicht geholfen, eine Diclofenac zu schlucken und umherzulaufen, bis die Wirkung einsetzte. Also hockte er sich an den Computer und bearbeitete seinen Text. In einer Pause blätterte er in Ossis Akte, aber je öfter er hineinschaute, desto langweiliger erschien sie ihm.

Er war froh, als er endlich losfahren konnte. Die Autobahn war voll, doch er kam zu früh nach Reinbek. Als er das Auto vor dem Haus der Mutter parkte, fühlte er sich schwer. Die Mutter erschien ihm blass, sie war offenbar schon lange wach, ein Koffer stand im Flur. Stachelmann rollte ihn zum Auto und wuchtete ihn in den Kofferraum. Sie hatte sich wohl auf einen langen Krankenhausaufenthalt eingerichtet. Sie gab sich fröhlich. Nun setzte der Schmerz im Rücken ein, der Koffer war schwer gewesen.

»Schön, dass du da bist. Warst ja schon lange nicht mehr hier. Viel zu tun, der Sohn, immer so viel zu tun. Was macht deine Habilitation?«

Er beschönigte, um sie nicht aufzuregen. »Ich fahre demnächst ein paar Tage nach Heidelberg«, sagte er.

»Ich dachte, du fährst mit Anne in den Urlaub nach Schweden.«

Er überlegte, woher sie es wusste. Hatte sie mit Anne

telefoniert? Oder hatte er darüber gesprochen? »Das schaffe ich nicht, die Arbeit.«

Sie schaute ihn streng an. In ihren Augen lag die Bitte, es nicht zu vermasseln mit Anne. Sie wusste wenig über die Irrungen und Wirrungen ihrer Beziehung, aber was sie wusste, schien ihr zu genügen, sich zu sorgen. Doch sie vermied es, bei ihm den Eindruck zu erwecken, sie wolle sich einmischen. Früher hatte sie manchmal gesagt: Das Alter hat seine Vorteile, man hat die meisten Fehler hinter sich. Stachelmann verstand, was sie dachte, ihre Miene verriet genug. Aber er verstand es nur, weil er in ihrem Gesicht las, was er fürchtete. Er war aus Schwäche unentschlossen und selbstbezogen, immer bereit, eine Dummheit an die andere zu reihen. An dem Ast zu sägen, auf dem er saß.

Sie ging noch einmal durch alle Räume, um zu prüfen, ob sie das Haus ordentlich hinterließ, die Lichter und Geräte ausgeschaltet waren. Auf der Fahrt sprachen sie wenig, beide waren versunken in ihren Gedanken. Kurz vor dem Krankenhaus Eppendorf sagte sie: »Aber du beerdigst mich neben Vater, nicht wahr?«

Er nahm eine Hand vom Steuer, drückte ihre und erwiderte: »Wenn es so weit ist, nicht vorher.«

Sie lächelte. »Manchmal denke ich, es sei nun gut.«

»Red nicht so.«

»Aber du interessierst dich ja auch nicht mehr für mich. Ich falle dir doch nur zur Last.«

»Unsinn«, sagte Stachelmann scharf. »Ich habe viel zu tun.«

»Seit dem Streit mit Vati bist du so. Weil du nicht begreifen konntest, was er glaubte. Du weißt ja, ich sehe das ähnlich wie Vati. Ihr jungen Leute macht euch das zu einfach.«

Stachelmann spürte seinen Missmut wachsen. Er dachte oft an den Streit mit dem Vater. Der hatte im Krieg als

Hilfspolizist KZ-Häftlinge bewacht, die Bomben entschärfen mussten in Hamburg. Und er war vor dem Krieg in die SA eingetreten. Der Vater hatte versucht, sein Verhalten aus den Bedingungen der Zeit zu erklären, war gewissermaßen zum Historiker des eigenen Handelns geworden. Aber in diesem Fall war Stachelmann nicht bereit, historisch zu diskutieren, ihm war es eine moralische Frage gewesen, ob man Mitglied wird in einer Truppe, die sich ihrer Gewalttaten rühmte. Der Vater in einer antisemitischen Schlägerbande. Ihm fiel ein SA-Lied ein:

Blut muss fließen knüppelhageldick,
und wir scheißen auf die Freiheit dieser Judenrepublik.

Er summte leise die Melodie. Die Mutter schaute ihn an. »Glaubst du, dein Vater hat Juden totgeschlagen?«

Stachelmann antwortete nicht. Sie war aufgeregt wegen der Diagnose und der Operation, da musste er nicht einen Streit beginnen. Aber war er es, der angefangen hatte? Vielleicht wollte sie sich streiten, um sich abzulenken.

Er rollte den Koffer bis in ihr Zimmer. Im zweiten Bett lag eine alte Frau mit einer Nasenkanüle, sie röchelte leise. Eine dicke Schwester hatte Stachelmann und seine Mutter geführt und drängte ihn nun, er möge das Zimmer verlassen. »Der Oberarzt kommt gleich.«

Stachelmann nahm seine Mutter kurz in den Arm und hatte das Gefühl, es sei das letzte Mal. Dann ging er, ohne ein Wort zu sagen. Im langen Flur mit vielen Türen überlegte er, wie es ist, wenn man weiß, dass man die letzte Station erreicht hat. Draußen schlug ihm ein kühler Wind entgegen, und Stachelmann schien es, als könnte er die Nordsee riechen. Er fuhr mit dem Auto zum Von-Melle-Park und fand erstaunlicherweise gleich einen Parkplatz.

Bis zu seinem Seminar hatte er noch Zeit. Er kopierte die Textdatei vom Notebook auf den PC und machte sich an die Arbeit. Kaum hatte er sich eingelesen, öffnete sich die Tür mit einem Klopfen, und Renate Breuer stand in der Türöffnung. Sie hatte ein Papier in der Hand. »Ich hätte da noch eine« – sie stockte – »Anregung.«

Stachelmann hob den Arm und sagte: »Nein.« Er war zu laut geworden, es steckten Wut und Traurigkeit in ihm, und die bekam die Sekretärin nun ab. Die Tür war schon zu, als er es bedauern wollte. Einen Augenblick wollte er ihr nachlaufen, aber er blieb sitzen. Vielleicht ist es gut so. Sie wird eine Weile beleidigt sein, aber ihm nicht mehr nachstellen mit diesen idiotischen Ratschlägen. Die waren gut gemeint, aber wie so viel Gutgemeintes nicht gut, sondern nervig.

Er brachte die letzte Sitzung seines Seminars vor den Semesterferien lustlos hinter sich und fuhr nach Hause. Anne hatte sich nicht blicken lassen. Er fürchtete, Olaf könnte ihm erneut auflauern, aber der war nicht da und meldete sich auch den ganzen Abend nicht. Stachelmann bearbeitete einige Seiten, dann drängte sich eine Idee auf. Er hatte Regines Telefonnummer, er würde nach Heidelberg fahren, bald schon, und da sollte er sich ankündigen. Stachelmann fand den Zettel mit der Nummer und starrte ihn eine Weile an. Er schaute auf die Uhr, es war nicht zu spät. Er wählte die Nummer. Sie hob nach dem dritten Klingeln ab.

»Ich hatte mit deinem Anruf gerechnet«, sagte sie, nachdem sie seinen Gruß zögernd erwidert hatte.

»Wie das? Hat Kathrin dir was erzählt?«

»Nein, aber Ossi. Er sagte, du würdest mich bald anrufen.«

»Wie kommt der dazu?«

»Weiß nicht, frag ihn.«

»Das kann ich nicht. Er ist tot.«

***

4. Juni 1978
Habe den Nachmittag am Neckar gesessen. R. kam vorbei, wir haben die Perspektiven der Revolution besprochen. International sieht es gut aus, aber hier in Westdeutschland glauben die Massen immer noch dem Schmidt und Konsorten. Modell Deutschland! Geschickt erhebt der Faschismus wieder sein Haupt. Er gibt sich modern, weltoffen. Aber wenn man genau hinhört und wenn man genau liest, hört und liest man da nicht »Am deutschen Wesen soll die Welt genesen«? So fing es damals auch an, und der Nazi-Oberleutnant belehrt im knarrenden Offizierskasinoton den Rest der Welt. Warum begreifen die Massen das nicht? Wann ziehen sie endlich die Lehren aus dem Hitler-Faschismus? Manchmal, ich gebe es zu, bin ich am Verzweifeln. Aber es bleibt mir keine Wahl. Immer weiter, immer weiter.

Die Herrschenden haben die Klassenauseinandersetzungen des letzten Jahres gut überstanden. Wir müssen das zugeben, sonst kriegen wir keine genaue Analyse hin. Die liberalen Sülzer nennen es den »deutschen Herbst«, sie betrauern den SS-Schleyer, wir betrauern unsere ermordeten Genossen. Natürlich hat die RAF die falsche Strategie, abgehoben von den Massen. Aber es sind doch Genossen (?), deren Konsequenz wir bewundern müssen.

In der Sache mit L. ist es ruhig geworden. R. sagt, sie warten, bis wir uns in Sicherheit wiegen und was rauslassen. Aber das wird nicht passieren. Auf den Faulen Pelz oder die Isolationsfolter in Stammheim habe ich keine Lust. Wäre aber im Ernstfall bereit, das durchzustehen, bis sie auch mich ermorden müssen. Ich würde es jedenfalls versuchen.

Nachher treffe ich Angelika. Zum ersten Mal »offiziell«. Ich habe sie gefragt, ob sie mit mir was trinken gehen will, erst in den Weißen Bock, dann vielleicht irgendwo am Fischmarkt. Und dann …

7

Der eine hielt ihn von hinten fest an den Oberarmen, der andere schlug. Erst ins Gesicht, dann in den Magen. Zunächst spürte Stachelmann jeden Schlag, dann nur noch Schmerzen. Er konnte die beiden nicht erkennen, es war dunkel, aber er roch die Fahne des Mannes, der schlug. Die beiden sagten nichts, Stachelmann schwieg vor Schreck. Als gegenüber Licht anging und ein Fenster sich öffnete, hörte der Mann auf, ihn zu schlagen, der andere ließ los. Stachelmann fiel auf das Pflaster der Kleinen Mantelgasse.

»Was ischt denn hier los?«, rief eine Frau in kurpfälzischem Dialekt.

»Helfen Sie mir!«, rief Stachelmann. Die Kiefer schmerzten beim Sprechen.

»Erscht saufe und dann brave Leut aufwecke«, schimpfte die Frau. Aber sie kam dann doch auf die Straße. Sie war klein, dick und trug einen Frotteebademantel mit unbestimmbarem Muster. »Was haben Sie denn angestellt?«, sagte sie, als sie Stachelmann sah.

»Ich wurde überfallen«, sagte Stachelmann.

»Ach Gott, ach Gott«, rief die Frau. »Können Sie laufen?« Sie hielt ihm die Hand hin. Stachelmann zog sich hoch, blieb eine Weile stehen, weil er fürchtete zu fallen, wenn er lief. Aber dann tat er doch den ersten Schritt, die Frau hielt ihn an der Schulter. Er hatte fast überall Schmerzen. Sie führte ihn in eine kleine Küche mit niedriger Decke, die er fast berührte mit seinem Kopf. Er setzte sich auf einen Stuhl. Die Frau betrachtete sein Gesicht und hielt die Hand vor den Mund.

»Ich habe nichts getrunken«, sagte Stachelmann. »Bitte rufen Sie den Notarzt und die Polizei.«

Mit der Hand vor dem Mund verließ die Frau die Küche. Er hörte sie hektisch blättern, dann telefonierte sie. Ihre Panik schien zu wachsen, während sie am Telefon die Polizei drängte zu kommen. Dann setzte sie sich an den Küchentisch und sagte nur »Ach Gott, ach Gott«. Sie saß wie erstarrt, bot Stachelmann auch kein Glas Wasser an oder eine andere Erleichterung. Wahrscheinlich wünschte sie sich, dieser Mann, den sie leichtsinnig in ihre Wohnung gelassen hatte, würde gleich verschwinden und nicht die geringste Spur hinterlassen.

Stachelmann sah, wie sich das blaue Licht blinkend näherte. Dann erlosch es, Autotüren wurden zugeschlagen, die Frau eilte zur Tür, Stachelmann schien sie zu watscheln. Sie kehrte zurück in die Küche, zwei Polizisten folgten ihr.

Sie stellten sich vor, Stachelmann verstand die Namen nicht, und setzten sich an den Tisch. Beide trugen Schnauzbärte, der Schmächtigere legte einen Spiralblock vor sich auf den Tisch und schaute Stachelmann an, während der andere an seiner Uniformjacke nestelte und mit bemüht ruhiger Stimme Stachelmann bat zu schildern, was geschehen sei.

Was war geschehen? Stachelmann war am Abend in Heidelberg eingetroffen, hatte seinen Golf am Hotel geparkt, sein Zimmer bezogen, war dann zu einem Spaziergang über die Theodor-Heuss-Brücke und den Bismarckplatz zur Hauptstraße gelaufen, hatte bei einem Italiener einen Salat gegessen und ein Mineralwasser getrunken. Dann war er durch Gassen geschlendert, die er von früher kannte, hatte sich erfreut an einem lauen Sommerwind, der durch das Neckartal strich. In der Kleinen Mantelgasse kamen ihm zwei Männer entgegen, offenbar angetrunken, er beachtete sie nicht. Einer rempelte ihn an. Dann ging alles ganz schnell. Ein Mann packte Stachelmann von hinten, würgte ihn erst und umklammerte dann die Oberarme fest wie ein Schraubstock. Dieser Mann war stark und stank nach Schnaps. Der andere sah schmächtiger aus, und Stachelmann konnte sich inzwischen vorstellen, dass der, der ihn festhielt, hätte härter schlagen können. Der Schmächtige schlug ihm erst ins Gesicht, dann aber bald auf den Körper. Stachelmann wurde übel, als er daran dachte. Er stand auf, machte einen schnellen Schritt zum Spülbecken und erbrach. Dann drehte er das Wasser auf.

»Lassen Sie«, sagte die Frau. »Ich bin Kummer gewöhnt.« Ihr Gesicht zeigte Ekel.

Stachelmann wischte sich mit dem Taschentuch den Mund ab und setzte sich wieder.

»Der Notarzt kommt gleich«, sagte der Polizist mit dem Block. Er schrieb Stachelmanns Aussage auf, dann fragte er, ob Stachelmann einen der Männer erkannt habe.

»Nein, es war dunkel, ich habe nicht auf sie geachtet, bevor sie schlugen, und dann …«

»Ja«, sagte der andere Polizist. »Das kann ich verstehen. Sie haben sich erschreckt, als die auf Sie losgegangen sind. Wäre mir auch so gegangen.«

»Sie haben beide nach Schnaps gerochen. Der Mann, der geschlagen hat, war kleiner und schlanker als der andere, er reichte mir vielleicht bis zur Nase.«

»Welches Alter?«

»Weiß nicht. Jugendliche waren es nicht.« Er hatte das irgendwie gefühlt. Die Männer verhielten sich nicht wie Jugendliche. Sie waren erstaunlich ruhig gewesen. »Die haben das nicht zum ersten Mal gemacht.«

Die Polizisten schauten ihn erstaunt an. »Woran merkt man das?«, fragte der Polizist ohne Block.

Stachelmann überlegte. »Weiß ich nicht, der Eindruck mag täuschen.« Er überlegte noch einmal, fand aber keine Erklärung. Trotzdem war er sich sicher.

»Haben Sie eine Ahnung, warum Sie überfallen wurden?«, fragte der Polizist mit dem Block.

»Nein«, sagte Stachelmann. Er fühlte nach seinem Portemonnaie, es steckte in der Gesäßtasche. »Und so betrunken, dass sie einfach jemanden verprügeln wollten, waren die nicht. Und auch nicht zornig.« Sie hatten ihn geradezu sachlich verprügelt. Ein paar Schläge ins Gesicht, dann auf den Körper. Und als sie aufhörten, taten sie es auch ohne jede Gefühlsregung.

»Ich glaube, die wollten mich verprügeln, nur mich«, sagte Stachelmann. Glaubst du selbst, was du da sagst?

Die Polizisten und die Frau guckten ihn neugierig an.

»Noch erstaunlicher ist, ich komme aus Lübeck, bin heute Abend erst angereist. Und doch könnte es sein, dass sie mich meinten, dass sie mir aufgelauert haben.«

Die anderen scheinen es nicht zu glauben. Du redest ja auch Unsinn. Wie können die auf dich gewartet haben? Und warum haben sie dich verprügelt? Sie haben nichts von dir verlangt, nicht gedroht, nichts gesagt.

Ein Blinken näherte sich, ein Auto bremste hart vor dem Fenster. Dann klingelte es, und die Frau kehrte mit einem Mann im weißen Kittel zurück. Der sagte nur: »Schlägerei« und dann: »Machen Sie mal den Oberkörper frei.« Stachelmann zog Jackett und Hemd aus. Brust und Bauch waren rot gefleckt.

»Das sieht ja hübsch bunt aus«, sagte der Arzt, er war klein und drahtig, auf der Nase eine Brille mit runden Gläsern in einer Fassung, die nach Blech aussah, wie es früher modern gewesen war. »Wir nehmen Sie mit, wahrscheinlich nur für eine Nacht. Aber das sollten wir röntgen und eine Weile beobachten. Innere Verletzungen nicht ausgeschlossen, damit sollte man nicht spaßen.« Er hatte eine hohe Stimme und nuschelte leicht. »Nachher verklagen Sie mich noch, weil ich nicht sorgfältig genug war und Sie an inneren Blutungen gestorben sind.« Er grinste Stachelmann an. Es war wohl seine Art, Patienten Mut zu machen.

»Einen Augenblick noch, Doktor«, sagte der Polizist mit dem Block. »Und Sie können uns wirklich keine Personenbeschreibung geben?«

»Nein, nur das: Der eine war kleiner als ich und eher schmächtig. Der andere ein wenig größer als ich und stark gebaut.« Er erinnerte sich der Kraft, die dieser Mann in seinen Händen hatte. Aber es war dunkel gewesen, sein Erschrecken wirkte nach und blockierte die Erinnerung. »Vielleicht fällt mir demnächst noch etwas ein. Dann melde ich mich.«

Der mit dem Block reichte Stachelmann eine Visitenkarte. Stachelmann steckte sie in sein Portemonnaie. Dann stand er auf, drückte der Frau die Hand, bedankte sich und ging mit dem Arzt hinaus. Zwei Helfer standen am Sanitätsauto und rauchten. Sie warfen ihre Zigaretten weg, als sie den Arzt erkannten, und traten auf Stachelmann zu, um ihn zu stützen. Aber der wehrte die Hilfe ab. »Ich komme allein auf die Liege.« Er stieg die Stufen am Heck hoch und legte sich auf die Liege. Ein Sanitäter setzte sich neben die Liege auf einen Klappsitz, der andere rutschte hinters Steuer. Der Notarzt saß auf dem Beifahrersitz. So schlimm kann es nicht stehen mit mir, wenn nicht mal der Arzt bei mir sitzen will. Und mit Alarm und Blinklicht fahren die auch nicht.

Die Aufnahme in der Klinik im Neuenheimer Feld war schnell erledigt. Sie brachten ihn in den Röntgenraum, ein junger Arzt machte die Aufnahmen, betrachtete sie und nickte. »Nichts gebrochen, sieht auch sonst gut aus, bis auf ein paar Veränderungen, die aber nicht von Schlägen stammen. Sie haben eine Arthritis, aber das wissen Sie bestimmt schon.« Stachelmann winkte ab. Dann schob ihn eine große, schwere Krankenschwester in ein kleines Zimmer. »Eine Suite, ganz für Sie allein«, flötete sie mit einer Stimme, die viel zu zart war. Dann öffnete sie eine Seitentür. »Mit Nasszelle, ganz für Sie allein. Wenn Sie Hilfe brauchen, drücken Sie einfach hier.« Sie zeigte auf die Notklingel an der Wand über dem Kopfteil. »Ich komme gleich noch einmal«, sagte sie und verschwand. Sie kehrte zurück mit einem Plastikkorb, darin ein Schlafanzug und Waschutensilien. Obenauf lag ein Schälchen mit zwei Tabletten. »Der Doktor sagt, die sollen Sie nehmen, damit Sie schlafen können.« Sie stellte ein Wasserglas auf den Nachttisch. Dann war Stachelmann allein. Er schluckte die Tabletten und wartete auf den Schlaf.

Aber er schlief nicht ein, die Schlägerei hielt ihn wach. Er versuchte wieder und wieder einen Anhaltspunkt zu finden, einen Grund oder einen Anlass, vielleicht einen Fehler, den er gemacht hatte, um die Gewalttat heraufzubeschwören. Aber er fand nichts. Nicht er hatte den Mann angerempelt, sondern der ihn. Und dann hatten sie ihn angegriffen. Als das Licht im Fenster aufflammte, hatten sie ihn losgelassen und waren ruhig gegangen, nicht geflohen. Als wäre nichts geschehen. Betrachtete man die Abfolge, dann war die Prügelei für die beiden Männer ein beiläufiges Ereignis.

Dann schlief er doch ein, aber nur kurz. Er blinzelte in die Dunkelheit und begriff nach kurzem Erschrecken, wo er war. Erst überlegte er, ob er die Nachtschwester herbeiklingeln sollte, aber dann überließ er sich seinen Erinnerungen. Ihm fiel der Abschied von Anne ein. Wie sie ihn fast kühl auf den Mund geküsst und ihm betont gelassen Erfolg gewünscht hatte bei seiner Arbeit. »Und wenn du fertig bist, reden wir mal«, hatte sie gesagt. Es klang bedrohlich, auch wenn ihr Tonfall freundlich war. Er hatte seine Reise nach Heidelberg angedeutet, aber darauf war sie nicht eingegangen.

Dann schlief er wieder ein, wachte auf, sah die Morgendämmerung, döste, bis die Tür aufsprang und eine Krankenschwester mit einem donnernden »Guten Morgen!« hereinstürmte, um gleich zu fragen: »Wie geht es uns denn heute?«

»Wie es Ihnen geht, weiß ich nicht. Wie es mir geht, weiß ich erst nachher. Dazu muss ich nämlich erst aufwachen.«

»Dafür, dass Sie noch schlafen, sind Sie aber schon ziemlich wach.«

»Dann warten Sie erst mal ab, wie ich sein werde, wenn ich wach bin.«

»Sie machen mir Angst.«

»Gut so«, sagte Stachelmann grimmig. »Nach dem Frühstück möchte ich dann Ihr Domizil verlassen.«

»Nicht so eilig, junger Mann. Bis zur Visite müssen Sie schon noch warten.« Die Schwester war vielleicht halb so alt wie Stachelmann.

»Müssen tu ich nix müssen, aber ich werde dem Doktor den Gefallen tun.«

Sie prustete und verschwand. Gleich kam sie wieder mit einem Tablett und einem kargen Frühstück. Zwei Scheiben Graubrot, abgepackte Margarine, Marmelade im Plastikdöschen, Tee fast ohne Geruch. »Dann lassen Sie es sich mal schmecken«, sagte sie grinsend.

»Bestimmt«, erwiderte Stachelmann. »Diesem köstlichen Mahl kann ich nicht widerstehen.«

Lustlos schmierte er sich Margarine und Marmelade auf eine Brotscheibe und aß. Dann trank er einen Schluck Tee und legte sich wieder hin. Sein Telefonat mit Regine fiel ihm ein, es war seltsam gewesen. Wie kam Ossi dazu, Stachelmanns Anruf anzukündigen? Er versuchte, sich an den Wortlaut des Gesprächs zu erinnern.

»Nochmal, Ossi hat gesagt, ich würde dich bald anrufen?«, fragte Stachelmann.

»Ja, so ähnlich. Ich weiß nicht, um was es ging. Ich habe auch nicht nachgefragt.«

Stachelmann versuchte nicht beleidigt zu sein. Interessierte sie es wirklich nicht? »Ich rufe nicht nur an, ich komme demnächst.«

»Ach.«

»Ob wir uns sehen können? Bist du die kommenden Tage in Heidelberg?«

Sie zögerte, dann sagte sie: »Ja.« Noch eine Pause. »Aber ich habe viel zu tun.«

»Ich melde mich dann«, sagte Stachelmann. Und er dachte: Wenn du nicht willst, bitte, dann eben nicht. Aber dann fiel ihm ein, er hatte noch etwas zu klären. Also würde er sie noch einmal anrufen. Wenigstens das.

Der Arzt hatte die Figur eines Bodybuilders und streichholzkurze Haare. »Dr. Stachelmann, Sie sind Kollege?«

»Nein, Historiker. Verprügelter Historiker.«

»Ich wusste bisher nicht, dass sich Historiker gerne schlagen. Man lernt ja immer dazu. Scherz beiseite. Es ist mit ein paar Prellungen und Hämatomen abgegangen« – Stachelmann überlegte kurz, ob er einen bedauernden Unterton gehört hatte oder der Arzt seine Patienten lieber in Teilen angeliefert bekam –, »aber für eine Strafverfolgung sollte es reichen. Die Schwester sagt, Sie schätzen unsere Gastfreundschaft nicht?«

»Doch, doch, aber nur für begrenzte Zeit. Und die ist jetzt um.«

Der Arzt lächelte. »Wir sind ja auch angehalten, Betten schnellstmöglich frei zu machen. Wenn Sie wollen, können Sie gleich gehen.« Er reichte Stachelmann die Hand, sie war erstaunlich weich und ein wenig feucht.

Stachelmann zog seine verschmutzte Kleidung an und entdeckte ein Loch im Hosenknie. Er hatte nur eine zweite Hose im Hotelzimmer und würde sich eine neue kaufen müssen. Stachelmann hatte Schmerzen beim Gehen, auch das Atmen fiel ihm schwer. Er verabschiedete sich von der Stationsschwester, fuhr im Aufzug ins Erdgeschoss und bat den Pförtner, ein Taxi zu bestellen.

»Nicht nötig, da vorn stehen immer welche.« Er zeigte mit dem Finger zur Straße.

Stachelmann nahm den ersten Wagen in der kurzen Schlange und ließ sich ins Hotel fahren. Die Frau an der Rezeption schaute ihn mit hochgezogenen Brauen unter einer Hochfrisur an, sagte aber nichts. Wahrscheinlich glaubt sie, ich hätte gezecht und mich geprügelt. Ganz Unrecht hat sie nicht, wenn es auch ein bisschen einseitig war. Nachdem er geduscht und die Kleidung gewechselt hatte, legte er sich aufs Bett. Im Flur hörte er Frauenstimmen und einen Staubsauger. Der Kalender zeigte Montag, den 18. Juli.

Die Angst meldete sich und wuchs. Er überlegte, ob er sich bewaffnen sollte, aber er verwarf den Gedanken gleich. Dieses Gefühl der Hilflosigkeit, wie er diesen Männern ausgeliefert gewesen war. Die Demütigung war größer als der Schmerz. Er stellte sich vor, wieder durch die Gassen zu laufen, er würde überall Finsterlinge wittern, die ihn überfallen wollten. War es wirklich Absicht gewesen, hatten sie es auf ihn abgesehen gehabt? Dann mussten sie ihm gefolgt sein. Er versuchte sich an Stationen seines Wegs zu erinnern. Er war sich sicher, er hatte die beiden Männer zuvor nicht gesehen. Es war doch ein Zufall gewesen. Woher sollten sie wissen, dass und wann er nach Heidelberg reisen würde? Du weißt doch selbst nicht so genau, was du in Heidelberg willst. In welchem Hotel er übernachten würde? Es waren viel zu viele Unwägbarkeiten. Kathrin und Regine wussten, er würde kommen. Aber mehr wussten sie nicht. Und warum sollte er verprügelt werden? Wer könnte sich bedroht fühlen? Wegen der Thingstättengeschichte? In jeder Hinsicht absurd. Da hatten zwei Männer eine Wut, und die haben sie an dir ausgelassen. Welchen Grund sollten sie sonst gehabt haben, dich zu schlagen? Die Wahrscheinlichkeit war gering, diese Typen wieder zu treffen. Und wenn, sie würden ihn wahrscheinlich gar nicht erkennen, und warum sollten sie wieder eine Wut haben, die sie ausgerechnet an ihm auslassen müssten?

Stachelmann überlegte, ob jemand in der Gasse gewesen war, der die Szene beobachtet hatte. Aber er hatte niemanden gesehen. Er versuchte sich einzureden, es sei eigentlich nicht viel geschehen, und das Schlimmste, was passieren könne, sei, noch einmal verprügelt zu werden. Das schmerzt, aber Schmerzen war er gewöhnt, die Arthritis plagte ihn manchmal stärker als die Prellungen und Blutergüsse, welche die Schläge hinterlassen hatten. Aber seine Mühe, die Angst zu verdrängen, fruchtete nicht. Stachelmann ahnte, er würde lange mit ihr kämpfen müssen, es würde vielleicht Jahre dauern, bis er wieder angstfrei nachts durch Gassen gehen konnte. Du musst dich zwingen, es zu tun. Gleich heute Abend wieder. Aber erst Regine anrufen, damit du das erledigt hast.

»Du schon wieder«, sagte sie. Sie klang freundlicher als beim ersten Telefonat. Sie war einverstanden mit einem Treffen. »Ja, heute Abend passt es mir.« Sie verabredeten sich bei einem Italiener in Neuenheim, nicht weit von Stachelmanns Hotel. Die Zeit bis dahin versuchte Stachelmann zu schlafen. Doch immer wieder drang ihm der Überfall ins Bewusstsein und mit ihm die Angst. Schloss er die Augen, erinnerten ihn Schmerzen an die vergangene Nacht, nicht weil sie besonders wehtaten, sondern weil sich mit ihnen Bilder in seinem Hirn festfraßen von dem Mann, der ihn hielt, und dem anderen, der ihn schlug. Vielleicht sollte ich mich doch bewaffnen. Aber kann ich umgehen mit einer Waffe? Und wenn es dann darauf ankommt, benutze ich sie auch, oder provoziere ich die anderen nur noch mehr?

Er döste dem Abend entgegen, stand auf, betrachtete sich im Spiegel und überlegte, ob er das Treffen nicht verschieben sollte. Sein linkes Auge schwoll rot an und würde sich bald blau färben. Vielleicht würde er schon nachher links nichts mehr sehen. Die eine Backe schillerte grün und rot, auf der anderen zog sich ein verschorfter

Hautriss vom Ohr fast bis zum Mundwinkel. Du kannst so nicht aus dem Haus. Sag ab, setz dich an deine Arbeit. Aber morgen würde es eher schlimmer aussehen. Wenn er heute nicht aus dem Haus konnte, dann morgen schon gar nicht. Da sollte er besser zurückfahren nach Hamburg. Nein, es bleibt dabei, du triffst dich mit Regine.

Er erschrak fast, als ihm seine Mutter einfiel. Er setzte sich aufs Bett und wählte ihre Nummer im Krankenhaus. Sie hob gleich ab, als hätte sie auf seinen Anruf gewartet. Mit keinem Wort beklagte sie sich, weil er sich am Sonntag nicht gemeldet hatte. Er traute sich nicht zu fragen, ob es Neues gebe.

»Du willst vielleicht wissen, ob es einen Befund gibt. Nein, eigentlich nicht. Sie munkeln, ich müsste vielleicht ein zweites Mal operiert werden. Zur Sicherheit, nur zur Sicherheit.«

Munkeln, dachte Stachelmann. Wenn es stimmte, war es eine Zumutung. Das durften die Ärzte mit einer Patientin nicht machen. Und sie taten es gewiss auch nicht. In Wahrheit hatten sie einen Befund, vielleicht mit der Einschränkung, eine Kleinigkeit sei noch abzuklären. Aber der Befund reichte aus, eine weitere Operation für nötig zu halten. Fast hätte Stachelmann etwas gesagt, aber er verkniff es sich.

»Du hörst dich seltsam an, bist du krank?«, unterbrach sie seine Gedanken.

»Nein, nichts passiert. Meine Stimme macht wieder Kapriolen, das Rheuma spielt mit den Stimmbändern, du kennst das ja.«

»Ja.« Dieses Ja klang, als gäbe es nichts Schrecklicheres als eine Arthritis, die auf ihrer Wanderung durch den Körper die Stimmbänder entzündete.

»Wann weißt du denn, wie das mit dieser Operation wird?«

»Morgen bestimmt«, sagte sie nach kurzem Zögern. Sie

wusste es also längst und glaubte, es ihm in Portionen beibringen zu müssen. So machte sie es aber nur schlimmer. Stachelmanns Phantasie begann sich das Schrecklichste auszumalen. Einen Augenblick wollte er sofort zurückfahren nach Hamburg, weil er fürchtete, seine Mutter nie mehr zu sehen. Aber dann entschied er, am nächsten Tag wieder anzurufen. Vielleicht ergab sich etwas Neues, vielleicht sogar eine gute Nachricht.

Er lief langsam zum Italiener und erwischte sich, wie er immer wieder nach allen Seiten sicherte. Als ihm drei Männer entgegenkamen, brach ihm der Schweiß aus, und es drängte ihn, die Straßenseite zu wechseln, obwohl die Männer noch weit entfernt waren. Die Angst schwand nicht, als die Männer in einer Seitenstraße verschwanden. Er querte die Theodor-Heuss-Brücke und ging dann gleich links hinein in die Ladenburger Straße. Irgendwo hier, ein Stück weiter hinten, hatte er früher einmal gehaust in einer Wohngemeinschaft. Er musste nicht weit laufen, bis er auf die Seitenstraße traf, wo der Italiener lag, Napoli hieß das Lokal zwischen Ladenburger Straße und Uferstraße. Er trat ein und schaute sich um. Sie war noch nicht da. Ein Kellner näherte sich und schaute ihn neugierig an. Stachelmann war es peinlich, der Mann hielt ihn gewiss für einen Schläger. Aber der Kellner lächelte und zeigte auf einen Tisch am Fenster. Stachelmann setzte sich und bekam gleich die Speisekarte.

Da öffnete sich die Tür, eine Frau trat ein. Sie war mittelgroß, irgendwo zwischen vierzig und fünfzig Jahre alt, schwarze krause Haare. Er hatte sie schlanker in Erinnerung, aber dick war sie nicht geworden, und ihre Figur gefiel ihm. Früher hatte er manchmal geglaubt, ihre Augen stünden eng zusammen, aber es war eine Frage der Perspektive. Und dann sah er, sie hatte nicht nur die Haare gefärbt, sie hatte auch das Lachen verloren, das einen herausforderte und zurückwies. Sie lächelte nur, als sie

Stachelmann die Hand reichte. Sie tat dies mit fast durchgedrücktem Ellbogen, als wollte sie ihn so hindern, sie in den Arm zu nehmen.

»Wie siehst du denn aus?«, fragte sie.

Sie setzte sich, er berichtete fast beiläufig, was geschehen war.

»Und warum?«

»Keine Ahnung.«

»Aber die müssen doch einen Grund gehabt haben?«

Jetzt erkannte er ihre Stimme wieder, sie konnte hart klingen. »Irgendeinen werden sie gehabt haben.«

Sie blätterte lustlos in der Speisekarte. Als der Kellner erschien, bestellten beide Spaghetti, er Napoli, sie mit Meeresfrüchten, und einen Chianti, weil der Kellner ihn empfahl.

»Du musst mir das mit Ossi erklären«, sagte sie.

Stachelmann war froh, sie hatte nicht nach einem Grund gefragt, warum er sie angerufen hatte nach so langer Zeit. »Selbstmord oder Suizid, wenn du die feinere Variante bevorzugst.«

»Warum?«

Stachelmann starrte auf die Tischplatte, dann schaute er sie an. Immer mehr erinnerte sie ihn an die Regine, die er gekannt hatte. Nur diese Haare verwirrten ihn. Wie kann man sich so schöne Haare färben? Fast hätte er es gefragt.

»Tja, keine Ahnung. Auf dem Tisch vor ihm lag eine Akte mit Flugblättern, Artikeln, Protokollen von damals. Vielleicht hat er drin geblättert und den Rappel gekriegt. Wer weiß es?«

»Als er hier war, erschien er mir gut gelaunt und ausgeglichen. Hat seine Sprüche gemacht wie früher. Du kennst das ja.«

Und wie er es kannte.

Sie zwirbelte eine Haarsträhne zwischen Daumen und

Zeigefinger. Er erinnerte sich, das hatte sie früher auch getan.

Der Kellner stellte eine Weinkaraffe auf den Tisch und zwei Gläser, dann schenkte er ein. Der Mann war dezent.

»Es muss also zwischen seinem Besuch hier und dem Zeitpunkt des Selbstmords etwas geschehen sein, das ihn in eine Krise trieb«, setzte sie ihren Gedanken fort. Dann streckte sie ihren Rücken und sagte: »Ich habe ihn nie gemocht. Und als er neulich hier war, habe ich gegen die Antipathie angekämpft. Man hat doch lieber mit Leuten zu tun, die man mag. Aber es ist mir nicht gelungen. Als du sagtest, er sei tot, hat mich das ein bisschen getroffen, schließlich gehört er zu meiner Erinnerung. Dann flog Trauer mich an und war bald wieder abgeschwirrt.«

Stimmt, sie hatte früher schon einen Hang zur blumigen Sprache gehabt. Manchmal jedenfalls. Wenn etwas sie stark beschäftigte. Dann trennte sie ihre Sätze durch Pausen, in denen sie nachdachte. Sie war bedächtig. Vielleicht fand sie jeden ihrer Sätze so wichtig, dass sie ihn eine Weile festhielt und prüfte. Was man gesagt hat, hat man gesagt. Es ist draußen, nicht mehr zurückzuholen. Stachelmann erinnerte sich an einen Streit. Sie hatte ihn fast verrückt gemacht mit ihrer zögerlichen Sprechweise.

»Und warum hast du ihn nicht gemocht? Du hast es mir nie gesagt.«

»Doch, habe ich. Aber du hast ja nicht zugehört.« Sie ließ die Haarsträhne los und griff nach einer anderen. »Er war, Entschuldigung, ein Angeber.« Sie strich sich übers Kinn, schien nach einem Wort zu suchen. »Und du hast an seinen Lippen gehangen.« Sie trank einen Schluck und behielt das Glas eine Weile in der Hand, schaute es an und setzte es ab. »Das hat mich gekränkt. Was er sagte, galt.«

War es so gewesen?

»Er hatte einen schlechten Einfluss auf dich. Hat dich immer weiter hineingezogen in diesen Politkram. Bis du auch geredet hast von der Revolution. Nächtelang warst du weg, Flugblätter schreiben, verteilen. Sogar vor Werkstoren. Die Arbeiterklasse belehren, um Gottes willen.« Sie lachte leise, aber er hörte Bitterkeit heraus.

Nun erschienen Stücke aus dem Nebel. Wie Ossi in Stachelmanns WG erschienen war. »Wir müssen was tun. Die Schweine haben sie verurteilt! Morgen Abend gibt es eine Demo, alle sind dafür. Wir müssen jetzt ein Flugblatt schreiben, die Genossen haben uns den Auftrag gegeben.« Und dann war Stachelmann gegangen und fast drei Tage weggeblieben, ohne sich von Regine zu verabschieden. Es blieb nicht das einzige Mal, Ossi kam immer wieder, immer aufgeregt, und immer verschwand er danach mit Stachelmann, egal, was der mit Regine verabredet hatte. »Das musst du verstehen, die Revolution geht vor«, hatte Ossi einmal gesagt, als Regine schnippisch »frohe Verrichtung« gewünscht hatte. Ossi hatte es ernst gemeint.

Welche Anmaßung, dachte Stachelmann, während er Regine nachschaute, die zur Toilette ging. Welche Selbstüberhebung hatte ihn geritten? Ihn und die paar Leute, die übrig geblieben waren von der Studentenrevolte. Die Parteien und Gruppen gründeten, die so lächerlich und winzig waren wie ihr Anspruch grenzenlos. Sie hatten sich wichtig gefühlt, Verbündete der revolutionären Bewegung, die dem Imperialismus Schläge versetzte überall auf der Welt. Er erinnerte sich mancher seiner Diskussionsreden in Seminaren und staunte, dass die anderen, auch Lehrkräfte, ihn ernst genommen hatten.

Er war versunken in seiner Scham, als Regine zurückkam. Sie ist immer noch schön, dachte Stachelmann. Auf andere Weise, reifer. Und sie hat immer noch das Grübchen am Kinn.

»Einfälle sind ja nicht heikel bei der Wahl des Ortes, an

dem sie einem kommen«, sagte Regine und lächelte. »Da ist dieser Thingstättenmord, Ossi ist tot, du bist zusammengeschlagen worden, vielleicht hängt das zusammen.« Sie spielte mit einem blauen Ring ohne Stein. »Irgendwie.«

»Alles hängt zusammen, die Welt ist die Summe unzähliger Verschwörungen, die alle verkettet sind miteinander.« Stachelmann musste lachen.

Sie fiel ein und legte ihre Hand auf seine, zog sie aber rasch zurück. Sie schaute weg, als wollte sie die Berührung tilgen. Dann sagte sie leise: »Ossi und Selbstmord, ich glaub es nicht.«

Der Kellner kam mit den Gerichten.

Sie stocherte mit der Gabel in den Spaghetti. »Er war so fröhlich. Hast du denn keine Ahnung, was ihn in den Selbstmord getrieben haben könnte? Du hattest doch mit ihm zu tun in Hamburg. Und was sagt seine Freundin? Er hat erzählt, sie sei bei der Kripo, die muss doch eine Idee haben. Es sei denn, sie glaubt auch an Selbstmord.« Sie aß, trank einen Schluck Rotwein. »Überhaupt, eine Polizistin.«

»Ossi war auch Polizist.«

Sie starrte ihn an und zog die Stirn kraus. »Wie bitte?«

Stachelmann verstand nicht.

»Ossi war Bulle?«

»Wusstest du das nicht? Hat er es nicht erzählt?«

Sie schüttelte heftig den Kopf.

»Und was hat er erzählt?«

Sie überlegte. »Eigentlich wenig bis nichts. Wir kamen darauf, als wir in der Kneipe zusammensaßen. Was machst du denn? Was man so fragt, wenn man sich nach langer Zeit wieder trifft.« Sie kratzte sich am Ohr, trank einen Schluck, schloss die Augen, öffnete sie. »Er hat was geraunt über Ermittlungen, die er führe. Wichtige Ermittlungen. Leider dürfe er darüber nicht reden. Uschi hat gefragt, warum er nicht Rechtsanwalt geworden sei, das habe er doch damals unbedingt werden wollen.« Sie zündete sich eine Zigarette an. »Eigentlich gewöhne ich es mir gerade ab, mal wieder.« Als sie das Streichholz anzündete, bemerkte Stachelmann, ihre Hände zitterten leicht. »Ermittlungen führt die Polizei, klar, hätte ich drauf kommen können. Aber er tat so, als wäre er James Bond. Und ehrlich gesagt, es hat mich nicht interessiert.«

Die Scham bedrängte ihn. Er musste mir ihr reden über das, was damals vorgefallen war. Was ihn seitdem verfolgte, nicht täglich, aber immer wieder. Wie sollte er anfangen, ohne zu intim zu werden? Schließlich hatten sie keine Beziehung mehr. Vielleicht wollte sie nicht mehr daran erinnert werden. Du willst das loswerden, da bist du Egoist. Ob sie das belastet, ist dir egal. Dein Gewissen plagt dich, du willst nicht mehr daran denken müssen. Oder legst du dir das Argument jetzt nur zurecht, um nichts sagen zu müssen. Feigling, du bist ein Feigling.

»Also«, sagte er. Aber dann machte er eine Pause.

Sie schien nichts zu merken. »Meine Spaghetti werden kalt.«

Sie aßen. Dann trank Regine einen Schluck, winkte dem Kellner und bestellte, ohne Stachelmann zu fragen, eine weitere Karaffe.

Mit vollem Mund sagte sie: »Dieser Thingstättenmord wurde nie aufgeklärt. Irgendwie ist die Geschichte versackt, jedenfalls in der Öffentlichkeit. Wann war das nochmal?«

Stachelmann hatte sich das Datum eingeprägt, als er Cissis Akte gelesen hatte. »Am 7. April 1978, in der Nacht, es war ein Freitag.«

»Mein Gott, ist das lange her.« Sie trank wieder und zündete sich eine Zigarette an, ihr Teller war erst halb leer. Ihr war eingefallen, sie war fast dreißig Jahre älter geworden seitdem. Ein Glanz zog über ihre Augen. »Es war doch schön damals. So unbeschwert. Wenn diese Politkasperei nicht gewesen wäre …«

»Ja, ja, die Revolution«, sagte Stachelmann resignierend. »Die Idee, man müsse alles kurz und klein schlagen. Das Neue aufzubauen, pah, ein Pappenstiel.« Seine Hand zuckte in der Luft. »Und wir hatten immer Recht. Aus dem bisschen, was wir zu wissen glaubten, bauten wir uns ein Weltgebäude, in dem wir jedem seinen Platz zuteilten, bei den Feinden, bei den Freunden. Wir kannten die Beweggründe unserer Feinde millimetergenau, schließlich besaßen wir die Analyse. Und unsere Freunde mussten wir manchmal belehren, ihnen helfen, zur Einsicht zu kommen. Wir haben wirklich geglaubt, in diesen lächerlichen Schulungen die Welt zu begreifen und, gestützt auf dieses Wissen, sie verändern zu können. ›Die Philosophen haben die Welt nur verschieden interpretiert, es kömmt aber darauf an, sie zu verändern‹«, zitierte Stachelmann.

Sie klatschte leise in die Hände und lächelte spöttisch. So hatte sie früher oft gelächelt.

»Nichts ist falscher als dieser Satz«, sagte Stachelmann. »Wie kann man Dinge ändern wollen, die man nicht begriffen hat. Dabei kommt raus, was rausgekommen ist, Blutbäder vor allem, weil die Menschen sich leider nicht so verhalten haben, wie die Theorie es verlangt hat. Also mussten sie gezwungen werden. Weil die Theorie doch richtig war. Da muss man die Dummköpfe zu ihrem Glück zwingen.«

»Nun reg dich wieder ab«, sagte sie. »Das waren doch nur Trockenübungen. Lachnummern, Realkabarett.« Sie trank einen großen Schluck und winkte nach dem Kellner. Stachelmanns Glas war unberührt. Sie bestellte eine weitere Karaffe, drehte Spaghetti um ihre Gabel und aß. Ihre Mundwinkel färbten sich rot. »Ich habe damals bei diesem Politkram nur selten mitgemacht, aber es hat doch dazugehört. Ich kann mir das Studium nicht vorstellen ohne diese Daueraufgeregtheit, Ansagen im Seminar, Solidarität mit Soundso und so weiter. Und dann diese Streiks, großartig. Da war wenigstens was los.«

»Lustig konnte man das nur finden, wenn man es nicht ernst genommen hat. Wie Ossi und ich.«

»Ossi war ja ein Hundertfünfzigprozentiger.« Der Kellner brachte die Karaffe, sie schenkte sich ein und nahm gleich einen Schluck. Dann versenkte sie ihre Gabel in die Spaghetti, Stachelmanns Teller war leer. »Und jetzt ist er tot.« Sie schaute irgendwohin und schien sich zu fragen, ob sie vielleicht doch Trauer spürte. »Wie ist das, wenn man tot ist?«

Blöde Frage. Stachelmann schaute sie an. War sie betrunken? Eher nicht, sie vertrug offenbar eine Menge. Damals hatte sie Alkohol nicht angerührt.

»Wie ist das, wenn man tot ist?«, wiederholte sie. Ihre Stimme war klar, kein Lallen.

»Dann ist man weg, einfach weg.«

»Kann ich mir nicht vorstellen.«

»Konnte sich niemand vorstellen, bevor er starb. Und danach ist es zu spät, eine Meinungsänderung kundzutun.«

Sie grinste. »Damals warst du nicht so witzig.«

»Passiert mir auch heute nur selten.« Er musste lächeln, aber dann fand er es unangemessen.

Sie zündete sich eine Zigarette an. »Thingstättenmord, Ossis Akte, sein Tod, und du wirst an deinem ersten Abend in Heidelberg zusammengeschlagen. Da gibt es etwas, das diese Dinge miteinander verbindet«, sagte sie. Sie nippte am Glas, wiegte den Kopf, blinzelte. »Ich spüre das.«

Sie spürt den Alkohol, dachte Stachelmann. »Das sind Ereignisse, die wahrscheinlich nichts miteinander zu tun haben. Jedenfalls lässt sich jedes Ereignis gut erklären, man braucht den Bezug zu den anderen nicht.«

»Oho, der Herr Historiker. Phantasielosigkeit ist Lehrfach bei euch, scheint mir.« Sie sah sich im Restaurant um. Ihr Blick verharrte einige Sekunden bei einem Pärchen, das sich gerade an einen Tisch am anderen Ende gesetzt hatte. »Sieh an, hat er eine Neue. Findest du, dass er sich verbessert hat?«

Stachelmann schaute auch zu dem Tisch. Die Frau war jung und schlank, sie ähnelte Regine in früheren Jahren. Er sah sie im Profil, und ihm fiel die hübsche Nase auf, leicht stupsig. Der Mann war unscheinbar, glatt. »Nein«, log er. »Wann habt ihr euch getrennt?«

Sie winkte ab. »Ewig her.« Dann schaute sie noch einmal hinüber, blies leise zischend Luft aus und trank einen Schluck.

So lang schien es nicht her zu sein, oder die Kränkung saß noch tief.

Stachelmann drängte es, diese Sache loszuwerden. »Du, damals, also ...«

»Ossi sagte, du hast Rheuma. Hatte meine Oma auch. Ist blöd im Winter. Aber meine Oma hat immer Rettich gegessen, das hat geholfen. Wegen irgendwelcher Vitamine. Und irgendein Gelatinezeug hat sie geschluckt, das wandert ins Gelenk. Schmierstoff gewissermaßen.«

Stachelmann unterdrückte seinen Zorn. Warum fühlte sich jeder gedrängt, ihn voll zu quatschen?

Gleich war sie wieder bei ihrem Hauptthema. »Du bist doch gerade im Lande. Vielleicht findest du ja eine Verbindung zwischen den Ereignissen. Ossi sagte nämlich auch, du hättest einen Faible für Geheimnisse und hättest ihm sogar mal ein bisschen geholfen, eher zufällig.«

Stachelmann wusste nicht, ob er sich ärgern sollte. Ein bisschen geholfen, da hatte Ossi ein bisschen geschwindelt, wie es seine Art war. Stachelmann stellte sich vor, wie Ossi angegeben hatte. »Aber der hatte doch nicht eingestehen wollen, dass er Polizist war?«

»Das hat er geschickt gemacht.« Nachdem sie einiges

getrunken hatte, verkürzten sich die Pausen zwischen den Sätzen, aber das war immer noch das Einzige, was der Alkohol geändert hatte. Sie trank zweifellos viel und regelmäßig. »Er hat sich so eine Art Aura geschaffen. Geheimnisse, Fälle, aber von Polizei war nicht die Rede. Na ja, James Bond eben. Gestatten, mein Namen ist Winter, Ossi Winter.« Sie fasste ihn an die Schulter. »Du musst wenigstens mal schauen, ob es da was gibt. Du warst sein Freund. Ich glaube, sein einziger. Vor dir hatte er keinen, und als er erzählt hat, wie er dich in Hamburg wiedergefunden hatte, was für eine Riesenrecherche er angestellt hat – alle Register habe ich gezogen, sage ich euch, der hätte ja auch in Timbuktu sein können, aber er treibt sich genau vor meiner Nase rum. Das sind oft die schwierigsten Fälle. Finde jemanden, der sich vor deiner Nase rumtreibt, sich aber nicht sehen lässt.« Sie traf seinen Tonfall gut. Leise, damit alle still waren, bedeutungsschwangere Betonungen, ein wenig genuschelt, weil es lässig klang.

Stachelmann lachte. Der Depp hätte seinen Namen nur in einer Internetsuchmaschine eingeben müssen, und nach ein paar Sekunden hätte er Stachelmann gefunden gehabt. Komisch, dass Regine es nicht durchschaute. Und dass Ossis Billigmasche gezogen hatte.

Sie blickte ihn befremdet an.

»Ich stell mir gerade vor, wie er das erzählt hat und ihr an seinen Lippen hingt.«

»Er konnte spannend erzählen, das hatte Unterhaltungswert. Manche sind ja eher trockene Brötchen.« Sie schaute sich fast demonstrativ im Lokal um. Wieder blieb ihr Blick an dem Pärchen hängen. Der Mann hatte seine Hand auf die Hand der Frau gelegt und flüsterte ihr etwas ins Ohr. Sie schielte zu Regine, und dann prusteten beide schlecht unterdrückt los.

»Du musst suchen.«

»Ich muss meine Habil schreiben, das ist das Einzige,

was ich tun muss.« Er wurde böse. Immer ich. »Warum guckst du nicht? Und überhaupt, was gibt's da nachzuschauen?«

»Vielleicht noch einmal in alten Unterlagen blättern. An der Uni gibt's jetzt sogar ein Archiv mit Materialien aus bewegter Zeit. In der Akademiestraße, die kennst du doch. Du bist der Historiker. Du warst dabei. Du hast bessere Voraussetzungen als jeder Bulle. Zumal ich glaube, die haben sich damals nicht besonders um diesen Fall gekümmert. Da wurde ein Linksradikaler abgeknallt, kein Verlust für die Gesellschaft, ein Spinner weniger.«

»Quatsch«, sagte Stachelmann. »Die Bullen mögen es nicht, wenn Mörder frei herumlaufen. Und solche Mörder schon gar nicht. Außerdem, wie soll man überhaupt einen Hinweis finden in Flugblättern oder Artikeln? Das ist lächerlich. In Ossis Akte hab ich genug gelesen. Wilde Vermutungen. Berücksichtigt man den Ort und das Opfer, dann haben Nazis einen Linken hingerichtet. Vielleicht hatte dieser Lehmann was herausgefunden über Nazis. Es gibt so viele Motive. Die Polizei hat kapituliert, und ich soll mal schnell schauen und was finden? Das glaubst du doch selbst nicht.«

»Er war dein Freund, du bist hier«, sagte sie, als ob sie nicht wahrnähme, wie verärgert er war.

»Ich lade dich ein«, sagte Stachelmann statt einer Antwort. Er winkte nach dem Kellner, ohne ihre Reaktion abzuwarten. Ich habe versucht, mit ihr über diese alte Sache zu reden, sie hat mich daran gehindert. Sie hört nicht zu, sie hat zu viel getrunken. Aber wahrscheinlich hört sie auch nicht zu, wenn sie nüchtern ist.

Sie nahm ihn in den Arm vor dem Restaurant und hielt ihn fest. »Wenn du Zeit hast, ruf an. Wir könnten ja nochmal ausgehen miteinander. Also, ich fand's nett.«

Wenn er bedachte, wie distanziert sie anfangs gewesen war, fand er sie nun fast aufdringlich. »Ich sehe, was sich machen lässt. Eigentlich habe ich mir die Habil mitgenommen für den Abend.«

»Und warum bist du dann hier, wenn du dir Arbeit mitgenommen hast?«

Er antwortete nicht. Vielleicht weil ich nicht mit nach Schweden fahren wollte. Weil mich Ossis Tod getroffen hat und ich auf der Suche nach meiner Erinnerung bin. Weil ich nicht täglich ins Krankenhaus will, wo meine Mutter liegt. Weil in Hamburg Bohming nach mir rufen könnte. Weil dieser irre Olaf mir auflauert. Aber das war nicht alles.

***

23. Juli 1978
Semesterferien. Obwohl die eigentlich ohne Bedeutung sind für mich, habe ohnehin nichts studiert. Die Revolution geht vor. Zeit, eine Zwischenbilanz zu ziehen.

Politisch: In diesem Sommersemester kamen wir nicht voran. Streiks bei den Mathematikern verpufften wie schon vorher die bei den Germanisten. Der BuFW hat alle terrorisiert, die Studenten genauso wie Lehrkräfte, die seine Befehle nicht exekutierten. Die liberalen Mittelbauern sitzen in der Klemme, Terror von oben, Druck von den Studenten. Das hat man davon, wenn man nicht weiß, wohin man gehört, wenn Feigheit der erste Programmpunkt ist.

Die Sache mit L. ist erledigt. Kein Grund, leichtsinnig zu werden. Manchmal träume ich davon, dann kriege ich Angst. Die darf ich dem Tagebuch anvertrauen, aber nach außen nicht zeigen. Sonst kriegen die anderen auch Angst. Es wird aber noch zu viel geschwätzt darüber. Inzwischen glaube ich, es war meine Taufe als Revolutionär. Nicht nur reden, auch was tun.

Privat: Ich wohne jetzt manchmal bei Angelika. Zu mir will sie nicht. Keine Ahnung, warum. Aber das ist ja auch egal. Sie ist eine tolle Frau, in jeder Hinsicht. Vor allem versteht sie zunehmend mehr, warum wir das tun müssen, was wir tun. Sie hat Verständnis dafür, dass Verräter liquidiert werden müssen. Irgendwie jedenfalls. Aber sie würde es nicht können. Und sie würde mit einem nicht zusammen sein wollen, der es getan hat. Die bürgerliche Moral sitzt bei ihr noch zu tief. Ich werde es ihr nie erzählen dürfen.

8

In der Nacht konnte er kaum schlafen. Immer wieder wachte er auf, und dann überfielen ihn Gedanken. Der Zusammenhang zwischen Ossis Tod und der Akte auf seinem Schreibtisch, dem Thingstättenmord, dem Überfall auf ihn, da war vielleicht etwas dran. Oder nicht? Er konnte sich ja tagsüber ein bisschen umsehen, als Zeitvertreib gewissermaßen, und sich abends an seine Habilarbeit setzen. Das würde ihn ablenken. Und überhaupt, Ossis Tod hatte die Erinnerung an die Heidelberger Zeit wieder aufleben lassen. Es war einem Historiker gemäß, wenn einen die Erinnerung in ein Archiv führte. Dort könnte er prüfen, wie weit die Erinnerung die Tatsachen verändert hatte. Er kannte es von Zeitzeugenbefragungen. Da waren die Lücken oft größer als das, was erinnert wurde. Die Erinnerung des Menschen ist tückisch, sie verzerrt, ohne dass man es merkt. Und man stellt sich selbst in den Mittelpunkt, wo man doch in Wahrheit nie war. Schon der Ichbezug verfälscht, dazu kommen die weißen Flecken, auch weil das Bewusstsein verdrängt. Wer ist der Hauptfeind des Historikers? Der Zeitzeuge.

Die Morgendämmerung färbte das Zimmer erst grau, dann weißgelb. Es würde ein heißer Tag werden. Regine hatte von dem Archiv der Universität in der Akademiestraße gesprochen. Einfach über die Brücke laufen, zwischen Hauptstraße und Plöck lag die Akademiestraße. Vielleicht sollte er dort mal vorbeischauen. Er konnte ja jederzeit wieder gehen. Vielleicht musste man sich anmelden, und es gab eine Wartezeit, dann wollte das Schicksal nicht, dass er dieser Geschichte auf den Grund ging. Überhaupt, den Thingstättenmord aufklären, nachdem die Polizei gescheitert war, das war Anmaßung. Doch es kostete ihn nichts, und er war Ossi diesen Versuch schuldig. So dachte er, aber dann fragte er sich, warum er solch einen Unsinn dachte. Er war Ossi nichts schuldig. Wenn man einem Menschen etwas schuldet, dann muss man das zu dessen Lebzeiten abtragen. Gib zu, es ist deine Neugier. Die Neugier, die dich schon oft auf den Holzweg geführt und sogar in zwei Verbrechen verwickelt hat. Nun, diesmal ging es zwar auch um ein Verbrechen, aber er würde nichts herausfinden, was andere nicht schon herausgefunden hatten. Das Archiv also, und dann noch ein Zeitungsarchiv, das der Rhein-Neckar-Zeitung etwa, die damals viel berichtet hatte über die Nachwehen der Revolte. Wenn er durchgesehen hätte, was dort lag, konnte er den Fall abhaken, und niemand könnte behaupten, er habe nicht mehr getan, als jeder andere getan hätte. Ein gutes Gewissen macht das Leben leichter.

Obwohl er müde war, stieg seine Laune. Sogar der Überfall auf ihn verblasste, die Angst lauerte, das spürte er, aber sie beherrschte ihn nicht. Im Augenblick jedenfalls. Er betrachtete im Spiegel sein Gesicht und fand, es sehe besser aus, als er erwartet hatte.

Er frühstückte ausgiebig und lief dann gemächlich Richtung Innenstadt. Die Angst packte ihn in Wellen. Er blieb stehen, schaute sich um, redete auf sich ein, es sei unwahrscheinlich, dass er wieder überfallen würde. Schon gar nicht am Tag. Dieses Argument beruhigte ihn ein wenig. Es würde heiß und schwül werden, wie so oft im Sommer in Heidelberg. Über dem Neckar zog kaum merklich Dunst auf. Er lehnte sich aufs Brückengeländer und schaute den Fluss hinab. Auf der Uferwiese Spaziergänger mit Hunden, weit hinten schmuste ein Pärchen auf einer Decke. Stachelmann ging weiter, betrachtete das Gewimmel auf dem Bismarckplatz und bog in die Hauptstraße ein. Früher bimmelten hier Straßenbahnen, um sich den

Weg freizumachen, und es fuhren Autos auf der schmalen Straße, mancher Fußgänger rettete sich mit einem Sprung auf den Bürgersteig. Großes Gedränge, wenn Touristen – »Europe in seven days« – die Stadt überschwemmten.

Inzwischen gehörte die Hauptstraße nur noch den Fußgängern. Es wurde voller, die ersten Touristenbusse schienen angekommen zu sein. In der Akademiestraße erwartete ihn eine Enttäuschung. Dienstags war das Archiv erst ab vierzehn Uhr geöffnet. Dann eben nicht, dachte er. Auf dem Hinweg war er am Gebäude der Rhein-Neckar-Zeitung vorbeigekommen, dorthin ging er nun zurück. Manche Passanten schauten ihm neugierig ins Gesicht. Er öffnete die Tür und trat vor den Schalter, wo gewöhnlich Anzeigen aufgenommen wurden. Stachelmann fragte nach dem Bildarchiv. »Das verwaltet bei uns die Sekretärin der Lokalredaktion, die Frau Brettschneider«, sagte eine ältliche Frau mit einer Brille, deren Gläser nach außen spitz zuliefen. Sie musterte ihn streng, wies ihm aber dann den Weg zur Lokalredaktion. Frau Brettschneider entpuppte sich als kleine, drahtige Frau mittleren Alters. Sie betrachtete Stachelmann, während der seine Bitte vortrug, Bilder aus den siebziger Jahren, vor allem 1976 bis 1978 sehen zu dürfen. »Demonstrationen, Boykotte, Sie wissen ja, wie das war«, sagte Stachelmann. »Und mein Gesicht, entschuldigen Sie mein Aussehen. Ich wurde überfallen.«

»Ich weiß nicht, wie es war«, sagte Frau Brettschneider. »Da war ich nämlich noch nicht hier. Aber meine Phantasie reicht aus, es mir vorzustellen.«

Sie saß zusammen mit einer jungen Frau in einem engen Büro. Die junge Frau tippte auf einer Tastatur und schien sich für anderes nicht zu interessieren. Im Nachbarzimmer hörte Stachelmann jemanden lachen.

»Und warum wollen Sie die Fotos sehen?«

»Ich sitze an einer Arbeit über die Studentenbewegung,

ich bin Historiker. Dr. Stachelmann, Universität Hamburg.«

Sie musterte ihn wieder. Ihr Blick schien zu sagen: So sehen also Historiker aus.

»Wann?«

»Jetzt, wenn es möglich ist«, sagte Stachelmann.

Frau Brettschneider seufzte leise, überlegte kurz, dann sagte sie: »Es kommt ja auch nicht mehr drauf an.« Sie öffnete eine Schublade und holte einen Schlüsselbund heraus.

Stachelmann verstand nicht, was sie meinte, aber er fragte nicht.

»Dann kommen Sie mal mit.« Sie führte ihn Treppen hinunter, benutzte den Aufzug nicht, obwohl dessen Tür offen gestanden hatte. Sie lief schnell, Stachelmann kam kaum mit. Im Kellergeschoss schaltete Frau Brettschneider das Licht ein, ihre Schritte hallten. Sie schloss eine Tür auf und sagte: »Setzen Sie sich dorthin.« Sie zeigte auf einen Tisch und einen Stuhl in einem kargen Raum, in dem an allen Wänden Stahlregale standen, darin Aktenordner und Pappschachteln unterschiedlicher Größe. Dann drehte sie ihm den Rücken zu und widmete sich den Aufschriften der Schachteln. Manche zog sie heraus, immer mehr Staub wirbelte im Zimmer. Stachelmann nieste. Frau Brettschneider schien es nicht zu bemerken, sie murmelte hin und wieder etwas, bis sie eine Schachtel herausnahm und auf den Tisch stellte. »Das ist, so weit ich es überblicke, alles, was wir aus dieser Zeit haben. Es ist wahrscheinlich überflüssig, aber ich muss Sie trotzdem darauf hinweisen, hier dürfen Sie nichts mitnehmen oder kopieren, also etwa abfotografieren« – ihr Blick blieb an Stachelmanns Aktentasche hängen – »ohne Genehmigung. Und wenn Sie mit Genehmigung etwas kopieren, dann dürfen Sie es nur mit Urheberangabe veröffentlichen. Diese Angabe finden Sie wie die Bildbeschreibung jeweils auf der Rückseite oder auf angeklebten Zetteln. Viel Erfolg«, sagte sie und verschwand. Als sie die Tür schloss, wirbelte der Luftzug den Staub erneut auf.

Stachelmann öffnete den Karton und wischte gleich seine Finger an der Hose ab. Der Deckel klebte vor Staub. In der Schachtel standen Fotos hintereinander wie Karteikarten. Er blätterte schnell mit den Fingern, es waren fast nur Schwarzweißfotos, die meisten aber schienen von guter Qualität zu sein. Dann begann er die Fotos eines nach dem anderen anzuschauen. Demonstration durch die Hauptstraße. Sitzblockaden behindern eine Straßenbahn am Bismarckplatz. Flugblattaktion an der Marstallmensa, rote Transparente fordern die »Freilassung der politischen Gefangenen«. Er drehte das Foto um: Es stammte vom 3. März 1978, also nach den Selbstmorden der Stammheimer RAF-Gefangenen. Stachelmann schüttelte den Kopf: Leute, die andere Leute ermordet hatten, sollten politische Gefangene sein. Es war kein Tyrannenmord, keine Notwehr oder was man sich sonst noch vorstellen konnte als Rechtfertigung. Es war einfach Mord. Wie hast du das damals gesehen? Genauso wie heute, dachte er. Er erinnerte sich einer Diskussion in einem Geschichtsseminar, wo er diesen Standpunkt vertreten hatte und wütend angegriffen worden war. »Polizeibüttel«, hatte einer gerufen.

Ein anderes Foto zeigte eine Menschentraube vor der Neuen Universität, am Rand Polizeifahrzeuge, auch ein Wasserwerfer. Die Bildbeschreibung verriet, hier würden Mediävistikklausuren unter Polizeischutz geschrieben, nachdem es dem Lehrstuhl nicht gelungen war, die Prüfungsarbeiten am Germanistischen Seminar anzusetzen. Daran erinnerte sich Stachelmann gut, saß er doch später, nach der Niederlage des Boykotts, in einem dieser Seminare, in denen schriftliche Prüfungen verordnet worden waren, weil die Veranstaltungen überfüllt waren und die Lehrkräfte nicht mehr wussten, wie sie die Leistungen der Teilnehmer bewerten sollten. Der Boykott war spontan gewachsen, die Unzufriedenheit mit zum Teil absurden Verhältnissen am Germanistischen Seminar hatte lange geschwelt, dann brach die Wut durch. Die konnte man noch spüren, wenn einen nach der Niederlage die Prüfungsordnung zwang, Germanistik als Nebenfach zu studieren und Mediävistikklausuren zu schreiben, auch wenn einen eigentlich nur Geschichte interessierte.

Dann ein Bild mit Polizeiwagen vor dem Palais Boisserée, Studenten des Germanistischen Seminars werden verhaftet. Verhaftungen, Verweise von der Universität, Gerichtsprozesse mit Geld- und Haftstrafen. Stachelmann hatte sich einige dieser Prozesse angeschaut, in denen Lehrkräfte einen nach dem anderen Studenten belasteten, denen sie im stillen Kämmerlein in der Sache Recht geben mussten. Eisige Kälte herrschte danach am Seminar, Stachelmann erinnerte sich an Lehrkräfte, die von Kollegen terrorisiert worden waren, weil sie einen Kompromiss gesucht hatten. Nächtliche Anrufe, der Hinweis auf berufliche Nachteile, Verdächtigungen. Die »Rote Universität« wurde tiefschwarz.

Stachelmann erwischte sich, wie er in Erinnerungen versank und nicht weiterblätterte. Sentimentaler Idiot, rügte er sich. Er arbeitete sich zügig weiter voran, noch mehr Demos und Polizeiaktionen. Dann entdeckte er ein Foto mit einem verwaschenen Porträt, offenbar ein vergrößerter Ausschnitt aus einem anderen Bild. Das Gesicht kannte er, auf der Rückseite stand: »Joachim Lehmann, ermordet am 7. April 1978 auf der Thingstätte«. Ein besseres Foto hatten sie offenbar nicht gefunden, aber es zeigte genug. Ein fast hageres Jungengesicht, lange lockige Haare, vermutlich blond. Roger Daltrey in jung, Stachelmann grinste. Ein sanfter Blick aus ernsten Augen, aber das mochte täuschen, die Unschärfe verfremdete das Bild wie eine Weichzeichnerlinse. Er zog das Foto aus der Schachtel und legte es vor sich hin. Dann kam ihm eine Idee: Wenn er

Lehmann auf anderen Fotos entdeckte und sich anschaute, wer sich in seiner Nähe aufhielt, dann hatte er vielleicht einen Anhaltspunkt, den bisher fehlenden Zipfel, an dem er ziehen musste, um sich überraschen zu lassen von dem, was er hervorzog aus der Vergangenheit. Nicht schlecht, Herr Doktor Stachelmann, nicht schlecht.

Die Tür öffnete sich plötzlich, Stachelmann erschrak. »Wie lange brauchen Sie noch?«, fragte Frau Brettschneider. »Ich mache jetzt Mittag.«

»Weiß nicht, aber wenn Sie vom Essen zurückkommen, werde ich immer noch hier sitzen.«

Sie verzog ihr Gesicht, dann verließ sie wortlos das Zimmer. Staub wirbelte auf. Stachelmann musste niesen. Er putzte sich die Nase und fing von vorne an in der Schachtel. Schon beim zweiten Bild ärgerte er sich, keine Lupe mitgenommen zu haben. Ohne deren Hilfe würde er nicht weit kommen. Er verließ den Raum und stieg die Treppe hoch, bis er die Lokalredaktion erreichte. Er klopfte am Zimmer von Frau Brettschneider und öffnete die Tür. Frau Brettschneiders Kollegin hackte immer noch in rasender Geschwindigkeit auf die Tastatur ein. Ihr Blick blieb auf den Bildschirm gerichtet, als er eintrat.

»Sagen Sie, haben Sie eine Lupe?«

Sie schaute ihn an aus großen Augen, als hätte noch nie jemand sie angesprochen. Sie schüttelte den Kopf, dann sagte sie: »Ja.«

»Ob Sie mir die Lupe leihen könnten?«

»Ich weiß nicht«, sagte sie. Sie ziepte an ihrem Pferdeschwanz, der ihr auf die Brust gefallen war.

Stachelmann hätte fast gelacht, er riss sich zusammen. »Sie kriegen sie bald wieder, keine Sorge. Soll ich ein Pfand hinterlegen?« Er griff zur Gesäßtasche, wo die Geldbörse steckte.

Sie schaute sich ängstlich um, als ob noch jemand im Raum stünde. »Sie ist in der Schublade hier.« Sie deutete auf den Schreibtisch von Frau Brettschneider. »Ich glaube, Sie warten besser, bis Frau Brettschneider zurück ist.«

Stachelmann spürte Hunger und entschloss sich, etwas zu essen. Natürlich hatte er Angst hinauszugehen. Nein, niemand verprügelt dich am Tag auf der Hauptstraße. Du musst dir beweisen, dass du die Angst überwinden kannst, sonst wächst sie. Er verließ das Gebäude der RNZ und lief die Hauptstraße hinunter in Richtung Rathaus. Immer wieder blieb er stehen und schaute sich um. Vor dem Marktplatz standen unzählige Tische und Stühle, die meisten besetzt von Touristen. Er fand einen freien Platz im Schatten. Die Mittagshitze im Neckardunst war aber auch hier kaum auszuhalten. Er schwitzte, ohne einen Finger zu rühren. Er bestellte eisgekühltes Mineralwasser und ein Käsebaguette, Hauptsache nichts Warmes. Es zog ihn bald zurück zur RNZ. Unterwegs fand er ein Optikergeschäft und kaufte eine Lupe. Und wieder sicherte er nach allen Seiten.

Das Fotoarchiv war abgeschlossen. Also musste er hinauf zur Lokalredaktion. Frau Brettschneider telefonierte gerade, als Stachelmann nach kurzem Anklopfen die Tür öffnete. Sie schaute ihn böse an und sprach weiter. Stachelmann lehnte sich an die Wand neben der Tür und wartete. Frau Brettschneiders Kollegin hackte unverdrossen auf ihrer Tastatur und schenkte ihm keinen Blick. Frau Brettschneider legte auf, dann sagte sie mit tonloser Stimme: »Sie haben nicht abgeschlossen.«

»Ich hatte keinen Schlüssel.«

»Sie haben gesagt, Sie würden im Zimmer bleiben.«

»Ich hab's mir anders überlegt. Wer sollte da schon klauen? Könnten doch nur Ihre Kollegen sein.«

Sie warf ihm einen giftigen Blick zu. »Das ist eine Prinzipienfrage.«

»Gut«, sagte er, »dann entschuldige ich mich. Jetzt möchte ich gerne weiterarbeiten.«

»Also, am liebsten würde ich Sie nicht mehr hineinlassen …« Sie erhob sich, schnappte ihren Schlüsselbund vom Schreibtisch und rauschte an ihm vorbei. Er mühte sich, ihr zu folgen. Unten angekommen, schloss sie laut auf, öffnete die Tür, schaute ihn grimmig an und ging.

Stachelmann setzte sich wieder an den Tisch, niemand schien im Raum gewesen zu sein, während er abwesend war. Er betrachtete noch einmal Lehmanns Bild. Dann suchte er in der Schachtel nach Fotos von Menschengruppen aus der Zeit vor dem Thingstättenmord: Demonstrationen, Kundgebungen, Versammlungen. Solche Fotos legte er auf einen Stapel neben das Porträt. Es handelte sich nur um ein knappes Dutzend Fotos. Unter der Lupe glich er die Gesichter, die erkennbar waren, mit Lehmanns Porträt ab. Es war eine anstrengende Arbeit, immer wieder machte er eine Pause. Er hatte es nicht eilig, lieber langsam, aber gründlich. Diesen oder jenen glaubte er wieder zu erkennen, meist langhaarige junge Männer in Jeans. Hier und da militärisch frisierte Kader maoistischer Sekten. Auf keinem Foto aber sah er Lehmann, auch wenn er in einem Fall zweifelte. Büchertisch vor der Marstallmensa, dahinter fünf Männer, eine Frau. Nein, das war er nicht.

Er drehte die Fotos um und las auf den meisten den Copyright-Vermerk »RNZ/Schmelzer«. Er schrieb es sich auf, packte die Fotos zurück in die Schachtel, stellte diese ins Stahlregal, verließ den Raum, schloss die Tür und stieg die Treppe hoch zur Lokalredaktion. Im Zimmer von Frau Brettschneider bot sich das gewohnte Bild. Die Kollegin tippte, Frau Brettschneider las in einem Papier. Sie hob den Blick. »Fertig?«

»Im Prinzip ja«, sagte Stachelmann. »Ich würde gerne mit Herrn Schmelzer sprechen.«

Fast hätte Frau Brettschneider gelacht, aber sie unterdrückte es. »Der ist schon lange tot.« Sie sagte es in einem

Ton, in dem ihre Befriedigung mitklang, ihm nicht helfen zu können.

Stachelmann ärgerte sich, aber er ließ sich nicht abwimmeln. »Hat er Familienangehörige, eine Frau oder Kinder?«

Sie zuckte die Achseln.

»Aber Sie können mir gewiss seine letzte Anschrift geben.«

Sie zögerte, dann sagte sie: »Warum nicht? Steht ja im Telefonbuch.« Sie blätterte in einer Adresskartei, zog eine Karte heraus und schrieb etwas auf einen Zettel. Den reichte sie Stachelmann, ohne ihn anzusehen. Der schaute drauf, sah, es war eine Adresse, bedankte sich und ging.

Auf der Straße traf es ihn wie ein Schlag. Feuchte Hitze stand im Neckartal. Fast hätte ihn eine Gruppe japanischer Touristen umgerannt, die aufgeregt versuchten, den richtigen Standort zu finden für ihre Fotos. Es war ein furchtbares Gedrängel. Stachelmann setzte sich in ein Café, das mit einer Klimaanlage Besucher anlockte. Er genoss die trockene Kühle. Als der Schweiß einigermaßen versiegt war, zog er den Zettel aus der Tasche und las: Schmelzer, Schloss-Wolfsbrunnenweg 18a. Das war in der Nähe des Schlosses, wo auch Hitlers Rüstungsminister Speer gewohnt hatte, dem es noch nach dem Tod gelang, seine Biographen zu foppen. Ein Vergangenheitsartist, der am Ende womöglich selbst glaubte, in die Menschenschinderei und -vernichtung der Nazis nie einbezogen gewesen zu sein. Stachelmann entsann sich der Veröffentlichungen und Erklärungen dieses Mannes, des vielleicht berühmtesten Zeitzeugen der Nachkriegsgeschichte. Stachelmann grinste. Wie gesagt, der Zeitzeuge ist der größte Feind des Historikers. Vor allem, wenn der es nicht merkt oder nicht merken will.

Er bestellte Mineralwasser mit Eiswürfeln bei einer Kellnerin, die offenbar wegen seines Aussehens zögerte, ihn zu bedienen. Dann versuchte er sich über das klar zu werden, was er tat. Gib zu, du hast Lunte gerochen. Jetzt, wo du eine Idee hast, wie du vielleicht den Thingstättenmördern auf die Spur kommen könntest, jetzt gehst du auf die Suche. Dabei hat die Polizei bestimmt alle Bekannten Lehmanns befragt. Oder vielleicht doch nicht alle? Außerdem, wie sollte sie herausgefunden haben, wer alles zu Lehmanns Bekanntenkreis gezählt hatte? Die Studenten, welche die Polizei aufgetrieben hatte, dürften ihr kaum geholfen haben mit Auskünften. Das galt damals als ehrenrührig. Er überlegte, ob er zur Kripo gehen sollte, um zu schauen, was sie herausgefunden hatte. Aber er verwarf die Idee wieder. Dort kannte er niemanden. In Hamburg kannte er Carmen bei der Polizei. Sie gefiel ihm, gestand er sich ein. Und dass sie sich in ihrer Not zuerst an ihn gewandt hatte, das gefiel ihm auch. Einen Augenblick versuchte er sich an ihr Gesicht zu erinnern. Das war unmöglich, das Gehirn macht keine Eins-zu-eins-Kopien.

Als er ausgetrunken und bezahlt hatte, entschloss er sich, zur angegebenen Adresse zu laufen, ohne sich anzumelden. Der Schweiß nässte seine Haare und sein Hemd, als er den Hang hochstieg. Hier oben hatten Burschenschaften ihre Häuser und reiche Leute, vielleicht nicht ganz so reiche wie auf dem Hang auf der gegenüberliegenden Seite des Neckars, am Philosophenweg und an den anderen kleinen Straßen, wo sich eine Villa an die andere reihte.

Vor der eisernen Gartentür, neben der die Hausnummer im Zaun hing, verschnaufte Stachelmann und hoffte, das Schwitzen werde nachlassen, wenn er sich eine Weile nicht bewegte. Aber auch hier oben war es schwül, er fühlte sich klebrig. Stachelmann schaute sich wieder um, ob ihm jemand gefolgt war. Niemand zu entdecken. Er klingelte.

Erst tat sich nichts, dann öffnete sich die Haustür, eine Dame, gewiss um die achtzig, stand darin und winkte ihn zu sich. Stachelmann öffnete die Pforte und ging auf einem

Weg aus Naturstein zum Haus. Die Dame hatte ein feines Gesicht und trug eine Brille mit Perlmuttrahmen.

»Guten Tag«, sagte Stachelmann.

Die Dame antwortete nicht.

»Mein Name ist Dr. Stachelmann. Ich war bei der Rhein-Neckar-Zeitung, dort gab man mir Ihre Anschrift. Ich suche Bilder.«

Die Dame musterte ihn. Stachelmann bildete sich ein, sie schaue ihn ein wenig freundlicher an. Jedenfalls fiel er nun nicht mehr in die Kategorie Versicherungsvertreter oder Tiefkühlessenlieferant.

»Wissen Sie, ich bin Historiker. Ich arbeite über die Heidelberger Universität« – fast hätte er »Studentenbewegung« gesagt und sie vielleicht verschreckt –, »und dafür suche ich Fotos. Herr Schmelzer, Ihr Gatte, nehme ich an, also, Herr Schmelzer hat viele Fotos gemacht, einige habe ich schon gesehen im Bildarchiv der Redaktion. Aber er hat doch bestimmt nicht alle bei der Zeitung abgeliefert. Vielleicht gibt es noch Abzüge oder Filme? Ach ja, mein Gesicht, ich wurde überfallen.«

Sie musterte ihn streng, aber er sah Neugier in ihren Augen. Wahrscheinlich bilde ich es mir nur ein. Die findet mich aufdringlich. Und wer so eine Visage hat wie ich, kann bei so einer nicht landen.

»Trinken Sie Tee?«, fragte die Dame. »Ich habe mir gerade einen gemacht, er reicht auch noch für Sie.«

Er hätte einiges gegeben für ein Glas kaltes Wasser. »Gern, vielen Dank«, sagte er. Und erinnerte er sich, schon mal gehört zu haben, Tee sei das ideale Getränk bei Hitze. Ihn würde er aber nur stärker schwitzen lassen.

»Kommen Sie«, sagte die Dame, »hier draußen ist es unerträglich heiß. Ich habe mir schon überlegt, ob ich nicht woanders hinziehen soll, in den Norden etwa, wo es kühler ist und nicht so schwül. Aber in meinem Alter …« Sie ließ den Satz unvollendet. Im Flur war es angenehm,

Stachelmann spürte einen schwachen Luftzug. An den Wänden hingen große gerahmte Schwarzweißfotos. Zwei zeigten Heidelberger Ansichten, das von den Franzosen zertrümmerte Schloss und ein Blick von oben auf die Karl-Theodor-Brücke.

Die Dame führte ihn ins Wohnzimmer. Ein riesiges Fenster zeigte ein Panorama des Schlosses, darunter die Altstadt. Stachelmann erkannte das Palais Boisserée, das Rathaus, den Marktplatz, wo er mittags gesessen hatte.

Das Wohnzimmer war schlicht möbliert, fast im Bauhausstil. Es gefiel ihm auf Anhieb, die Dame hatte Geschmack und offenbar Geld.

»Ich sitze oft den Abend hier« – sie deutete auf ein Sofa, von dem aus man durch das große Fenster hinunterblicken konnte – »und beobachte die Lichter. Dann stelle ich mir vor, was die Menschen machen in den Zimmern, in denen das Licht angeht, und in den Zimmern, in denen es erlöscht. Jeden Werktag ist es das Gleiche, im Winter, wenn es lange dunkel ist, fällt es einem noch stärker auf. Es ist ein Rhythmus, tagaus, tagein. Die meisten Menschen tun immer das Gleiche. Sie wachen zur gleichen Uhrzeit auf, sie frühstücken das Gleiche, fahren auf demselben Weg mit derselben Bahn oder demselben Auto zur Arbeit, machen die gleiche Arbeit wie am Tag zuvor, machen um die gleiche Zeit Mittagspause, fahren um die gleiche Zeit nach Hause, essen um die gleiche Zeit zu Abend, stellen zur gleichen Zeit das Fernsehgerät ein, gehen zur gleichen Zeit ins Bett. Freiheit ist das nicht, das ist eher ein Leben nach Fahrplan, finden Sie nicht auch? Ach, ich wollte Ihnen doch einen Tee einschenken.« Ihm fiel auf, sie sprach Hochdeutsch ohne Eintrübung. Er hätte nicht sagen können, woher sie stammte. Und sie hatte eine feste Stimme, nicht brüchig, wie man aufgrund ihrer schwach erscheinenden Statur und ihrer dünnen weißen Haare hätte vermuten können.

Die Dame stand auf, ging aus dem Zimmer und kam mit einer Teekanne und einer Tasse zurück. Sie schenkte ihm ein, bot ihm Zucker und Milch an, auf die er aber dankend verzichtete.

»Sie sind also Historiker«, sagte sie.

»Ja, Historiker ohne Fernsehgerät«, erwiderte er.

Sie lächelte fein. »Dann leben Sie also nicht nach Fahrplan.«

»Nein, manchmal bedaure ich es. Ein Rhythmus erspart einem einiges.«

Sie nickte.

»Entschuldigen Sie bitte den Überfall«, sagte Stachelmann. »Und auch meine Frage. Ihr Mann war Fotograf bei der Rhein-Neckar-Zeitung?«

»Er hat hin und wieder für die Zeitung fotografiert oder ihr Bilder angeboten, wenn er welche geschossen hatte, von denen er glaubte, sie könnten die RNZ interessieren. Er hat aber auch fürs Tageblatt gearbeitet. Immer als Freiberufler.«

Stachelmann fragte sich, wie ein freiberuflicher Fotograf sich ein so stattliches Haus in teurer Wohnlage und eine solch erlesene Einrichtung leisten konnte. Er bedachte seine Lage, er fühlte sich arm und schlecht behandelt. War ein Historiker weniger wert als ein Fotograf? Dann lächelte er über seine Dummheit. Wäre er ein erfolgreicher Historiker, könnte er sich auch einiges leisten. Aber er würde es nicht tun, es war ein Neid ohne Gegenstand.

Sie schaute ihn freundlich an, während sein Hirn auf Abwegen war.

»Ich war bei der Rhein-Neckar-Zeitung, um Fotos zu sichten über die letzten Jahre der Studentenunruhen in Heidelberg, 1976 bis 1978. Da habe ich auf der Rückseite mancher Fotos den Namen Ihres Mannes gelesen.«

Sie nickte. »Er hat viel fotografiert, gerade diese Sachen. Er war ja zuerst gegen diese Revoluzzer, fand sie lächerlich, Karikaturen der Weimarer Zeit. Studenten, die noch nichts begriffen hatten, beanspruchten, aller Welt alles erklären zu können, und ernannten sich selbst zu Führern. Er hat sich da oft ziemlich aufgeregt über diese Selbstgerechtigkeit. Und wie man die alten Leute als Nazis beschimpft hat. Für die war jeder ein Nazi, den Hitler in eine Uniform gesteckt hatte. Sie haben es sich so einfach gemacht in ihrer Unschuld, für die sie so wenig konnten wie die meisten für ihre Schuld im Dritten Reich. Die ist uns aufgeladen worden von diesen Verbrechern.«

Stachelmann erinnerte sich an den Streit mit seinem Vater, der im Krieg zum Hilfspolizisten gemacht worden war und Bombenräumkommandos aus Sträflingen bewacht hatte. Da kam ihm diese Dame viel klarer vor. Sie hatte einen messerscharfen Verstand und offenbar viel nachgedacht über ihr Leben.

»Aber dann hat er seine Meinung geändert. Er fand diese Splittergruppen immer noch lächerlich, aber hat versucht, das Anliegen zu verstehen, das hinter der Maskerade stand. Einmal hat er gesagt, ich erinnere mich daran, als wäre es gestern: Die jungen Leute haben schon Recht. Wir sind die Generation von Hitler und Himmler, das muss man uns vorwerfen. Wir können uns nicht aussuchen, wer uns das vorwirft und wie er es tut. Die meisten von uns haben es nach Fünfundvierzig nicht geschafft, reinen Tisch zu machen. Sie sind rumgelaufen und haben gesagt, sie hätten nichts gewusst. Sie hätten aber nur zuhören müssen, sie hätten es wissen wollen müssen. Aber sie haben sich Ohropax in die Ohren gesteckt, manche sogar nachträglich, obwohl das nicht geht. Er hat ungeheuer gelitten, glauben Sie es mir.« Dann erschrak sie, sie zuckte leicht. »O Gott, ich rede Sie ja in Grund und Boden.«

»Nein, nein«, sagte Stachelmann, »es interessiert mich, was Sie erzählen. Ich habe mit diesen Fragen ja auch zu tun.«

Sie schaute zum großen Fenster. »Ich weiß es noch wie heute, wie Professoren und Studenten in Heidelberg dem Führer gehuldigt haben. Damals haben die Studenten auch rebelliert, gegen den bürgerlichen Anstand, sagte mein Mann. In den sechziger und siebziger Jahren taten manche Studenten so, als gäbe es keine Heimat mehr, in der Nazizeit haben sie das Vaterland über alles gehoben. Es sind, finde ich, beides Formen von Größenwahn, nur anders lackiert. Aber wenn Menschen meiner Generation so etwas sagen, dann werden sie schief angeguckt. Ihr habt es nötig.« Sie schaute zu seiner Tasse, er trank einen Schluck Tee. »Aber Sie sind ja nicht gekommen, um sich meine Litanei anzuhören. Tut mir Leid, aber ich treffe nur noch selten gebildete Menschen, mit denen man sich vernünftig unterhalten kann.«

»Ich habe bei der RNZ einige Bilder gefunden aus der fraglichen Zeit. Ich hoffe aber, Sie haben noch mehr. Ihr Mann hatte bestimmt ein Archiv.«

»O ja«, lachte sie. »Das hatte er. Und wenn er ein ordentlicher Mensch gewesen wäre, könnte man es auch benutzen. Ich habe den Raum ewig nicht betreten, jetzt dürfte es darin noch staubiger sein. Sie können gerne hineingehen und suchen. Vielleicht finden Sie ja etwas. Es sind aber meist nur Negative, auf denen erkennt man nicht allzu viel. Kommen Sie, ich zeige Ihnen das Verlies. Sie dürfen sich aber nachher nicht beschweren, ich sei schuld daran, dass Sie eine Staublunge bekommen hätten.«

»Keine Sorge.« Stachelmann lachte. »Historiker sind wie Bergleute. Sie sterben an einer Staublunge und leben von Subventionen.«

Sie kicherte leise wie ein junges Mädchen. Als sie vor ihm die Kellertreppe hinunterstieg, sah er, dass sie leicht hinkte. Sie führte ihn zu einer Tür aus grobem Holz, öffnete das Vorhängeschloss und zog die Tür auf, die schleifte über den Boden. Das Geräusch ging ihm durch Mark und

Bein. Sie verschwand im Dunkel des Raumes, dann ging Licht an. Gegen das Licht sah Stachelmann den Staub, alles war bedeckt von ihm, der Tisch, der Stuhl davor, die Wandschränke, die Schachteln darin.

»Warten Sie«, sagte Frau Schmelzer. Sie stieg die Treppe wieder hoch und kehrte zurück mit einem Staubsauger. Sie steckte den Stecker in eine Wandbuchse und fing an zu saugen. Stachelmann stand in der Tür und schaute zu. Sie arbeitete gründlich. »Eigentlich müsste ich noch feucht nachwischen, aber so ist es schon mal besser. Ich weiß nicht, wie mein Mann die Fotos geordnet hat, da hilft nur jede Schachtel aufmachen. Ach, ich sehe, Sie haben eine Lupe dabei, das ist hilfreich. Ich lasse Sie jetzt allein.«

Stachelmann bedankte sich für das Vertrauen. Als sie gegangen war, öffnete er die erste Schachtel. Links oben anfangen, rechts unten aufhören. Es schien ihm, als warteten unendlich viele Pappschachteln darauf, geöffnet zu werden. In der ersten fand er Schwarzweißabzüge, vermutlich von einem Italienurlaub. Alte Modelle von Fiat und Lancia ließen ihn vermuten, es könnte sich um die Sechzigerjahre handeln. Es waren Landschaftsaufnahmen, vielleicht von der Adriaküste, außerdem hatte Gerhard Schmelzer eine Schwäche für italienische Frauen. Im schicken Kleid, im Freizeitdress, im Bikini. Szenen von Straßenpromenaden, Fotos aus einer Zeit, in der die Welt eindeutig war. Er rüffelte sich für den Zeitverlust, schloss die Schachtel und stellte sie zurück an ihren Platz. Die nächste Schachtel enthüllte Schmelzers Vorliebe für Nacktfotos, aufgenommen in einem Studio, auf dem Rücken der Abzüge keine Beschriftung. Stachelmann schloss die Schachtel und griff nach der nächsten. Die Schachtel fiel auf den Boden, öffnete sich und gab Negativstreifen und wenige Papierabzüge frei. Stachelmann fluchte leise vor sich hin, während er die Streifen und die Abzüge aufhob.

Er setzte sich wieder hin und betrachtete die Abzüge. Er spürte den Rückenschmerz, der stärker wurde, je länger er auf dem Stuhl saß. Bald begann er abzustrahlen auf die Hüfte und die Knie. Stachelmann stand auf, beugte sich, bewegte seinen Körper, es half wenig. Wenn der Schmerz ihn einmal gepackt hatte, war es kaum möglich, ihn loszuwerden. Er fand in der Jacketttasche eine Diclofenac, schluckte sie und hoffte, die Wirkung setzte bald ein. Stehend betrachtete er die Aufnahmen auf dem ersten Negativstreifen. Mithilfe der Lupe erkannte er einiges, es waren Aufnahmen der Berliner Mauer und von Ostberlin.

So durchsuchte er eine Schachtel nach der anderen, bis er endlich auf die Fotos stieß, die er suchte. Hätte er rechts unten angefangen, dann wäre er längst fertig gewesen. Es waren wenige Papierzüge und zahlreiche Negativstreifen. Mit der Lupe erkannte er Demonstrationen in der Hauptstraße, der Plöck und Kundgebungen auf dem Bismarckplatz. Aber im Negativ waren keine Personen zu erkennen. Er hatte keine Wahl, die Negative mussten entwickelt werden.

Es waren drei Schachteln mit einigen hundert Aufnahmen. Er trug sie nach oben, Frau Schmelzer saß im Wohnzimmer und las in der RNZ. Sie hob den Kopf und lächelte, als sie Stachelmann sah.

»Oh, Sie sind fündig geworden.«

»Ja, es sind viele Negative. Haben Sie etwas dagegen, wenn ich sie mitnehme und die heraussuche, bei denen sich die Entwicklung vielleicht lohnt?«

Sie überlegte kurz, dann sagte sie: »Nein, nehmen Sie sie mit. Sie bringen sie ja zurück, nicht wahr? Und die Papierabzüge, die Sie nicht benötigen, könnten Sie mir die schenken?«

Stachelmann willigte ein, Frau Schmelzer holte große Papierumschläge, worin sie die Negative verstauten. Dann verabschiedete er sich und versprach wiederzukommen.

»Beim nächsten Mal erzählen Sie, warum Sie die Fotos brauchen, nicht wahr?«

Er versprach auch dies und eilte zurück zum Hotel, während seine Hand den Griff der an einem Riemen über der Schulter hängenden Aktentasche umklammert hielt, als fürchtete er, einen Schatz zu verlieren. Den Besuch im Uniarchiv vertagte er.

Verschwitzt erreichte er das Hotel, fuhr im Aufzug in den dritten Stock, warf die Aktentasche aufs Bett und nahm eine kalte Dusche. Dabei fiel ihm ein, dass er auf dem Rückweg keine Angst gehabt hatte. Er hörte erst auf zu duschen, als er zu frieren begann. Dann trocknete er sich ab, zog frische Kleidung an und leerte den Inhalt der Aktentasche auf dem Bett aus. Er griff einen Umschlag, öffnete ihn und legte die Negative auf den kleinen Schreibtisch. Er hielt sie gegen das Fensterlicht und versuchte mit der Lupe Einzelheiten zu erkennen. Negative, die Menschenansammlungen zeigten, sammelte er auf dem Kopfende, die anderen schob er zurück in den Umschlag. Er saß bis spät in die Nacht und nutzte bald die Schreibtischlampe, während es draußen dunkel wurde.

Da fiel ihm ein, er musste seine Mutter anrufen. Aber um halb elf war es zu spät. Morgen würde er es tun, bestimmt. Vielleicht siehst du sie nie wieder. Und dann wirst du dir Vorwürfe machen.

Stachelmann putzte sich die Zähne, wusch sich, schluckte eine Schmerztablette und legte sich ins Bett. Er versuchte, eine Schlafposition zu finden, die ihm am wenigsten Schmerzen bereitete. Er dachte an die Negative, die auf dem Tisch lagen. Vielleicht bargen sie die Antwort auf die Frage, ob Ossi sich umgebracht hatte oder ob er ermordet worden war. Carmen hatte sich nicht gemeldet, das bedeutete, die Kripo in Hamburg glaubte weiter an Freitod. Er würde sie morgen anrufen. Irgendwie passte sie nicht zu Ossi, sie war zu munter für ihn, der längst zum Zyniker geworden war. Damals, bei den Kindesmorden im Holler-Fall, da hatte er die Haltung abgelegt, aber danach war er wieder der Alte geworden, jedenfalls gab er sich abgebrüht. Womöglich kann man in der Mordkommission nur arbeiten, wenn man sich eine Haltung zulegt, die einen gegen das Böse schützt, indem man unterstellt, dass es ohnehin die Welt beherrscht. Wenn einen jeder Leichenfund erschüttert, ist man nicht geeignet für diesen Job.

Endlich schlief er ein für wenige Stunden, doch der Schmerz riss ihn wieder hoch, Stachelmann stand auf, ging ein paar Schritte hin und her, als wäre das Hotelzimmer eine Zelle.

Dann legte er sich wieder ins Bett und versuchte zu schlafen. Aber seine Mutter fiel ihm ein, und es meldete sich das schlechte Gewissen. Er hatte sich mit seinem Vater gestritten, nicht mit der Mutter, aber seitdem war auch sein Verhältnis zur Mutter verschattet. Oder redete er sich das ein, weil es ihn in ein besseres Licht setzte? Die Mutter war nicht Hilfspolizistin gewesen. Aber, widersprach er sich, du hast nie gefragt, was sie gehalten hat vom Führer. Ob sie auch hysterisch gejubelt hatte wie die Mädchen später beim Beatles-Konzert? Da gab es so viele Fotos von Frauen, die außer sich waren, weil sie Hitler erblicken durften.

Dann döste er, bis Licht durch das Fenster schien. Müde stand er auf.

Stachelmann war der Erste im Frühstücksraum. Er fand die Rhein-Neckar-Zeitung vom Tag, legte sie auf seinen Tisch und stellte sich am Büfett ein Frühstück zusammen. Am Tisch schmierte er sich ein Marmeladenbrötchen, bestellte Kaffee bei der Kellnerin und fing an, in der Zeitung zu blättern. Als er das Gesicht sah, fiel ihm die Brötchenhälfte auf die Hose, mit der Marmelade nach unten. Er fluchte leise, legte das Brötchen auf den Teller und starrte auf das Foto in der Zeitung. Was bedeutete es? Er las den Text. Gestern Abend hatte es einen Autounfall gegeben auf den Neckarstaden, Höhe Alter Synagogenplatz. Ein Nissan, grau oder grün lackiert, mit Frankfurter Kennzeichen, hatte einen Golf überholt und ihn von der Straße gedrängt, bis der auf einen Baum geprallt war. Der Unfallverursacher, vermutlich ein Mann, war Richtung Schlierbacher Landstraße geflohen. Die Polizei hatte den Nissan zur Fahndung ausgeschrieben, aber noch nicht gefunden. Am Steuer des Golf saß eine Heidelbergerin, 46 Jahre, Mitarbeiterin der Rhein-Neckar-Zeitung. Im Bericht wurde ihr Nachname gekürzt, aber Stachelmann wusste, wer Monika B. war. Er hatte gestern mit ihr gesprochen. Sie hieß Brettschneider.

***

22. Oktober 1978
Das jetzt beginnende Wintersemester 78/79 wird beweisen, dass die Bewegung nicht am Ende ist. Bei den Germanisten und Medizinern herrscht wieder Ruhe, bis die Empörung ausbrechen wird über die Strafen für die so genannten Rädelsführer. Und die Mathematiker lassen sich nicht unterkriegen. Auch hier geht es um Klausuren, die eingeführt werden, weil es zu wenig Lehrkräfte gibt. Viele Veranstaltungen sind überfüllt, und da wollen sie sieben, statt das Lehrangebot zu erweitern. Es wird zuerst die Kommilitonen aus Arbeiterhaushalten treffen, weil die jobben müssen, um sich ein Studium leisten zu können. Das BAFöG reicht hinten und vorne nicht, es ist nur eine Beruhigungspille gegen die Rebellion. Lenin hat geschrieben, ein guter Agitator könne am Fehlen des Wassers für den Samowar im Reisezug beweisen, dass der Kapitalismus untergehen wird. Wir müssen beweisen, dass der Kapitalismus keine Zukunft hat, dass er nicht nur der Arbeiterklasse nichts zu bieten hat außer Ausbeutung,

sondern auch der Intelligenz, vor allem den Studenten. Wir müssen uns besser schulen, wir müssen die Studenten überzeugen, dass es nicht allein um Klausuren geht, sondern um nicht weniger als um die Abschaffung des Kapitalismus.

Gestern Abend Streit mit Angelika. Sie ist in eine Frauengruppe eingetreten, und seitdem kritisiert sie mich. Männer nennt sie meistens Macker. Und wenn ich was vorschlage, muss sie widersprechen. Sie wirft mir vor, ich würde große Sprüche klopfen über die Revolution, aber die Frauen kämen darin nicht vor. So ein Quatsch.

Über L. hört man wenig. Die Bullen scheint's nicht mehr zu kümmern. Die haben Wichtigeres zu tun, Revolutionäre unterdrücken zum Beispiel.

9

Er saß im Hotelzimmer auf dem Bett und sah seine Hand zittern. Erinnerungen bedrängten ihn, an den Psychoterror, dem er ausgesetzt gewesen war, nachdem er sich mit Ines eingelassen hatte, an deren Mann, Professor Wolf Griesbach, den er dann tot im Kofferraum seines Autos fand. An den Mann, der ihn auf die Gleise der Berliner U-Bahn gestoßen hatte. Es war wieder jemand hinter ihm her. Eine andere Erklärung konnte es nicht geben. Warum immer ich? Ich tue hier nichts, als ein paar alte Fotos anzuschauen. Wie haben die herausgekriegt, dass ich mit Frau Brettschneider zu tun hatte? Aber sie hat mir doch nur die Tür zum Bildarchiv aufgeschlossen. Wir haben uns nicht einmal unterhalten über irgendetwas, das einen Mörder interessieren konnte. Wahrscheinlich ist er hinter mir her, seit ich in Ossis Wohnung war. Nur, wie konnte er auf meine Spur kommen? Über Carmen? Quatsch, das ist Blödsinn. Vielleicht hatte er Ossis Wohnung überwacht und mich zusammen mit Carmen gesehen. Aber wie konnte er wissen, wer ich bin? Er musste mich doch für einen Polizisten halten, der sich noch einmal die Wohnung anschauen wollte. Es sei denn, ja, es sei denn, er kannte mich schon. Dann kannte er Ossi und mich. In Hamburg gab es kaum jemanden, der wusste, dass ich Ossi kannte. Ein paar Polizisten, vielleicht dieser und jener am Seminar, und das war es schon. Aber mit dem Historischen Seminar in Hamburg hatte Ossi nie etwas zu tun gehabt. Nach menschlichem Ermessen kam ein Hamburger Kollege nicht infrage. Er betrachtete noch einmal das Bild in der Zeitung. Sie sah jünger aus, hübscher, nicht so griesgrämig, wie sie sich gegeben hatte. Er hätte gern erfahren, was sie so verbittert hatte, dass sie auf dem

Foto schlecht wieder zu erkennen war. Aber sie war es, sie starb, nachdem er sie aufgesucht hatte.

War der Überfall auf mich am ersten Abend in Heidelberg die Warnung gewesen? Wenn du hier bleibst und herumschnüffelst, werden schreckliche Dinge geschehen. Aber warum wurde nicht er ermordet? Warum diese unschuldige Frau aus der Lokalredaktion der RNZ?

Er griff zum Telefonhörer und wählte Carmens Nummer im Präsidium. Sie nahm gleich ab. Statt einer Begrüßung sagte er: »Sie haben hier eine Frau ermordet. Eine Sekretärin, die das Bildarchiv verwaltet hat. Bei der Rhein-Neckar-Zeitung.«

»Beruhige dich, Josef«, sagte sie. Erst jetzt merkte er, wie durcheinander er war. »Der Reihe nach, Josef.«

Er konzentrierte sich und erzählte, was geschehen war.

»Du musst zur Polizei«, sagte sie.

»Ich weiß jetzt schon, dass die mich für verrückt halten werden. Aber das bin ich ja gewohnt.«

»Nein, nein. Die werden dir dankbar sein. Ich rufe die Kollegen an und warne sie vor. Vor allem sage ich Ihnen, sie sollen dich ernst nehmen.«

»Danke.« Sie nahm ihm eine Last ab. »Du wärst besser hier.«

Sie schwieg eine Weile. »Du kriegst das hin, bestimmt.«

Nach dem Telefonat quälte er sein Hirn, um schlau zu werden aus dem, was geschehen war. Aber er fand keine bessere Erklärung als die, dass er verfolgt wurde. Hat einer der Männer, die ihn verprügelt hatten, hinter dem Steuer des Nissan gesessen, mit dem Monika Brettschneider abgedrängt wurde? Er dachte an Frau Schmelzer, die nun auch in Gefahr war. Stachelmann zog sein Jackett an und rannte die Hoteltreppe hinunter. Er hatte Glück, draußen wartete ein Taxi.

»Zum Polizeipräsidium, Rohrbacher Straße«, sagte er.

»Römerstraße«, sagte der Taxifahrer, ein Türke, jedenfalls hing eine kleine Flagge mit Mondsichel und Stern am Rückspiegel.

»Polizeipräsidium«, wiederholte Stachelmann.

»Römerstraße«, sagte der Taxifahrer. »Da sind die jetzt. Und das heißt Polizeidirektion. Nur die Mannheimer« – er sagte »Monnemer« – »sind so großartig, dass sie ein Präsidium haben. Die Stuttgarter natürlich auch.« Er sagte »aa« statt »auch«.

»Aha«, sagte Stachelmann. »Dann fahren Sie mich bitte zur Polizeidirektion.«

Es dauerte fünf Minuten, dann stand Stachelmann an der Pforte. »Sie werden erwartet«, sagte der Mann hinter dem Glas. »Zimmer 204, zweiter Stock.« Er zeigte zur Aufzugstür.

Im zweiten Stock fand er gleich das Zimmer. Er klopfte und trat ein. Zwei Beamte saßen sich gegenüber an zusammengeschobenen Schreibtischen. Sie sahen sich zum Verwechseln ähnlich, klein, drahtig. Erst bei genauem Hinsehen erkannte Stachelmann die Unterschiede. Am auffälligsten war der Bart, den der Mann trug, der sich als Schmidt vorstellte. Der andere hieß Fath.

Schmidt sagte in bemühtem Hochdeutsch, in dem doch der Dialekt durchklang: »Unsere Hamburger Kollegin hat uns informiert. Sie haben der Hamburger Kripo in den letzten Jahren ein wenig geholfen. Hatten Sie einen Unfall?«

Stachelmann hätte erwidern können, zwei Mordfälle wären kaum gelöst worden ohne seine Hilfe. Aber er begriff gleich, dass er sich unbeliebt machen würde, weil die Polizei es als Versagen empfinden müsste, auf die Unterstützung eines Amateurs angewiesen zu sein. »Ein bisschen«, sagte er. »Eher zufällig.«

Fath zeigte auf einen Stuhl. Stachelmann setzte sich. Die beiden drehten sich auf ihren Stühlen Stachelmann zu.

»Kaffee?«, fragte Schmidt.

Stachelmann schüttelte den Kopf. Er versuchte einen Anfang zu finden. Sie werden mir nicht glauben. Die Geschichte klingt ja auch bescheuert. Das kenne ich schon. Sie haben mir zweimal nicht geglaubt, und ich hatte Recht. Nun also ein drittes Mal.

»Also, ich bin hier ins Polizeipräsidium gekommen …«

»Polizeidirektion«, sagte Schmidt. »Für ein Präsidium sind wir nicht bedeutend genug. Im Gegensatz zu unseren Mannheimer Kollegen.« Schmidt klang beleidigt.

Stachelmann setzte noch einmal an. Er erzählte in einfachen Worten, wie er nach Ossis Tod beschlossen hatte, nach Heidelberg zu fahren. Der alten Zeiten wegen, um aus Hamburg wegzukommen. Weil er immer wieder gedacht hatte, es wäre doch interessant, Erinnerungen aufzufrischen. Weil hier viele Leute lebten, die er gekannt hatte. Viele? Na gut, einige. Über den Streit mit Anne sagte er nichts, das ging die nichts an. Und wenn er es sich genau überlegte, gingen sie seine Gründe, hierher zu kommen, auch nichts an. Er war hier. Am ersten Abend hatten zwei Männer ihn verprügelt.

»Aha«, sagte Fath.

Dann hatte er das Bildarchiv der RNZ besucht und später Frau Schmelzer, die Witwe des Fotografen. Monika Brettschneider starb, weil Stachelmann sie aufgesucht hatte. »Beschützen Sie Frau Schmelzer. Ich hatte überlegt, sie anzurufen. Aber ich wusste nicht, ob es richtig ist, eine alte Frau so zu erschrecken. Sie macht auch nicht so einen naiven Eindruck, dass sie jeden x-Beliebigen einlässt. Vielleicht könnten Sie bald einmal zu ihr fahren und ihr Polizeischutz geben.«

Die beiden Polizisten schauten ihn bewegungslos an. Einmal wechselten sie einen fragenden Blick. Dann sagte Fath: »Meinen Sie nicht, das könnte alles Zufall sein? Ein Verkehrsunfall ist leider nichts Ungewöhnliches. Genauso wenig, dass zwei Männer auf die Idee kommen, jemanden zu verprügeln. Vielleicht war das eine Kneipenwette. Oder sonst ein Schwachsinn. Wenn man Polizist ist, erlebt man die verrücktesten Dinge.«

»Also, in Hamburg stirbt ein Kriminalbeamter, Oskar Winter, unter, sagen wir mal, zweifelhaften Umständen …«

»Gar nicht zweifelhaft«, sagte Schmidt so ruhig, wie man mit einem überdrehten Menschen spricht. »Die Kollegin sagte, Suizid. Bedauerlich, aber zweifelhaft ist es nicht. Die Kollegen haben gründlich ermittelt, warum sollte ich ihnen nicht glauben?«

Wieder kam ihm der Gedanke: »So bringt man sich nicht um. Viel zu umständlich, viel zu riskant, jedenfalls wenn man es wirklich will. Schmerzlos und schnell macht man so was, und dann mit den Mitteln, die einem gegeben sind. Also Pistole in den Mund und abdrücken. Da nimmt ein Polizist doch kein Schmerzmittel und baut darauf, dass es tödlich zusammenwirkt mit einem Insulinspray. Um Himmels willen, so würde sich ein Arzt töten oder eine Krankenschwester. Um der Methode zu vertrauen, braucht man eine medizinische Ausbildung.« Er merkte, seine Stimme war lauter geworden.

Fath und Schmidt wechselten einen langen Blick.

»Ich will Ihnen sagen, was der Hintergrund sein könnte. Ihr Kollege Winter war vor ein paar Wochen in Heidelberg, in bester Laune, wie Zeugen versichern, und hier hat er etwas erfahren über den Thingstättenmord, irgendetwas, und deswegen hat er zu Hause in alten Unterlagen gesucht, denn das, was er erfahren hat, erinnerte ihn an etwas anderes, und zwar an etwas, das in dieser Akte steckt, die Oskar Winter aufbewahrt hatte. Er hat herumtelefoniert und etwas herausgefunden. Aber die Telefonate nach Heidelberg haben auch bekannt werden lassen, dass Winter eine Spur gefunden hatte. Der oder die Thingstättenmörder, die sich all die Jahre in Sicherheit wähnten, haben es mitbekommen. So was spricht sich rum. Und dann haben der oder die Mörder beschlossen, Winter mundtot zu machen. Irgendwie haben sie dann aber bemerkt, dass mit Winters Tod die Nachforschungen nicht aufhören. Deshalb wollen die mich aus Heidelberg vertreiben. Im Notfall werden sie versuchen, auch mich zu töten, aber besser nicht, denn das würde die Polizei vielleicht auf ihre Spur bringen. Der Zusammenhang zum Thingstättenmord wäre zu offensichtlich. Und wenn Sie mich jetzt fragen, wo Winters und Monika Brettschneiders Mörder zu suchen ist, dann sage ich: in Heidelberg, in einer Klinik oder Arztpraxis. Denn mit solchen Präparaten mordet nur ein Arzt oder ein Pfleger. Und wenn Sie die Täter haben, dann haben Sie auch die Mörder von Lehmann, oder Sie sind denen dicht auf den Fersen.«

»Sie meinen, Monika Brettschneider wurde ermordet, um Sie aus Heidelberg zu vertreiben?«, fragte Fath. In seiner Stimme hörte Stachelmann, wie schwer es ihm fiel, ihn nicht für übergeschnappt zu halten. Die Kollegin in Hamburg hatte geraten, diesen seltsamen Kerl ernst zu nehmen. Sie hätten es in Hamburg dereinst nicht getan und schlecht dabei ausgesehen. Die Kollegin sagte, sie kenne den Dr. Stachelmann. Aber offensichtlich hatte die Kollegin sich geirrt. Wenigstens in dieser Sache.

»Ja«, sagte Stachelmann. »Haben Sie eine bessere Erklärung?«

»Ich habe mehrere Erklärungen, die besser sind«, sagte Schmidt bemüht ruhig.

»Ich bewundere Ihre Kombinationsgabe, Herr Dr. Stachelmann, wirklich«, sagte Fath.

Er schmeichelt dir, um dich schnell loszuwerden. Ich weiß doch selbst, ich kann das nicht beweisen. Aber so passt jedes Steinchen zusammen. Natürlich klingt es verrückt, dass Monika Brettschneider sterben musste, um mich zu vertreiben. Weil die Prügel nicht reichten. Aber wer prügelt und mordet, riskiert etwas. Dieser Aufwand muss sich lohnen. Sie glauben, ich bin ihnen auf der Spur.

»Beschützen Sie wenigstens Frau Schmelzer.«

Die beiden nickten im gleichen Takt.

Stachelmann erhob sich. »Ich weiß, Sie halten mich für verrückt. Natürlich kann ich nichts davon beweisen. Aber wenn ich die Teile so zusammenfüge, wie ich es getan habe, dann ergeben sie ein stimmiges Bild, nicht wahr?«

Die beiden Polizisten nickten wieder im gleichen Takt.

Dann sagte Schmidt: »Man könnte sie aber auch anders zusammenfügen, die Steinchen. Der Kollege Winter hat sich selbst getötet, Frau Brettschneider wurde Opfer eines Unfalls, dessen Verursacher zuvor in Schnaps gebadet hat, und der Angriff auf Sie, na ja, Sie wissen schon.«

Stachelmann dachte, wie immer in solchen Fällen, an den Franziskanermönch Wilhelm von Ockham, der die Philosophie bereichert hat mit seinem Rasiermesser, das alles überflüssige Denkgestrüpp wegschnitt. Hast du die Wahl zwischen einfachen und komplizierten Erklärungen, sind die einfachen meistens richtig. Er musste sich also nicht nur mit zwei Kriminalbeamten streiten, sondern auch mit dem Mönch. Das war einer zu viel, jedenfalls für diesen Tag. »Passen Sie auf Frau Schmelzer auf.« Er öffnete die Tür.

»Wir schicken einen Wagen vorbei«, sagte Fath, dem die Erleichterung anzusehen war, da Stachelmann nun die Türklinke ergriff.

»Nicht nur einmal«, sagte Stachelmann, nickte den Polizisten zu und verließ das Zimmer. Er eilte aus der Polizeidirektion, lief zur Hauptstraße und setzte sich in das Café neben dem Psychologischen Institut. Unterwegs schaute er sich einige Male um, ob ihm jemand folgte. In seinem Kopf schwirrten die Gedanken durcheinander. Er schalt sich, weil er offenbar anfing an Hokuspokus zu glauben, doch dann erschien ihm seine Kombination der Ereignisse wieder zwingend. Aber es stimmte, alles konnte auch anders bewertet werden, die Interpretation der Polizisten war genauso gut wie seine, eher besser, wie er sich eingestand, weil sie einfacher war. Ja, es geschehen jeden Tag Verkehrsunfälle. Und warum soll nicht jemand, mit dem er gerade gesprochen hatte, bei einem Unfall sterben? Wenn er an seiner Kombination festhielt, musste er sofort abreisen aus Heidelberg, weil er jeden gefährdete, mit dem er sprach.

Was war mit Regine? Er erschrak. Er nahm das Handy, suchte ihre Nummer in seinem Adressbuch und wählte. Es klingelte, sie nahm nicht ab. Sie wird jetzt arbeiten, dachte er. Er hatte sie nicht einmal gefragt, was ihre Arbeit ist. Das konnte auch nur ihm passieren. Du bist ein Egomane, schimpfte er lautlos. Aber wenn sie wirklich Lehrerin war, wie Katharina behauptet hatte, dann unterrichtete sie jetzt. Der Gedanke beruhigte ihn etwas.

Eine junge Frau mit Schürze fragte ihn, was er bestellen wolle. Er glaubte, Mitleid zu lesen in ihrem Blick, mit dem sie sein Gesicht musterte. Er wählte einen Tee und ein Sandwich.

Durfte er ins Universitätsarchiv, oder brachte er dadurch Menschen in Gefahr? Dann fiel ihm wieder Frau Schmelzer ein. Sollte er sie anrufen und warnen? Wenn die Polizei seine Befürchtung nicht ernst nahm, musste er es dann tun? Wie weit reichte seine Verantwortung? Wenn er sich aber irrte? Durfte er sie unnötig ängstigen?

Je länger er nachdachte, umso stärker meldete sich der Trotz. Gut, ich habe mich verrannt. Wenn die Polizei das glaubt, wird es schon stimmen.

Die junge Frau brachte Tee und Sandwich.

Aber bevor er ins Universitätsarchiv ging, würde er Schmelzers Bilder fertig sortieren und entwickeln lassen.

Die Zweifel ließen sich nicht vertreiben. War nun auch

die Kellnerin gefährdet, weil sie mit ihm gesprochen hatte? Nun mach dich nicht lächerlich. Wenn ich Zyniker wäre, dann würde ich sagen: Warten wir mal ab, wie lange Frau Schmelzer lebt oder der Leiter des Universitätsarchivs, den ich nachher besuchen werde.

Er zahlte, dann eilte er zum Hotel. Verschwitzt sortierte er die Negative, im Zweifel landeten Bilder auf dem Haufen, den er entwickeln lassen wollte. Als er fertig war, packte er die Streifen in seine Aktentasche, hängte sie sich über die Schulter und ging los. An der Ecke Hauptstraße/Große Mantelgasse fand er einen Fotoladen. Der Verkäufer hinterm Tresen schnaufte leise, als er die vielen Negativstreifen sah. Montagnachmittag seien sie entwickelt, das werde aber nicht billig. Er gab Stachelmann den Abholschein.

Im Universitätsarchiv in der Akademiestraße traf Stachelmann nur eine Studentin an, die als Hilfskraft arbeitete. Die anderen Mitarbeiter waren bereits ins Wochenende gegangen. Die Studentin war lang, dürr und hatte eine piepsige Stimme. Sie kannte sich gut aus. Bald saß Stachelmann allein im Lesesaal, vor sich Ordner mit Flugblättern und sonstigen Zeugnissen seiner Studienzeit. Er wusste nicht recht, wonach er suchen sollte. Lehmanns Name tauchte einige Male auf. Dann fand er ein Flugblatt, das Ossi geschrieben hatte. Es war natürlich nicht namentlich gezeichnet, aber Stachelmann erinnerte sich an die Aufregung, die es verursacht hatte. Warum eigentlich? Er las es, es handelte von der Auflösung der verfassten Studentenschaft, also von AStA, Studentenparlament und Fachschaftsvertretungen, und den Wahlen zu dem kastrierten Anhängsel des Großen Senats, den das Kultusministerium den Studenten als Interessenvertretung verordnet hatte. Eine Interessenvertretung, die sich alles und jedes vom Rektorat bewilligen lassen musste. Die linken Studentengruppen gründeten daraufhin eine Versammlung der studentischen Fachschaftsvertretungen, die regelmäßig tagten und an den Fakultäten zunehmend ernst genommen wurden, obwohl sie verboten waren. Ossis Flugblatt forderte die Fachschaftsvertretungen auf, eine Liste zu bilden für die Wahlen zu dem Kastraten-AStA, um den rechten Gruppen keine Chance zu geben, sich als studentische Interessenvertreter aufzuspielen. Stachelmann erkannte keinen Grund für die Aufregung, an die er sich erinnerte. Das hatten sie damals so wichtig genommen, und heute ließ es ihn kalt.

Andere Flugblätter oder Studentenzeitungen jubelten über Aktionen, als stünden die einzig wahren Revolutionäre kurz davor, die Macht im Staat zu erobern. Der Klassenfeind jedenfalls war schon schwer angeschlagen. Es war Stachelmann peinlich, diese großmäuligen Phrasen zu lesen. Während die Studentenbewegung ihrem Ende entgegeneilte, posaunten die letzten Sekten ihre endgültigen Wahrheiten umso lauter heraus. Aber es half nichts, er war dabei gewesen. Und Ossi auch, er hatte den Lautsprecher gegeben. Das war Jahrzehnte her und doch so nah.

Die Hilfskraft saß in einer Ecke und blätterte in einer Zeitung. Hin und wieder warf sie Stachelmann einen Blick zu, ihm schien, als amüsierte sie sich über ihn. Wenn sie es tat, dann hätte sie allen Grund dazu, dachte er.

Er war schlecht gelaunt, als er zum Hotel ging, nachdem er sich bei der Studentin bedankt hatte. Für eine Weile vergaß er sogar seine Angst. Die Flugblätter bewiesen, was er längst gewusst, aber immer wieder abgewehrt hatte. Dass er nicht gefeit war vor dem Wahn, der nichts anderes war als der größtmögliche Wirklichkeitsverlust. Es beruhigte ihn nicht, dass andere mitgemacht hatten, dadurch wurde es nicht besser. Man wird nicht weniger verrückt, wenn andere auch verrückt sind. Er war nicht der Agitator gewesen, er hatte nicht nur für die Revolution gelebt, sondern sogar fleißig studiert. Aber er hatte mitgemacht, da konnte er sich nicht herausreden.

Zurück im Hotel, mühte er sich, Fortschritte bei der Heilung seines Gesichts festzustellen, dann legte er sich aufs Bett. Er war nass geschwitzt, und sollte es ihm gelingen, etwas zu schlafen, würde er vielleicht in besserer Stimmung aufwachen. Aber er schlief nicht, die Schmerzen meldeten sich, und dann fiel ihm wieder Regine ein. Er stand auf und wählte ihre Nummer auf dem Handy.

Sie nahm gleich ab. »Ach, du bist es«, sagte sie. Es klang wie: Was willst du denn schon wieder?

Erst wusste er nicht, was er nun sagen sollte. Dann sagte er: »Ich würde mich gerne mit euch treffen, also mit denen, die mit Ossi zusammengesessen haben. Könntest du das organisieren?«

Sie sagte nichts, dann: »Ich kann es ja mal versuchen. Ich melde mich.« Sie verabschiedete sich knapp. Stachelmann setzte sich aufs Bett und überlegte, warum sie so abweisend war. Der Abend mit ihr war harmlos gewesen, aber am Telefon kam sie ihm vor, als wäre er der böse Feind. So ist sie nun mal, war es nicht früher auch so? Außerdem, es kann dir egal sein. Oder nicht? Ob bei ihr noch die Wut köchelt, weil er sie verraten hatte? Aber warum hatte sie ihn nicht zu Wort kommen lassen an diesem Abend beim Italiener? Ach, sei's drum. Es gibt Wichtigeres. Zum Beispiel muss ich meine Arbeit fortsetzen und meine Mutter anrufen.

Er hatte Angst, als er ihre Krankenhausnummer wählte. Sie meldete sich mit schwacher Stimme.

»Habe ich dich geweckt?«, fragte er.

»Ach, was soll man hier anderes tun als schlafen?«

»Was« – er zögerte, dann fragte er doch –, »was ist denn nun mit dieser zweiten OP?« OP klang nicht so hart wie Operation.

»Montag«, sagte sie.

»Also versprechen sich die Ärzte etwas davon.«

Die Leitung war einige Sekunden still. »Ja, irgendwas werden sie sich schon versprechen.«

Er verstand: Sie wollen sich nicht nachsagen lassen, sie hätten nicht alles versucht.

»Und dann?«

»Dann wollen sie mich nach Hause schicken.«

Also keine Chemotherapie oder Bestrahlung. Aber er sagte es nicht.

»Wann kommst du denn nach Hause?«, fragte sie, als er schwieg.

»Eigentlich wollte ich bald zurückkommen. Aber daraus wird nichts. Ich muss noch etwas klären.«

»Und Anne?« Sie hatte noch nie nach ihr gefragt.

»Was soll mit ihr sein?«

»Entschuldigung, ich sollte mich nicht einmischen.«

Wusste sie etwas? Er überlegte, was er erzählt hatte von Anne. Wenig bis gar nichts. Eigentlich nur, dass es sie gab. Offenbar hatte seine Mutter Schlussfolgerungen gezogen. Er fragte nicht nach.

»Du rufst mich am Dienstag bitte an?«, fragte sie.

Nach dem Gespräch war er traurig. Es hörte sich nicht gut an, was sie sagte und wie sie es sagte.

Er legte sich wieder hin. Doch der Schmerz trieb ihn bald aus dem Bett, er lief eine Weile im Zimmer umher wie in einer Gefängniszelle. Dann schaute er wieder in den Spiegel, als könnten die Flecken in seinem Gesicht schon verschwunden sein. Er musste hinaus, ihm kam es so vor, als hielte er es nicht mehr aus mit sich. Eigentlich müsstest du übers Wochenende an deiner Arbeit sitzen. Du hast noch keine Zeile geschafft. Aber wie sollte er arbeiten, unruhig, wie er war? Er lief los und erkannte bald, irgendetwas führte ihn zum Philosophenweg. Er schnaufte schwer, als er die Steigung hinauflief, und gleich floss wieder der Schweiß. Als die Knie schmerzten, überlegte er, ob er nicht umkehren sollte. Aber dann entschied er sich, dem Schmerz zu trotzen. Immer weiter. Auf der ersten Bank saßen zwei alte Frauen, also noch weiter. Dann endlich eine leere Bank und der Blick durch den Dunst aufs Schloss. Da drüben wohnte Frau Schmelzer, fast konnte er das Haus erkennen. Er staunte über den Verkehrslärm, der aus dem Neckartal hochstieg. So laut hatte er den Philosophenweg nicht in Erinnerung. Unten auf dem Neckar kroch ein langer Frachter in Richtung Mannheim, er lag tief im Wasser.

Wie lange sollte er bleiben in Heidelberg? Er beschloss, unverzüglich nach Hause zu fahren, wenn die Fotos nichts ergaben. Wenn sie einen Hinweis enthielten, würde er dem nachgehen, so schnell es ging. Dienstag, spätestens Mittwoch musste er seine Mutter besuchen. Es fiel ihm schwer, am Telefon mit ihr über den Krebs und die Operationen zu sprechen.

Er erhob sich und ging weiter. Nun war der Weg fast eben, im Tal, wie aus dem Modellbaukasten, die Marstallmensa. Auf dem Philosophenweg war es nicht so schwül wie in der Stadt. Ein sanfter Wind kühlte. Wenig Spaziergänger, die meisten alte Leute. Dann eine Gruppe japanischer Touristen, die die Aussicht bestaunten, eifrig fotografierten, als gäbe es keine Täler und Schlösser in Japan. Viele Besucher in Heidelberg sehen nicht, was ist, sondern was sie sehen wollen, es ist mehr ein Gefühl. Vor den Pupillen wachsen Weichzeichner. Die Leute glauben, in den Mauern der Stadt Romantik zu entdecken, dabei wird diese längst künstlich hergestellt in den Kneipen und Museen, den Burschenschaftshäusern und den alten Bauten der Universität. Die Innenstadt prägt eine Fußgängerzone, die fast genauso aussieht wie die Fußgängerzone in Castrop-Rauxel. Stachelmann musste grinsen. Natürlich, er fiel auf den Zinnober nicht herein, er war schließlich kein Tourist.

Als er unten die Karl-Theodor-Brücke sah, fand er die Stufen, die ins Tal führten. Der Weg ins Tal war nicht weniger anstrengend, als es der Aufstieg gewesen war. Er lief über die Brücke, die irgendwann gesperrt worden war für Autos. Hier wimmelte es vor Touristen. Die meisten fotografierten andere Touristen vor dem Schloss als Hintergrund. Als müssten sie jemandem beweisen, in Heidelberg gewesen zu sein.

Er mied die überfüllte Hauptstraße und ging am Neckarufer zurück zum Hotel. In seinem Zimmer überfiel ihn die Leere. Und er war unruhig, irgendetwas beschäftigte ihn, aber er fand nicht heraus, was es war. Es waren viele Gedanken, die ihn gleichzeitig verwirrten. Reiß dich zusammen, jetzt hast du Zeit für deine Habilarbeit. Er setzte sich an den kleinen Schreibtisch, schaltete das Notebook ein, öffnete die Datei und fand die Stelle, an der er aufgehört hatte. Bis zum Abend quälte er sich Zeile für Zeile durch den Text. Am Abend entschied er sich, in die Innenstadt zu gehen, in den Weißen Bock, wo sie früher nach den Sitzungen so oft gesessen hatten. Er wollte es auch, um die Angst zu bekämpfen, die ihn erfasste bei dem Gedanken, wieder den Schlägern zu begegnen. Wenn der Angriff auf dich nichts zu tun hatte mit dir und dem Grund, hier zu sein, dann wird es nicht ein zweites Mal geschehen. Aber wenn es nicht geschah, bewies es gar nichts. Womöglich dachten sich diese Typen andere Methoden aus, ihm die Suche zu verleiden.

Gerade als er den Computer ausgeschaltet hatte mit dem unbefriedigenden Gefühl, wenig geschafft zu haben, klingelte das Handy.

Regine war dran, sie klang freundlich. »Ein kleines Wunder, Manfred, Uschi und Katharina haben Zeit, und sie wollen dich sogar sehen. Ach, den gibt's auch noch, sagte Manfred, obwohl doch Ossi von dir erzählt hatte. Montagabend, passt es dir, im Palme?«

»Ideal«, sagte er und spürte die Vorfreude. Es schien ihm, als bekäme sein Aufenthalt ein wenig mehr Sinn, wenn er die alten Genossen traf.

Später, im Weißen Bock, der nun auf schick getrimmt war, sah er die jungen Leute, glatte Gesichter, hübsche Frauen, lebhaft, bald fühlte er sich alt und eklig. Stachelmann beobachtete, wie sie schwatzten, fröhlich, unbeschwert, als gäbe es nichts Wichtiges. Er aß schnell auf und ging zurück zum Hotel. Er nahm den Weg über die Hauptstraße, die auch spät noch belebt war. Weit vorn sah er zwei Männer, er erschrak, dann mahnte er sich. Reiß dich zusammen, werd nicht hysterisch. Aber die Angst verzog sich erst aus dem Unterleib, als die beiden an ihm vorbeigegangen waren, ohne ihn zu beachten. Trotzdem schaute er noch einige Male möglichst unauffällig zurück, ob sie ihm nicht doch folgten. Wie stark ihn die Angst gepackt hatte, merkte er erst, als sie im Hotel abfiel von ihm. Er war verschwitzt, auch weil er entgegen seiner Absicht am Ende schnell gegangen war. Nachdem er in den Spiegel geschaut und geduscht hatte, legte er sich aufs Bett, schaltete den Fernseher ein, zappte ein paar Minuten und schaltete das Gerät wieder aus.

Am Morgen fühlte er sich wie Kafkas Gregor Samsa, der Mann, der als Käfer aufwachte. Ihm schien es, als gehörten seine Gliedmaßen nicht zu seinem Körper. Er versuchte mit dem Finger seine Nasenspitze zu fassen, traf sie aber nicht. Er fürchtete diesen Zustand. Er war kraft- und willenlos. Stachelmann starrte an die Decke, ihm war alles gleichgültig. Er wusste, würde er aufstehen, dann musste er sich festhalten, weil der Schwindel ihn sonst umwarf. Noch nie hatte ihn diese Lähmung unterwegs erwischt. Fatalistisch erinnerte er sich, wie es beim letzten Mal gewesen war. Wenigstens zwei Tage hatte ihn die Lähmung umgehauen, die Schwäche war länger geblieben. Als er es dem Rheumaarzt erzählte, schaute der ihn neugierig an, aber Stachelmann las in dessen Augen, dass ihm dazu nichts einfiel.

Die beiden folgenden Tage dämmerte er vor sich hin. Er winkte das Zimmermädchen unwillig hinaus und aß nichts. Erst am Samstag ging es ihm besser, wenn ihn auch die Schwäche noch daran hinderte, das Hotel zu verlassen. Aber er frühstückte und setzte sich sogar an den Computer, um zu arbeiten. Am Sonntag nahm er alle Mahlzeiten ein und machte einen kurzen Spaziergang am Neckar entlang. Wieder beschäftigte er sich mit seiner Habilschrift.

Als er am Montag das Hotel verließ, war er unzufrieden. Er hatte schlecht geschlafen wegen des Schmerzes und weil die Fragen und Ängste zurückgekehrt waren in dem Maß, wie die Lähmung schwand. Da tröstete es ihn wenig, dass sein Gesicht allmählich wieder normal aussah. Stachelmann kam es vor, als kröche er auf Klebstoff, der ihn daran hinderte, schnell voranzukommen. Alles war zäh, nichts klappte reibungslos.

Im Fotogeschäft musste er gut fünfzig Euro bezahlen für die Abzüge. Er hatte die Negative nicht gezählt und sich verschätzt. Aber es ärgerte ihn nur kurz. Er fand einen schattigen Platz an einem leeren Außentisch eines Cafés, das schon früher vor dem Harmonie-Kino Gäste angelockt hatte. Er öffnete den ersten der fünf Umschläge, die er im Fotogeschäft erhalten hatte. Schnell blätterte er durch die Bilder. Zu der Zeit, als sie aufgenommen worden waren, hatte es den SDS noch gegeben, das hatte er nicht erkannt auf den Negativen. Er schaute sich um, ob ihn jemand beobachtete. Der zweite Umschlag enthielt interessantere Fotos, das sah er sofort. Schon auf dem dritten Foto erkannte er Ossi in der ersten Reihe einer Demonstration in der Hauptstraße, vielleicht auf der Höhe, wo Stachelmann gerade saß. Ossi rief irgendetwas im Rhythmus mit anderen, auch die Leute neben ihm hatten die Münder weit geöffnet. Die Ecke einer Fahne ragte ins Foto, sie war gewiss rot gewesen. Er blätterte aufgeregt weiter und übersah die Kellnerin, bis diese ihn laut nach seiner Bestellung fragte. Geistesabwesend und ohne sie anzuschauen sagte er »Kaffee«, um sie loszuwerden. Sie zog ab, er sortierte Fotos heraus, auf denen er bekannte Gesichter sah. Und auf einem, er war sich sicher, erkannte er Lehmann. Der stand vor dem Brunnen auf dem Marktplatz, im Hintergrund das Rathaus, neben ihm drei Männer, zwei davon trugen Parkas, dahinter ein Menschenknäuel. Vielleicht eine Kundgebung vor dem Rathaus. Aber das interessierte Stachelmann jetzt nicht.

Die Kellnerin stellte den Kaffee mit einem in Plastik verpackten Keks auf der Untertasse und länglichen Zuckertüten auf den Tisch. Stachelmann erschrak, bedankte sich hastig, sah die Frau den Kopf schütteln, doch das war ihm egal.

Wieder prüfte er, ob ihn jemand beobachtete. Niemand. Das Pärchen am Nebentisch war mit sich selbst beschäftigt. Schnell öffnete er den nächsten Umschlag. Beim Blättern stutzte er, dann erkannte er sich selbst, im Hintergrund die rückwärtige Front der Neuen Universität. Der Fotograf muss vor dem Hexenturm gestanden haben, also dem Historischen Seminar. Stachelmann stand am Rand einer Gruppe, in der Nähe Ossi, der offenbar auf einen Dritten einredete. Leicht vorgebeugt, die Hand gestikulierte, der andere wich ein wenig zurück. Aber als dieses Foto geschossen worden war, war Lehmann längst tot. Die ganze Serie stammte aus der Zeit nach dem Mord.

Also den dritten Umschlag. Da waren keine Leute, die er gekannt hatte. Ein Foto legte er auf den Stapel, dann nahm er es wieder in die Hand. Er starrte auf ein Gesicht in einer Gruppe, in der offensichtlich einer redete, während die anderen zuhörten. Einige der Gestalten waren verdeckt durch andere, ein Gesicht im Profil war schlecht zu erkennen, doch Stachelmann glaubte, es könnte sich um Lehmann handeln. Ohne Lupe kam er nicht weiter. Er packte die Fotos in die Umschläge, nippte am Kaffee, schaute in der Speisekarte nach, wie viel der kostete, klemmte einen Fünf-Euro-Schein unter die Untertasse und eilte in Richtung Hotel. Die Hitze brütete schon, obwohl noch nicht Mittag war. Jeden Tag schwitzte er, bald würde er seine Kleidung aufgebraucht haben.

Diesmal duschte er nicht, sondern wusch sich nur Gesicht und Hände. Dann schaute er sich im Schnelldurchgang alle Fotos an. Die meisten würden ihm nicht helfen, sie sonderte er aus. Er würde sie Frau Schmelzer schenken. Den kleineren Stapel musste er gründlich abarbeiten. Er zwang sich zur Geduld. Foto nach Foto musterte er unter der Lupe. Fotos, auf denen er bekannte Gesichter wähnte, warf er aufs Bett. Das erste Foto, das Lehmann zeigte, legte er vor sich auf den Schreibtisch. Die Lupe half, aber auf manchen Fotos waren einzelne Personen so klein abgebildet, dass er sich in vier Fällen nicht sicher war, ob es sich um Lehmann handelte. Am Ende lagen sieben Fotos vor ihm. Bei dreien war er sicher, dass sie Lehmann zeigten, bei den anderen vermutete er es.

Stachelmann hatte schief gesessen, jetzt schoss ihm der Schmerz in den Rücken. Er streckte sich, stand auf, ging ein paar Schritte. Dann setzte er sich wieder hin, ohne den Schmerz losgeworden zu sein. Er stand wieder auf. Nach einigem Kramen fand er Schmerztabletten. Er spülte zwei hinunter, dann betrachtete er im Stehen noch einmal die sieben Fotos. Sie alle zeigten Lehmann, oder wen er dafür hielt, zusammen mit anderen jungen Männern. Die sahen aus wie Studenten, und es war auch anzunehmen, dass sie studierten. Er legte die Fotos nebeneinander auf den Schreibtisch und setzte sich auf den Stuhl. Mit der Lupe betrachtete er die Männer in Lehmanns Umgebung, soweit ihre Gesichter erkennbar waren. Auf zwei von den drei Bildern, die zweifelsfrei Lehmann zeigten, tauchten jeweils dieselben beiden Männer auf. Er studierte ihre Gesichter, aber selbst durch die Lupe waren sie grob gezeichnet, der Fotograf hatte zu weit weg gestanden oder wollte nur die Gruppe ablichten, ohne sich für deren Mitglieder zu interessieren.

Stachelmann sortierte die beiden Bilder nebeneinander und hielt die Lupe mal über das eine, dann über das andere. Eines war auf dem Marktplatz aufgenommen worden, das andere vor dem CA, das Gebäude war im Hintergrund eindeutig zu erkennen. Warum der Fotograf diese beiden Bilder geschossen hatte, verstand Stachelmann nicht. Er fand sie belanglos. Aber das konnte Stachelmann egal sein. Er musste herausfinden, wer diese beiden Männer waren. Sie wussten vielleicht etwas oder waren selbst verwickelt in den Mord. Aber dann gestand sich Stachelmann ein, es war nicht so einfach, es mochte Zufall sein, dass die beiden neben Lehmann standen. Doch es war eine Spur, eine schwache zwar, jedoch eine, der die Polizei damals vermutlich nicht gefolgt war. Sie wird das Umfeld des Opfers untersucht haben, sofern es ihr bekannt geworden war, das war Routine, aber wahrscheinlich hatte sie diese Fotos nicht ausgewertet. Er würde Frau Schmelzer danach fragen.

Er betrachtete noch einmal die beiden Männer. Der eine trug einen Vollbart, der andere hatte ein schmales Gesicht und ein hervorstechendes Kinn. Den mit dem Vollbart glaubte Stachelmann schon einmal gesehen zu haben. Er zermarterte sein Hirn, ließ unzählige Szenen seiner Vergangenheit ablaufen vor dem inneren Auge, aber er fand den Mann nicht. Wahrscheinlich bildete er es sich nur ein.

Stachelmann packte die Bilder, die ihm nichts nutzten, zurück in die Umschläge und diese in die Aktentasche. Er hängte sie sich über die Schulter und verließ das Hotel. Auch wenn seine Augen fortlaufend die zwei Männer suchten, die ihn verprügelt hatten, und die Angst im Unterleib rumorte, war er gut gelaunt. Er glaubte, einen Schritt vorangekommen zu sein. Oder anders gesagt, wenn er in dieser Sache vorankam, dann nur auf diesem Weg. Und wenn es eine Sackgasse war, dann hörte er auf zu suchen. Es war schwül, und er ging schnell. Wieder brach ihm Schweiß aus. Nass erreichte er die Straße, die er hochsteigen musste zum Haus von Frau Schmelzer. Er freute sich, sie wieder zu sehen. Sie war offen und ohne Misstrauen. Ohne ihre Hilfe wäre er nicht da, wo er nun war. Auch wenn er nicht so genau wusste, wo er war, so bildete er sich doch ein, dass die sieben Fotos, die auf seinem Tisch im Hotel lagen, ihn voranbringen würden. Wenn er Glück hatte, fand er den oder die Thingstättenmörder und mit ihnen denjenigen, der Ossi auf dem Gewissen hatte.

Ossi war ermordet worden, das schien ihm nun sicher zu sein. Ossi hatte nicht unter Depressionen gelitten. Er lebte in einer guten Beziehung mit einer attraktiven Kollegin. In seinem Beruf war er erfolgreich und anerkannt. Und hätte Ossi nicht Stachelmann angerufen, wenn er hätte abtreten wollen? Zumal, wenn das zu tun gehabt hätte mit ihrer gemeinsamen Zeit in Heidelberg?

Außer Atem näherte er sich dem Haus, in dem Frau Schmelzer wohnte. Ob er vorher hätte anrufen sollen? Nein, jetzt war er schon hier. Als er die letzte Straßenbiegung genommen hatte, sah er den Krankenwagen. Zwei Männer in weißen Kitteln trugen eine Bahre zum Auto.

***

2. Dezember 1978
Nun haben die mich doch noch verhört. Plötzlich standen zwei Zivilbullen vor meiner Tür und fragten scheißhöflich, ob sie mir ein paar Fragen stellen könnten. Ich war eiskalt. Ich habe sie reingelassen, aber nur in die Küche. An der Wand hängt da immer noch das Plakat von Che Guevara, aber so was hängt inzwischen überall herum.

Die Bullen haben auf verständnisvoll gemacht. Sie seien ja auch mit vielem nicht einverstanden. Und wenn es demokratisch zugehe, dürfe jeder fordern, was er wolle.

Ich habe einfach dagesessen und zugehört. Aber irgendwann war ich das Gesülze leid und hab verlangt, sie sollten sagen, was sie wollten.

Ob ich von dem Mord in der Thingstätte gehörte hätte.

Ja, klar. Wer nicht?

Ob ich den Lehmann gekannt hätte.

Ja, aber so um drei Ecken. Mal hallo sagen im Kakaobunker. In der Schlange in der Mensa ein bisschen quatschen. Sonst nichts.

Der eine Bulle, das war so ein Fetter mit Halbglatze, der immer noch schnaufte wegen der paar Treppen, der hat verständnisvoll genickt und dann gefragt, ob ich mir vorstellen könne, wer den Lehmann umgebracht habe.

Nee, habe ich gesagt. Vielleicht Nazis. Wegen der Thingstätte, und der Lehmann sei wohl so ein Linker gewesen.

Wie Sie, hat der andere Bulle gesagt.

Wie ich, hab ich gesagt.

Und wenn die eigenen Genossen ihn umgebracht haben, hat der Dicke gefragt.

Ich hab die Schultern gezuckt. Keine Ahnung, hab ich gesagt. Glaub ich aber nicht.

Warum?

Na ja, weil sich Linke doch nicht umbringen. Also, ich würde es nicht tun. Und dann habe ich gelacht.

Warum lachen Sie?, fragt da der Dicke.

Ich stell mir gerade vor, wie Linke sich umbringen.

Warum, die schlagen sich doch auch, hat der Dicke gesagt. Da ist es doch nicht mehr weit, bis sie sich die Schädel einschlagen. Oder schießen.

Und ich habe gar nichts gesagt, denn ich hab gemerkt, dass der Dicke gefährlich werden kann. Der macht auf gemütlich, aber wenn er was riecht, schnappt er zu wie eine Klapperschlange.

Also, ich weiß nichts, habe ich gesagt. Und schlagen tue ich mich auch nicht, obwohl ich ein Linker bin.

Na, bei Ihnen gibt es doch auch vernünftige Leute, hat der Dicke gesagt. Wissen Sie, ich sehe das nicht so einseitig. Ich verstehe gut, was Sie meinen. Da ist viel nicht in Ordnung. Und wie die Nazizeit behandelt wird, das ist auch nicht in Ordnung. Kein Wunder, dass die NPD Zulauf hat. So einer wie dieser Nazilehrer in Mannheim, der darf rumkrakeelen, und ewig lang passiert nichts. Kein Wunder, dass die Linken empört sind. Er sei zwar kein Linker, aber empört sei er auch.

Dann haben die beiden lange gesessen, ohne ein Wort zu sagen. Nicht ungeschickt. Irgendwie hat das einen Druck aufgebaut. Ihre Anwesenheit allein, der Dicke schnaufte immer weiter, hat mir die Hitze ins Gesicht getrieben. Ich hoffe, die haben nichts gemerkt. Na, und wenn?

Dann sind sie gegangen, der Dicke hat seine Visitenkarte auf den Tisch gelegt. Hat was gefaselt von Belohnung, und dass sie Zeugen schützen würden.

Ich bin dann zu Angelika und hab ihr davon erzählt. Sie hat mich lange angeschaut und gesagt, ich hätte hoffentlich nichts zu tun damit.

Nein, hab ich nicht. Aber wenn er ein Verräter war, warum sollte ich das verurteilen?

Weil man wegen solcher Machospielchen nicht einfach jemanden umbringt.

Ich dachte, sie hätte es verstanden. Ich hab versucht, ihr das auszureden, aber sie hat nur gelacht. Dann wollte ich sie anfassen. Nein, so nicht, hat sie gesagt.

Ich bin dann in den Weißen Bock gegangen und hab mich betrunken.

10

Er stand wie erstarrt, seine Augen folgten der Bahre. Stachelmann wusste sofort, wer darauf lag. Um Himmels willen, was hatte er getan? Er taumelte mehr, als dass er ging. Schritt für Schritt näherte er sich dem Krankenwagen. Die beiden Männer hatten die Bahre in den Wagen geschoben und die Hecktüren geschlossen.

»Wer ist das?«, fragte er den einen Sanitäter. Gleich fand er die Frage überflüssig.

Der Mann schaute ihn aus trüben Augen an und antwortete nicht.

»Was ist passiert?«, fragte Stachelmann.

»Das sehen Sie doch«, sagte der Mann unfreundlich. Er nahm die Zigarette zwischen Daumen und Zeigefinger, zog heftig, sodass sie hell aufglimmte, dann warf er sie auf den Boden und trat sie aus.

Stachelmann holte sein Portemonnaie aus der Gesäßtasche und gab dem Mann zwanzig Euro. Der stutzte kurz, dann nahm er das Geld.

»Was ist passiert?«, fragte Stachelmann noch einmal.

»Herzinfarkt, eindeutig. Sagt auch der Arzt. Fragen Sie doch den. Sie sind doch der Neffe, oder?« Er grinste.

Eindeutig?

Stachelmann ging zum Hauseingang, niemand hielt ihn auf. Fast hätte ihn ein kleiner, dicker Mann umgerannt.

»Sind Sie der Arzt?«

»Wer sind Sie?«

»Ich bin der Neffe von Frau Schmelzer. Wir sind verabredet.«

»Daraus wird leider nichts, junger Mann. Frau Schmelzer ist krank, sehr krank.«

Stachelmann wartete einige Sekunden, dann fragte er: »Was hat sie?«

»Herzinfarkt. Nicht ihr erster. Sie hat ein schwaches Herz, aber das wissen Sie ja.«

Stachelmann nickte.

»So, ich muss jetzt weiter«, sagte der Arzt. Er reichte Stachelmann die Hand. Dann eilte er hinaus.

Stachelmann stand im Flur und schaute sich um. Jemand schloss die Tür von draußen. Jeden Augenblick würde sie aus dem Wohnzimmer kommen und ihm die Hand entgegenstrecken. Er hatte sie kaum gekannt, und doch war er traurig. Er ging ins Wohnzimmer. Eine Teetasse stand halb gefüllt auf dem Tisch, die Kanne daneben. Auf dem Boden lag die Rhein-Neckar-Zeitung. »TV-Duell ver…«, las er in der Schlagzeile, der Rest war verdeckt. Er setzte sich auf den Sessel am großen Fenster. Es lag wenig Dunst über der Stadt, alles war genau zu erkennen. Stachelmann kam sich vor wie bei der Besichtigung eines Stadtmodells im Museum. Nur dass hier Menschen umherwuselten, unzählige Menschen. Er erkannte Touristengruppen, auch Einheimische, die irgendwohin strebten. Die Altstadt auf dem Präsentierteller. Hier könnte er stundenlang sitzen und nur beobachten, als erführe er so das innere Bewegungsgesetz Heidelbergs. Da unten, auf der Hauptstraße, hatten die Studenten demonstriert von den Sechzigerjahren bis 1978. Seitdem war Heidelberg schwarz und ruhig. Die Häuser wie geleckt, die Hauptstraße sauber, die Studenten modisch gekleidet. Heidelberg war eine andere Stadt geworden. Ob besser, ob schlechter, er wusste es nicht und wollte es auch nicht wissen. Sie hatten damals einiges aufs Spiel gesetzt für Wahnideen. In Heidelberg protestierte man nicht ohne Risiko. Heute gingen sie nicht mehr auf die Straße für den Massenschlächter Mao oder den großen Unterdrücker Breschnew, sondern für mehr Geld oder gegen weniger Geld. Das war sachlich und einfach. Er saß mehr als eine Stunde auf dem Sessel, in trüben Gedanken versunken. Eigentlich kannst du nach Hause fahren, du hast mit dieser Stadt nichts zu tun. Die Stadt, in der du gelebt hast, gibt es nur noch in deiner Erinnerung.

Warum passiert Leuten, mit denen ich zu tun habe, immer irgendetwas? Monika Brettschneider erst, jetzt Frau Schmelzer. Herzinfarkt, sagt der Doktor. Und wenn jemand nachgeholfen hat? Die Angst meldete sich, die ihn begleitete, seit er in Heidelberg war. Bleib vernünftig. Doch ihm wurde heiß. Noch ist sie nicht tot, vielleicht überlebt sie den Infarkt.

An der Tür klapperte etwas, er erschrak. Jetzt holen sie dich.

»Was denkst du, was wir für das Haus kriegen?« Eine Frauenstimme.

»Bei der Lage, und die Bausubstanz ist nicht schlecht. Vielleicht ein bisschen renovieren, auf Schönheit. Siebenhunderttausend mindestens. Wir fragen mal jemanden, der etwas davon versteht.« Eine Männerstimme.

Stachelmann stand auf. Also kein Mörder. Was sollte er tun?

Da betrat die Frau schon das Wohnzimmer. »Was machen Sie denn hier?«, fragte sie erschrocken.

»Ich, ich bin mit Frau Schmelzer verabredet. Wegen der Fotos«, sagte Stachelmann.

Der Mann stellte sich neben die Frau. Sie waren beide lässig, aber offensichtlich teuer gekleidet, sie trug goldene Ohrringe. »Welche Fotos?«, fragte der Mann.

Stachelmann öffnete die Aktentasche, die beiden schauten misstrauisch zu. Stachelmann legte die Umschläge auf den Tisch. »Ich hatte versprochen, die Fotos zu entwickeln.« Er zeigte auf die Umschläge.

Der Mann trat an den Tisch, warf Stachelmann einen finsteren Blick zu und öffnete einen Umschlag. Er betrachtete Negativstreifen und Papierabzüge, dann sagte er: »Die sind wohl von Opa.«

»Wie kommen Sie zu diesen Fotos? Und wie kommen Sie hier herein?«, keifte die Frau.

»Frau Schmelzer hat sie mir gegeben, damit ich sie entwickeln lasse. Und jetzt bin ich gekommen, um sie abzugeben.«

»Aber Sie können doch nicht einfach so hier reinmarschieren«, sagte der Mann.

»Oh, Frau Schmelzer hat oft die Tür aufgelassen, wenn wir verabredet waren. Ich bin nämlich ziemlich pünktlich, wissen Sie.«

»Ziemlich pünktlich«, sagte der Mann, als prüfe er die Worte. Er wollte Zeit gewinnen, um zu überlegen, wie er die Lage verstehen sollte.

»Also, ich will Sie nicht weiter stören«, sagte Stachelmann. »Die Fotos lasse ich hier.« Er hängte sich die Aktentasche über die Schulter und ging zur Wohnzimmertür, wo immer noch das Pärchen stand. Sie schienen ratlos und machten Platz, sodass Stachelmann in den Flur gelangte und zur Haustür hinausgehen konnte.

Als er schon auf der Straße war, stand die Frau in der Haustür und rief ihm nach: »Wie heißen Sie?«

Stachelmann winkte, ohne sich umzudrehen, und verschwand. Er stieß auf die Plöck, ging auf dem linken Bürgersteig in Richtung Bismarckplatz, vorbei an den beiden Antiquariaten, das erste war früher ein linker Buchladen gewesen.

Im Hotelzimmer ruhte er sich aus. Er dachte an Frau Schmelzer, grübelte, ob er schuld sei an ihrem Infarkt, hatte aber kein schlechtes Gewissen, obwohl ihm die Häufung der Zufälle seltsam erschien. Er war aber in einer Stimmung, in der ihn nichts wunderte und nichts ängstigte. Dann forderte die Erschöpfung ihren Preis, er schlief ein, und als er aufwachte, konnte er sich an Träume nicht erinnern. Er schaute auf die Uhr und erschrak. Er würde zu spät kommen ins Palme. Stachelmann rief die Rezeption an, bestellte ein Taxi, steckte die sieben Fotos in die Jackettinnentasche und eilte die Treppe hinunter. Er musste einige Minuten warten, dann fuhr quälend langsam das Taxi vor. Der Fahrer war fett und rauchte. Stachelmann setzte sich auf die Rückbank. »Es stört Sie doch nicht«, sagte der Fahrer, ohne sich umzudrehen oder eine Antwort zu erwarten. Stachelmann kurbelte das Fenster hinunter. »Dann funktioniert die Klimaanlage aber nicht richtig«, sagte der Taxifahrer.

Stachelmann tat so, als hörte er nichts. Der Fahrer schien die Achsel zu zucken und bummelte den Neckar entlang, als gäbe es keine Fahrgäste mehr an diesem Abend.

Aus dem Palme drang Stimmengewirr. Er öffnete die Tür, im Lokal hing Zigarettenrauch. Stachelmann schaute sich um, endlich erkannte er Regine, die andere Frau war Uschi. Sie hatte immer noch ihren Pagenkopf, nur dass sich graue Strähnen in den schwarzen Haaren zeigten. Sie trug eine feinrandige Brille und war füllig geworden. Katharina sah aus wie früher, nur die Falten im Gesicht verrieten ihr Alter. Manfred hatte mächtig zugelegt, auch im Gesicht. Über der Stirn lichteten sich die Haare. Regine sah Stachelmann, winkte, obwohl er schon fast am Tisch stand. Er drückte allen die Hand, sie rückten zusammen, er zog einen Stuhl vom Nachbartisch heran und setzte sich. Er merkte sofort, dass er an diesem Abend starke Schmerzen haben würde, die Stuhllehne drückte in den Rücken.

»Ja, Mensch, altes Haus«, sagte Manfred. Er hatte schon früher viel geredet, ohne etwas zu sagen. »Was treibt dich denn hierher?«

»Weiß nicht so recht«, sagte Stachelmann. Er wusste schon etwas, wenn ihm auch nicht alles klar war, aber was ging es die anderen an? »Ein bisschen in alten Zeiten wühlen vielleicht.«

»Na, ich weiß nicht«, sagte Katharina. »Darauf hätte ich

nun gar keine Lust.« Sie strich sich durch ihre langen roten Haare. Sie erinnerten Stachelmann an Ossi.

»Was ist nun mit Ossi?«, fragte Uschi, der das Gerede offenbar auf die Nerven ging.

Katharina klopfte mit den Fingern kaum hörbar auf den Tisch.

»Er war vor kurzem noch hier, es kommt mir vor wie gestern«, sagte Manfred.

»Die Polizei sagt, es sei Selbstmord gewesen«, sagte Stachelmann.

»So, wie du das sagst ...« Uschi schaute ihn an.

»Es gibt keinen Abschiedsbrief, ein Motiv ist nicht erkennbar. Genauso wenig aber gibt es Spuren, die auf Mord schließen lassen. Also war es keiner.«

Katharina schaute zur Seite, als ginge es sie nichts an. Uschi regte sich auf. »Aber ich habe ihn doch hier erlebt, der hat sich nicht umgebracht. Der nicht.«

»Er hat sich einige Wochen nach eurem Treffen umgebracht«, sagte Stachelmann. »In dieser Zeit kann doch etwas passiert sein, das ihn dazu gebracht hat. Warum soll das einen langen Vorlauf brauchen?«

Schweigen.

An einem anderen Tisch lachten zwei Frauen schrill.

Der Wirt kam, nahm Bestellungen auf und verschwand. Stachelmann bestellte einen badischen Rotwein, die anderen taten es ihm nach, außer Manfred, der ein Exportbier wollte.

»Und was machst du so?«, fragte Katharina, um das Thema zu wechseln.

»Historiker, was sonst?« Er erzählte knapp, was er tat. Seine Schwierigkeiten verschwieg er.

»Ossi hat erzählt, du seiest ein flotter Hecht«, sagte Manfred.

Der Wirt brachte die Bestellung. Sie prosteten sich zu. »Auf die alten Zeiten«, sagte Manfred.

Niemand erwiderte etwas.

»Ich bin eine Sprotte und kein Hecht«, sagte Stachelmann.

»Das sind doch die Fische, die man mit Kopf isst?« Uschi lachte.

»Genau«, sagte Stachelmann. »Und so einer bin ich.«

»Ossi hat viel gesagt«, warf Katharina ein.

Manfred nickte.

»Aber es war immer interessant«, sagte Uschi.

Katharina setzte an zu widersprechen. Aber dann schloss sie ihren Mund wieder.

Stachelmann holte die Fotos aus seiner Jacketttasche und legte sie auf den Tisch. Alle schauten neugierig hin. »Kennt ihr jemanden von denen?« Stachelmann schob die Fotos Uschi zu. Die schaute eines nach dem anderen an, dann sagte sie. »Ja, einen kenne ich. Der ist auf den meisten von diesen Fotos. Aber ich weiß jetzt nicht, wer das ist. Fällt mir bestimmt nachher ein.«

Manfred ließ sich Zeit. »Das ist der Lehmann. Der auf der Thingstätte abgeknallt wurde. Der saß mal mit mir in einem Seminar, war eher eine ruhige Type. Später haben sie gesagt, das sei ein Linker gewesen, ein *Extremist.*« Er betonte dieses Wort, um es lächerlich zu machen. »Im Seminar hat er's Maul nicht aufgekriegt, wenn es rundging.«

»Was für ein Seminar?«, fragte Stachelmann.

»Romanistik, aber frag mich nicht, worum es da ging. Das hab ich schon damals nicht geschnallt.« Er lachte.

Katharina schaute sich die Fotos schneller an. Dann schüttelte sie den Kopf. »Ja, dieser Lehmann, mag sein. Aber sonst kenne ich niemanden.«

Es klingt fast so, als wollte sie niemanden kennen, dachte Stachelmann.

Regine nahm sich Zeit. »Weil ihr gesagt habt, das sei der Lehmann, erkenne ich ihn wieder von den Fotos, die damals in Umlauf waren. Mit den anderen kann ich nichts anfangen. Ich hatte schon immer ein schlechtes Personengedächtnis. Und irgendwie sehen die doch alle gleich aus. Längere bis lange Haare, diese furchtbaren Parkas. Und erinnert ihr euch noch an diese runden Brillen? Brrr.« Sie zeigte auf das Foto mit dem Marktplatzbrunnen.

Stachelmann war enttäuscht. Er konnte seine Sachen packen und nach Hause fahren. Aber es beruhigte ihn auch. Wenn er wegfuhr, wurde er die Angst los. Während er nachdachte, begann er sich damit abzufinden. Er wusste ohnehin nicht genau, was ihn nach Heidelberg geführt hatte außer nostalgischem Dunst, die paar Semester mit Ossi, die sich ihm tiefer eingeprägt hatten als andere Zeiten, warum auch immer.

»Du sagst ja gar nichts«, sagte Regine. »Jossi der Schweiger sollten wir dich nennen.« Sie war schon beim zweiten Glas Wein.

»Der Schweiger, meinetwegen, aber nicht Jossi«, sagte Stachelmann.

»Warum?« Uschi klang fast aufgeregt.

»Grässlicher Spitzname«, sagte Stachelmann. »Klingt albern.«

»Finde ich nicht«, sagte Uschi.

Es war fast Mitternacht, als er mit Regine durch die Hauptstraße zur Theodor-Heuss-Brücke ging. Sie hatte sich eingehakt und schwankte. Nicht stark, aber spürbar. »Es war doch eine schöne Zeit damals, Josef.« Sie lallte kaum hörbar und sprach ein wenig zu laut.

»Ja, gewiss«, sagte Stachelmann. »Aber auch nicht besser als die, die danach kam.«

»Doch, finde ich schon.« Sie drückte seinen Arm. »Danach sind alle auseinander gelaufen.«

»Warum, die Leute im Palme heute Abend, die wohnen hier. Ihr werdet euch doch hin und wieder mal sehen.«

»Nee«, sagte Regine. »Die sind gekommen, um dich zu sehen. Nicht wegen mir.«

»Hattet ihr Streit?«

»Nee, gar nichts hatten wir. Eben.«

Sie schwieg eine Weile. Stachelmann schaute sich um, ob ihnen jemand folgte.

»Ich komm mir vor wie in einem Krimi. Ist jemand hinter dir her?«

»Glaub nicht«, sagte Stachelmann. »Aber man weiß ja nie.« Er lachte künstlich.

»Bringst du mich nach Hause?«

»Klar.«

Das Handy klingelte. Er ließ Regine los und fand das Mobiltelefon in einer Jacketttasche.

»Ja?«

»Der auf dem Foto an dem Brunnen, der neben Lehmann steht und nur von hinten zu sehen ist, das ist Ossi.«

»Augenblick«, sagte Stachelmann hastig. »Augenblick.« Er kramte in seinen Taschen, bis er die Fotos fand. Er zog das Foto mit dem Brunnen hervor und hielt es in das Licht eines Schaufensters. Irgendwo grölten Betrunkene, Stachelmann schreckte zusammen, dann sagte er: »Der Typ neben Lehmann. Der hat eine Kappe auf, könnte aus Leder sein.«

»Und sein Parka hat hinten einen kleinen roten Stern«, sagte Katharina.

Stachelmann fand etwas, das aussehen konnte wie ein Stern.

»Erkannt habe ich ihn aber an den Stiefeln. Er trug zeitweise diese schrecklichen Springerstiefel. Die zusammen mit dem Parka, das war ein grauenhaftes Bild. Ich habe ihm das so oft gesagt, bis er's kapiert hat und wieder einigermaßen normal durch die Gegend gezogen ist. Du hast ihn in seiner wilden Phase nicht gekannt.«

»Warum hast du das vorhin nicht gesagt?«

»Es geht die anderen nichts an. Du weißt doch, wie das ist. Da wird geschwätzt, und die Gerüchte drehen ihre Runden, bis Ossi der Killer von der Thingstätte ist. Er war es natürlich nicht. Wenn jemand das wüsste, dann wäre ich es.« Es klang so, als wollte sie sagen: Ich habe nicht mit einem Mörder zusammengelebt.

Stachelmann kam ein Gedanke. Wenn Ossi es doch gewesen sein sollte, würde man vielleicht begreifen, warum er Polizist wurde, was sich damals niemand hätte vorstellen können. Das schlechte Gewissen mag ihn getrieben haben, Mörder zu fangen.

»Weißt du, warum Ossi Polizist wurde?«

Regine schaute ihn streng an. Ihr schien es nicht recht zu sein, dass er telefonierte.

Katharina atmete durch. »Daran habe ich auch schon gedacht. Ich weiß es nicht. Wenn er mit der Thingstättensache was zu tun gehabt hätte, wüsste ich es. Er hätte es nicht für sich behalten können. Und dir hätte er es später auch erzählt. Es hätte ihn umgetrieben, ihn hat schon Geringeres um den Schlaf gebracht. Nein, er war damals empört über den Mord. Glaubte, Nazis seien es gewesen. Eine Zeit lang hat er immer wieder davon angefangen.«

»Ich würde das nicht gern am Telefon weiter bereden. Hast du eine halbe Stunde Zeit?«

Regine blitzte böse.

»Ja«, sagte Katharina.

»Ich verstehe«, sagte Regine, drehte sich um, stampfte einmal auf wie ein beleidigtes kleines Mädchen und ging.

»Bleib doch, komm mit!«, rief Stachelmann.

Aber Regine lief weiter, sie wankte leicht und schien mit sich selbst zu sprechen.

»Was ist?«, fragte Katharina.

»Nichts. Wo treffen wir uns? Ich bin gleich wieder im Palme.«

Er brauchte keine fünf Minuten. Sie wartete vor dem

Eingang des Restaurants, gegen das Licht einer Laterne sah Stachelmann Regentropfen. Dann fühlte er sie warm auf der Haut. Tropfen glitzerten auch auf ihrem Gesicht. Sie sagte nichts und betrat das Restaurant. Er folgte.

Sie setzten sich an einen freien Tisch am Eingang.

»Gut, dass du angerufen hast«, sagte Stachelmann.

»Ich wollte im Beisein der anderen nicht reden«, sagte sie. »Aber ich finde, du hast das Recht zu erfahren, was ich weiß. Auch wenn es wenig ist. Mir wäre es am liebsten, diese alte Geschichte würde endlich beerdigt, aber gut, dann eben nicht.«

Sie bestellten beim Kellner Rotwein, obwohl Stachelmann fürchtete, an diesem Abend genug getrunken zu haben.

»Weißt du noch, wie wir früher hier gesessen haben?«, fragte sie. »Bis in den frühen Morgen, nach Studentenparlamentssitzungen oder Vollversammlungen?«

Es war alles so lange her und rückte ihm doch immer näher. Er sah die Gesichter vor sich, erregt noch von den Debatten um Fragen, die einem heute nur lächerlich erscheinen konnten. Aber damals hatten sie sich angeschrien, manche ließen sich hinreißen, Schläge anzudrohen oder furchtbare Vergeltung am Tag der Machtübernahme.

»War eine schöne Zeit«, sagte sie. »Meistens jedenfalls.«

Jetzt erst entdeckte er ihre Melancholie. Sie lag wie ein Unterton in ihrer Stimme. Fast hätte er sie danach gefragt, aber dann überzeugte er sich, dass es ihn nichts anging.

»Zeig mal das Bild«, sagte sie.

Der Kellner brachte zwei Gläser und eine Karaffe, er schenkte ein.

Stachelmann legte das Bild auf den Tisch. Sie deutete auf den Mann, der neben Lehmann am Brunnen stand und dem Betrachter den Rücken zukehrte. »Das ist er.«

»Hat er dir erzählt, dass er Lehmann kannte?«

»Jein«, sagte Katharina. »Als Lehmann ermordet worden

war und sein Bild in der Zeitung abgedruckt wurde, hat er darauf gezeigt und sinngemäß gesagt: Den kenn ich. Bei der Demo zuletzt habe ich mit dem geredet. Der war ganz richtig im Kopf. Aber seinen Namen habe ich nicht gewusst.«

»Und sonst hat er nicht reagiert auf die Sache?«

»Auch wenn es sich komisch anhört, ich weiß es nicht. Er hat telefoniert, und ab und zu fiel der Name. Ich hatte den Eindruck, es regte ihn auf. Aber das hat uns alle aufgeregt. Man war es ja gewohnt, dass die Leute vom Bund Freiheit der Wissenschaft einen verhaften ließen, weil man diskutieren wollte. Die hätten ja die Studenten am liebsten zum Morgen- und zum Abendappell antreten lassen und Aufmüpfige bei Wasser und Brot in den Karzer gesperrt. Aber Mord, das war ein anderes Ding. Und dann noch in dieser gruseligen Thingstätte.«

»Weißt du, warum Ossi Polizist geworden ist?«

»Ich wusste bis vor kurzem nicht mal, dass er einer war. Als er vor ein paar Wochen hier war, hat er es mir verraten und mich gebeten, es niemandem zu erzählen.«

»Warum?«

»Er hat es nicht begründet. Aber es war ihm wohl peinlich. Und dann hat er am Abend vor den anderen seine Show abgezogen, und das war *mir* peinlich. Am liebsten hätte ich gesagt, dass er Bulle ist. Einfach, damit er aufhört mit der Angeberei. Aber ich hab's natürlich nicht getan. Ossi war, Entschuldigung, ein armes Schwein, und wahrscheinlich ist er das immer gewesen.«

»Aber irgendetwas außer Mitleid wird dich ja veranlasst haben, mit ihm zusammen zu sein.«

»Ich bin auf ihn hereingefallen. Er hatte eine große Klappe, aber auch Charme. Und wenn ihm etwas wichtig war, hat er sich reingehängt. Das weißt du doch so gut wie ich.«

»Ich glaube, dass er erst zum armen Schwein wurde. Er

ist gescheitert, wahrscheinlich schon, als er das Jura-Examen geschmissen hat. Und seitdem war es bergab gegangen. Nicht in Wirklichkeit, aber er hat es sich eingebildet. Und es kommt darauf an, was Menschen sich einbilden.«

Sie trank und schwieg. Ihre Augen zeigten, sie war weit weg mit ihren Gedanken, wohl in der Vergangenheit.

»Und sonst weißt du nichts über den Thingstättenmord?«

Sie schüttelte den Kopf.

Er spürte die Enttäuschung. Als sie ihn angerufen hatte, glaubte er, nun endlich etwas zu fassen zu bekommen.

»Aber ich weiß, wer dir vielleicht weiterhelfen kann. Erinnerst du dich an Adi?«

Er überlegte. Adi, ja, da tauchte ein Gesicht auf in seiner Erinnerung. Kleine Augen in einem feisten, immer unrasierten Gesicht, darüber lange, schwarze, klebrige Haare und eine breite Nase, übersät mit roten Pickeln. »Ja«, sagte er.

»Adi war überall dabei. Er gehörte zu keiner Gruppe, hielt sich aber für den größten Revolutionär von allen. Irgendwie haben alle ihn ertragen. Manchmal bettelte er oder lag bei den Pennern unter der Brücke.«

»Und mich hat er manchmal in der Mensa angebaggert, weil er Essensmarken abstauben wollte. Der hat nie studiert, war so eine Art Faktotum der Studentenbewegung oder von dem, was davon übrig geblieben war. Er lebte davon, dass er was zugesteckt bekam.«

»Genau«, sagte Katharina. »Und weil der seine Nase überall reingesteckt hat, kannte er so ziemlich jeden. Der ist doch immer im CA rumgelungert, bis die Bullen das geräumt haben. Zeig dem mal die Fotos.«

»Den gibt's noch?«

»Hin und wieder sieht man ihn. Aber wo der wohnt, keine Ahnung. Klapper doch mal die Orte ab, wo die Penner sich rumtreiben.«

»Und wo tun die das?«

»Wenn du ein, zwei Tage rumläufst, wirst du schon einen finden. Das ist nicht mehr wie früher, wo sie überall waren. Und wenn du einen findest, fragst du ihn nach Adi.«

Stachelmann spürte den Druck. Eigentlich musste er nach Hause fahren, sich um seine Mutter kümmern, aber jetzt bot sich ihm doch ein Zipfel, an dem vielleicht etwas hing, wenn er zog. Es kam ihm idiotisch vor, durch die Stadt zu laufen, um Penner zu suchen, aber Katharina hatte Recht. Und so hatte die Polizei gewiss nicht ermittelt, weshalb seine Chance vielleicht nicht geringer war als die der Kripo. Also gleich nach dem Frühstück würde er losziehen und suchen. Das schlechte Gewissen quälte ihn, aber er musste es tun.

»Kannst du dir vorstellen, dass Ossi irgendetwas zu tun hatte mit dieser Thingstättensache?«

»Das hast du mich gerade eben schon mal gefragt.«

»Ich meine, wo war der damals, bevor ich nach Heidelberg kam?«

»Der ist ziemlich herumgegeistert. Er war bei den Juristen in der Institutsgruppe, dann kurz mal in so einem Psychoverein. Ganz seltsame Truppe, die erklärte, nicht die Kranken seien krank, sondern die kapitalistische Gesellschaft, die folglich zerschlagen werden müsse. Wenn ich mich richtig erinnere, war dieser Lehmann auch in dieser Gruppe.«

»Eigentlich haben die gedacht wie wir«, erwiderte Stachelmann. »Sie haben die Verrücktheit nur auf die Spitze getrieben.«

»Du hast die nicht kennen gelernt. Sonst würdest du das nicht sagen.«

»Meinetwegen. Was machte Ossi bei denen?«

»Ich glaube, ihn zog deren Absolutheit an. Sie hatten ein fest umrissenes Weltbild, in das alles hineinerklärt wurde.

Und was nicht hineinpasste, das gab es nicht. Die haben sich eine eigene Wirklichkeit geschaffen, die in sich widerspruchsfrei war. Die hatten sogar eine eigene Sprache. Ein paar von denen haben sich später in der Terrorszene verirrt. Beim Anschlag auf die BRD-Botschaft in Stockholm war mindestens einer dabei.«

»Aber als ich herkam, war Ossi weg von denen.«

»Ja. Das war ihm unheimlich geworden. Die wollten einen ganz, kein Privatleben, praktisch kein persönliches Eigentum …«

»Wie die Maos.«

»Wie die Maoisten, die waren ja auch totalitär. Erinnerst du dich noch, als Ossi mal diesen Zettel fand, den einer von der KHG verloren hatte. Da stand darauf, dass die Mitglieder Plattenspieler, Fernsehgeräte usw. abzugeben hätten. Sie müssten ihr Leben der Organisation widmen, die brauche Geld, und ein Weg sei, die Luxusgüter der Mitglieder zu verkaufen.« Katharina schüttelte den Kopf, sie verstand immer noch nicht, wie Menschen dazu gebracht werden, sich auf so etwas einzulassen.

»Viel besser waren wir auch nicht«, sagte Stachelmann. »Bei uns wurdest du auch schief angesehen, wenn du zu viel studiert hast. Flugblätter schreiben und verteilen, an der Mensa agitieren mit dem Megaphon, Seminare umfunktionieren und Sitzungen, Sitzungen, Sitzungen.«

»Ich hatte damit nicht so viel zu tun«, sagte Katharina.

»Stimmt, der Name Kathrin war ein Synonym für Zicke.«

»Bürgerliche Zicke, wenn schon, denn schon«, sagte Katharina. Sie trank, setzte das Glas ab und streichelte den Weinglasstiel. »Und du, bist du glücklich?«

Stachelmann erschrak. Warum überfiel sie ihn mit dieser Frage? »Darüber denke ich nicht nach. Wenn ich unglücklich wäre, würde ich wohl darüber nachdenken«, sagte er nach einer Weile.

Sie lächelte, und er sah die Melancholie.

»Das ist keine Antwort, sondern ein schlaues Konstrukt. Du solltest Politiker werden.«

»Ach, manche Historiker sind auch nicht besser.«

Sie lachte. »Das gilt nicht weniger für Pressesprecherinnen.«

»Bist du glücklich?«, fragte Stachelmann.

»Gutes Ablenkungsmanöver«, sagte sie. »Wir machen das so: Erst beantwortest du meine Fragen, dann ich deine.«

»Eher nicht«, sagte Stachelmann. Er überlegte. Über Glück hatte er nie nachgedacht, sondern nur über sein Versagen. Aber er hatte es gespürt manchmal, wenn er mit Anne zusammen war. Wenn die Sorgen für eine Zeit verflogen waren und er nicht an den Morgen dachte. Es waren seltene Augenblicke, aber das Glück macht sich rar, sonst wäre es kein Glück. »Doch, manchmal bin ich glücklich. Jedenfalls nehme ich an, dass ich den entsprechenden Zustand so richtig beschreibe.«

Sie lachte wieder. »Du hast dich überhaupt nicht verändert, Jossi. Du bist genauso umständlich wie früher. Immer um die Ecke. Und wenn das Glück dich anstrahlt, dann hältst du es für eine besonders raffinierte Falle.«

Da musste er mitlachen.

Sie schwiegen eine Weile.

Dann sagte sie: »Ich will dir deine Frage auch beantworten, obwohl sie nicht so originell ist. Ja, mir geht es gut. Man mag das glücklich nennen. Aber das mit Ossi ist mir nahe gegangen, hätte ich nicht gedacht. Es hat mich zurückgeworfen auf das, wie es früher war. Oder was meine Erinnerung daraus gemacht hat. Ich habe mit Ossi einige Zeit zusammengelebt, aber schlau geworden bin ich nicht aus ihm. Irgendwie hab ich ihn geliebt. Und gehasst wegen seiner Angeberei.« Sie nippte an ihrem Glas. »Er hat mir erzählt, als er zuletzt in Heidelberg war, du hast Rheuma. Ich habe da zufällig was gelesen in einer der Zeitschriften, die uns tagtäglich zugeschickt werden. Vogelbeeren, ein echter Geheimtipp. Mit denen gibt es tolle Erfahrungen.«

Noch als er im Bett lag, hallte die Frage in seinem Kopf nach. »Bist du glücklich?« Was für eine einfache Frage, doch sie war geeignet, Stachelmann um den Schlaf zu bringen. Er lag auf dem Rücken, starrte in die Dunkelheit, seine Gedanken drehten sich um die Gewissheit, er habe sein Leben vermurkst. Und es sei zu spät, daran etwas zu ändern. Du kannst den Ossi machen, oder du reißt dich zusammen und siehst zu, dass du die kommenden Jahre schaffst. Aber wenn du so weitermachst, geht es endgültig schief. Das ist doch absurd, die Habilarbeit ist so gut wie fertig, und du vertrödelst deine Zeit. Aber ich will Adi noch finden. Wenn das nichts bringt, dann ist Schluss. Bestimmt. Dann lass ich Ossi auch für mich abtreten, wenn er es denn so wollte. Bitte schön, Ossi, dann bist du eben abgetreten, weil du fandest, es sei Zeit zu sterben.

Nach dem Frühstück machte er sich müde auf den Weg in die Stadt. Er überlegte, wo früher die Penner gewesen waren. Sie hatten einem in der Hauptstraße aufgelauert, forderten Geld von Studenten, weil die angeblich alle links waren und deshalb teilen mussten. Manche Penner waren aggressiv gewesen. An der Ecke Hauptstraße/Brunnengasse sah er einen vor einem Juweliergeschäft. Er ging auf ihn zu, warf zwei Euro in die dreckige Mütze auf der Straße und fragte: »Weißt du, wo Adi ist?«

»Wer?« Der Penner plierte ihn an.

»Adi.«

Der Penner hob erschöpft die Hände, schloss die Augen und lehnte sich an die Mauer. Er war offenbar so betrunken, dass er nicht mehr denken konnte. Stachelmann ärgerte sich und überlegte, ob er sich die zwei Euro wiederholen sollte, aber er ließ es.

Er durchsuchte die Gassen zwischen Hauptstraße und

Neckarstaden, bis er endlich an der Karl-Theodor-Brücke einen weiteren Penner entdeckte, der zum anderen Neckarufer schlurfte. Stachelmann holte ihn ein und lief neben ihm. »Ich suche Adi.«

»Ich suche Gott«, sagte der Penner. Er hatte schmutzige rote Haare, die Schultern seiner Jacke waren bedeckt mit Schuppen. Auf der Stirn saß ein Furunkel.

»Es ist wichtig«, sagte Stachelmann.

»Was lässt du springen?« Der Penner rieb Zeigefinger und Daumen aneinander.

»Zehn«, sagte Stachelmann.

»Euro?«

»Euro.«

Stachelmann zog sein Portemonnaie hervor und gab dem Mann einen Zehn-Euro-Schein. Der nahm ihn fest zwischen die Finger, als ob Stachelmann ihm den Schein wieder wegreißen wollte. »Geh zur Kurfürstenanlage. Weißt du, wo die Stadtwerke sind?«

Stachelmann dachte kurz nach, dann nickte er.

»Davor ist ein kleiner Platz, ein paar Bäume, ein Teich mit Springbrunnen. Auf der anderen Seite, gegenüber von den Stadtwerken, ist ein Supermarkt. Wenn du Glück hast, sitzt da wer rum. Und den fragst du nach Adi.«

Stachelmann überlegte, ob er ein Taxi rufen sollte, aber der Schmerz in den Knien war schwach, so entschied er sich zu laufen.

Es war eine grüne Insel zwischen zwei Straßen. Um einen Teich herum war sie gepflastert mit Betonplatten. Daran schloss sich eine Wiese an, ein paar Bäume. Auf einer Bank am Teich saßen zwei Penner, auf einer zweiten Bank, ein paar Meter weiter, lag einer, seine zusammengeknüllte Jacke benutzte er als Kopfkissen.

»Tag«, sagte Stachelmann zu den beiden, die saßen.

Sie schauten ihn an. Sie waren schmutzig, einer war klein und mager, ein Vollbart verdeckte sein Gesicht fast ganz. Auf dem Kopf trug er einen Hut, vermutlich aus Kunstleder. Er hockte breitbeinig, zwischen den Oberschenkeln eine halb leere Flasche Korn. Der andere trug ein löchriges und verfärbtes Unterhemd. Er rauchte eine selbst gedrehte Zigarette. Seine Augen waren blutunterlaufen.

Stachelmann ließ sich nicht anmerken, dass er sich ekelte. »Ich suche Adi.«

Sie schauten ihn an. Dann öffnete der Mann mit dem Schnaps seinen Mund und zeigte braune Stummel und Zahnlücken. Er schloss ihn wieder.

Stachelmann zog seinen Geldbeutel aus der Tasche. »Kennen Sie Adi?« Oder sollte er die Männer duzen?

»Jeder kennt Adi«, sagte der im Unterhemd. »Die Frage ist nur, ob Adi dich kennen lernen will.«

»Er kennt mich«, sagte Stachelmann. »Ich hab hier studiert, und ich hab ihm bestimmt nicht nur einmal eine Mark gegeben. Und der Adi hat damals mit uns demonstriert.« Er sagte »demonschdrierd« und überlegte, ob es angebracht war, sich anzubiedern.

»So, so, demonschdrierd«, sagte der mit dem Schnaps. »Heut wird nicht mehr demonschdrierd, heut herrscht Ordnung. Und du siehst auch nicht aus wie einer, der mal demonschdrierd hat. Die Revolution ist abgesagt, gell?«

Stachelmann überlegte, ob er »leider« sagen sollte. Es war zwar Unsinn, aber vielleicht brachte es ihn weiter. Doch er sagte nur »hm«.

»Und seit die abgesagt ist, jagen sie uns überall weg. Wenn die Bullen uns sehen, rasten sie aus. Das fing mit dem Zundel an. Erinnerschd dich an den?«

»Natürlich, der war hier OB, Sozi und Ordnungsfanatiker. Er hat auch die Musiker aus der Innenstadt verjagt.«

»Falsch, die dürfen ab und zu noch spielen. Das ist genau festgelegt. Aber für uns haben die gar nichts festgelegt, seit sie uns aus dem CA verjagt haben«, sagte der im Unterhemd. »Du sagst, du hast hier studiert? Hast du mal einem von uns in der Mensa eine Essensmarke gegeben?«

»Klar«, sagte Stachelmann. Er sagte nicht, dass er schon mal ausgerastet war, als er sich nicht mehr mit den Genossen unterhalten konnte, weil er dauernd angebettelt wurde.

Der mit dem Schnaps musterte Stachelmann misstrauisch. »Du lässt was springen, was aus Papier ohne fünf drauf. Und ich sage dir, wo du Adi findest. Immerhin war das mein bester Freund.«

»Ich weiß nicht«, sagte der im Unterhemd.

»Aber ich«, sagte der mit dem Schnaps. »Der findet den Adi sowieso. Wenn wir's ihm sagen, kriegen wir was, und er findet Adi. Wenn wir es ihm nicht sagen, kriegen wir nichts, und er findet Adi auch.«

Der im Unterhemd sah seinen Kumpel bewundernd an. »Dagegen kann man nichts sagen, wirklich nicht. Nicht mal Adi könnte dagegen was sagen.«

Der mit dem Schnaps sagte: »Rohrbacher Str. 33.«

»Da finde ich Adi wirklich?«, fragte Stachelmann.

»Ich schwöre es!«, sagte der mit dem Schnaps. »Beim Leben meiner Mutter!«

»Gestern hast du gesagt, die wär tot«, sagte der mit dem Unterhemd.

»Quatsch«, sagte der mit dem Schnaps. »Wenn sie tot wär, würde sie ja nicht mehr leben.«

»Stimmt«, sagte der mit dem Unterhemd. »Dann ist vielleicht meine Mutter tot.«

»Du hast nie eine Mutter gehabt«, sagte der mit dem Schnaps.

Stachelmann gab den beiden einen Zehn-Euro-Schein. Der mit dem Schnaps steckte das Geld in seine Hosentasche, seinem Gesichtsausdruck nach zu urteilen, fand er es zu wenig.

Stachelmann lief zum Bismarckplatz und nahm eine Straßenbahn Richtung Leimen. Er mühte sich, die Hausnummern abzulesen. Als die Bahn die Nummer 20 erreichte, stieg er aus. Er ging auf die linke Straßenseite, wo die ungeraden Nummern waren. Dann stand er da, wo die Nummer 33 sein musste, es war der Bergfriedhof.

***

24. Dezember 1978
Weihnachten ist zum Kotzen. Alle werden rührselig und machen plötzlich auf Familie. Auch Angelika ist zu ihren Eltern gefahren. Das ganze Jahr schimpft sie über diese Spießer, aber Heiligabend gilt das nicht mehr.

Es ist sowieso fast alles anders, als es sein sollte. An der Uni war es ruhig, nichts mehr ist es mit Revolte. Es wird brav studiert, sind die Bedingungen auch noch so mies. Wir dürfen uns nichts vormachen, mit der revolutionären Bewegung geht es aufwärts und abwärts wie mit dem Krisenzyklus des Kapitals. Und wir sind zurzeit im Tal. Sogar in der Gruppe werden es weniger. Die Genossen kommen nicht mehr so regelmäßig, und Ideen für Aktionen hat keiner mehr. Mal ein Flugblatt, mehr ist nicht.

Vielleicht hat manchen mein Bericht vom Bullenbesuch erschreckt, obwohl sie sonst tun, als würden sie sich das Hemd aufreißen und in den Kugelhagel stürzen.

Ich gebe zu, zurzeit weiß auch ich nicht, wie es weitergehen soll. Natürlich gehe ich auf die Sitzungen und verteile Flugblätter. Ansagen in Seminaren gibt es nicht mehr oft. Die meisten Lehrkräfte verbieten sie und setzen es durch. Seit so viele Studenten wegen »Diskussionsverlangens« relegiert und in Strafprozessen verknackt wurden, traut sich kaum einer mehr, das Maul aufzumachen.

Am stärksten merkt man das bei den Germanisten. Die Lehrkräfte mussten mitmachen bei der Kampagne der Rechten, und jetzt sehen sie, was sie angerichtet haben. Manche haben vor Gericht plötzlich Erinnerungslücken gehabt, das war aber auch alles, was sie dagegen taten. Heidelberg ist ein Friedhof.

11

Er fluchte vor sich hin. Eine alte Frau, die an ihm vorbeiging, erschrak und eilte weiter. Dann betrat er den Friedhof, er kannte ihn von früher. Hier war der erste Reichspräsident Friedrich Ebert begraben, und es gab ein Mahnmal für Naziopfer, vor dem alljährlich eine Kundgebung stattfand. Er hatte einige Male daran teilgenommen und daraus die Gewissheit gezogen, auf der richtigen Seite zu stehen.

Er ging zum Krematorium. Vor der Eingangstür stand ein Mann und rauchte.

»Ich habe eine komische Frage«, sagte Stachelmann, nachdem er den Mann gegrüßt hatte.

Der antwortete nicht, sondern schaute Stachelmann neugierig an.

»Wenn Leute ohne Wohnsitz sterben, wo werden die beerdigt?«

»Da hinten.« Er zeigte in eine Richtung.

»Steht der Name auf dem Grabstein?«

»Grabstein? Die kriegen keinen Grabstein. Die werden verbrannt und verscharrt.«

Stachelmann stand lange vor dem Krematorium, während der Mann sich noch eine Zigarette ansteckte und weiterging. Stachelmann versuchte sich an Adi zu erinnern. Wie er mitgeschlurft war auf den Demos, meist betrunken. Wie er herumgebrüllt und so getan hatte, als würde er gleich über einen Polizisten herfallen. Aber die meisten von denen kannten Adi auch schon und wussten, es war nur Theater. Adi wollte dazugehören, und niemand verwehrte es ihm. Und nun war er tot.

Stachelmann war wütend auf die Penner, die ihn veralbert hatten. Aber dann kam ihm ein Verdacht. Es hätte ihm früher auffallen müssen. Er konnte es nicht beschreiben, aber er spürte, das war nicht die ganze Geschichte von Adi. Vielleicht begann er nun zu spinnen, doch er entschied sich, zurückzugehen zu dem Platz, wo er die beiden Penner getroffen hatte. Verlieren konnte er dabei nichts. Und außerdem hatten die sich einen Anschiss verdient. Also wieder mit der Straßenbahn zum Bismarckplatz. Diesmal ließ er sich von einem Taxi fahren. Vorsichtig näherte er sich dem Platz zwischen Stadtwerken und Supermarkt. Die Penner waren noch da, der Dritte war aufgewacht und saß bei den anderen beiden. Stachelmann näherte sich ihnen vorsichtig, die drei unterhielten sich aufgeregt miteinander und achteten nicht auf die Umgebung. Er schlich sich in ihren Rücken, bis er zuhören konnte.

»Du Idiot«, sagte der mit dem Unterhemd.

»Selber«, sagte der mit der Schnapsflasche.

»Der merkt das«, sagte der Dritte. »Kommt, wir hauen hier ab.«

»Zu spät«, sagte Stachelmann laut.

Die drei erschraken.

Er stellte sich vor die Penner und betrachtete den Dritten. Das war Adi, kein Zweifel. Ein paar graue Haare mehr, auch ein paar Falten. Aber er war es. »Tag, Adi«, sagte Stachelmann. »Ist doch dumm, wenn die Kumpels so geldgierig sind.«

Adi sagte nichts, sondern stierte Stachelmann an.

Die anderen beiden Penner schauten hin und her zwischen Stachelmann und Adi.

»Warst lange nicht hier, Jossi«, sagte Adi.

»Stimmt.«

»Was machste denn so?«

»Nichts Bedeutendes.«

»Aha. Dann also so was wie ich.«

»Nein, den toten Mann spiel ich nicht.«

Adi schwieg. Dann schickte er die beiden anderen weg. Sie wehrten sich erst, aber endlich zogen sie ab. Stachelmann setzte sich auf die Bank, hielt aber Abstand zu Adi. Er roch den Fusel und den Schmutz.

»Und was macht die Revolution, Adi?«

»Die Revolution gibt's nicht mehr. Die habt ihr abgeblasen, nicht ich.«

»So ungefähr«, sagte Stachelmann.

»Wenn's wieder losgeht, ich bin dabei.«

»Klar. Ich hätte ein paar Fragen.«

»Was für Fragen?«

»Über früher, die Revolution und so.«

Adi prustete. Dann sagte er: »Man soll ja das Schöne mit dem Angenehmen verbinden. Heißt es nicht so?«

»So ähnlich.«

»Also, wir machen das so. Du lädst mich ins Palme ein zu einem Riesenfressen, und ich darf saufen, was ich will und wie viel ich will.«

Stachelmann betrachtete Adi und wusste, es würde Ärger geben im Palme. »Wir versuchen's mal.«

»Nix versuchen. Entweder wir machen das, oder du kannst dich trollen.«

»Gut. Gehen wir.«

»Du hast es aber eilig.«

»Ich wollte eigentlich heute Abend schon in Hamburg sein.«

»Daraus wird nichts, schaffst du eh nicht mehr. Also los.«

Sie gingen langsam in Richtung Innenstadt, Adi humpelte. Passanten rümpften die Nase, manche lachten, als sie das seltsame Paar sahen.

»Weißt du noch, wie ich dem Hochberger vor die Füße gekotzt habe?«

»Da hat sich der Rektor bestimmt richtig gefreut. Nein, weiß ich nicht mehr.«

»Aber das war die revolutionärste Tat überhaupt damals. Seitdem hat er immer gleich die Bullen geholt, wenn auch nur einer das Maul aufgemacht hat.«

»Dann bist du also schuld daran, dass die Uni schwarz wurde wie die Nacht.«

»Was heißt schuld? Ihr Superrevolutionäre hättet nur den Kampf aufnehmen müssen, und wir hätten gesiegt. Ganz Heidelberg unter roten Fahnen. Den Zundel – kennst du doch noch, den Oberbürgermeister damals? – hätten wir in den Neckar geworfen. Konnte der eigentlich schwimmen? Wir hätten drei Tage und Nächte gesoffen auf den Sieg. Dann hätten wir die in Wiesloch alle freigelassen, weil die ja nicht verrückt sind, sondern nur die Opfer der Klassenherrschaft. Wenn unsereiner mal die Wahrheit sagt, kommt er in die Klapse. Da hättet ihr mal was tun können, die rauslassen. Und in ganz Deutschland hätten sie gesagt: Wau, das machen wir auch, das ist so geil. Der Adi wär überall rumgezogen und hätte die Revolution gemacht.«

»Diesen Plan hättest du uns mal verraten sollen«, sagte Stachelmann. »Dann hätte es vielleicht geklappt.«

»Ihr wart doch viel zu blöd. Dauernd rumgesessen und gelabert. Schulung, wenn ich das nur höre. Entweder man ist Revolutionär, oder man ist es nicht. Da brauch ich keine dicken Bücher lesen, die sowieso keiner kapiert. Hätte da was Richtiges dringestanden, dann hätte die Revolution gesiegt. Aber es hat nur Scheiße dringestanden. Ich weiß, wovon ich rede. Ich hab mal versucht so was zu lesen, das hieß das Kapital, und es ging um Klamotten. Damit fing es jedenfalls an.«

»Der Rock ist ein Gebrauchswert, der ein besonderes Bedürfnis befriedigt«, zitierte Stachelmann. Warum flog ihm dieser Satz zu?

»Genau, so fing es an, als ich da saß in dem Kapitalkurs. Und wie soll man eine Revolution machen, wenn man nur auf Klamotten guckt? Kannst du mir das mal verraten?« Adi redete sich in Rage.

»Da ist was dran«, sagte Stachelmann.

»Und dann diese Streitereien um irgendwelche Länder, die kein Schwein kennt. Albanien, Kambodscha, wie hieß der Irre noch mal?«

»Pol Pot.«

»Pol Pot, da sagt doch schon der Name alles. Der hat sich bestimmt jeden Tag zugekifft.«

»Nein, der hat ein paar Millionen Landsleute ermordet und einen Krieg angefangen.«

»Sag ich doch, dass das ein Scheißkerl ist. Und über solche Verrückten habt ihr euch gestritten, da hättet ihr besser Revolution gemacht. Die einen haben die Russen angebetet, die anderen die Chinesen, und gab es da nicht noch welche, die die Albanesen supertoll fanden? Wegen der Bergziegen oder wegen was?«

»Weiß ich nicht mehr«, sagte Stachelmann.

»Und über so 'nen Scheiß, von dem du schon gar nichts mehr weißt, über so 'nen Scheiß habt ihr euch gestritten, während der Adi dem Hochberger vor die Füße gekotzt hat. Das hat sich keiner von euch getraut. Keiner! Ihr Schlappschwänze. *Revolutionäre*, da muss ich lachen.«

Je näher sie dem Palme kamen, desto größer waren Stachelmanns Zweifel, ob es ihnen gelingen würde, im Restaurant bedient zu werden. Als sie vor der Tür standen, schwitzte er, und die Beingelenke schmerzten. Er musste sich dringend setzen. Stachelmann öffnete die Tür, Adi folgte ihm. Sie hatten kaum das Restaurant betreten, als ein Kellner an Stachelmann vorbeilief und sich Adi in den Weg stellte. »Tut mir Leid, Sie dürfen hier nicht herein«, sagte er mit leichtem italienischen Akzent.

Stachelmann drehte sich um und sagte: »Dieser Herr ist mein Gast, ich zahle.«

Der Kellner drehte sich zu Stachelmann um. Er musterte

ihn und staunte. »Trotzdem, dieser Herr, ich bitte um Verständnis, dieser Herr möchte bitte so freundlich sein, das Ristorante zu verlassen.«

»Warum?«, fragte Stachelmann. »Wollen Sie Gäste diskriminieren?«

»Nein, nein«, sagte der Kellner. »Aber« – er warf einen Blick auf Adi und verzog kaum sichtbar das Gesicht – »in manchen Fällen müssen wir das Interesse der anderen Gäste berücksichtigen. Wissen Sie, wenn es nach mir ginge …«

»Da es nicht nach Ihnen geht, sollten Sie den Geschäftsführer holen.«

Ein Pärchen quetschte sich an ihnen vorbei in den hinteren Teil des Speisesaals. Adi stierte der Frau nach und pfiff leise. Der Kellner hastete nach hinten, Adi und Stachelmann setzten sich an einen Tisch nahe der Tür. Gleich kehrte der Kellner zurück, mit ihm ein kleiner, untersetzter Mann mit Schnurrbart, Gel klebte die schwarzen Haare an den Kopf. Beide stellten sich vor Adi auf, der Mann mit den klebrigen Haaren sagte: »Ich bin hier der Geschäftsführer und habe das Hausrecht. Ich fordere Sie auf, das Lokal zu verlassen, sonst rufe ich die Polizia.«

Adi schaute Stachelmann an, der erkannte Angst in den Augen des Penners. Wahrscheinlich fürchtete er, seine falsche Identität könnte auffliegen.

»Bevor Sie dies tun, würde ich gerne unter vier Augen mit Ihnen sprechen«, sagte Stachelmann. »Wenn ich mich vorstellen darf: Dr. Stachelmann.«

»Polluci«, sagte der Geschäftsführer genervt.

Stachelmann streckte den Arm aus, berührte den Geschäftsführer leicht an der Schulter und ging in eine Ecke. Unwillig folgte der Mann.

»Hören Sie genau zu«, sagte Stachelmann. »Ganz genau.«

Der Mann schaute ihn ungeduldig an.

»Ich habe einen Freund«, sagte Stachelmann, »der geht

schrecklich gerne in Restaurants, vorzugsweise in italienische. Er liebt die Spaghetti wie ein Italiener. Doch ist da etwas, das ihn schrecklich betrübt. Fast immer, wenn er etwas bestellt im Ristorante, findet er ein Tier oder anderes in den Spaghetti, komischerweise immer, wenn er fast aufgegessen hat. Mal ist es eine Fliege, mal eine Spinne, zuletzt war es der Schwanz einer Ratte, ich will genau sein, der halbe Schwanz einer Ratte. Natürlich ruft er dann den Kellner, und dem ist das furchtbar peinlich …«

»Und Ihr Freund muss nicht bezahlen«, sagte der Geschäftsführer schnaufend.

»Genau, natürlich wollen Ihre Kollegen nicht, dass so etwas bekannt wird. Stellen Sie sich mal vor, es stünde in der RNZ, die Gesundheitspolizei, oder wie immer diese Behörde sich nennt, habe ein Restaurant untersucht …«

»Kommen Sie mit«, sagte der Geschäftsführer. »Ja, auch Ihr Freund.« Mit schnellen Schritten führte er Stachelmann und Adi an einen Tisch im finstersten Winkel des Speisesaals.

Nachdem Sie sich gesetzt hatten, fragte Adi erstaunt: »Was hast du dem gesagt?«

»Ich habe nur an seine Nächstenliebe appelliert.«

Adi prustete los. »Nächstenliebe! Was ist denn das? So ein Quatsch!«

»Immerhin kommst du so rein ins Palme.«

Er sah, wie der Geschäftsführer und der Kellner am Tresen heftig miteinander redeten. Dann stellte sich der Kellner an den Tisch: »Die Herren wünschen?«, fragte er, obwohl Stachelmann und Adi noch keine Speisekarte erhalten hatten.

Bevor Stachelmann um die Karte bitten konnte, legte Adi los: »Nudeln mit Fleischsoße, viel«, sagte er.

»Spaghetti Bolognese, eineinhalb Portionen«, sagte der Kellner schnippisch.

»Doppelte Portion«, sagte Adi. »Und ein großes Bier und einen großen Schnaps.«

Der Kellner schrieb es auf.

Stachelmann bestellte Spaghetti Napoli und ein Glas Chianti.

Nachdem der Kellner gegangen war, fragte Stachelmann: »Erinnerst du dich an den Thingstättenmord?« Er kam gleich zur Sache, bevor Adi völlig betrunken war.

»Na klar. Wer nicht?«

»Hast du den Lehmann gekannt, das Opfer?«

Adi nickte.

»Hatte Lehmann Freunde?«

»Klar.«

»Du kennst die?«

»Klar, ich kenn jeden.«

»Weißt du noch Namen?«

Der Kellner erschien mit den Getränken. Adi riss ihm das Bierglas fast aus der Hand und trank einen großen Schluck. Schaum lief von den Mundwinkeln hinunter auf seine Jacke, ein Teil tropfte auf seine Hose.

»Aaaah«, seufzte er. »Fast wär ich verdurstet.« Dann kippte er den Schnaps hinterher.

»Namen?«, wiederholte Stachelmann.

»Okay, Genosse. Das waren der Rainer und der Ede, die wohnen auch noch hier, sind feine Leute geworden.«

»Hast du auch die Nachnamen?«

»Nee.«

Stachelmann zog die Fotos aus der Tasche und legte sie vor Adi hin. Der schaute sie an, auf dem Bild mit dem Brunnen tippte er auf zwei Männer, die am linken Rand der Gruppe stehen und sich offenbar unterhalten. Beide im Profil, einer von links, der andere von rechts. »Das ist Ede, und der ist der Rainer.« Erst der Linke, dann der Rechte.

Stachelmann kramte nach seinem Kugelschreiber, fand

ihn endlich und notierte die Namen auf der Rückseite des Fotos.

Das Essen kam. Adi bestellte noch einen Schnaps und ein Bier und fiel über seine Spaghetti her. Stachelmann ekelte es, wie der andere schlürfte und schmatzte. Olaf fiel ihm ein.

Dann dachte er an die Namen. So etwas wie Jagdfieber überkam ihn. Vielleicht war das der Zipfel, den er so lange gesucht hatte. Jetzt wollte er auf jeden Fall an ihm ziehen und sehen, was daran hing. Verdammt, er brauchte noch die Nachnamen.

»Die wohnen in Heidelberg?«

Adi schmatzte und nickte.

»Ich brauche die Nachnamen.«

»Ja, ja«, sagte Adi. »Besorg dir ein Telefonbuch, dann lies mir die Namen aller Rechtsanwälte und Ärzte vor, jedenfalls die mit den richtigen Vornamen.«

»Ede?«

»So viele Vornamen, die mit einem E beginnen, wird's schon nicht geben. Meiner zum Beispiel gehört nicht dazu und deiner auch nicht.« Adi schlürfte viel zu viele Spaghetti auf einmal. Er kippte Bier und Schnaps hinterher und sagte: »Nun geht's dem Adi mal wie den feinen Leuten. Warum soll ein Revolutionär nicht auch mal gut essen gehen? Gerade wenn es der Letzte ist, ihr Flaschen habt ja den Schwanz eingezogen.«

Stachelmann schaute sich nach einem Kellner um, mit dem er Augenkontakt aufnehmen konnte. Als ihm das nicht gelang, stand er auf und ging zum Tresen, der Mann dahinter zapfte Bier. Stachelmann bat um ein Branchentelefonbuch, der Mann schaute ihn böse an, aber dann beugte er sich hinunter und zog ein Telefonbuch hervor. »Aber in lesbarem Zustand zurückbringen«, sagte er. Wahrscheinlich rechnete er damit, dass das Telefonbuch unter Spaghettisoße begraben wurde.

Zurück an seinem Platz, suchte Stachelmann die Einträge der Ärzte. »Der Arzt heißt Ede?«

»Nein, Rainer«, schmatzte Adi. Er starrte auf Stachelmanns vollen Teller. Der schob ihn dem Penner zu. »Klasse«, sagte der. »Ein Waschlappen, aber sonst kein schlechter Mensch.« Dann hob er den Arm. Als sich kein Kellner näherte, fing er an zu winken. Auch das half nichts, und Adi brüllte durchs Lokal: »Bedienung!« Nun spritzten gleich zwei Kellner heran. Stachelmann musste leise lachen. Adi hatte den Laden im Griff. Er bestellte wieder Bier und Schnaps, die Kellner zogen ab.

Stachelmann fand die Ärzteeinträge und suchte nach einem Rainer. »Bulthaupt?«

»Wie?« Adi brüllte, als habe er die falsche Lautstärke eingestellt, seit er die Kellner gerufen hatte.

»Schrei nicht so. Dr. Rainer Bulthaupt.«

»Wer soll das sein?«

»Na, vielleicht der Typ auf dem Foto.«

»Ach so, nee, der heißt anders«, sagte er schmatzend.

Bier und Schnaps wurden gebracht. »Mach die nächste Runde schon mal fertig, Genosse«, schmatzte Adi, dann trank er. Stachelmann merkte ihm nichts an, der Mann vertrug einiges. Er suchte weiter in den Einträgen.

»Detmold, R., Arzt«, las Stachelmann vor.

»Das isser«, sagte Adi. »Darauf nehme ich noch einen.« Er trank sein Bierglas halb leer, dann rülpste er. »Herrje, das ist ein Leben.«

Stachelmann notierte Namen, Anschrift und Telefonnummer von Rainer Detmold auf der Rückseite des Fotos.

Dann fand er die Rechtsanwälte, es waren viele. Stieß er auf einen, dessen Vorname mit E begann, fragte er Adi. Der hatte inzwischen auch Stachelmanns Portion hinuntergeschlungen und winkte nach dem Kellner, um noch etwas zu trinken zu bestellen.

»Dann ist es aber gut, Adi.«

»Wie? Du hast gesagt, so viel ich will. Also, ich bestimme, wann es gut ist. Sonst kannst du dir deinen Rechtsanwalt in die Haare schmieren. Verstanden?«

»Gut, gut«, beschwichtigte Stachelmann.

Adi bestellte, dann sagte er: »Beeil dich, Genosse, damit wir diesen Langweilerkram hinter uns kriegen.«

Erwin, Emil, Egon waren es nicht, beim Namen Esau Kipper schrie Adi auf. »Genau diesen bekloppten Namen hat er. Sau, möchtest du Sau heißen? Dann doch lieber Adi.«

»Esau«, sagte Stachelmann, »stammt aus dem Alten Testament.«

»Aus was?« Jetzt hörte man Adi den Alkohol an.

»Der Bibel.«

Adi schaute Stachelmann kopfschüttelnd an, Empörung zeigte sich auf seinem Gesicht. »Und so was war mal Revolutionär. Du warst in Wahrheit nie einer.«

»Weil ich weiß, dass es die Bibel gibt?«

»Du weißt gar nichts«, lallte Adi. »Gar nichts.« Dann kippte er vom Stuhl. Ein Kellner hörte den Aufschlag, er rannte herbei, Stachelmann bat ihn, den Notarzt zu rufen. Der Kellner eilte zum Tresen, um zu telefonieren. Gleich war er wieder zurück. »Kommt sofort.«

Der Geschäftsführer tauchte auf. »Das haben Sie nun davon.«

»Gewiss«, sagte Stachelmann. »Das habe ich nun davon.«

Adi begann zu schnarchen.

»Passen Sie auf«, sagte der Geschäftsführer. »Ich mache Ihnen einen Vorschlag. Sie ersparen uns künftig Besuche dieses Herren« – er zeigte naserümpfend auf Adi –, »und die Zeche geht aufs Haus. Außerdem versprechen Sie, nie wieder diese Masche zu reiten« – er warf einen Blick zum Kellner –, »na, Sie wissen schon.«

»Ich weiß. Einverstanden«, sagte Stachelmann. »Besten Dank.«

»Wenn auch Sie vielleicht in den kommenden Wochen das Lokal nicht betreten, um uns die schmerzhafte Erinnerung an diesen Vorfall zu ersparen …«

»Zwar liegt der Schmerz ganz bei meinem Freund, aber wenn Sie es wünschen.«

Zwei Sanitäter erschienen mit einer Bahre, ein Arzt führte sie an. Er kniete sich zu Adi, dann sagte er ungerührt »Besoffen, Abtransport«, die Sanitäter legten Adi auf die Bahre, während der laut schnorchelte. Stachelmann ging mit hinaus und schaute zu, wie die Sanitäter die Bahre in den Wagen schoben, der Arzt setzt sich daneben, dann schloss sich die Tür. Als sie gerade noch einen Spalt offen war, sah Stachelmann, wie Adi ihm mit dem linken Auge zublinzelte. Er brach in Lachen aus. Nun hatte er sich wenigstens zwei oder, bei dem Geschick, das Adi zuzutrauen war, noch mehr Tage im Krankenhaus bei Vollversorgung herausgeschunden. Und wie er an Alkohol kommen würde, das war für einen wie Adi gewiss keine Schwierigkeit. Stachelmann lachte noch, während er über die Hauptstraße und die Theodor-Heuss-Brücke nach Neuenheim lief. Manche Passanten schauten sich nach ihm um, als begegneten sie einem Irren. Adis Abgang war eine der besten Vorführungen der letzten Jahre, fand Stachelmann, da mochten ein paar Leute ihn gern für verrückt halten.

Im Hotel legte er sich aufs Bett. Seine Laune war gut, weil er etwas herausbekommen hatte. Und für eine Weile war die Angst verschwunden gewesen. Nachdem er lange nur im Dunkeln gestochert hatte, konnte er jetzt Leute fragen, die nicht abstreiten konnten, Lehmann gut gekannt zu haben. Der war nicht von Außerirdischen, die plötzlich auf der Erde erschienen, ermordet worden, sondern von Leuten, die einen Grund hatten, ihn zur Thingstätte zu bringen und dort zu erschießen. Sie kannten Lehmann, und der kannte sie. Es musste aus dem damaligen Freundeskreis jemanden geben, der wenigstens eine Ahnung hatte, was Lehmann verbunden hatte mit seinen Mördern. Ein Rechtsanwalt, ein Arzt, die wussten entweder etwas, oder sie kannten jemand anderen aus Lehmanns Umfeld. Er war ein bisschen stolz auf sich; die Idee, sich die Fotos zu besorgen, war nicht schlecht gewesen.

Aber dann packten ihn wieder die Zweifel. Verflucht, Ossi, warum hast du keinen Abschiedsbrief geschrieben und uns erklärt, warum du abtreten wolltest? Das wäre nur fair gewesen. Und mir hätte es die Sucherei hier erspart. Ich wäre zu Hause und könnte meine Mutter besuchen. Nun, Genosse Stachelmann, rede dich nicht raus. Niemand zwingt dich, hier herumzuschnüffeln – außer deinen Ahnungen, mit denen dich offenbar eine höhere Instanz versorgt. Es ist doch alles Quatsch, was du tust. Deine Habilarbeit wird nicht fertig, deine Verbeamtung kannst du dir abschminken, den Professorentitel sowieso. Du bist auf dem Weg, dich zum Gespött der Kollegen zu machen. Kennt ihr den? Da war mal ein Historiker, der hatte seine Habilitationsschrift so gut wie fertig. Hätte sie nur nochmal durchsehen müssen. Hier ein paar Korrekturen, dort ein paar. Aber dieser Historiker ist lieber in der Gegend herumgereist, um Gespenster zu jagen. Und wisst ihr, was der heute macht? Er ist Kellner in St. Pauli. Brüllendes Gelächter.

Mitten in der Nacht wachte er wieder auf. Er war eingeschlafen, ohne sich auszukleiden. Er holte es nach, wusch sich, putzte sich die Zähne und legte sich wieder hin. Er war hellwach, obwohl er wenig geschlafen hatte.

Schön, du bist hier, um wegzulaufen. Vor Anne und dem gemeinsamen Urlaub, vor deiner Arbeit, vor deiner Mutter. Du tust so, als könntest du etwas herausfinden, das die Polizei nicht herausgefunden hat. Und damit rechtfertigst du, dass du alle Pflichten verletzt. Nun ja, habe ich nicht auch eine Pflicht gegenüber Ossi, der vielleicht das Gleiche gesucht hat wie ich? Wäre es nicht gut, ich bekäme heraus, was Ossi nicht herausbekommen konnte? Oder was er herausbekommen hat, um sich dann das Leben zu nehmen? Vielleicht wollte Ossi ein Geheimnis mitnehmen ins Grab? Wenn du das Geheimnis aufdeckst, tätest du ihm keinen Gefallen. Aber da bist du selbst schuld, Ossi. Hättest ja was hinterlassen können. Damit ich umso neugieriger werde? Falsch, ich hätte deinen Willen geachtet, das weißt du. Er flüsterte vor sich hin. Gut, wenn ich morgen oder besser heute nichts finde, fahre ich heim und tue endlich das, was ich tun müsste. Zuerst der Rechtsanwalt, dann der Arzt. Warum? Was weiß ich. Ist egal.

Als er wieder aufwachte, schien die Sonne. Er schaute auf die Uhr und erschrak, es war fast zehn. Er machte sich fertig und eilte ohne Frühstück aus dem Hotel. In die Bergheimer Straße, wo Esau Kipper seine Kanzlei hatte, konnte Stachelmann laufen. Er wunderte sich, es musste an der Anspannung liegen, dass er solche Entfernungen fast schmerzfrei gehen konnte. Stachelmann erinnerte sich, wie er manchmal kaum ein paar Meter schaffte. Nun habe ich selbst ein Wundermittel gegen Arthritis gefunden: Die Verwicklung in Mordfälle befreit von Schmerzen. Er grinste, ging schnell über die Brücke und hinein in die Bergheimer Straße in Richtung Hauptbahnhof. Dann stand er vor einem Bürohaus mit einer Fassade, die aus den Sechzigerjahren stammen mochte, deutlich das weiße Schild mit schwarzer Schrift: Esau Kipper, Rechtsanwalt, 3. Stock. Stachelmann zog die Haustür auf, entdeckte den Aufzug und fuhr hinauf. An der Kanzleitür protzte ein Messingschild mit dem Namen in Schnörkelschrift. Aus Messing war auch die Klingel, sie erzeugte einen melodischen Dreiklang. Ein Summer gab die Tür frei, Stachelmann drückte sie auf und stand auf einem dicken Teppichboden in einem Vorraum, in dem ein Schreibtisch stand, schlicht, aber sündhaft teuer. Stachelmann glaubte so etwas wie italienisches Design zu erkennen, aber von der Sorte, der man den Preis ansah. In der Ecke, zwischen zwei Türen, stand ein Orangenbaum, dessen Früchte er gern auf Echtheit geprüft hätte. Sie waren gewiss aus Kunststoff, aber wahrscheinlich aus einem, der sich anfühlte wie Apfelsinenschale.

Hinter dem Schreibtisch, lässig zurückgelehnt, die langen Beine nur spärlich bedeckt durch einen kurzen schwarzen Rock, saß eine junge Frau mit einer Frisur, die herzustellen einige Stunden gedauert haben dürfte. Sie telefonierte, ihrem Gesichtsausdruck nach zu urteilen handelte es sich um ein Privatgespräch. Bestimmt der Freund, dachte Stachelmann. Einen Ehemann konnte so ein Wesen nicht haben.

»Warte einen Augenblick«, flötete sie ins Telefon, und Stachelmann überlegte, ob am anderen Ende der Leitung nicht auch die beste Freundin sein mochte.

»Ich suche Herrn Kipper«, sagte Stachelmann.

Das Wesen schaute ihn aus großen Augen an, die Wimpern schwarz, die Augenlider rosa, dann sagte sie: »Der Herr Rechtsanwalt ist bei Gericht.« Wahrscheinlich sollte es vornehm klingen.

Stachelmann ärgerte sich, er hätte anrufen sollen. »Welches Verfahren?«

»Der Herr Rechtsanwalt möchte nicht gestört werden, während er prozessiert.«

»Welches Verfahren?«

»Gegen Ruppert. Landgericht.« Sie legte den Hörer wieder ans Ohr und schaute auf den Orangenbaum, als wäre Stachelmann soeben verschwunden.

Draußen auf der Straße schnaufte er erst einmal. Den Weg zum Landgericht kannte er von den Strafprozessen gegen Germanistikstudenten, denen er Ende der Siebzigerjahre zugesehen hatte. Damals war das Justizgebäude in der Kurfürstenanlage fast wie bei einem Terroristenprozess gesichert gewesen. Es sprach sich herum, Anwälte, die von außerhalb gekommen seien, hätten Magengrimmen und weiche Knie bekommen, schon als sie die Pforte betreten hätten. Davon war nichts mehr zu sehen, offenbar hielt selbst die Heidelberger Justiz einen Bürgerkrieg zurzeit für unwahrscheinlich. Er fragte den Pförtner nach dem Gerichtssaal und folgte der Wegbeschreibung, die ihn in den zweiten Stock führte. Es war ein kleiner Saal, vorne ein Richter und zwei Schöffen, an den Seiten Staatsanwalt und Verteidiger, neben diesem saß der Angeklagte. Es wurde gerade ein Zeuge vernommen. Stachelmann setzte sich auf einen Stuhl, vor ihm ein Pärchen, offenbar Rentner, die Gerichtsverfahren unterhaltsam fanden.

Stachelmann folgte dem Verhör und merkte gleich, es ging um Betrug. Die Ruppert GmbH war ein Bauunternehmen, das nach Ansicht des Staatsanwalts Geld von seinen Kunden gefordert und bekommen hatte, um dann einen Bankrott hinzulegen, ohne nur ein Fundament gelegt zu haben. Das Geld war verschwunden.

Stachelmann beobachtete den Verteidiger. Er war ein schmächtiges Kerlchen mit langen Koteletten an einem hageren Kopf und mit einem hervorstechenden Kinn, ab und zu tuschelte er mit dem Angeklagten, dieser im dunklen Dreiteiler mit grauem Schlips und Gel in den Haaren, in der Mitte nach oben frisiert. Auf der erstaunlich geraden Nase eine leicht getönte Brille mit einer silbrig glänzenden Fassung.

Während der Zeuge den Angeklagten belastete, spielte der mit einer Uhrenkette, deren eines Ende in der Westentasche verschwand. Dann tuschelte er wieder mit Kipper.

Der Zeuge schilderte nun, wie der Angeklagte ihn bearbeitet habe, damit er den Bauvertrag unterschrieb. Seine Frau habe ihm abgeraten, aber als Herr Ruppert eine Art Skonto in Aussicht gestellt habe, wenn er bald unterschreibe und eine erste Rate überweise, da habe er zugestimmt, sei doch die Finanzierung eng genug gewesen, sodass jeder Nachlass ein Segen gewesen sei.

Der Staatsanwalt hatte keine Fragen, die Sache schien offenkundig, aber Kipper wollte den Zeugen noch nicht entlassen.

»Finden Sie nicht, dass Sie leichtfertig gehandelt haben, als Sie mit einem Ihnen gänzlich unbekannten Geschäftsführer einer Ihnen gänzlich unbekannten Firma einen Vertrag über eine Summe von zweihundertundvierzigtausend Euro abgeschlossen haben? Und meinen Sie nicht, dass Sie meinen Mandanten geradezu in eine Falle gelockt haben, als Sie ihm vorgeschlagen haben, einen nicht unbeträchtlichen Teil der Summe gleich zu bezahlen? Und dass mein Mandant, der dann ohne eigene Schuld in eine finanzielle Schieflage geraten ist, gar keine Wahl hatte, als erst einmal auf dieses Geld zurückzugreifen, um seine Firma zu retten, damit er seine Verpflichtungen gegenüber seinen Kunden erfüllen konnte?« Er schleuderte es mit einem giftigen Unterton in den Gerichtssaal.

Der Vorsitzende Richter warf milde ein: »Wenn Sie eine Frage nach der anderen stellen, haben Sie eine Chance, dass der Zeuge Ihnen hilfreiche Antworten gibt.«

Aber darauf legte Kipper keinen Wert. Er winkte ab und erklärte, der Zeuge sei, aus welchem Grund auch immer, ohnehin nicht in der Lage, zur Wahrheitsfindung beizutragen.

Der Richter schüttelte leicht den Kopf und schaute einen Augenblick grimmig vor sich auf den Tisch. Gleich meldete sich Kipper, stand auf und stellte mit schneidender Stimme einen Befangenheitsantrag gegen das Gericht, die Begründung werde er zu Beginn des nächsten Verhandlungstags schriftlich nachreichen.

Der Vorsitzende Richter zeigte keine Regung und vertagte die Verhandlung.

Stachelmann verließ den Gerichtssaal vor den beiden Alten und wartete neben der Tür. Bald erschienen Kipper und sein Mandant. Stachelmann folgte ihnen. Vor dem Eingang des Justizgebäudes verabschiedeten sich die beiden lachend voneinander. Stachelmann folgte Kipper ein paar Meter, dann beschleunigte er seinen Schritt, bis er dicht hinter dem Anwalt ging, und sagte: »Hallo, Genosse!«

Der Anwalt fuhr herum, Stachelmann lachte ihn an.

»Wer sind Sie?«, fragte Kipper misstrauisch.

»Stachelmann, Dr. Josef Maria Stachelmann, dereinst Revolutionär wie Sie, sogar an derselben Universität, nämlich der hiesigen. Vielleicht kennen Sie mich ja sogar noch.« Stachelmann schien es, als hätte er Kipper schon einmal gesehen.

»Und was wollen Sie von mir?«

»Eine halbe Stunde Ihrer kostbaren Zeit.«

»Weshalb?«

»Nicht auf der Straße.«

»Ein Stichwort, sonst wird es nichts.«

»Thingstätte.«

Kipper guckte Stachelmann finster an. »Wenn es sein muss«, sagte er dann gelassen, aber Stachelmann spürte, dass er nur so tat.

Schweigend führte Kipper Stachelmann zu seiner Kanzlei. Die Sekretärin tippte auf einer Tastatur und schenkte den beiden Männern nur einen kurzen Blick. Kipper öffnete die Tür links neben dem Orangenbaum und sagte: »Bitte.«

Stachelmann betrat ein Büro, das dem Vorraum glich. Auch hier stand in einer Ecke ein Orangenbaum. Die beiden Fenster zeigten auf einen Hof mit geparkten Lieferwagen.

»Bitte nehmen Sie Platz«, sagte Kipper, ohne ein Gefühl zu verraten.

Stachelmann setzte sich auf einen Ledersessel in einer

Sitzecke, in der noch ein Zweiersofa und ein Glastisch standen.

»Kaffee? Tee?«

Stachelmann winkte ab.

»Gut, kommen wir zur Sache«, sagte Kipper. Und Stachelmann hörte heraus, dass der das Gespräch bestimmen wollte.

»Die Sache ist ganz einfach.« Stachelmann zog das Foto mit dem Brunnen aus der Jacketttasche und legte es auf den Tisch. »Es gibt noch ein paar andere, die das Gleiche aussagen.«

Kipper nahm das Foto und betrachtete es lange, zuerst, um es zu verstehen, dann, um Zeit zum Nachdenken zu gewinnen. »Ja, und?«

»Das Foto zeigt Joachim Lehmann, Ihren einstigen Genossen, und Sie.«

»Möglich. Und noch ein paar andere. Die Qualität dieses Fotos ist schlecht, vor Gericht hätte es keine Beweiskraft«, sagte Kipper.

»Und noch ein paar andere«, sagte Stachelmann. »Vielleicht können Sie sich an diesen oder jenen Namen erinnern?«

»Ach du lieber Himmel. Das ist fast drei Jahrzehnte her. Was soll das überhaupt?«

»Mich würde interessieren, wer Lehmann ermordet hat.«

»Sie wollen tatsächlich die Thingstättensache aufklären? Jetzt, nach so langer Zeit? Das ist gänzlich absurd. Wie war Ihr Name?«

»Dr. Josef Maria Stachelmann, damals nannte man mich Jossi. Vielleicht können Sie sich an mich erinnern?«

Kipper dachte nach, allerdings fragte sich Stachelmann, ob der Anwalt sein Gedächtnis mühte. Er legt sich bestimmt gerade eine Strategie zurecht.

»Vielleicht«, sagte Kipper. »Vielleicht auch nicht. Aber

wenn Sie mir gelegentlich mitteilen könnten, was Sie von mir wollen.«

Stachelmann überlegte einen Augenblick und ärgerte sich, er hatte das Gespräch nicht vorbereitet. Über Ossi wollte er nicht reden, das ging den Lackaffen nichts an. »Wenn ich die Bekannten von Lehmann finde, dann finde ich auch seinen Mörder.«

Kipper guckte ihn erstaunt an. »Mutige Hypothese.«

»Gewiss«, sagte Stachelmann. Er sagte nicht, die anderen Möglichkeiten habe vermutlich die Kripo damals geprüft. Aber darauf dürfte ein Strafverteidiger von allein kommen, wenn nicht jetzt, dann später. »Sie kannten Lehmann?«

Offenbar wusste der Anwalt nun, was er antworten sollte: »Ja, wie man sich damals eben so kannte. Sprüche klopfen, im Kakaobunker Kaffee trinken, auf einer Demo nebeneinander herlaufen und gänzlich dummes Zeug rufen. Und manchmal hat man sich sogar in einem Seminar gesehen.«

»Hat Lehmann Jura studiert?« Stachelmann wunderte sich über sich selbst. Warum hatte er das nicht zuerst recherchiert?

»Der hat mal dies, mal das studiert. Obwohl, Studieren kann man das nicht nennen. Für einen Abschluss hätte es nirgendwo gereicht. Die Revolution war wichtiger.«

Bei Ossi hatte es auch nicht gereicht für einen Abschluss. Ob er nun doch über Ossi reden sollte? »Aber bei Ihnen hat es gereicht.«

»Ich habe rechtzeitig die Kurve gekriegt. Andere nicht.«

Und heute verteidigst du Betrüger, die andere Leute ruinieren und sich einen Jux daraus machen. Aber er sagte: »Das mit der Revolution war doch nichts.«

Kipper nickte.

Stachelmann widerte es an, mit dieser Figur zu sprechen. »Wo hat Lehmann gewohnt?«

»Puuh, Sie haben Fragen. Ich bilde mir ein, irgendwo in der Oberbadgasse.«

»Haben Sie ihn dort einmal besucht?«

»Kann sein.«

»Das wissen Sie noch.«

Kipper schaute ihn fragend an, als ob er so herausfinden könnte, was Stachelmann wusste. »Ja, ich erinnere mich jetzt. Ich war mal in seiner Bude.«

»Haben Sie da noch jemanden getroffen?«

»Nein.«

»Hatte Lehmann eine Freundin?«

»Woher soll ich das wissen?«

»Sie wissen es«, Stachelmann spekulierte. Mehr als schief gehen konnte es nicht.

Kipper tat so, als grübelte er. »Da ist mal so eine Blonde gewesen, aber über die weiß ich gänzlich nichts. Die sah ganz nett aus. Aber da war sie ja nicht die Einzige.«

»Und nun vermute ich, Sie erinnern sich auch nicht mehr an diese Thingstättensache.«

»Natürlich erinnere ich mich.«

»Wenn Sie das präzisieren könnten.« Warum beantwortet der Mann meine Fragen? Dass er es unwillig tut, ist offensichtlich. Er könnte mich rausschmeißen und sagen, ich solle zur Kripo gehen, wenn ich neue Indizien hätte. Er will wahrscheinlich verhindern, dass ich glaube, er habe etwas zu verbergen.

»Das, was damals erzählt und berichtet wurde. Die Zeitungen waren gänzlich voll, jedenfalls am Anfang, wie das eben so ist. Und es gab mehr Gerüchte über die Tat und ihre Hintergründe als Studenten in Heidelberg.«

»Das ist ein wenig übertrieben«, sagte Stachelmann.

»Aber nicht gänzlich.«

»Was haben Sie denn geglaubt, und was denken Sie heute über die Sache?«

»Damals dachte ich, es waren Nazis. Aber inzwischen

halte ich es für eine Art linken Fememord. Wie bei Schmücker, dem Studenten, der in Westberlin erschossen wurde, weil er ein Verfassungsschutzspitzel war.«

Stachelmann staunte, der Mann wies auf eine Spur, die in seine Nähe führen konnte. »Sie haben keine eigenen Kenntnisse über den Mord?«

»Die hätte ich der Polizei längst mitgeteilt. Sie halten mich wohl für verrückt, ich setze doch meine Zulassung nicht aufs Spiel.«

»Aber Sie kennen noch jemanden, der Lehmann gekannt hatte.«

»An die Gesichter kann ich mich einigermaßen erinnern, bezweifle aber, dass ich die Leute heute wieder erkennen würde. Und Namen, mein Gott, die sind gänzlich Schall und Rauch.«

»Ich melde mich morgen bei Ihnen, dann ist Ihnen bestimmt jemand eingefallen. Ganz bestimmt.« Wenn der Anwalt auf eine solche plumpe Drohung ohne jedes Gewicht eingehen würde, dann wusste er etwas, und vor allem wusste er nicht, was Stachelmann wusste. Genauer gesagt, dass Stachelmann so gut wie nichts wusste.

»Na schön, ich werde mein Hirn mal strapazieren.«

Vor der Eingangstür musste Stachelmann lachen. Er hatte das Büro des Lackaffen verlassen, einen Blick auf das Püppchen im Vorzimmer geworfen, das sein so ebenmäßiges wie ausdrucksloses Gesicht zu einer Freundlichkeit vorspiegelnden Grimasse verzogen hatte, und die Erleichterung gespürt, die einen erfasst, wenn man einen Menschen verlässt, der durch und durch verlogen ist. Nun machte er sich auf den Weg zu dem Arzt. Er prüfte noch einmal dessen Adresse in seinem Notizbuch, die Praxis lag in der Grabengasse, wo früher der Allgemeine Studentenausschuss saß, den alle nur AStA nannten.

Der Schmerz zog vom Rücken in die Beine, er schaute sich um, ob er ein Taxi fand. Stachelmann stellte sich an den Straßenrand und wartete, der Bahnhof war nah, es konnte nicht lange dauern. Es dauerte doch mehr als zwanzig Minuten, bis ein Taxifahrer hielt. Es fuhr ihn in die Grabengasse, und Stachelmann fand gleich das Haus neben der alten Universitätsbuchhandlung, in dem Rainer Detmolds Praxis lag. Er nahm den Aufzug in den zweiten Stock, klingelte an der Tür mit dem Praxisschild, drückte beim Summen die Tür auf und sah ein überfülltes Wartezimmer. Die Sprechstundenhilfe am Tresen nestelte in Papieren, dann warf sie ihm aus stark geschminkten Augen einen Blick zu und sagte: »Gleich.« Sie spielte mit einer Locke ihres kurz geschnittenen schwarzen Haars.

Es dauerte eine Weile, weil noch das Telefon klingelte. Hinter Stachelmann öffnete sich die Praxistür, und eine alte Frau drängte sich an den Tresen. Die Sprechstundenhilfe übersah, dass die Frau aufgeregt winkte, und schaute endlich Stachelmann an. Der sagte, er wolle den Doktor sprechen. Das wollten hier alle, er möge ihr seine Versicherungskarte reichen, die Praxisgebühr bezahlen und sich im Wartezimmer einen Platz suchen, sofern noch einer frei sei.

Stachelmann drehte sich um und verließ die Praxis. Die Sprechstundenhilfe hielt ihn nicht auf. Als er wieder in der Grabengasse stand, überlegte er. Ganz in der Nähe war eine Telefonzelle. Aber als Privatmann war der Arzt nicht aufgeführt im Telefonbuch. Stachelmann dachte einen Augenblick nach, dann rief er die Praxis an. Als die Sprechstundenhilfe sich meldete, sagte er: »Schmidt, UPS. Ich habe hier eine Sendung für Frau Detmold mit unvollständiger Adresse. Ich habe nun den Auftrag, die Sendung nur ihr persönlich auszuhändigen. Das ist doch die Frau von Herrn Rainer Detmold?«

»Liefern Sie das Paket doch in der Praxis ab«, sagte die Sprechstundenhilfe, sie klang genervt.

»Das darf ich nicht. Die Sendung ist hoch versichert, offenbar wertvoll. Ich darf sie nur Frau Detmold persönlich übergeben.«

»Hirschgasse 26«, sagte die Sprechstundenhilfe und legte auf. Er verließ die Zelle und kaufte in der Buchhandlung einen Stadtplan. Die Hirschgasse lag auf dem nördlichen Neckarufer. Er überquerte die Karl-Theodor-Brücke und ging die Ziegelhäuser Landstraße entlang bis kurz vor den Wehrsteg, wo die Hirschgasse links abzweigte. Bald atmete er schwer, als er die Steigung nahm, er musste einige Zeit laufen, bis er vor dem Haus Nr. 26 stand. Es war ein in den Hang gebauter Bungalow, schlicht, aber teuer. Allein die Grundstückspreise in der Hanglage mit Blick auf Neckar und Schloss mussten astronomisch sein. Stachelmann fühlte sich klein. Zu Recht, er war ein Versager, so schön würde er nie wohnen. Nicht einmal annähernd. Er dachte an seine biedere Wohnung in Lübeck, es war ein verstörender Unterschied. Nun fühlte er sich nicht mehr sicher, ob er das Richtige tat. Trotzdem klingelte er. Er wartete ungeduldig, bis die Tür sich öffnete. Eine Frau schaute ihn aufmerksam an aus großen schwarzen Augen, über dem rechten sah Stachelmann einen kleinen Leberfleck. Sie war jünger als er, hatte die schwarzen Haare hinter dem Kopf zusammengebunden, trug eine Jeans und ein T-Shirt. Sie beeindruckte Stachelmann, und sie schien es zu wissen.

»Frau Detmold?«

»Ja.«

»Ich bin mit Ihrem Mann verabredet, allerdings ein bisschen später.«

»So, davon weiß ich aber nichts.«

»Tut mir Leid.«

»Das muss Ihnen nicht Leid tun.« Sie lächelte. Sie hat etwas Südländisches, dachte er.

»Wissen Sie, mein Mann vergisst gern mal eine Verabredung. Manchmal ist es ein bisschen peinlich. Kommen Sie bitte.«

Es war dreist, was er sich leistete, und der Arzt würde ihn hochkant hinauswerfen.

Sie führte ihn zur Terrasse auf der Rückseite des Hauses, deutete auf einen Gartenstuhl an einem Tisch, wo er den Ausblick auf den Fluss, die Stadt und das Schloss genießen konnte. Die Luft war klar und nicht zu heiß. Sie bot etwas zu trinken an, aber er lehnte ab.

»Es stört Sie hoffentlich nicht, wenn ich mich wieder in meine Arbeit vertiefe, es muss gemacht werden.«

Natürlich störte es ihn nicht. Sie ging zur Hecke, die das Grundstück begrenzte, hoch genug, um Passanten den Einblick zu verwehren, aber nicht so hoch, dass sie den Ausblick behindert hätte. Sie kniete sich nieder vor einem Beet. Er beobachtete sie, bewunderte ihre Figur und das Geschick, mit dem sie arbeitete. Auch wenn er wusste, es würde Ärger geben, weil er unter einem Vorwand ins Haus eingedrungen war, schien die Angst weit weg. Er spürte, wie die Spannung wich und er ruhig wurde. Bald hörte er auch das Rauschen aus dem Neckartal nicht mehr. Er sah die Stadt, wie sie früher gewesen war, bevor sie zum geleckten Einkaufsparadies wurde. Er sah den Schmutz in der Hauptstraße, Abfälle auf dem Bürgersteig, angefressene Hausfassaden, die mit revolutionären Parolen bemalten Straßenbahnen, die sich mit schmerzhaft lautem Gebimmel ihren Weg bahnten. In ihrem Schlepptau und im Gegenverkehr die Autos, die sich an jeder Straßenbahnhaltestelle stauten. Überall Typen in Parkas, Mädchen in Hosen, kurzen oder langen Röcken.

Dann schaute er wieder hinüber zu ihr, die ihm jetzt das Profil zeigte. Ihm schien es, dass sie seine Blicke wahrnahm und vielleicht sogar genoss. Einmal sah sie ihn freundlich an, widmete sich dann aber gleich wieder ihren Rosen. Nach einer Weile stand sie auf, streckte den Rücken, strich sich mit der Hand über die Lendenwirbel, und Stachelmann glaubte, ihren Schmerz zu spüren. Aber es war seiner, er schob das Gesäß an die Lehne und streckte auch den Rücken, als wollte er ihr etwas nachmachen.

»Jetzt muss ich etwas trinken. Ein Glas Saft vielleicht für Sie?«

Diesmal nahm er das Angebot an.

Sie verschwand im Haus und kehrte bald zurück mit einer Karaffe, darin Saft und Eiswürfel, in der anderen Hand trug sie, ineinander gesteckt, zwei Gläser. Sie stellte sie auf den Tisch, goss ein, lächelte ihm zu. »Schön heute«, sagte sie.

Er nickte.

»Sind Sie ein Freund meines Mannes?«

»Wir haben zur selben Zeit hier studiert.«

»Das ist interessant, ich auch. Was haben Sie studiert?«

»Geschichte und zwangsweise ein wenig Germanistik, Magister.«

»Prüfungsordnung«, sagte sie. »Die war bescheuert, verlangte auch von Leuten, die nicht Lehrer werden wollten, bestimmte Fächerkombinationen. Warum konnte man nicht Sinologie und Philosophie studieren? Ich weiß gar nicht, wie das heute ist.«

»Ich auch nicht.« Er trank und schaute auf die Stadt. Dunst zog auf, wie ein Weichzeichner verwandelte er die Altstadt in Kitsch.

Dann sagte sie: »Genug gefaulenzt« und machte sich wieder an die Arbeit. Er beneidete sie, sie war ausgeglichen und schien keine Sorgen zu haben. Aber gab es das?

Er schaute ihr zu und hätte es gern noch Stunden getan. Aber dann hörte er ein Klacken und wusste, es kam von der Haustür. Sofort spannte sich alles in ihm, die Angst meldete sich. Du bist verrückt, dich hier einzuschleichen. Was würdest du tun, wenn jemand Anne die Hucke voll lügen würde, um in die Wohnung einzudringen? Er hätte Angst um Anne, es könnte ja auch ein Perverser sein, man sieht es den Leuten nicht an.

Schritte. Dann Stille. Dann eine Tür, noch nicht im Wohnzimmer, das zur Terrasse hinausführte. Wieder Stille. Die Frau arbeitete mit einer Handschaufel. Dann das Geräusch einer Toilette. Eine Tür klackte, Schritte näherten sich, manche laut auf Steinboden, andere gedämpft durch Teppich. Dann stand der Arzt in der Terrassentür. Er rief: »Hallo«, dann sah er Stachelmann, er stutzte, aber auch Stachelmann staunte.

»Guten Tag«, sagte Stachelmann. Er erhob sich und reichte dem Mann die Hand.

Der übersah sie. »Guten Tag.« Der Arzt zog die Worte misstrauisch in die Länge. »Von den Hämatomen sieht man ja kaum noch was. Ging schnell.«

Inzwischen hatte sich die Frau genähert. »Was meinst du damit?«

Detmold hatte nur Stachelmann im Auge. Er schaute ihn an durch seine Brille mit runden Gläsern. Natürlich waren sie nicht in Blech eingefasst, sondern in etwas viel Teureres, Titan vermutlich.

»So sieht man sich wieder«, sagte Stachelmann.

»Bisher haben Patienten mich nicht bis nach Hause verfolgt.«

»Ich verfolge Sie nicht als Patient. Ich suche einen Zeugen.«

Der Arzt schüttelte kaum sichtbar den Kopf. »Was wird denn das?«

»Thingstättenmord.«

Detmold zögerte. »Ach das.«

Die Frau warf Stachelmann einen bösen Blick zu. »Sie haben mich getäuscht. Gehen Sie! Sofort!«

»Geben Sie mir zwei Minuten, dann entscheiden Sie, ob ich wirklich gehen soll.« Stachelmann eröffnete eine Runde Poker.

Detmold schaute auf die Uhr.

»Ich verfolge Spuren zur Aufklärung des Thingstättenmords. Sie kannten das Opfer, genauer, Sie waren mit ihm befreundet. Und Sie wissen, wer es getan hat. Sie sehen, ich brauche keine zwei Minuten.«

Wenn Detmold ihn jetzt rausschmiss, musste er das Gefühl haben, Stachelmann Recht zu geben. »Na gut«, sagte er matt.

Die Frau setzte sich an den Tisch und guckte Stachelmann neugierig an. »Sind Sie Polizist?«

»Nein. Aber dieser Kriminalfall ist auch für einen Historiker eine Herausforderung. Zumal für einen, der hier studiert hat.«

Es war schwül, Stachelmann schwitzte, auch wegen der Anspannung.

Jetzt setzte sich auch der Arzt. Er goss sich ein, dann fragte er: »Woher wissen Sie das?«

»Was?«

»Nun, dass ich Lehmann kannte.«

»Das war nicht schwer herauszufinden. Ich habe ein wenig gesucht, und dann habe ich gefunden.«

»Wissen Sie denn auch schon, wer es war?« Detmolds Augen belauerten Stachelmann.

Der zögerte, das Pokerspiel ging in die zweite Runde, die erste hatte er gewonnen. »Ich bin mir nicht sicher. Jedenfalls noch nicht sicher genug, um zur Kripo zu gehen.«

Detmolds Augen weiteten sich. »Glauben Sie, dass der Überfall auf Sie etwas zu tun hatte damit?«

»Welcher Überfall?«, fragte die Frau. Sie war verwirrt und versuchte vergeblich, es zu verbergen.

»Als ich Notdienst hatte, wurde ich in die Altstadt gerufen, und dieser Herr war der Patient. Zwei Schläger sind über ihn hergefallen.«

Die Frau schaute Stachelmann an, sagte aber nichts.

»Mord verjährt nicht«, sagte Stachelmann. »Wer immer Lehmann auf dem Gewissen hat, er wird dafür bezahlen müssen.«

Der Arzt nickte bedächtig. Etwas ging in seinem Kopf vor. »Sind Sie deshalb nach Heidelberg gekommen?«

»Ja.«

»Nach fast dreißig Jahren.«

»Nach fast dreißig Jahren.« Warum sollte er dem Mann etwas erzählen über Ossis Abgang und die Akte? Über die merkwürdigen Dinge, die geschehen waren, seit er in Heidelberg war?

»Haben Sie diesen Lehmann gekannt?«, fragte die Frau.

»Nein«, sagte Stachelmann, »aber Ihr Mann hat ihn gekannt.«

Der dachte nach. Dann sagte er: »Ich kann mich gut an ihn erinnern. War ein Genosse in unserer Gruppe. Heute würde man sagen, wir seien so eine Art Psychosekte gewesen, Marx, Freud, Reich und dieses und jenes. Verrückt. Die Gesellschaft ist krank, nicht die Kranken. Und bevor die Gesellschaft nicht zerschlagen ist, werden die Menschen nicht gesund. Das klingt zwar widersinnig, ist es auch, aber wir haben daran geglaubt. Eigentlich haben wir alle Gesunden auch für krank gehalten, sie haben es nur nicht gemerkt. Die Gesellschaft ist das Böse, wenn man es ausbrennt, wird alles gut.« Er lachte trocken, dann hustete er, als hätte er sich verschluckt. Mitten im Husten hielt er inne. »Dem Lehmann wurde nachgesagt, er habe was mit dem Verfassungsschutz gehabt, sei ein Verräter gewesen.«

Die Pokerrunde lief gut. Stachelmann musste Detmold nur vortäuschen, er wisse viel und vor allem auch etwas, das der Arzt wissen musste, wenn er Lehmann gekannt hatte. Wenn Detmold schwieg, musste er fürchten, sich verdächtig zu machen bei Stachelmann. Es war ein Gefühl wie damals, als er den Blick Leopold Kohns gesehen hatte und Anne nichts aufgefallen war. Aber ihm. Detmold hatte schlechte Nerven, er war unter Druck und merkte nicht, dass er selbst am Schraubstock drehte. Und das, weil Stachelmann kaum etwas sagte.

»War er es?«, fragte Stachelmann, als der Arzt eine Weile geschwiegen hatte.

»Weiß ich nicht. Sie wissen doch selbst, wie schnell man in Verschiss war. Gerüchte gab es immer, und selten hat eines gestimmt.«

»Hat denn jemand Lehmann beobachtet bei einem Kontakt zum Verfassungsschutz? Es muss doch etwas gegeben haben, das Leute darauf brachte, er sei ein Spitzel.«

»Da muss es nichts gegeben haben. Das war oft das Ergebnis phantasievoller Spekulation am Biertisch. Es war doch ohnehin eine Zeit wilder Konstrukte, und schuld war der Kapitalismus oder der Sozialimperialismus oder der Maoismus.«

»Wie gut hast du Lehmann gekannt?«, fragte die Frau. »Mir hast du nie von ihm erzählt.«

»Ein Freund war er nicht, aber ein Genosse.«

Stachelmann überlegte, ob er es schon fragen konnte. Dann tat er es: »Kennen Sie noch andere Leute, die in Ihrer Gruppe waren?«

Wenn er nein sagte, machte er sich weiter verdächtig. Wenn er es bejahte, brachte er Stachelmann weiter. Der Arzt war ein intelligenter Mann, und die Schweißperlen hatte ihm nicht nur die Hitze auf die Stirn getrieben. »Wie meinen Sie das? Ob ich noch Kontakt habe?«

Stachelmann triumphierte innerlich. Diese dumme Frage stellte er nur, um Zeit zu gewinnen. Aber es nutzte ihm nichts. Stachelmann schwieg, schaute in den Dunst über dem Neckar, fand die Schwüle nicht mehr bedrückend und lächelte kaum sichtbar.

»Ich habe heute keinen Kontakt mehr«, sagte der Arzt.

»Namen«, sagte Stachelmann.

»Es ist ewig her.«

»Soll ich Ihnen die Namen der Leute nennen, mit denen ich damals zu tun hatte?«, fragte Stachelmann. »Ich könnte sie alle aufzählen, und wenn ich zeichnen könnte, würde ich Ihnen ihre Porträts in Serie fertigen.« Er hoffte, der andere würde seine Aufregung nicht spüren.

»Ich versuch's. Esau Kipper. Der ist Rechtsanwalt hier in Heidelberg, ich habe ihn ein-, zweimal zufällig getroffen. Reimund Zastrow. Der ist aber tot, Lungenkarzinom. Schwarzer Krauser. Detlef Köhler, war nur kurz dabei, ist dann in den Süden, Italien. Wollte zu den Anarchisten oder Lotta Continua, weiß nicht mehr.«

»Das waren alle?«

Der Arzt machte ein nachdenkliches Gesicht. »Noch einer, auch kurz dabei. Witziger Typ, große Klappe und feuerrote Haare. Ist aber bald wieder abgewandert. Er hieß Winter, Oskar Winter. Ja, Ossi nannten wir ihn.«

***

12. Februar 1979
Ruhe herrscht im Land, jedenfalls an der Universität. Wir kriegen nicht einmal mehr eine anständige Demo auf die Beine. 80 Leutchen haben gegen die Verfolgung linker Studenten protestiert. 80! Die Niederlage ist offenkundig. Wir können nicht mehr drum herumreden. Zu uns will ja auch keiner mehr. Die Leute sind so krank, dass sie es nicht mehr merken. Doch wir müssen durchhalten, es bleibt uns keine Wahl. Die revolutionäre Bewegung ist immer in Wellen verlaufen, wir sind gerade im Tal. Das ist schmerzhaft. Aber ohne Tal kein Gipfel. Nur wenn wir durchhalten, werden wir am Ende siegen.

Immerhin haben die Bullen mich in Ruhe gelassen. Sie werden nicht mehr kommen, hoffe ich.

Angelika tut zurzeit so, als hätte sie mich nie gekannt. Auch das ist eine Niederlage. Beim letzten Zusammensein hatten wir uns gestritten. Ich sei vernagelt, ein Macho. Die Frauengruppe habe ihr die Augen geöffnet. Sie gehe zu den Grünen, Rudi

Dutschke sei auch auf dem Weg dorthin. Solche Typen wie ich hätten die Zeichen der Zeit nicht erkannt.

Die Zeichen der Zeit. Was weiß Angelika von den Zeichen der Zeit? Beherrscht sie die marxistische Analyse? Nicht eine einzige Schulung besucht, aber alles besser wissen. Lächerlich!

R. hat gesagt, er habe ein mulmiges Gefühl. Er will untertauchen. Er ist in Panik, aber das wird vorbeigehen.

12

Stachelmann versuchte sich zu beherrschen. Er trank einen Schluck, diesmal war es an ihm, Zeit zu gewinnen. Da war er wieder, der Zusammenhang zwischen Ossi und dem Thingstättenmord.

Detmold schaute demonstrativ auf die Uhr. Stachelmann fürchtete, der würde das Gespräch abbrechen.

»Dieser Winter, hat der was zu tun mit der Thingstättensache?«

Detmold schaute ihn erstaunt an. Er hatte gemerkt, Stachelmann war nervös, seit dieser Name gefallen war. »Keine Ahnung.«

»Aber Sie haben doch dazugehört. Da muss doch mal ein Wort gefallen sein. Versuchen Sie sich zu erinnern. Wenn jemand aus Lehmanns Bekanntenkreis mit dem Mord zu tun hat, dann kann ich mir nicht vorstellen, dass der dem Druck immer standgehalten hat. Das ist unmöglich. Der hat mal was getrunken oder im Schlaf geredet. Oder er hat eine Andeutung gemacht, hat Lehmann geschmäht, ihm das Menschsein abgesprochen, weil man ja Tiere töten darf.«

»Sie haben was mit diesem Winter zu tun«, sagte der Arzt. »Der war so gut und vor allem so schlecht wie wir anderen. Reden wir mal Klartext, der Lehmann war ein Verfassungsschutzspitzel. Ich habe es geglaubt und die anderen auch. Bevor Sie fragen, Ossi hat es auch geglaubt.«

Stachelmann merkte, wie er die Pokerrunde verlor, seit er sich aufgeregt hatte wegen Ossi. Aber es war ihm egal, er erfuhr genug für weitere Ermittlungen. »Ich würde mal sagen, Lehmanns Mörder kam aus diesem Kreis: Sie, Kipper, Winter, Zastrow, Köhler.«

»Vergessen Sie nicht Katharina Wiegand, auch wenn die nur manchmal mitgemacht hat und sonst die Primadonna gab. Und dann waren um den Kern herum weitere Leute, aber an die kann ich mich wirklich nicht mehr erinnern. Da war ein Kommen und Gehen. Sie kennen das ja.«

»Und Sie haben wirklich nichts zu tun mit dem Thingstättenmord? Darauf geben Sie mir Ihr Wort?«

»So viel wie Sie, kein bisschen mehr.«

Stachelmann lehnte sich zurück. Im Kopf klopfte es im Takt des Herzrhythmus. Das Gespräch hatte sich gewendet, der Arzt war ruhig geworden, als wüsste er endlich, wie er zu reagieren habe. Nichts von dem, was Stachelmann erfuhr, war beweiskräftig, nichts würde die Kripo dazu veranlassen, die Ermittlungen wieder aufzunehmen. Aber er war ein Stück weitergekommen.

»Sie glauben, Lehmanns Mörder stamme aus seinem Bekanntenkreis?«, fragte Detmold.

»Die eigenen Genossen haben Lehmann umgebracht, weil sie glaubten, er sei ein V-Mann. Das ist ein klassisches Motiv.«

»Dann dürfte die Kriminalpolizei dem schon nachgegangen sein.«

»Sie hat offenbar etwas übersehen.«

»Und wenn es ganz anderes ist? Wenn es Nazis waren?«

Stachelmann wollte den Gedanken nicht an sich heranlassen. Doch es gelang ihm nicht. Natürlich, das war möglich. Er wiederholte eine unbeantwortete Frage: »Niemandem ist etwas herausgerutscht, keine Bemerkung, die Sie sich damals vielleicht nicht erklären konnten?« Der Schmerz schoss ihm in den Rücken, dann ins Genick, schließlich eine kleine Explosion unter der Hirnschale. Er verzog das Gesicht.

»Was ist?«, fragte Detmold. »Sie haben Schmerzen, ich sehe das.«

»Arthritis«, sagte Stachelmann und winkte ab. Er fand

es selbst nicht überzeugend. Solche Schmerzen lassen sich nicht überspielen. Er fand die Diclofenactabletten und schluckte zwei, die er mit Saft hinunterspülte.

»Wollen Sie sich hinlegen?«, fragte die Frau.

Stachelmanns Augen schmerzten, als schnitte ein Messer hinein. Er schloss sie.

»Ich habe gerade in der Fachpresse gelesen, man glaubt es kaum«, plauderte der Arzt, der nun, sofern es nicht längst geschehen war, endgültig seine Selbstsicherheit zurückgewonnen hatte, »also Viagra sei auch ein überraschend wirksames Arthritismedikament. Vielleicht versuchen Sie das einmal.«

Stachelmann öffnete die Augen und sah, wie der Arzt wieder so auf seine Uhr schaute, dass Stachelmann es merken musste. Die Frau war aufgestanden und schob eine Liege mit Auflagepolster neben Stachelmanns Stuhl. »Legen Sie sich einen Augenblick darauf«, sagte sie. Er sah, sie hatte Angst. Stachelmann quälte sich auf die Liege, aber dann tat es gut, sich auszustrecken. »Wovor haben Sie Angst?«, fragte er.

»Ich habe keine Angst«, sagte sie und schaute weg.

Trotz des Schmerzes spürte Stachelmann sich erleichtert. Endlich hatte er etwas gefunden. Er musste noch überlegen, aber er hatte an einem Zipfel gezogen, und es hatte etwas daran gehangen. Was dies genau war, er würde es herausbekommen. Eines aber verwirrte ihn, nämlich dass Detmold immer selbstsicherer geworden war, während sie Angst bekommen hatte. Vielleicht hast du die ersten Pokerrunden auch nicht gewonnen, vielleicht wollte er dir das Gefühl vermitteln, du hättest gewonnen. Und vielleicht schickt er dich auf eine falsche Fährte.

Plötzlich bekam er Angst. Wenn die beiden nun in Lebensgefahr gerieten, weil er sie besucht hatte? Schön, dass du auch daran denkst, verspottete er sich. Hättest du früher drauf kommen können. Jag dich nicht selbst ins

Bockshorn, die Brettschneider ist bei einem alltäglichen Autounfall gestorben, Frau Schmelzer ist alt und hat ein schwaches Herz. Ob sie noch lebt? Und Adi, wo war Adi? Vermutlich noch im Krankenhaus. Wie nannte er sich nun? Stachelmann wusste es nicht. Dummkopf, schalt er sich. Du hättest im Krankenhaus anrufen können. Dann sah er seine Umgebung wie durch einen Schleier. Als wäre der Dunst des Neckars auf die Terrasse gezogen. Er wusste nicht mehr, ob die Zeit verging.

»Trinken Sie das«, sagte Detmold. Er hockte plötzlich neben der Liege, mit einem Glas in der Hand.

Stachelmann wollte sich erst wehren, aber dann nahm er das Glas und trank. Es war ihm gleichgültig. »Lasst mich in Ruhe«, murmelte er. Dann schlief er ein. Er träumte von einem Arzt im weißen Kittel, der ihm einen Giftbecher reichte. Die sokratische Methode. Er sah Ossi, der sich etwas in den Mund sprayte. Dabei tippte er mit der freien Hand immer wieder auf eine Akte. Da ist die Wahrheit drin, sagte Ossi. Du musst nur genau hinsehen. Schau hin, du Blindfisch! Ich habe doch schon alles vorbereitet. Du musst nur begreifen.

Als er aufwachte, hockte Detmold immer noch neben der Liege. Seine Frau schaute über seine Schulter auf Stachelmann. »So was nennt man einen Sekundenschlaf«, grinste Detmold.

»Wie spät ist es?«, fragte Stachelmann. Die Sonne schien rot durch den Dunst.

»So gegen halb sieben«, sagte Detmold ruhig. »Wenn es Ihnen wieder einigermaßen geht, sollten Sie nach Hause fahren und sich ausruhen. Sie sind erschöpft, und das liegt nicht nur an den Schmerzen.« Der Mann hatte eine sonore Stimme, warum merkte er das erst jetzt? »Wenn man ausgepowert ist, dann nimmt man Dinge wahr, die es nicht gibt.«

»Sie meinen die berühmten Gespenster.«

»Genau. Die sind immer unterwegs und suchen sich Menschen, die erschöpft sind oder verzweifelt, verängstigt. Leute wie Sie.«

Stachelmann wollte erst widersprechen. Aber dann schwieg er. Der Mann hatte ja Recht.

»Wie hieß Ihre Gruppe? Revolutionäre Garde?«

Detmold lachte. »Ganz bestimmt nicht. Die hat es hier doch nie gegeben. Und woanders wahrscheinlich auch nicht.«

»Aber von denen stammt ein Bekennerbrief.«

»Nicht der einzige, glaube ich. Dass es Leute gibt, die sich mit Mord schmücken wollen, ist unerträglich. Ich finde die fast schlimmer als die Mörder. Deren moralische Maßstäbe sind jedenfalls im Eimer.«

Stachelmann nickte. Am schlimmsten finde ich es aber, wenn man einen Mörder deckt. Das dachte er, und er sagte: »Wo werden die Patienten der Notärzte hingebracht?«

»Das wissen Sie doch.«

»Also in die Notfallmedizin im Neuenheimer Feld?«

»Meistens.«

»Rufen Sie mir ein Taxi?«

Im Hotel legte er sich gleich aufs Bett. Die Knie waren aus Gummi, der Kopf vernebelt, als hätte er gezecht. Er mühte sich zu ordnen, was er erfahren hatte. Wenn Lehmann Spitzel gewesen und er aus diesem Grund ermordet worden war, dann dürfte es einer aus seiner Gruppe gewesen sein. Die Namen hatte er. Einer tot, die anderen lebten noch.

Er versuchte die neuen Tatsachen und Vermutungen mit dem zusammenzuführen, was er bereits wusste. Da fiel ihm wieder Ossi ein und wie der gestorben war. Tramal und Insulinspray. Letzteres gab es noch nicht zu kaufen. Da lag es auf der Hand zu vermuten, dass ein Arzt oder jemand, der mit Ärzten zu tun hatte, der Mörder war, wenn Ossi sich nicht selbst getötet hatte. Der einzige Arzt in diesem Fall war Rainer Detmold.

Er schloss die Augen und schob die Indizien hin und her. Es war Detmold, wer sonst? Aber das setzte nicht nur voraus, dass Ossi ermordet worden war. Ossi musste auch irgendetwas getan haben, das Detmold so bedrohlich fand, dass er zum Mörder wurde. Ossi war vor einigen Wochen hier gewesen. Warum, verdammt, hatte Stachelmann Detmold nicht gefragt, ob Ossi ihn aufgesucht hatte? Wenn Ossi Detmold zu Unrecht des Thingstättenmords verdächtigte, dann hätte dieser keinen vernünftigen Grund, Ossi zu ermorden. Also war er es.

Er schnaufte. Der Fall lag klar vor ihm. Nur fehlten die Beweise. Die erste Frage an Detmold musste sein, wo er in der Nacht gewesen war, als Ossi ermordet wurde. Wenn der lückenlos beweisen kann, dass er nicht in Hamburg war, dann habe ich mit Zitronen gehandelt. Er lachte trocken. Das habe ich aber nicht. Jede Wette, der hat kein Alibi. Aber wie soll ich es prüfen? Er wird nicht zugeben: Ja, ich war in Hamburg, hatte mir dieses Spray und Tramal eingepackt und habe einen alten Genossen ermordet. Warum? Weil er herausbekommen hatte, dass ich Lehmann auf dem Gewissen habe. Nicht allein, an so einem Mord sind wenigstens zwei beteiligt. Sie sind zur Thingstätte gefahren. Einer hat auf Lehmann aufgepasst, einer ist gefahren. Vielleicht haben auch zwei aufgepasst. Je mehr dabei sind, desto sicherer fühlt man sich. Stachelmann wollte sich die Situation vorstellen. Wenn es doch nur einer war, dann war es Detmold. Stachelmann überlegte sich, wie Detmold Lehmann verleitet haben konnte, ins Auto zu steigen. Er schüttelte den Kopf. Solche Nerven hatte nur ein Berufskiller, dass er einen Mann ins Auto lockte, sich neben ihn setzte, irgendetwas quatschte, während er die lange Strecke zur Thingstätte hochfuhr, dem anderen nach dem Aussteigen die Pistole in den Rücken drückte, ihn in diesen Raum zwang, den er zuvor aufgebrochen haben musste. Stachelmann erinnerte sich, gelesen zu haben, ein Vorhängeschloss sei geknackt worden. Das macht keiner allein, auch wenn er vielleicht das Schloss am Tag zuvor geöffnet hatte, was aber das Risiko bedeutete, dass schon ein neues angebracht worden sein konnte. Sie waren zu zweit oder zu dritt gewesen. Und einer von ihnen hieß Detmold. Stachelmann überlegte, ob auch Kipper dabei gewesen sein konnte. Womöglich sind sie sogar zu zweit nach Hamburg gefahren, um Ossi zu töten. Einer hat ihn festgehalten, der andere hat ihm das Zeug verpasst.

Wo waren Sie am 7. April 1978, so gegen zwei oder drei Uhr in der Nacht? In der Nacht, in der Lehmann erschossen wurde. Dafür konnte es kein Alibi mehr geben. Wer wusste heute noch, was vor einem Vierteljahrhundert war? Außer den Mördern. Aber die würden es nicht zugeben. Aber ein Alibi für den 4. Juli 2005, das konnte es geben. Oder auch nicht.

Er wählte ihre Nummer. Im Büro erreichte er sie nicht, aber auf dem Handy. Sie klang abgehetzt.

»Störe ich?«, fragte er.

»Ein bisschen«, sagte Carmen. »Ich stehe vor einer Leiche und warte auf den Rechtsmediziner.«

»Kannst du ein Alibi prüfen? Oder besser zwei?«

»Von wem?«

Er berichtete kurz von Detmold und Kipper.

»Puuh«, sagte sie. »Für Ermittlungen brauche ich einen Grund, vor allem dem Staatsanwalt gegenüber. Aber davor sitzt schon der Kollege Taut, ohne den gar nichts geht.«

»Ist aber wichtig. Eigentlich habe ich den Thingstättenmord aufgeklärt und den Mord an Ossi auch …«

»Ossi wurde nicht ermordet. Ich habe es mir angewöhnt, den Pathologen zu glauben. Und für diese Thingstättensache brauchst du wenigstens ein einziges Indiz und nicht nur Kombinationsgabe. Deine höchst persönlichen

Eindrücke von diesem Arzt und dem Anwalt werden den Staatsanwalt nicht beeindrucken. Und wenn ich auf eigene Faust die Kripo in Heidelberg um Amtshilfe bitte, kommt das raus, und ich bin die Gelackmeierte.«

Stachelmann wurde wütend. Er lieferte Mörder frei Haus, und sogar Carmen, die für ihn nicht nur eine Polizistin war, wies die Hilfe zurück. Das hatte er schon einmal erlebt. Und er hatte Recht gehabt. »Das erinnert mich an zwei andere Fälle, in denen die Kripo auch versagt hat, die Hamburger Kripo. Aller schlechten Dinge sind drei, nicht wahr?« Schade, dass Handys keine Gabel haben, auf die man einen Hörer knallen kann. Er drückte auf den Knopf mit dem Hörersymbol und hätte das Telefon am liebsten gegen die Wand geworfen.

Er stand einige Minuten im Zimmer, das Handy in der Hand, und dachte nach. Er konnte es auf die dumme Tour versuchen. Noch einmal bei Kipper und Detmold auftauchen und nach dem Alibi fragen. Wenn sie die Mörder waren, dann würden sie ihm nicht antworten. Bei Detmold war er sich sicher, der war in die Thingstättensache verstrickt. Bei Kipper wäre es ihm angenehm, er gestand es sich ein. Solche Leute hatten es verdient, von ihrer Vergangenheit eingeholt zu werden. Er rief sich noch einmal die Bilder von der Verhandlung ins Gedächtnis, wo Kipper mit sichtbarer Befriedigung einen Mann verteidigte, der davon lebte, andere Menschen zu ruinieren. Wenn es eine Gerechtigkeit gab auf der Welt, dann bestünde sie darin, solche Leute nicht davonkommen zu lassen mit ihrer Lebenslüge.

Da meldete sich die Angst. Wenn er Kipper und Detmold nach dem Alibi fragte, wie verklausuliert auch immer, sie würden sich überlegen müssen, wie sie ihn loswurden. Sie wüssten, es wäre eine Frage der Zeit, wann die Sache an die Polizei gegeben würde. Nein, die beiden hatten gewiss nicht geplant, die kommenden Jahre im Knast zu verbringen. Wenn sie auch Ossi getötet hatten, dann kam es auf einen Mord mehr nicht an. Er musste schlau sein, sehr schlau.

Was spricht dafür, dass Kipper beteiligt ist? Dass er in Heidelberg wohnt. Dummes Argument. Dass er ein ekliger Typ ist? Noch dümmer. Wenn jedes Ekel ein Mörder wäre, wäre die Erde entvölkert. Und wenn jeder Mörder ein Ekel wäre, hätten es Polizei und Gerichte leichter.

Das Handy klingelte. Er schaute auf die Uhr, es war nach zweiundzwanzig Uhr. Er drückte auf den Hörerknopf. »Du wolltest mich bestimmt noch anrufen.«

Er erschrak. Was war er nur für ein furchtbarer Mensch, ein Autist. »Tut mir Leid«, sagte er.

»Ist schon gut«, sagte seine Mutter. Sie klang schwach und niedergeschlagen.

»Wie geht es dir?«

»Wie es einem geht, den man operiert hat.«

»Ja«, sagte er, wo er doch fragen wollte, ob es neue Befunde gebe.

»Die Ärzte machen es spannend«, sagte sie. »Einer hat gesagt, es besteht Hoffnung, und er sah dabei recht fröhlich aus.«

Woraus man schlussfolgern kann, vorher habe keine Hoffnung bestanden. Gemessen an nichts ist wenig viel. »Das klingt gut«, sagte er.

»Ich werde nun aber doch nicht vor kommender Woche entlassen«, sagte sie.

Er verstand es als Frage, wann er sie besuchen könne. »Ich hoffe, ich kann hier bald verschwinden. Aber es gibt noch ein paar Dinge, die ich klären muss.«

Sie fragte, was er klären müsse. Er antwortete mit Floskeln. »Es wäre schön, wir sähen uns bald wieder«, sagte sie. Er verstand: Ich habe nicht mehr viel Zeit.

Nach dem Gespräch lag er auf dem Bett und starrte an die Decke. Trübsinn hatte ihn erfasst. Es hat keinen

Sinn, dich für einen schlechten Menschen zu halten, weil du manchmal etwas vergisst. Schöner Versuch, sein Verhalten zu verharmlosen. »Mies«, sagte er leise, »einfach nur mies.«

Nach einer Weile drängte sich wieder der Thingstättenmord in seine Gedanken. Wenn er ihn aufklärte, klärte er auch den Mord an Ossi auf. Carmen mochte sagen, was sie wollte, die Dinge lagen auf der Hand. Wie mache ich weiter, wenn ich Kipper und Detmold nicht nach ihrem Alibi frage? Beschatten? Mag sein. Aber wird mir der, den ich beschatte, den Gefallen tun, mich dorthin zu führen, wo ich etwas entdecken könnte? Was könnte das sein?

Die Unruhe trieb ihn hinaus. Er lief zum Neckar, obwohl die Angst ihm sagte, er solle nachts im Hotel bleiben. Unterwegs drehte er sich mehrfach abrupt um, aber ein Verfolger war nicht zu sehen. Doch die Angst quälte ihn weiter. Er lief am Neckarufer entlang, an der Karl-Theodor-Brücke vorbei, bis er begriff, wohin ihn sein Weg führte. In die Hirschgasse. Schnaufend nahm er die Steigung, bis er vor dem Haus stand. Die Fenster waren erleuchtet. Er schaute sich um, sah niemanden, schlich zur Haustür und hielt das Ohr daran. Stimmen, laut. Dann Schweigen. Dann schrie jemand, eine Frauenstimme. Er hätte es ihr nicht zugetraut, sie war ihm so sanft erschienen. Seine Neugier wuchs. Er stieg in den Vorgarten, ging zur Ecke des Hauses und dann an der Seite entlang, weil er hoffte, ein offenes Fenster zu finden. In der Hocke bewegte er sich zum Ende der Wand, schaute um die Ecke zur Rückseite, die Stimmen wurden verständlich. Er duckte sich unter einem Fenster, bis er in die Nähe der Terrassentür kam. Die war angelehnt. Jetzt konnte er sie verstehen.

»Ich halte das nicht mehr aus!«, schrie sie. »Du und deine ewigen Lügen.«

Er antwortete nicht. Er sah an den Schatten, die auf die

Terrasse fielen, dass einer der beiden aufgeregt hin und her lief. Wahrscheinlich sie, sie war außer sich, so, wie sie schrie.

»Jetzt hör doch mal zu. Das ist lange her. Gewissermaßen verjährt …«

»Du bist hier nicht vor Gericht, sondern sprichst mit deiner Ehefrau, Herr Detmold. Hier verjährt nichts, und so was schon gar nicht.«

Mord verjährt nicht, aber Beihilfe, dachte Stachelmann. Dann hat er also nicht geschossen, aber er war dabei, hat Lehmann zur Thingstätte gebracht, damit er dort getötet wurde. Vielleicht würde ein Gericht das nicht nur als Beihilfe betrachten, sondern als gemeinschaftlich begangenen Mord.

»Können wir es nicht dabei belassen, dass es längst vorbei ist. Und wenn du willst: Ja, ich bereue es, ich bitte um Entschuldigung …«

»Darauf pfeife ich«, sagte sie. »Jetzt muss ich eine rauchen. Und wenn ich zurückkomme, will ich dich nicht mehr sehen.« Sie öffnete die Terrassentür.

Stachelmann schlich schnell zur Straße zurück und eilte die Hirschgasse hinunter zum Neckar. Detmold würde wohl bald das Haus verlassen, und es war besser, er sah ihn nicht. Ein Taxi mit beleuchtetem Schild fuhr die Ziegelhäuser Landstraße in Richtung Neuenheim. Stachelmann winkte, das Taxi hielt. Als er einstieg, sah er ein dunkles BMW-Coupé aus der Hirschgasse kommen, Stachelmann glaubte, Detmold zu erkennen, der starrte geradeaus, trotzdem wendete Stachelmann schnell sein Gesicht ab.

»Folgen Sie dem Wagen!«, sagte Stachelmann.

»Toll«, sagte der Taxifahrer. »Aber Sie bezahlen für die Geschwindigkeitsübertretung. Und schneller als dreißig drüber fahre ich nicht, weil ich die Punkte kriege.« Es war ein junger Türke, der ausgezeichnet Deutsch sprach. Am Rückspiegel hing eine Fußballerfigur aus Plastik und eine

Fenerbahce-Flagge. Der Fahrer gab Gas und fuhr mit einigem Abstand hinter Detmold her. Der bog in Neuenheim ab auf die Bundesstraße 3 in Richtung Weinheim, wo Stachelmann vor einiger Zeit einen Fluchthelfer besucht hatte. Stachelmann rechnete jeden Augenblick damit, dass Detmold irgendwohin abbog. In Handschuhsheim kam ihm die Idee, Detmold würde zur Thingstätte fahren. Er stellte sich vor, wie der BMW die serpentinenartigen Kurven hochraste und am Monument hielt, wie Detmold ausstieg, zum Tatort ging, ein paar Meter waren es nur, die Pistole ansetzte und sich erschoss. Aber der Arzt fuhr weiter in Richtung Dossenheim. Dort bog er nach dem OEG-Bahnhof rechts ab, hetzte die Straße hoch, die Steigung wurde steiler, kam an einem Platz vorbei und schien das Taxi hinter ihm immer noch nicht bemerkt zu haben. Der Taxifahrer sagte kein Wort, er konzentrierte sich, niemand sollte ihm nachsagen, er habe den spannendsten Auftrag seines Lebens verkorkst.

Nach dem Ortsausgangsschild beschleunigte der BMW, aber er überschritt die zulässige Höchstgeschwindigkeit nicht. Er will nicht auffallen. Keine Polizeikontrolle, als hätte er eine Leiche im Kofferraum. Dabei würde keine Polizeistreife den Mann verdächtig finden, allerdings, konnte sein, er hatte etwas getrunken.

Sie fuhren rechts vorbei am Gasthaus »Goldener Hirsch«, steil hoch in eine Einbahnstraße in Richtung Odenwald. Hier oben wurden die Häuser feiner. Es begann zu regnen. Erst tröpfelte es auf die Windschutzscheibe, dann ergoss sich ein Wolkenbruch über das Auto. Hagel trommelte auf Scheiben und Dach. Der Scheibenwischer lief auf schnellster Stufe, aber er schaffte die Wassermassen kaum weg. Der Taxifahrer hatte sich nach vorne gebeugt und starrte in den Regen. Wenn die Wischer gerade vor dem Auge gewesen waren, sah man die Rückleuchten des BMW. Auch der fuhr langsam. Dann hielt er. Der

Taxifahrer bremste und schaltete die Scheinwerfer aus. Eine Weile sah Stachelmann nichts, dann leuchtete eine Lampe neben einer Tür auf. Durch das Glas einer Haustür flammte Licht. Detmold ging hinein, dann wurde die Tür geschlossen, das Licht blieb an.

»Warten Sie«, sagte Stachelmann. Er stieg aus und war gleich durchnässt. Er rannte zur Haustür und suchte. Endlich fand er ein Klingelschild, es war weiß mit schwarzer Schrift. *Kipper* stand darauf, sonst nichts.

Zurück im Hotel, zog er sich aus und duschte lang und heiß. Er stützte sich mit beiden Händen an die Wandkacheln, verharrte so reglos und ließ das Wasser mit größtem Druck laufen. Noch einmal ging er im Kopf durch, was er wusste. Adi hatte auf den Fotos Kipper und Detmold erkannt. Detmold wusste, dass Tramal und Insulinspray eine tödliche Mischung waren, und er kam an das Spray heran. Detmold und Kipper hatten zugegeben, wenn auch nach einigem Zögern, dass sie Lehmann gekannt hatten. Lehmann galt ihnen als Spitzel, er habe Kontakt zum Verfassungsschutz gehabt. Detmold, Kipper und vermutlich ein Dritter hatten Ossi ins Visier genommen, weil er bei seinem letzten Aufenthalt in Heidelberg etwas herausgefunden oder vielleicht auch nur die richtigen Fragen gestellt hatte. Aber Ossi war selbst Mitglied der Gruppe gewesen. Das war kein Widerspruch, vermutlich hatte Ossi schon damals eine Ahnung gehabt, wie der Mord geschehen war. Vielleicht hatte er ein schlechtes Gewissen, weil er sich nicht der Polizei offenbart hatte? Vielleicht war er Polizist geworden, um es wieder gutzumachen. Wie immer es gewesen war, die Puzzleteile passten perfekt zusammen. Nur, er hatte keinen Beweis. Wie kam er weiter? Er musste weitermachen, obwohl ihm seine Angst verriet, es könnte ihm ergehen wie Ossi, wenn die Mörder wussten, dass er ihnen auf der Spur war. Er schwitzte unter dem strömenden Wasser. Stachelmann drehte den Warmwasserhahn fast zu, jetzt wurde es kalt.

Nach der Dusche versuchte er zu schlafen. Er döste dem Morgen entgegen, manchmal fiel ihn ein schlechter Traum an, aber gleich war er wieder wach. Am Morgen fühlte er sich elend, doch dann überfiel ihn eine Idee, die er so gut fand, dass er sich gleich beschimpfte, weil sie ihm nicht früher gekommen war. Obwohl sie so nahe lag. Er griff zum Zimmertelefon und rief die Polizeidirektion an. Er verlangte nach den Kommissaren Fath und Schmidt. Fath meldete sich.

»Herr Fath, wer hat damals die Ermittlungen geleitet beim Thingstättenmord?«

Der Polizist schnaufte. »Sie haben Fragen.« Eine Pause, dann sagte er: »Rufen Sie in zehn Minuten nochmal an, dann weiß ich es.«

Stachelmann dankte und legte auf. Mehrfach schaute er auf die Uhr. Dann rief er wieder an. »Das war der Hauptkommissar Gerhard Wolf«, sagte Fath. »Und jetzt wollen Sie noch wissen, ob der noch im Dienst ist, ob er noch lebt und wo er wohnt, wenn er noch lebt.« Fath wartete Stachelmanns Antwort nicht ab, und der hörte heraus, dass der Polizist sich amüsierte. »Also, erstens, der gute Mann ist längst im Ruhestand, ob wohlverdient, wie es immer heißt, das weiß ich nicht. Fragen Sie den mal, was er vor 45 gemacht hat, da war er auch schon Polizist. Nun wissen Sie schon, der lebt noch. Solche Leute werden uralt. Und dann kann ich Ihnen, drittens, verraten, er wohnt in der Südstadt, Harbigweg 16. Der zweigt ab vom Kirchheimer Weg, den kennen Sie vielleicht. Seine Telefonnummer habe ich hier auch noch.« Er nannte sie zweimal, damit Stachelmann mitschreiben konnte. »Und grüßen Sie den Herrn bitte nicht von uns.«

Gleich wählte Stachelmann Wolfs Nummer.

»Ja?«

»Dr. Stachelmann. Spreche ich mit Herrn Gerhard Wolf?«

»Ja.«

»Herr Wolf, ich recherchiere im Fall Thingstättenmord.«

»Haben Sie da etwas herausgefunden?« Er klang misstrauisch.

»Ja, ich glaube schon. Darf ich Sie besuchen?«

»Kommen Sie am Nachmittag, ab drei Uhr. Und kommen Sie allein.«

In der Zwischenzeit mühte sich Stachelmann mit seiner Arbeit. Als es Zeit war, in die Südstadt zu fahren, wusste er aber, dass er alles, was er bearbeitet hatte, noch einmal würde durchsehen müssen. Er war zu aufgeregt, um konzentriert zu arbeiten.

Als er vor dem kleinen Einfamilienhaus mit Ziergittern stand, spürte er die Anspannung im Magen. Er klingelte. Ein dicker, alter Mann mit wenigen, nach hinten gekämmten, strähnigen grauen Haaren und einer Lesebrille stand vor ihm. Der Bauch quoll über den Hosenbund. Hemd und Hose waren fleckig. Heruntergekommen, dachte Stachelmann, so sieht einer aus, der heruntergekommen ist.

»Na, denn mal rein in die gute Stube«, sagte der Mann und schaute ihn aus zusammengekniffenen Augen an.

Stachelmann trat in eine muffige Diele, auf braunen Steinkacheln lag ein ausgeblichener und abgetretener Läufer. Der Mann zeigte auf eine Tür am Ende der Diele. »Gehen Sie schon mal vor«, sagte er. »Ich bringe den Kaffee.« Tatsächlich roch Stachelmann den Duft frischen Kaffees. Der wurde vom Muff überlagert, je näher er der Tür am Ende der Diele kam. Die führte ins Wohnzimmer mit einer speckigen Kunstledersitzgarnitur, auf dem Tisch ein voller Aschenbecher, darin qualmte eine Zigarettenkippe.

Stachelmann drückte sie aus. Dann betrachtete er die Glasvitrine, in der einige alte Bücher standen. Ein Band Karl May, ein Buch mit Volksliedern, Billigromane.

»Man kommt ja nicht zum Lesen«, sagte der Mann. »Und Kriminalromane schon gar nicht. Habe genug Mord und Totschlag erlebt, um es noch unterhaltsam zu finden.« Er war ins Zimmer gekommen, ohne dass Stachelmann etwas gehört hatte.

Als sie sich gesetzt hatten, goss der Mann Kaffee in Tassen mit Schmutzrändern. Stachelmann ekelte sich, aber er wusste, er musste Wolf bei Laune halten, sonst wäre sein Besuch umsonst.

»Thingstättenmord«, sagte Wolf. »Warum interessiert Sie das?«

»Ich bin Historiker, sitze an einer Arbeit über die Studentenbewegung ...«

»Die Radaubrüder.«

»Genau. Die Radaubrüder. Ich habe die ja immer für verrückt gehalten«, log Stachelmann.

»Nicht verrückt, gefährlich. Die wollten die Macht. Stellen Sie sich mal vor, die hätten sie bekommen. Dann hätten sie alle anständigen Deutschen ins Lager gesperrt oder einen Kopf kürzer gemacht. Ich habe nie verstanden, warum die Regierung nicht härter vorgegangen ist. Notstand ausrufen und drauf.«

»Ging mir genauso.«

Wolf guckte Stachelmann von der Seite an. Er fragte sich wohl, mit was für einem Vogel er es zu tun habe. »Und warum schreiben Sie gerade über die eine Arbeit?«

»Damit es sich nicht wiederholt.« Blöder kann man nicht antworten.

»Sie meinen tatsächlich, es wiederholt sich nicht, wenn Sie so eine Arbeit schreiben?«

»Nein, nein. Aber ich werde demnächst in der so genannten Politikberatung arbeiten, und diese Arbeit ist meine Eintrittskarte. Meine These ist: Wenn die Politiker auf mich hören, gibt's kein zweites Achtundsechzig.«

Wolf antwortete nicht, aber er schien den Unsinn zu schlucken. Da kannte er sich nicht aus. Doch Stachelmann hatte längst begriffen, der Kripobeamte im Ruhestand war schlau. Er musste aufpassen.

»Ich habe über diesen Fall ein bisschen nachgedacht seit Ihrem Anruf. Der Mord liegt ja eine Weile zurück.«

Jetzt fiel Stachelmann auf, der Mann sprach kurzatmig wie einer, der unter Asthma litt oder stark rauchte.

»Sie haben die Täter nie gefasst.«

Wolf nickte und grinste. »Aber wir wussten immer, wer es war.«

»Wie bitte?«

»Also, ich wusste es. Sie müssen den Kerlen nur in die Augen schauen, wenn Sie mit ihnen reden. Die haben etwas Verschlagenes, verstehen Sie. Das Ärgerliche an der Sache ist nur, mit so einer Gewissheit können Sie schlecht zum Staatsanwalt gehen. Nein, klare Sache, dieser Lehmann wurde von den eigenen Leuten ermordet. Mein Bedauern war übrigens gering, ich sage es ganz offen. Ein Irrer weniger. Das waren Staatsfeinde, und was die mit uns gemacht hätten, wenn … Na ja, ich hab's ja schon gesagt.«

»Aber Sie haben doch ermittelt?«

»Was glauben Sie? Natürlich! Aber wir haben denen nichts nachweisen können. Wenn wir damals schon diese modernen Methoden gehabt hätten …«

»Wurden die Spuren denn nicht aufbewahrt, sodass die Polizei sie heute mit diesen Methoden untersuchen könnte?«

»Lassen Sie mich mal überlegen. Wir haben Spuren von Reifen gefunden, von einem Käfer. Dann ein paar Schuhabdrücke. Die Hülse und das Projektil von einer Parabellum 08, neun Millimeter, natürlich nicht gemeldet, die ist bestimmt bis heute nicht aufgetaucht. Damit konnten wir nichts anfangen. Ich möchte gar nicht wissen, wie viele von diesen Dingern aus dem Krieg bis heute im Umlauf sind. Ich habe keine Ahnung, wie viele VW-Käfer damals in Heidelberg herumfuhren, ich hatte auch einen. Eine Kleinigkeit, die Reifen zu wechseln und die verdächtigen Gummis wegzuschaffen. Schuhabdrücke, vergessen Sie's, die wären doch bescheuert gewesen, wenn sie die Schuhe nicht verbrannt oder sonst wie beseitigt hätten. Fingerabdrücke gab es keine. Und damit soll man nun was anfangen. Heute würden Sie Hautpartikel, Speichelreste und so weiter finden. Danach haben wir damals nicht gesucht, haben ja nicht geahnt, was die heute zusammenzaubern. Es war ein sauber geplanter Mord.«

»Aber Sie wissen, wer es war?«

»Sie müssten sich diese Typen nur mal anschauen, dann wüssten Sie es auch. Das sind die lieben Genossen von dem Lehmann gewesen, ob zwei oder drei, was weiß ich?«

»Und das Mordmotiv?«

»Na, der Lehmann hatte Kontakt zum Verfassungsschutz. Irgendwie haben die das spitzgekriegt. Galt als Verrat.«

»Hatte Lehmann Kontakt?«

Wolf überlegte eine Weile, dann sagte er: »Ist lange her, und Sie müssen ja nicht sagen, dass Sie es von mir haben.«

Stachelmann nickte.

»Der Verfassungsschutz hat versucht, den Lehmann als V-Mann zu gewinnen. Einer, er hieß Wieland, hat ihn angesprochen, zuerst unter einer Legende, um ihm auf den Zahn zu fühlen. Sie haben ihm gesagt, was für ein toller Typ er sei und was die sonst noch erzählen, um einen zu bauchpinseln. Er könne seiner Sache am besten dienen, wenn er mit den Behörden zusammenarbeite. Die fänden ja auch vieles mies, dann könne man doch

Erfahrungen austauschen. So oder so ähnlich wird's gewesen sein.«

»Und hatten sie Erfolg?«

»Nein, die haben dem sogar Geld zugesteckt, für die Auslagen, und die meisten Studenten waren ja froh über jeden Pfennig. Aber bei dem hat es nichts gebracht.«

Dann haben sie ihn umsonst ermordet, dachte Stachelmann. Dieses Verbrechen geschah, weil die Typen Lehmann unterstellten, was sie sich wahrscheinlich selbst zutrauten. Das ist ja der tiefste Grund solcher Verdächtigungen gewesen in der Zeit der Lächerlichkeit und der Hysterie, dass man dem anderen zutraute, was man von sich selbst fürchtete. Dazu kam die Wichtigtuerei, die Idee, man könne die Geheimdienste des Klassenfeinds foppen, mit ihnen spielen, sie in eine Falle locken, sie aushorchen, ihre Arbeitsmethoden entlarven. Den Spieß umdrehen. So eine Art Wallraff sein. Und nebenbei das Geld abgreifen.

»Es kann also sein, jemand hat Lehmann mit einem Mann vom Verfassungsschutz gesehen und gefolgert, dass Lehmann ein Spitzel ist.«

»Ja.«

»Sie sind nicht so furchtbar traurig, dass Sie den Mord nicht aufgeklärt haben.«

Wolf schaute Stachelmann erst finster an, dann grinste er. »Ehrlich gesagt, damals habe ich mir vorgestellt, das könnte so weitergehen. Die Irren knallen sich gegenseitig ab. Ich fand die Vorstellung ganz amüsant. Was anderes gehört auch dazu: Damals war ja der Teufel los mit den Terroristen. Da sind diese Sympathisanten ganz offen durch die Hauptstraße gezogen und haben ›Freiheit für alle politischen Gefangenen‹ gefordert und den Staat angeklagt, der habe ein paar von diesen Terrorbrüdern auf dem Gewissen: Meinhof und Konsorten seien ermordet worden und hätten sich nicht selbst umgebracht. Ein paar Verrückte glauben das wahrscheinlich heute noch. Die

Schlaumeier damals in der linken Journaille haben vom ›deutschen Herbst‹ gequatscht, als wäre es nicht darum gegangen, Desperados das Handwerk zu legen, und sei es durch eine Salve aus der MPi.«

Stachelmann widerstand dem Zwang aufzustehen und zu gehen. Dieser Mann stieß ihn ab, so mochte man sich einen jovialen Gestapobeamten vorstellen. Stachelmann war versucht ihn zu fragen, ob er früher bei der Gestapo gedient habe. Doch es hatte keinen Sinn, Wolf zu verärgern, vielleicht brauchte er ihn noch.

»Rainer Detmold, sagt Ihnen der Name etwas?«

Wolf bohrte sich mit dem kleinen Finger im Ohr und schnalzte etwas weg. »Ja, das war Nummer eins auf unserer Liste. Wir haben mit dem Herrn natürlich höflich gesprochen, aber der war eiskalt. Und er hatte jemanden, der ihm sein Alibi bestätigte.«

»Wer war das?«

Wolf überlegte, bohrte wieder im Ohr und schnalzte erneut. »Irgendein Mädchen, fragen Sie mich was anderes.«

»Kipper, Esau.«

»Wie könnte man diesen Namen vergessen? Ein genauso abgebrühter Hund wie Detmold. Die beiden waren Kumpane. Und das Lustigste ist, der gute Esau ist inzwischen Rechtsanwalt, ein Organ der Rechtspflege. Wenn Sie herauskriegen wollen, wie tief die deutsche Justiz gesunken ist, brauchen Sie nur daran zu denken, dass erklärte Staatsfeinde wie unser Freund vor Gericht herumturnen dürfen.«

»Zastrow, Reimund?«

»Sie haben ja gründlich recherchiert. Den gab es auch. War so wild wie die anderen, aber vielleicht intelligenter. Jedenfalls konnte man mit dem reden. Nicht dass er etwas Vernünftiges ausgesagt hätte, aber er war nicht blöd. Die anderen hatten mehr Schaum vor dem Mund als Hirnmasse. Bei dem war es umgekehrt, aber ganz ohne ging es natürlich auch beim werten Reimund nicht.«

Stachelmann stellte sich Wolf als Folterer vor, das fiel ihm nicht schwer. So, wie er die Verdächtigen beim Vornamen nannte, um eine Vertrautheit vorzutäuschen, die es ihm erlauben würde, den Männern mal am Ohr zu ziehen und sie zu schlagen, wenn es auf die freundliche Tour nicht klappte. Ich habe es im Guten versucht, aber ihr wollt es ja so.

»Zastrow ist tot.«

»Ja, aber zum Zeitpunkt des Mordes lebte er noch, er war genauso verdächtig wie die anderen.«

»Was stand auf dem Totenschein?«

»Weiß ich nicht mehr, irgendwas mit der Lunge, glaube ich. Oder Herz. Jedenfalls etwas, das bei einem so jungen Kerl nicht vorkommen sollte. Aber wenn man weiß, wie die gesoffen, geraucht, gekifft und gefickt haben, wundert einen nichts mehr.«

»Köhler, Detlef.«

»Der ist nach Italien. Unsere italienischen Kollegen hatten den eine Weile im Auge. Trieb sich bei Anarchisten herum und machte auf Dolce Vita. Aber straffällig wurde er nicht. Und wir konnten ihm vor seiner Abreise nichts beweisen. Das heißt, genauso wenig wie den anderen. Wenn es nach mir gegangen wäre, hätten wir sie alle ins Loch gesteckt. Wer auch immer geschossen hat, eigentlich ist das egal. Schuldig sind sie alle.«

»Winter, Oskar?«

Wolf schüttelte den Kopf. »Der ist mir nicht untergekommen.«

Stachelmann war erleichtert. Ossi hatte nichts zu tun mit dem Mord. Bestimmt nicht. Aber er kannte die Leute, die als Täter infrage kamen. Deshalb ist er noch einmal nach Heidelberg gekommen. Er hat etwas herausgefunden, und dann wurde er ermordet. Der Fall war sonnenklar.

»Wie kann man veranlassen, dass die Alibis von zwei Leuten überprüft werden?« Stachelmann kam sich blöd vor bei dieser Frage.

»Von damals? Vergessen Sie's.« Wolfs Stimme klang amüsiert.

»Nein, es geht um die Nacht vom 3. zum 4. Juli 2005. Ich möchte wissen, ob Detmold oder Kipper in Hamburg waren.«

»Und was ist in dieser Nacht in Hamburg passiert?«

Warum soll ich es ihm nicht sagen? »Da wurde besagter Winter ermordet. Der war vor dem Thingstättenmord Mitglied in Lehmanns Gruppe. Vor kurzem ist er in Heidelberg aufgetaucht und hat offenbar recherchiert. Das sagen jedenfalls ein paar Leute, mit denen ich gesprochen habe. Danach fuhr er zurück nach Hamburg und wurde in dieser Nacht tot an seinem Schreibtisch aufgefunden. Vor sich eine Akte, in der er Dokumente aufbewahrte, unter anderem über den Thingstättenmord.«

»Ach nee.«

Soll ich ihm den Rest auch noch erzählen, dieser Gestapofresse? Auch das kann nicht schaden. Du hängst fest, vielleicht fällt Wolf was ein. »Aber die Polizei in Hamburg glaubt nicht, dass es Mord war.«

»Suizid?«

»Ja.«

Wolf trank einen Schluck Kaffee. »Sie kannten diesen Winter recht gut, stimmt's?«

»Er war eine Art Freund. Außerdem war er bei der Hamburger Kripo, Mordkommission.«

»Das ist ja auch eine Karriere, vom Staatsfeind zum Staatsschützer. Die nehmen wirklich jeden.«

Stachelmann hätte gern geantwortet, dass sie sogar Nazis genommen hätten, aber warum sollte er den Mann vergraulen? Er spielte mit dem Henkel der Kaffeetasse.

»Ohne Verdacht fragt die Polizei niemanden nach seinem Alibi. Und auch nicht, wenn Sie den Kollegen auf die Pelle rücken. Was glauben Sie, wie viele Verrückte, ich meine nicht Sie, natürlich nicht, da auftauchen und Leute anschwärzen.«

Wovon die Gestapo damals gelebt hat, dachte Stachelmann. »Ich weiß«, sagte er. »Wahrscheinlich fahre ich besser nach Hause und gebe die Sache auf.«

»Nach Hause, das ist in Hamburg?«

Stachelmann zögerte, was wollte der Mann? »Ja«, sagte er.

»Nun, wenn Sie in Hamburg jemanden bei der Kripo kennen, da könnte was gehen. Sie müssen eine Straftat erfinden, Sie sind der Zeuge, und Sie haben Leute gesehen, die verblüffenderweise dem lieben Reiner und dem lieben Esau bis aufs Haar gleichen. Und Sie wissen sogar, wo diese Herren wohnen. Wenn Sie das schlau anstellen und Ihr Kumpel bei der Kripo mitzieht, dann kommt es so weit, dass die Hamburger die Heidelberger um Amtshilfe bitten. Zum Beispiel, um die Alibis zu überprüfen.«

Stachelmann war begeistert. Sein Gesicht musste es gezeigt haben.

»Nur, guter Mann, die Sache hat einen Haken. Sie kriegen wahrscheinlich eine Anzeige wegen falscher Verdächtigung nach Paragraph 164 Strafgesetzbuch. Was bedeutet, dass Sie verurteilt werden können, Geldstrafe und Kosten des Verfahrens, da kommt was zusammen. Wenn der liebe Reiner und der liebe Esau an dieser Schweinerei in Hamburg wider Erwarten nicht beteiligt sind, werden die Ihnen einen reinwürgen. Das sind so Typen.« Er drückte Zeigefinger und Daumen kräftig aneinander, als wollte er die beiden im Geist zerquetschen.

Die Idee ist nicht schlecht, dachte Stachelmann. Ich veranstalte ein Spielchen mit der Kripo in Lübeck.

»Haben Sie einen Wagen?«

Wolf nickte und schaute Stachelmann fragend an. »Soll ich Sie irgendwohin fahren?«

»Nein, hätten Sie Lust, Privatdetektiv zu spielen?«

Wolf lachte. »Warum nicht? Wenn ich dafür keine Verbrechen begehen muss.«

»Was halten Sie davon, den Detmold zu überwachen? Der ist gestern Nacht noch zu Kipper gefahren, nachdem er sich mit seiner Frau gestritten hat. Sie hält es nicht mehr aus, und sie meint gewiss, dass er seit drei Jahrzehnten einen Mord vertuscht, an dem er wahrscheinlich sogar beteiligt war. Detmold ist nervös, eindeutig. Er wird Fehler machen. Man muss sich nur an ihn ranhängen. Wenn die Praxis geöffnet ist, können Sie Pause machen, auch wenn man nicht ausschließen darf, dass er irgendwas anstellt in seinem Zustand, während er eigentlich seine Patienten versorgen sollte. Aber man kann ihm ja nicht vierundzwanzig Stunden am Tag nachlaufen.«

Wolf nickte.

»Für wichtig halte ich herauszufinden, ob er etwas zusammen mit Kipper vorhat.«

»Und was könnte das sein? Ach so, Sie meinen …«

»Die haben Ossi Winter ermordet, weil der etwas herausgefunden hatte. Und nun bin ich beiden auf die Bude gerückt. Was werden sie nun besprechen? Wie sie auch mich loswerden können? Sonst hätte der Mord an Winter keinen Sinn gehabt. Wer begeht schon gerne umsonst einen Mord. Und es war ihr zweiter. Lebenslänglich kriegen sie sowieso. Allerdings, immer wenn sie etwas tun, erhöhen sie die Gefahr, entdeckt zu werden. Wenn sie nichts tun, müssen sie nun aber auch fürchten aufzufliegen. Ich weiß nicht, wie sie sich in dieser Lage entscheiden.«

»Die Sache mit diesem Winter geht Ihnen nah, stimmt's?«, sagte Wolf.

»Er war ein Freund, wie gesagt.« Das war nicht die ganze Wahrheit, aber für Wolf reichte es.

Der nickte. »Treue«, sagte er. »Treue, dass es das noch gibt.« Für einige Augenblicke schien er gerührt zu sein.

Stachelmann ekelte sich. Nun bin ich schon so verrückt, Gestapoleute als Detektive anzuheuern. Anne würde es fanatisch nennen. Aber wenn es der einzige Weg zum Ziel war?

Er hatte es nicht vergessen, Anne kam am Sonntag zurück aus dem Urlaub. Er musste dann in Hamburg sein. War er es nicht, würde sie ihn zum Teufel schicken, weil er in Heidelberg Detektiv gespielt hatte, statt sich um seine Arbeit zu kümmern. Er kannte alle ihre Argumente, und er wusste, sie hatte Recht.

»Sie haben noch ein Problem«, sagte Wolf.

Stachelmann nickte, antwortete aber nicht. Warum fiel ihm der Streit mit Anne, oder was es war, gerade jetzt ein?

»Ich kann Ihnen nicht viel bezahlen«, sagte Stachelmann.

»Das regeln wir danach. Ich gebe zu, mich reizt der Gedanke, zwei von diesen Schweinen fertig zu machen, die erst unseren Staat zerstören wollten, um dann doch ganz schnell reich zu werden und sich aus der Verantwortung zu verpissen. Solche Typen kann ich gerade ab.«

Stachelmann lief es kalt den Rücken hinunter. Du machst einen Fehler, einen riesengroßen Fehler, dachte er. Warum lässt du dich ein mit diesem Kerl? Der verkörpert alles, was dich anwidert, aber du tust so, als wärest du sein bester Freund.

»Und wenn ich helfen kann, diese Typen in den Knast zu bringen, dann habe ich eine Scharte ausgewetzt, die mich doch hin und wieder plagt. Außerdem, ich verrate Ihnen mal was, das Leben als Ruheständler ist ein großer Mist.«

Nach dem Gespräch mit Wolf ging Stachelmann lange spazieren. Du hast dich verrannt, und ein Beweis dafür ist, dass du dich mit solchen Gestalten abgibst wie diesem Wolf. Er war versucht, sich über diesen Mann zu erkundigen. Aber dann käme er gar nicht mehr dazu, seine Habilschrift zu überarbeiten. Es wäre die Steigerung von Verranntheit. Vernünftig wäre allein, den Fall sausen zu lassen, du wirst keinen Toten zurückholen ins Leben. Und womöglich sind schon Leute umgekommen wegen deiner Recherche. Unterm Strich lohnt es sich nicht, den Thingstättenmord aufzuklären. Aber ich bin so dicht dran, der Fall ist praktisch gelöst. Der Wolf muss nur noch die Beziehungen zwischen Kipper und Detmold ausloten. Er wird einen Weg finden, sie abzuhören. Natürlich, das kann er nicht zugeben. Aber so wild wie der darauf war, den Privatdetektiv zu markieren, wird er alles tun, um Licht in die Sache zu bringen. Der ist damals aus dem Dienst ausgeschieden mit der Häme der Kollegen, die ihn sowieso nicht mochten. War ein Besserwisser mit brauner Vergangenheit. Und hat seinen größten Fall nicht gelöst. Dass seine Nachfolger auch nichts zustande gebracht haben, das interessierte gewiss bald keinen mehr. Nein, der Wolf hat es vermasselt. Und nun, dank meiner Vorarbeit, wird er es allen zeigen, den Jungspunden und Angebern, die an ihren tollen Computern sitzen, sich die Befunde der Rechtsmedizin und der Kriminaltechnik servieren lassen, ohne den Arsch hochzukriegen.

Er konnte sich in Wolf hineinversetzen. Wenn da nur nicht diese Gestaposache wäre. Nun gut, kein Gericht hat ihn verurteilt, er durfte sogar seine Laufbahn fortsetzen und lebt von seiner Beamtenpension. Wahr ist aber auch, dass die wenigsten Naziverbrecher vor Gericht gestellt wurden. Er wischte die Last im Geist weg. Jetzt geht es um Ossi, alles andere ist zweitrangig.

Seine Füße hatten ihn zu einem Taxistand geführt. Er ließ sich von einem pausenlos unverständliches Kurpfälzisch redenden Taxifahrer mittleren Alters mit einer speckigen Lederkappe ins Neuenheimer Feld zur Notfallmedizin fahren. Am Empfang der Klinik für Anästhesiologie, in deren Räumen die Notfallmedizin untergebracht war, fragte Stachelmann, wer ihm Auskunft geben könne über einen Patienten, der vor zwei Tagen mit einer Alkoholvergiftung eingeliefert worden sei. Die Frau im weißen Kittel schaute ihn misstrauisch an. Sie schnuppert im Geist nach meiner Fahne, dachte Stachelmann.

»Jemand, den man als Penner bezeichnen würde.«

Die Frau schaute immer noch, dann kniff sie die Augen zusammen und griff zum Telefonhörer. Sie drehte sich von Stachelmann weg, während sie sprach. Als sie aufgelegt hatte, wandte sie sich ihm wieder zu. »Sind Sie ein Verwandter?«

»Ja, ja«, stotterte Stachelmann.

»Der Doktor kommt gleich.«

Stachelmann wunderte sich über den Umstand. »Können Sie mir nicht einfach die Zimmernummer geben. Ich finde das schon.«

»Der Doktor kommt gleich«, erwiderte sie streng.

Stachelmann wartete mehr als eine Viertelstunde. Er lehnte am Tresen, die Frau dahinter warf ihm ab und zu einen mürrischen Blick zu. Dann kam mit schnellen, weit ausholenden Schritten ein Mann in Weiß. Er schaute sich um, sah nur Stachelmann, ging auf ihn zu und fragte: »Sie sind also ein Angehöriger von Herrn Dahm?«

»Ja«, sagte Stachelmann. So erfuhr er nun Adis Nachnamen.

»Das wird die Stadt freuen.«

»Wie bitte?«

»Oh, Sie wissen es noch nicht«, sagte der Arzt fahrig. »Der Herr Dahm ist verstorben, und die Stadt sucht nach Angehörigen. Die will natürlich die Beerdigung nicht übernehmen.«

Stachelmann erschrak. »An was ist er gestorben?«

»Alkoholvergiftung.«

»Warum? Hat er im Krankenhaus getrunken?«

»Ja, irgendwie ist er an Schnaps gekommen. Hat sich wohl hinausgeschlichen und sich was besorgt. Wir hatten ihn schon einigermaßen wieder auf die Beine gebracht nach seinem letzten Exzess. Vielleicht tröstet es Sie, wenn ich sage, es wäre ohnehin bald passiert. So eine Leber habe ich schon lange nicht mehr gesehen.« Der Arzt wies auf eine Tür. »Am besten, Sie gehen gleich ins Geschäftszimmer und erledigen die Formalitäten. Die Damen dort sind in diesen Dingen sehr routiniert.«

»Ja, gleich«, sagte Stachelmann und ging hinaus auf die Straße. Der Arzt starrte ihm nach, zuckte die Achseln und verschwand mit schnellen, weit ausholenden Schritten.

***

25. März 1979
Immer wenn ich nichts zu tun habe, überfällt mich die Angst, vor allem nachts und an solchen Tagen wie heute. Ich gebe es den anderen gegenüber natürlich nicht zu. Aber nachts schlafe ich nicht. Je länger es zurückliegt, desto häufiger fällt mir diese Szene ein. Wie der R. diese Pistole hervorzieht, sie dem L. ans Genick drückt, und dann der Schuss. Der L. fällt nach vorn, halt, aber vorher platzt sein Gesicht weg. Im Traum kotze ich, und wenn ich dann aufwache, ist mir speiübel. Ich habe abgenommen, bin sowieso ein Gestell. Ans Studieren kann ich kaum denken.

Zuletzt traf ich Angelika in der Backmulde, sie bedient dort. Sie hat mich sogar freundlich begrüßt. Ob ich mir das leisten könne, hier zu essen. Ich sähe schlecht aus, ob ich krank sei? Sie machte sich Sorgen, das war schön. Sie sah toll aus. Ob wir nicht mal wieder zusammen was trinken gehen könnten, habe ich gefragt. Ob ich immer noch so verrückt sei, hat sie gefragt. Ich war es noch nie, habe ich gesagt. Und sie hat gesagt, komm, wenn du vernünftig geworden bist. Aber ewig warte ich nicht. Da gibt es einige Bewerber. Und dann hat sie gelacht. Und ich habe gewusst, diese Bewerber taugen nichts.

Heute ist Sonntag, und nichts lenkt mich ab von meiner Angst. Der E. hat gesagt, wir sollten die Gruppe auflösen. Er benutzte das Wort »liquidieren«, aber das hat mich gar nicht erschreckt. Und wohin dann? Die Vereinzelung schreitet voran, die Rechten machen Hackfleisch aus uns. Es gibt noch ein paar Fachschaften. Die Maos machen sich vom Acker, die waren sowieso nur eine Lachnummer. Die Spontis haben sich auch verabschiedet und den AStA-Schlüssel brav im Rektorat abgeliefert. Sie hätten es vielleicht noch einmal herausreißen können mit einer Besetzungsaktion. Aber das hat ja schon beim CA nicht geklappt. Die Bullen müssen uns überall nur noch wegräumen wie Straßenkehrer den Touristenmüll in der Hauptstraße. Die Gesellschaft ist krank, deshalb muss sie zerschlagen werden von denen, die die Gesellschaft für krank erklärt hat. Vielleicht müssen wir in den Untergrund gehen, warten, bis bessere Zeiten anbrechen. Die Revolution ist unvermeidlich. Aber leider wissen wir nicht, wann sie ausbricht. Es ist zum Kotzen. Ich habe solche Angst.

13

Am Sonntag, es war der 31. Juli, wartete Stachelmann in Annes Wohnung im Univiertel, dass sie endlich aus dem Urlaub zurückkam. Er lag auf dem Sofa und ließ seine Gedanken wandern. Er hatte am Nachmittag sein Gepäck zu Hause abgestellt und dann seine Mutter besucht im Eppendorfer Krankenhaus. Sie war schwach gewesen, aber doch nicht so niedergeschlagen, wie sie sich zuletzt am Telefon angehört hatte. Sie sagte, eigentlich sei der Befund besser, als sie befürchtet habe. Sie sprach von einem langsam wachsenden Tumor, der weitgehend entfernt worden sei. Sie hatte gelächelt und ihn bald weggeschickt, weil sie müde sei. Sie würde sich freuen, wenn er kommende Woche einmal vorbeischaue, dann sei sie schon kräftiger und könne vielleicht sogar laufen. Was sagte sie, um ihn zu beruhigen? Was war die Wahrheit? Vielleicht wusste sie es selbst nicht mehr. Ihm kam sie vor, als lebte sie in einer anderen Welt.

Er schloss die Augen und mühte sich, seine Recherche in Heidelberg im Kopf zu ordnen. Aber es ging durcheinander. Gleich morgen würde er mit Carmen sprechen. Sie musste ihm helfen.

Endlich klackte das Schloss. Die Tür öffnete sich, Anne schnaufte, dann trat sie in den Flur und stellte zwei Koffer ab. Felix rannte an ihr vorbei durch den Flur, fiel hin, erschrak, stand auf und bremste vor Stachelmann, der sich inzwischen erhoben hatte vom Sofa.

»Papa!«, sagte Felix. Dann noch einmal: »Papa!«

Jetzt erschrak Stachelmann. Er wusste nicht, was er tun sollte.

Anne lachte. »Das hat er schon auf der Fähre gesagt.

Offenbar hat er sich in den Kopf gesetzt, du seiest sein Vater. Wenn man sich die Charaktereigenschaften genauer anschaut, könnte es sogar stimmen. Er ist genauso bockig wie du, das steht fest.«

Felix klammerte sich an Stachelmanns Beine.

»Oh«, sagte Stachelmann. »Jetzt kann ich mich nicht mehr bewegen. Ich bin gefangen.«

»Pech gehabt«, sagte Anne.

Felix lachte.

Stachelmann bewegte sich vorsichtig auf Anne zu, die stand in der Wohnungstür, noch schnaufend vom Koffertragen. Felix fiel hin, er staunte, dann schrie er los. »Mama!«

Anne ging zu ihm, nahm ihn auf den Arm und tröstete ihn. Sie schaute Stachelmann kurz streng an, dann schüttelte sie den Kopf. Und Stachelmann bekam wieder dieses Gefühl, fehl am Platz zu sein. Anne trug Felix ins Schlafzimmer, er schrie nicht mehr so laut, dann hörte er auf. Nach einer Weile kam Anne zurück aus dem Schlafzimmer, zog die Jacke aus, nahm Stachelmann in den Arm und küsste ihn. »Es ist ja wie immer«, sagte sie.

Sie gingen in die Küche, sie setzte sich, Stachelmann begann Tee zu kochen.

»Warst du fleißig?«, fragte sie.

»Geht so, hätte mehr sein können.«

»Ich dachte, du bist unter Druck?« Sie versuchte nicht zu zeigen, dass sie sich ärgerte.

»Ich musste doch ein paar Tage nach Heidelberg. Habe die Arbeit aber mitgenommen«, beeilte er sich hinzuzufügen.

»Bist du also tatsächlich nach Heidelberg gefahren.«

»Ja.«

Der Wasserkocher begann zu zischen.

»Das musste wirklich sein?«

»Wegen Ossi.«

»Ich verstehe kein Wort.«

»Ossi wurde ermordet, weil er einen Mord aus dem Jahr 1978 aufgeklärt hat. Oder wenigstens fast aufgeklärt.«

Sie schwieg eine Weile. »Ich dachte, es war Selbstmord.«

»Das denkt die Polizei auch, aber es war Mord. Ich habe Beweise.«

»Was für Beweise?«

Er erzählte ihr, was er herausgefunden hatte. Sie hörte zu und wurde nachdenklich. »Und du hast keine Angst, dass sie dir auch ans Leder wollen?«

»Das ist ein Grund mehr, die Sache schnell aufzuklären. Wenn die Kerle im Knast sitzen, können sie mir nichts tun.«

»Wissen die denn, wo du wohnst?«

»Das ist egal, ich bin ja hier.«

»Du meinst nicht, diese Redakteurin könnte vielleicht doch bei einem Verkehrsunfall umgekommen sein? Und diese Frau Schmelzer einfach so einen Herzinfarkt bekommen hat? Und der Überfall auf dich gleich am ersten Abend, woher sollen die denn gewusst haben, dass du da bist, was du vorhast und herauskriegen willst?«

»Die sind nervös, du hättest die erleben sollen. Mehr Schiss kann man nicht haben. Und das macht sie besonders gefährlich.«

»Dieser pensionierte Polizist, was soll der rauskriegen?«

»Die sind unter Druck. Dem Arzt bin ich nachgefahren, eher zufällig, weil der gerade losfuhr, als mein Taxi kam. Und prompt hat er den Kipper besucht, also diesen Anwalt. Und davor hat Detmold sich mit seiner Frau gestritten, warum er ihr diese Thingstättensache verschwiegen hat. Die Frau war völlig aufgelöst.«

»Hat er die Thingstätte erwähnt, dieser Arzt?«

Stachelmann überlegte. »Nein, aber es war eindeutig. Man muss den Nachmittag und den Abend im Zusammenhang sehen. Ich war da und hab dem Detmold auf den Zahn gefühlt. Als ich weg war, hat seine Frau gebohrt, bis er eingestanden hat, dabei gewesen zu sein.«

»Du hast gehört, wie er gesagt hat, er sei an dem Mord beteiligt gewesen?«

»Jein. Das Wort ›Mord‹ hat er nicht in den Mund genommen. Das tun Mörder, glaube ich, nie.«

»Oho, der Kriminalpsychologe Dr. Stachelmann stellt fest.«

Er winkte ab, antwortete aber nicht. Er goss das heiße Wasser in eine Glaskanne mit Tee. Dann sagte er: »Erinnerst du dich an die Geschichte mit diesem Kohn? Da hast du mir auch nicht geglaubt.«

»Aber das ist doch eine ganz andere Sache gewesen.«

»Keineswegs. Du hättest die Blicke von Detmold sehen müssen. Du hättest das miterleben müssen, der wand sich wie eine Schlange in der Bratpfanne.«

»Grausiges Bild«, sagte sie.

Felix rief. Sie eilte ins Schlafzimmer. Er goss den Tee durch ein Sieb und füllte zwei Becher, die stellte er auf den Tisch. Nach einigen Minuten kehrte Anne zurück. Sie fragte nach seiner Mutter, und er erzählte, was er zu wissen glaubte.

»Ich weiß nicht, ob ich dir böse sein soll. Ich verstehe ja, genauer, ich versuche zu verstehen, wie das war mit dir und Ossi. Ich fand, viel war da nicht.«

»Fand ich auch, aber als er tot war, habe ich noch etwas gefunden, nämlich was uns früher verbunden hatte. Das war weit weg, aber nicht weg.«

»Und was ist das?«

Er rührte in seinem Becher, es klingelte leise. »Was wir damals erlebt haben. Das war einiges. Natürlich, von heute aus betrachtet war vieles absurd, was wir getrieben haben. Eine Karikatur auf längst geschlagene Schlachten. Klassenkampf, und da gab es Sekten mit Zentralkomitee und

Politbüro, die taten so, als wären sie die Führer der Arbeiterklasse. Überhaupt, die Arbeiterklasse als revolutionäres Subjekt, wie es so schön hieß, was für eine Lachnummer. Aber das Schlimmste ist, dass ich mitgemacht habe damals. Dass ich so irre war. Auch deshalb bin ich hingefahren. Weil ich geglaubt habe, dass ich dort vielleicht eine Antwort finde auf die Frage, warum ich mein Gehirn ausgeschaltet habe damals oder es zweckentfremdet habe für eine aberwitzige Rabulistik. Als Ossi starb, hat mich diese Frage gepackt und nicht mehr losgelassen. Vielleicht ist das der wichtigste Grund, warum ich nach Heidelberg gereist bin. Ich dachte, ich erfahre etwas über mich selbst, kann mir vorstellen, warum ich mich eingelassen habe auf den Affentanz, wenn ich an alten Stätten bin. Aber ich habe nichts erfahren über mich. Allerdings, wäre das mit Ossi nicht geschehen, ich wäre nicht nach Heidelberg gereist. Bestimmt nicht.«

»Kannst du nicht genauer beschreiben, was dich mit Ossi so verbunden hat, dass du nun deine Existenz aufs Spiel setzt? Bohming wird sich nicht mehr weich klopfen lassen, der hatte wirklich Geduld mit dir. Und du schaffst es nicht, deine Arbeit zu korrigieren, mehr ist es ja nicht mehr, weil dich irgendwelche sentimentalen Gefühle plagen. Hast du ein schlechtes Gewissen?«

»Ein bisschen.«

»Was heißt ein bisschen?«

»Stell dir vor, eine Freundin von dir bringt sich um. Da denkst du doch nach, ob du alles getan hast, sie davon abzuhalten.«

»Warum? Wenn ich nicht weiß, was sie vorhat, wie soll ich sie dann abhalten?«

»Aber das merkt man doch.«

»Quatsch. Da gibt es so schlaue Theorien, etwa, dass Selbstmörder ihre Tat ankündigen, indem sie sich von ihrer Umgebung zurückziehen. Nur, wie soll man das merken, wenn man ohnehin wenig Kontakt hat? Du hattest wenig Kontakt mit Ossi, da gab es diese Geschichten, wo er geholfen hat, aber doch auch im eigenen Interesse. Das war es. Willst du dir vorwerfen, du hättest zu wenig Kontakt mit ihm gehabt?«

Er schaute auf die Tischplatte und spielte mit dem Teelöffel. Es tropfte auf die Tischplatte.

»Ich kenne dich inzwischen einigermaßen. Du wirst weitermachen, und wenn ich etwas dagegen sage, wirst du mir erklären, du hättest bisher in solchen Dingen immer Recht gehabt. Würde ich sagen: bisher, aber diesmal nicht, dann würdest du es mir nicht abnehmen. Wahrscheinlich hat das mit Ossi weniger zu tun als mit dir. Du gräbst in dir selbst. Das, mein Lieber, kennen wir alle, Fragen, auf die wir nie eine Antwort bekommen werden. Weil die Lage vorbei ist, in der die Fragen einen Sinn hatten. Im Gegensatz zum Rest der Menschheit aber findet sich Herr Doktor Stachelmann nicht ab damit, nein, er will es erst recht herausbekommen. Zum Beispiel, warum er sich damals eingelassen hat auf Ideen, die einem heute bestenfalls absurd erscheinen. Das ist natürlich auch ein schöner Grund, vor der Habilschrift wegzulaufen. Glaubst du vielleicht, ich kenne das nicht, dass man mit dem nicht zufrieden ist, was man geschrieben hat? Das geht jedem so. Wenn man Texte anderer Leute liest, dann staunt man im besten Fall, weil einem neu ist, was man liest. Bei eigenen Texten ist das mit dem Staunen so eine Sache. Da kann einen nichts überraschen. Damit muss man leben. Wenn du weiter den Detektiv spielen willst, darfst du heute Nacht hier schlafen, morgen aber verziehst du dich bitte nach Hause. Du wirst jetzt vielleicht einwenden, ich lieferte dich deinen Mördern aus. Wenn die Sache wirklich so gefährlich ist, wie du sagst, dann darfst du hier schon gar nicht bleiben. Die bösen Männer kriegen raus, wo du bist, du kannst dich nicht lebenslang verstecken. Zieh in ein Hotel, meinetwegen, noch überweist dir Papa Staat jeden Monat Geld. Wenn du aber vernünftig werden willst, dann bleib hier und mach deine Arbeit fertig. So, Ende der Predigt.« Sie trank Tee, dann stellte sie die Tasse ab und sagte: »Ich räume jetzt die Koffer aus, während du bitte ein bisschen nachdenkst. Du kannst mir dann ja sagen, was dabei herausgekommen ist.« Sie stand auf, strich ihm einmal über den Kopf und verließ die Küche.

Stachelmann überlegte, wie er diese Standpauke verstehen sollte. Offenbar hatte sie sich im Urlaub vorgenommen, Klartext zu reden. Sie glaubte ihm die Heidelberger Geschichte so wenig wie das, was er über Ossis Tod herausgefunden hatte. Oder es war ihr egal, was geschehen war? Weil es ohnehin nicht mehr zu ändern war? Er merkte, wie er wütend wurde. Hatte er nicht ein Recht darauf, dass sie ihn ernst nahm? Sollte er Mörder einfach laufen lassen? Und der Tod des Freundes, warum begriff sie es nicht? Er musste wissen, wie Ossi gestorben war. Und wenn er umkäme, würde sie auch nicht wissen wollen, wie und warum?

Er erhob sich und blieb einige Augenblicke unschlüssig stehen. Dann ging er zum Schlafzimmer, wo Anne die Koffer auspackte. Sie wandte ihm den Rücken zu.

»Ich fahre nach Hause«, sagte er.

»Ist gut«, sagte sie. Sie drehte sich um, schaute ihn neugierig an, dann beschäftigte sie sich wieder mit dem Koffer.

Er zögerte, dann ging er zur Wohnungstür, öffnete sie, stand kurz in der Tür, schloss sie endlich von außen und eilte die Treppe hinunter. Als er fast unten war, schoss ihm der Schmerz ins linke Knie. Er stöhnte auf, klammerte sich ans Geländer, dann setzte er sich auf die Treppe. Der Schmerz wurde stärker, er suchte eine Beinhaltung, die ihn milderte, fand aber keine. Zischend atmete er Luft ein. Eine alte Frau schleppte zwei Einkaufstüten nach oben. Sie schaute ihn kurz an, schien etwas sagen zu wollen, schwieg dann aber und humpelte an ihm vorbei. Er hörte ihre Schritte auf der Treppe nach oben wandern, dann war es still, ein Schlüsselbund klingelte, ein Schloss klackte, ein Knarren, schließlich klickte das Schloss, als sie die Tür zudrückte. Er fühlte sich, als wäre er nicht er selbst.

Er bewegte das Knie, dann stand er vorsichtig auf, indem er sich am Geländer hochzog. Im Stehen prüfte er, ob das Bein sich belasten ließ, spürte, wie der Schmerz schwächer wurde, und stieg vorsichtig die letzten Stufen hinab. Durch den Von-Melle-Park ging er langsam zum Dammtorbahnhof, dort verpasste er die S-Bahn zum Bahnhof, aber die nächste kam nach wenigen Minuten. Im Hauptbahnhof erwischte er den Regionalexpress nach Lübeck auf Gleis 7b.

Im Zug war es stickig, er begann zu schwitzen. Er sah draußen die Felder, Häuser und Höfe vorbeirasen und fühlte sich allein. Damals, beim Holler-Fall, da hatte Anne ihm geholfen. Und dann noch einmal, als er im Gefängnis gesessen hatte. Aber diesmal half sie nicht. Und Ossi war tot. Es blieben Carmen und dieser Wolf in Heidelberg, den er besser nicht einbezogen hätte. Als der Zug in Lübeck hielt, lief Stachelmann durch die Baustelle, die ein neuer Bahnhof werden sollte und so aussah, als würde sie immer so bleiben, staubig, laut, eng und verwirrend.

Der Schmerz im Knie war verschwunden. Er ging über die Puppenbrücke, bog nach dem Lindenteller rechts ab in die Obertrave, welche die Stadtverwaltung demnächst verschönern, also in eine Dauerbaustelle verwandeln würde, bis zur Dankwartsgrube. Die Sonne brannte, heiße Luft stieg über dem Kopfsteinpflaster.

Da fiel ihm Olaf ein. Und die schlechte Laune kehrte zurück, nachdem sich seine Stimmung gerade erst ein wenig aufgehellt hatte. Der nicht auch noch. Aber Olaf war nicht da, doch Stachelmann ahnte, der würde sich melden, sofern die Polizei ihn nicht aus dem Verkehr gezogen hatte. Das erinnerte ihn wieder an die Zeit im Gefängnis, ihm wurde übel. Er stieg schnell die Treppen hoch zu seiner Wohnung und warf sich in den Sessel im Wohnzimmer. Lange saß er dort und versuchte sich zu sammeln. Dann griff er zum Telefon und wählte Wolfs Nummer.

»Sie haben in ein Wespennest gestochen. Die Herren haben sich schon wieder getroffen, diesmal in einem Café. Der Nebentisch war blöderweise besetzt, aber sie haben über Detmolds Frau gesprochen. Sie wisse alles. Was er machen solle, fragte Detmold. Mehr habe ich nicht verstanden, aber eigentlich reicht das ja auch. Sonst ist der Herr Doktor fleißig, er arbeitet bis spätabends.«

Dann rief er Carmen an. Sie war zu Hause und hörte schweigend zu, während er berichtete. »Nicht schlecht, Herr Kommissar«, sagte sie.

»Hauptkommissar«, erwiderte er, »wenn schon, denn schon. Ich muss nur noch herausbekommen, ob Detmold und Kipper in Hamburg waren. Wenn sie lügen und ein falsches Alibi nennen, sind sie fällig. Das sollte dann auch der Polizei reichen.«

Sie schwiegen einige Sekunden, dann sagte sie: »Und wie willst du das mit dem Alibi hinkriegen?«

»Warte es ab. Ich werde dich da raushalten. Manchmal führt der krumme Weg zum Ziel.«

»Du weißt, du machst dich strafbar, wenn du eine Straftat vortäuschst und Leute zu Unrecht beschuldigst.«

»Aber wenn die so eines anderen, viel schlimmeren Verbrechens überführt werden, werde ich wohl unterhalb von lebenslänglich davonkommen.«

»Ich hoffe, du weißt, was du tust. Überleg es dir nochmal«, sagte Carmen.

»Du kannst mir dann ja die Torte bringen. Aber nicht mit so einer billigen Feile aus dem Baumarkt.«

Sie ging nicht ein auf seinen Scherz. »Überleg es dir gut.« Wieder schwiegen sie eine Weile. »Ich finde es aber toll, dass du dich so um Ossi kümmerst. Ich glaube, er erwartet es von dir, schaut dir von irgendwo zu und sagt: Sieh an, der Jossi, macht mal wieder den Amateurbullen. Aber nicht schlecht, mit einer zünftigen Ausbildung hätte ein halbwegs guter Kripomann aus ihm werden können.«

»Meinst du?«

»Bestimmt. Manchmal fühle ich, dass Ossi bei mir ist. Er gibt mir Ratschläge, auch im Dienst. Und ich erwische mich, wie ich mit ihm rede.« Sie lachte kurz auf. »Zuletzt hat der Taut gesehen, wie ich mich mit ihm unterhielt. Er hat nichts gesagt, aber den Kopf geschüttelt. Es war mir nicht peinlich, wo mir doch sonst vieles schnell peinlich ist. Ossi hat mich deswegen oft aufgezogen. Und ich habe mich geärgert. Stell dir vor, und jetzt beginne ich mich selbst auf den Arm zu nehmen, so, wie er es getan hätte. Ist doch verrückt, nicht?«

»Nein, das ist gut.« Er fühlte sich ihr nahe. Wenn er tot wäre, ob jemand so um ihn trauern würde?

Nach dem Telefonat saß er lange im Wohnzimmersessel und überlegte, wie es weiterging mit ihm und Anne. Und mit Carmen. Er gestand sich ein, er fühlte etwas für sie. Sie war so tapfer, und er ahnte, er war ihr auch nicht gleichgültig. Wenn er auch nicht wusste, wie er sein Gefühl verstehen sollte. Ach, das redest du dir ein, weil du nicht zufrieden bist, wie du mit Anne zusammenlebst. Zusammen? Wie immer man das nennen mochte.

Seine Gedanken kreisten eine Weile um diese immer gleichen Fragen, auf die er, wie er von vornherein wusste, heute keine Antwort finden würde, und später auch nicht. Die Dinge entwickelten sich so oder so, viel ändern konnte er daran nicht, auch wenn er es sich manchmal einbildete. Er müsste seine Arbeit fertig stellen, aber er tat kaum etwas daran. Stattdessen reiste er durch die Gegend, um Mörder zu suchen. Es war nicht seine Aufgabe, Mörder zu suchen. Aber sie hatten seinen Freund getötet, genauer gesagt, einen Bekannten, der früher sein einziger Freund gewesen war. Mit dem er einige Jahre verbracht hatte, die ihn trotz allem geprägt hatten. Das ist doch eine Verpflichtung, murmelte er vor sich hin.

Am Morgen ging er ins Polizeirevier in der Mengstraße. Er wartete am Tresen, bis der Beamte eine hysterische Alte beruhigt hatte, die sich von geheimnisvollen Wesen bedroht fühlte. Als die Frau schimpfend gegangen war, schaute der Beamte Stachelmann genervt an, und der sagte: »Keine Sorge, meine Wesen sind nicht geheimnisvoll. Ich heiße Dr. Josef Maria Stachelmann und arbeite an der Universität Hamburg. Ich wurde in der Nacht vom 3. zum 4. Juli überfallen und zusammengeschlagen, so gegen zwei Uhr morgens. Im Lohkoppelweg in Hamburg-Lokstedt. Es waren zwei Männer.« Stachelmann drehte dem Polizisten die Halsseite entgegen, welche die Reste eines Hämatoms zeigte, das er den Schlägern in Heidelberg verdankte.

»3., 4. Juli«, sagte der Beamte entgeistert, »da kommen Sie erst jetzt?«

»Ich wäre gar nicht gekommen, hätte ich nicht die Männer gefunden, die es getan haben. Und zwar in Heidelberg. Es sind Rainer Detmold und Esau Kipper, die ich zufällig wieder getroffen habe.« Er nannte ihre Berufe und Adressen. »Sie haben mich komischerweise nicht erkannt, wahrscheinlich weil ich ihnen nachts zufällig über den Weg gelaufen bin, als sie gerade jemanden suchten, den sie verprügeln konnten. Das soll es ja geben. Spätpubertäre Mutprobe oder so.«

Der Polizist guckte ihn mit großen Augen an. »Die haben Sie in der Lohkoppel in Lokstedt zusammengeschlagen, und kurz darauf haben Sie die Schläger in Heidelberg getroffen. Und das soll ein Zufall sein?«

»Nehmen Sie es mir nicht übel, aber das herauszufinden

ist eher Ihre Aufgabe. Es wäre vielleicht hilfreich, die Herren nach ihrem Alibi befragen zu lassen. Eine Kleinigkeit geradezu.«

Der Polizist schien zu spüren, dass an Stachelmanns Auftritt etwas faul war. Aber dann erinnerte er sich wohl an den roten Fleck an dessen Hals. Und Stachelmann war offensichtlich nicht betrunken und Akademiker. »Sie wissen, falsche Anschuldigung ist …«

Stachelmann winkte ab. »Das ist keine falsche Anschuldigung. Das ist die Anzeige einer Straftat, sofern es in Deutschland noch strafbar ist, Menschen zu schlagen.« Er ließ seine Stimme unwillig klingen.

Der Polizist stutzte, dann bat er Stachelmann hinter den Tresen, bot ihm an einem Schreibtisch einen Stuhl an, setzte sich an einen Computer und ließ Stachelmann schildern, was der erlebt haben wollte. Stachelmann hörte in den Fragen das Misstrauen des Polizisten, aber der hatte sich nun entschlossen, die Strafanzeige aufzunehmen, wodurch Staatsanwaltschaft und Polizei verpflichtet wurden zu prüfen, ob eine Straftat vorlag. Stachelmann gab dem Beamten seinen Personalausweis. »Ich weiß, es geht mich nichts an. Aber wenn die beiden Herren nicht in Hamburg waren und ein Alibi haben, dann habe ich mich geirrt. Ich schließe das zwar aus, aber wenn sie zu diesem Zeitpunkt in Hamburg waren, dann sind sie gewiss die Täter.« Diese Äußerung fand Stachelmann raffiniert und gezielt naiv zugleich. Er spürte ein wenig Stolz.

Der Polizist schrieb die Anzeige fertig, dann druckte er sie aus und reichte sie Stachelmann zur Unterschrift. Der überflog das Papier, entdeckte zahlreiche Rechtschreibfehler, sagte aber nichts dazu und unterschrieb. Der Polizist sagte: »Sie hören von uns.«

Stachelmann lief zum Bahnhof, musste aber fast eine halbe Stunde warten, bis der Zug nach Hamburg fuhr. Er schlenderte durch die Baustelle, überlegte, wie der Bahnhof werden würde, und merkte, dass sich seine Laune besserte.

Er hat den entscheidenden Schachzug gemacht. Kipper und Detmold wussten es noch nicht, aber sie waren matt. Der König war tot, Opfer der Stachelmann'schen Verteidigung, eine durchtriebene Fortentwicklung des Damengambits, die nur in dieser Art Fernschach funktionieren konnte. Matt, ohne es zu merken. Waren Detmold und Kipper in Hamburg, als Ossi starb, dann waren sie seine Mörder. Welcher Grund sollte sie sonst hierher geführt haben? Stachelmann zweifelte nicht, die beiden waren in Hamburg gewesen. Ossi hatte sie in die Enge getrieben, die hatten was zu tun mit dem Thingstättenmord und mussten Ossi mundtot machen. Und nur ein Arzt konnte diesen Mord fast perfekt in einen Suizid verwandeln. Darauf musste man erst mal kommen, ein Schmerzmittel und ein Insulinspray. Ein Arzt wusste auch, wie man keine Spuren hinterließ in einer Zeit, in der eine Haarspitze genügte, um ein DNS-Profil zu erstellen. Der hat sich seine OP-Kleidung mitgenommen. Genial, ein Mord, der unentdeckt bleiben musste und der nun aufflog, weil Stachelmann nicht glauben wollte und Hintergründe kannte, welche die Polizei nicht kannte. Seit langem war Stachelmann nicht stolz auf sich gewesen, jetzt genoss er diesen Zustand umso mehr. Er würde sich nun an seine Arbeit setzen und am Abend seinen wahrlich privaten Detektiv in Heidelberg anrufen. Vielleicht hatte der etwas entdeckt, das die Entwicklung beschleunigte.

Er wollte gerade die Stahltür zu seinem Dienstzimmer aufschließen, als Bohming auftauchte. »Josef, du hattest dich wohl ganz in deine Arbeit vergraben, gut so. Schaffst du es?«

Stachelmann hoffte, Bohming würde ihm nicht ansehen, dass er sich erschreckt hatte. »Ja, ja, gewiss. Ich werde pünktlich abgeben.«

»Das ist auch unbedingt nötig, wie du weißt. Ich komme sonst in Teufels Küche.«

»Klar«, sagte Stachelmann, winkte unbeholfen, blieb einen Augenblick stehen und verzog sich schließlich ins Zimmer. Er atmete schwer durch, als er sich auf seinen Schreibtischstuhl setzte. »Ich komme in Teufels Küche«, so etwas konnte nur Bohming sagen. Der Einzige, der dem Teufel zum Fraß vorgesetzt werden würde, war Stachelmann.

Er schaute sich um, als wäre er ewig nicht hier gewesen, dann schaltete er den Computer ein. Nachdem er die Mails sortiert und die meisten ungelesen gelöscht hatte, kopierte er die Datei der Habilschrift vom Notebook auf den PC und machte sich wieder an die Korrektur. Es kostete ihn viel Kraft, sich darauf zu konzentrieren. Aber er sagte sich, er könne ohnehin nichts anderes machen, und tatsächlich gelang es ihm, einige Seiten durchzuarbeiten, ohne dauernd an anderes zu denken. Je näher aber der Abend rückte, desto größer seine Unruhe, er fieberte dem Telefonat mit Wolf entgegen. Dann fiel ihm seine Mutter ein, und das schlechte Gewissen kehrte zurück.

Er rief im Krankenhaus an. Sie klang schwach. Nein, es gebe keine neuen Befunde. Ja, es wäre schön, wenn er sie besuchen würde. Aber nur, wenn er Zeit habe. Er müsse wissen, er habe nicht viel von einem Besuch, sie sei doch meist müde, das liege wohl an den Tabletten.

Nach dem Telefonat war er eine Weile niedergeschlagen, aber dann dachte er wieder an den Thingstättenfall und wie er ihn fast schon gelöst hatte. Alle sind sie reingefallen, diese Experten, bis der Herr Stachelmann ihnen gezeigt hat, was eine Harke ist. Er grinste. Es wird ihnen peinlich sein.

Nachdem er das Gefühl seines Erfolgs einige Sekunden genossen hatte, machte er sich wieder an seine Arbeit. Heute, wo sein Selbstbewusstsein so groß war, gefiel ihm auch, was er geschrieben hatte. Nun wusste er, er hatte einiges entdeckt über die Struktur der nationalsozialistischen Konzentrationslager, und künftig würden die geschätzten Kollegen ihn zitieren müssen, wenn sie nachweisen wollten, dass sie auf dem Stand der Forschung waren.

Das Telefon klingelte.

»Du empfindest mich hoffentlich nicht als aufdringlich«, sagte Carmen. Sie schlug vor, am Abend etwas essen zu gehen.

»Gerne«, sagte er und freute sich. Ja, er mochte sie. Und er wusste, wie er diesen Anruf zu verstehen hatte.

Sie verabredeten sich bei einem Vietnamesen in Universitätsnähe. Stachelmann kannte die Gaststätte nur von außen. »Wir haben darin mal einen von der Zigarettenmafia verhaftet, der sich seinen Konkurrenten mit einer .38er vom Hals geschafft hatte.« Sie lachte. »Dessen Essen roch so toll, ich habe es bis heute nicht vergessen.«

»War Ossi dabei?«

»Ja.«

»Ich hoffe, ihr habt den Mann aufessen lassen.«

»Natürlich nicht«, sagte sie. »Strafe muss sein. Lebenslänglich Gefängnisfraß.«

Stachelmann spürte ein Kribbeln im Bauch, als er aufgelegt hatte. Sie gefiel ihm, er hatte es verdrängt, auch ihre Stimme. Er versuchte sich zu erinnern, wie sie roch, aber er schaffte es nicht. Dann dachte er an Anne, die ihn wieder enttäuschte. Oder enttäuschte er sie? Warum verstand sie ihn nicht? Er musste die Sache aufklären. Wusste sie nicht, was Freundschaft war? Sie hatte ihn praktisch rausgeschmissen, und wenn er nun ein schlechtes Gewissen bekam, dann lag es nicht daran, dass er an Carmen dachte, sondern an einer Gefühlsduselei, wie sie nur ihn plagen konnte. Sie hat dich rausgeschmissen, Mensch. Sie will nicht, dass du diese Morde aufklärst. Sie kann damit leben, dass ein Freund getötet wird und der Täter frei herumläuft.

Und seit sie Felix geboren hat, den sie mit einem anderen Mann zeugte, interessiert sie kaum noch, was außerhalb ihrer Wohnung und vielleicht noch ihres Dienstzimmers geschieht. Das war doch anders, als wir uns kennen gelernt haben. Da hat sie mitgemacht und geholfen, den Holler-Fall zu lösen. Doch nun erinnerte er sich, sie hatte damals aufgehört zu suchen, als es spannend wurde. Vielleicht war sie auf besonders verwickelte Art ichbezogen, und er verstand sie deshalb nicht.

Warum fiel ihm jetzt Regine ein? Sollte es ihn erinnern, wie er schon früher versagt hatte und es ihm nicht einmal gelang, nach Jahren darüber zu sprechen? Er hatte sich bei ihr entschuldigen wollen. Aber als die Gelegenheit gekommen war, hatte er geschwiegen, nicht durchgesetzt, dass sie darüber sprachen und er seine Schuld womöglich aus seiner Seele tilgen konnte. Vergiss es, sagte er sich und wusste doch, er würde es nie vergessen, es würde ihn manche Nacht nicht einschlafen lassen. Diese Sache war ihm nun gegenwärtiger als jemals zuvor.

Wahrscheinlich versagst du auch bei Anne. Sie hätte das Kind nicht von einem anderen bekommen müssen. Du hast den richtigen Augenblick verpasst. Aber wolltest du jemals Vater werden? Er streckte den Rücken und starrte über den Computerbildschirm hinweg an die Wand. Nein, Vater wollte ich nicht werden. Vielleicht lag darin der Grund, warum es mit Anne immer wieder Streit gab, diese seltsame Form von Streit allerdings, bei der kaum etwas gesagt wurde, aber die Gedanken offen zutage traten, bei der in beider Köpfen die Meinungen aufeinander stießen, der Streit sich gewissermaßen verdoppelte, weil beide ihn für sich ausfochten. Immerhin eine Übereinstimmung, dachte Stachelmann und grinste grimmig. Aber nun hast du mich allein gelassen, nicht zum ersten Mal. Also musst du einrechnen, dass ich mir jemanden suche, der für mich da ist. Auch wenn ich gern allein bin, brauche ich doch jemanden, der mich liebt, wie ich bin. Ich weiß, es ist nicht einfach. Aber warum sollte es das sein?

Arbeiten, weiterarbeiten. Er mühte sich, nicht über seine Erwartung an den Abend mit Carmen nachzudenken, doch es gelang ihm nicht. Stachelmann glaubte sich in einer Zeit der Entscheidung. In ein paar Tagen würde er bei der Polizei anrufen und fragen, wie es mit den Alibis von Detmold und Kipper stand. Heute Abend würde er eine Frau treffen, die ihm gefiel, seit er sie das erste Mal gesehen hatte. Und sie hatte ihn angerufen. Wenn ihm dann doch Anne einfiel, verscheuchte er das Bild und mit ihm die Trauer, die ihn ergreifen wollte. Doch hielt sich der Gedanke in seinem Hirn, er trage sie immer mit sich. Und fiel ihm ein, was sie hierzu und dazu gesagt hatte, und wusste er, was sie gesagt hätte, wenn er sie dies oder jenes gefragt hätte. Sie war verwachsen mit ihm, ob er es wollte oder nicht. Das hatte er lange als Zusammengehörigkeit empfunden, jetzt drückte es ihn als Last, von der er sich befreit hätte, wenn es möglich wäre. Er musste lernen, mit dem Gefühl zu leben, ohne es als Gefangenschaft zu empfinden. Denn er wusste, er würde es nicht abstreifen können wie eine Socke.

Es gelang ihm, einige Seiten abzuarbeiten, er musste nicht viel korrigieren. Der Optimismus kehrte zurück, es war kein schlechter Tag, die Woche fing gut an. Warum sollte er wegen Anne trübselig sein, sie hatten doch immer mehr Reibungen gehabt als Zeiten der Harmonie. Trotzdem, es war nichts entschieden. Wenn sie ein Kind mit einem anderen zeugen konnte, dann durfte er sich einen schönen Abend machen mit einer schönen Frau, vielleicht auch mehr. Mit Ossis Freundin, dachte er, und der würde es sehen und wäre zufrieden. Ganz bestimmt.

Jetzt war er doch so oft mit Carmen zusammen gewesen, ohne nervös geworden zu sein. Am Abend, als er doch einiges geschafft hatte, ging er zu den Toiletten und verharrte eine Weile vor dem Spiegel. Schöner wirst du nicht, sagte er leise vor sich hin. Er schaute auf die Uhr, bald war es so weit. Seltsam, er spürte keinen Schmerz im Rücken oder anderswo, das hatte er ewig nicht mehr erlebt. Er horchte in sich hinein. Doch, in der Brust saß eine Beklemmung, er würde langsam laufen, um nicht in Atemnot zu kommen.

Er fuhr allein mit dem Aufzug hinunter. Es war kaum jemand zu sehen wegen der Semesterferien. Vor der Eingangstür des Philosophenturms blieb er stehen und sog die Luft ein. Er sah den Beton und überlegte, warum das ein Park sein sollte. Der Hexenturm in Heidelberg fiel ihm ein, mit dem Rasen davor, auf dem oder auf dessen Ummauerung Studenten saßen, lasen oder dösten oder sich über Ohrstöpsel Musik in den Kopf dröhnten. Dort war es schön, hier war es in Zement gegossen. Er stellte sich ein paar Sekunden vor, wie es wäre, sich auf eine Professur in Heidelberg zu bewerben. Die alten Koryphäen dort waren abgetreten, die Verhältnisse wurden neu sortiert, und wahrscheinlich war sogar der Ordnungswahn des Bundes Freiheit der Wissenschaft abgeebbt in dem Maß, wie der Veränderungseifer der Studenten dem Karrierestreben gewichen war.

Unsinn, dachte er. Er ging los in Richtung Grindelhof, es war ein kurzer Weg. Den Tag über hatte die Sonne geschienen, aber nun blies ein Wind kalte Luft durch die Straßen. Er fröstelte, zog das Jackett am Hals zusammen, dann öffnete er es wieder, weil er beim Laufen zu schwitzen begann. Als Stachelmann die Tür des Lokals sah, schaute er auf die Uhr. Sie waren für sieben Uhr verabredet, er war zu früh. Er würde sie nicht warten lassen. Aber als er die Tür öffnete, sah er sie an einem Tisch an der Rückwand. Vor ihr standen ein Glas und eine Flasche Mineralwasser. Daneben lagen zwei Speisekarten mit einem auf ein Symbol vereinfachten Löwenkopf.

»Hoffentlich habe ich dich nicht zu lange warten lassen«, sagte er.

»Ich war zu früh, geschieht auch nicht alle Tage.« Sie stand auf und nahm ihn in die Arme. Sie küsste ihn auf die Wange, strich ihm mit der Hand über den Kopf und sagte: »Schön, dass du da bist.«

»Blieb mir ja nichts anderes übrig.«

Sie verzog ihr Gesicht in gespielter Empörung. »Dann kann ich ja wieder gehen, wenn du dich lieber allein amüsierst.«

Er legte seine Hand auf ihre. Dann sagte er, ohne die Hand wegzunehmen: »Bevor du beleidigt verschwindest, solltest du eine Kleinigkeit essen. Knatschig sein schlägt auf den Magen.«

Sie drehte ihre Hand, sodass sich beider Handflächen berührten. Ihr Zeigefinger streichelte seinen Handrücken.

Als die Kellnerin erschien, hatten sie noch nichts gewählt. Sie lächelte und ging.

Er ließ ihre Hand nicht los, als er zur Speisekarte griff. »Ich habe gar keinen Hunger, andere Dinge schlagen auch auf den Magen.«

Sie lachte leise und schaute mit ihm in die Speisekarte. Sie bestellten zwei Gerichte, Gemüse mit Rindfleisch, pikant, als die Kellnerin wieder erschien, dazu Wasser. Die Kellnerin warf einen Blick auf die verschränkten Hände und schrieb die Gerichte auf.

Eine Weile sagten sie nichts. Dann fragte Carmen: »Und wenn ich jetzt in der Nase bohren muss?«

»Kannst du das nicht mit links? Und, wenn ich das sagen darf, es gilt als unanständig.«

»Ach so, gut, dass du es mir sagst.« Dann zog sie ihre Hand zurück und kratzte sich am Ohr. »Das ist komisch.«

»Was?«

»Ich frage mich, was Ossi dazu sagen würde.«

»Wozu?«

»Ich dachte, du wärst Akademiker.«

Er lachte leise. »Manchmal bin ich mir da nicht so sicher.«

»Dann scheint jetzt wieder einer dieser Augenblicke des Zweifels angebrochen zu sein.«

»Ossi sitzt im Himmel und freut sich«, sagte Stachelmann. »Ganz bestimmt.«

»Ich glaube es auch, er hat dich sehr gemocht. Aber er hat geglaubt, irgendwann sei der Faden gerissen.«

»Das ist wahr. Was uns verbunden hat, gibt es längst nicht mehr. Es war ein Wahn, der Glaube, die Welt mit einem Schlag verbessern zu können. Der Glaube an den Wahn verbindet die Wahnsinnigen enger, als Außenstehende sich das vorstellen können. Aber wenn der Wahn geplatzt ist, bleibt nur wenig übrig. Vor allem die Erinnerung an den Zusammenhalt zu Zeiten des Wahns. Das ist nicht wenig, genügt meist aber nicht, eine neue Beziehung aufzubauen. Die bezieht sich allein auf die Vergangenheit.«

»Veteranentreffen«, sagte sie.

»Wie bei alten Nazis«, sagte er.

»Du übertreibst.«

»Ja«, sagte er. »Das tu ich gerne.« Er strich ihr zart über die Wange. Dann nahm er wieder ihre Hand. »Aber wenn man sich Filme anschaut von Treffen ehemaliger Ritterkreuzträger oder der HIAG, dann sieht man, dass diese Leute auch nur in der Vergangenheit leben, und selbst das, was sie zu heutigen Fragen sagen, stammt aus der Vergangenheit. Der Unterschied ist, sie können nicht loslassen, wir können das. Und bei uns ist die Verstrickung in Verbrechen eher theoretisch, bei denen geht es um Massenmord.«

»HIAG, was ist das?«

»Hilfsgemeinschaft auf Gegenseitigkeit der ehemaligen Angehörigen der Waffen-SS.«

»Um Himmels willen, Themawechsel.« Aber dann fragte sie doch: »Verstrickung bei euch, was soll das gewesen sein?«

»Wir haben jede revolutionäre Bewegung irgendwo auf der Welt vergöttert, wo wir doch wissen mussten, dass viele von denen Andersdenkende, auch in den eigenen Reihen, verfolgt, gefoltert und ermordet haben. Oder wir haben die Demokratie in Westdeutschland als faschistoid denunziert, während wir, ich sage es zurückhaltend, Irre wie die RAF ein wenig verstehen konnten. Wir haben von politischen Gefangenen geredet, von Isolationsfolter und so weiter, während Baader, Meinhof, Ensslin Privilegien genossen, von denen andere Strafgefangene nicht mal zu träumen wagten.«

»Ossi hat manchmal darüber gesprochen. Aber er wollte nicht diskutieren. Da hat er getrunken und mit sich selbst geredet. Einmal hat er gesagt, er sei deswegen Polizist geworden. Ob es stimmt, ich weiß es nicht. Er hat dazu geneigt, sich die Dinge zurechtzulegen, auch die eigene Biographie.«

»Manche geben dem Drang nach, andere weniger«, sagte Stachelmann. »Was Ossi angeht, ist es inzwischen egal.«

Die Kellnerin brachte das Essen und Mineralwasser. Als sie gegangen war, führte Stachelmann Carmens Hand an den Mund und küsste sie. »Wann hast du wieder Dienst?«, fragte er.

»Ich habe morgen frei, feiere Überstunden ab. Ich dachte, vielleicht fällt uns etwas ein, das wir zusammen machen könnten. Ich suche keine Mörder, und du lässt die Akten im Staub liegen. Das Wetter soll ganz gut werden.«

»Ausschlafen«, sagte Stachelmann, und ihm fiel Felix' Geschrei ein, das der immer dann anstimmte, wenn es überhaupt nicht passte, morgens um sechs Uhr etwa, wenn er die Augen aufschlug und Mama nicht sah.

»Sehr phantasievoll. Klingt fast so wie lass uns nach Venedig fliegen und Gondel fahren.«

»Wir könnten nach Pisa fliegen, da gibt's Billigflüge ab Lübeck-Blankensee.«

Sie lachte und stocherte in ihrem Essen. »War nicht so gemeint.«

Sie aßen und schwiegen. Nach ein paar Bissen schob Carmen ihren Teller mitsamt dem Besteck weg. »Schmeckt gut, aber ich habe keinen Hunger.«

»Ich auch nicht«, sagte Stachelmann. »Ich lade ein.«

»Nicht nötig«, sagte sie, »aber ich wage natürlich nicht, dir zu widersprechen.«

Sie verließen die Gaststätte, draußen nahm er sie in den Arm. Eng umschlungen gingen sie durch den Von-Melle-Park. Vor dem Philosophenturm küsste er sie, sie schien darauf gewartet zu haben.

»Ich habe dich immer gemocht«, sagte sie.

»Am liebsten wäre ich von dir verhaftet worden. Erinnerst du dich? Aber es mussten diese doofen Lübecker Polizisten sein, humorlos und hässlich.«

»Das ist Beamtenbeleidigung«, sagte sie.

»Dann kannst du die Verhaftung ja gleich nachholen, ich nehme nichts zurück.«

»Wohin gehen wir eigentlich?«, fragte sie.

»Zu dir«, sagte er.

»Wie gut, dass ich das jetzt weiß.«

»Noch eine Frage?«

»Später.«

Sie gingen langsam zum Dammtorbahnhof. Wenige Passanten begegneten ihnen. Einmal glaubte Stachelmann, ein Gesicht erkannt zu haben, aber es war ihm gleichgültig.

Sie nahmen den Schnellbus bis zum Stephansplatz, stiegen dort um in die U 1 Richtung Norderstedt Mitte und verließen die Bahn an der Station Lattenkamp. Sie brauchten wenige Minuten, um bis zum Vogelbeerenweg 7 zu gehen. Sie legte vor der Haustür den Finger vor den

Mund und tippte dann auf seine Lippen. »Nicht so laut im Treppenhaus, Herr Doktor, meine Nachbarn gehen früh zu Bett.«

Er zog demonstrativ seine Schuhe aus und hielt sie in der Hand, sie kicherte.

»Du bist albern.«

Er zuckte die Achseln. »Das Sein bestimmt das Bewusstsein.«

»Die dämlichste Ausrede seit Adam und Eva«, flüsterte sie und stieg vorsichtig die Holztreppe hoch, die trotzdem knarrte, als würde sie Herrenbesuch nicht billigen. Er folgte ihr und mühte sich, nicht laut zu lachen.

Endlich in der Wohnung, streifte sie ihre Schuhe ab und hängte die Jacke an den Haken einer Garderobe. Sie nahm ihn an der Hand und führte ihn ins Wohnzimmer. Mit der anderen Hand knöpfte sie sich die Bluse auf.

Als er am Morgen aufwachte, fand er das Kopfkissen neben sich leer. Aber es war noch warm. Er streckte sich, staunte, dass der Schmerz sich nur schwach meldete, schloss einige Minuten die Augen und rief sich in Erinnerung, was in der Nacht geschehen war. Als er die Augen aufschlug, sah er ihr Gesicht dicht über seinem. Sie küsste ihn. »Wo wünschen der Herr das Frühstück?«

»Mir egal«, schnaufte Stachelmann und griff nach ihr. »Als Vorspeise mag ich Menschenfleisch.«

Sie tat so, als erschrecke sie, und wich seinem Griff aus. »Eklig, rohes Menschenfleisch. Außerdem bin ich zäh. Strafrechtlich betrachtet, ist das übrigens versuchter Mord.«

»Mundraub«, sagte Stachelmann. »Mundraub in einem minderschweren Fall.«

Sie prustete los. »Raus aus dem Bett. Irgendwo hängt hier ein Bademantel.« Sie suchte, fand ihn im Schrank und warf ihn ihm aufs Gesicht. Er ließ sein Gesicht bedeckt und war einen Augenblick restlos glücklich. Aber dann fiel ihm Ossi ein, der wohl als Letzter diesen Bademantel getragen hatte. Er schob ihn vom Gesicht, verkniff sich die Frage nach Ossi und zog den Bademantel an.

Während sie frühstückten, erzählte sie Anekdoten aus dem Dienst, unbeschwert, stets bereit zu lachen, und der Trübsinn, der ihn angeflogen hatte, verschwand. Er schaute ihr zu, wie sie aß und erzählte, dabei gestikulierte, den Tee verschüttete, aufsprang, mit einem Lappen den Tisch sauber wischte, doch manchmal glaubte er zu sehen, wie Trauer über ihr Gesicht zog, für den Hauch einer Sekunde nur und ohne eine Spur zu hinterlassen. Aber vielleicht übertrug er nur auf sie, was er fühlte, zwischen Glück und Traurigkeit.

»Guck nicht so griesgrämig«, sagte sie und setzte sich auf seinen Schoß. Das schmerzte, aber es war schön und eine Geste der Vertrautheit. Er trug sie ins Bett, und sie schliefen noch einmal miteinander.

»Es ist gut«, sagte sie danach.

»Ja.«

»Lass uns einen Tag glücklich sein.«

»Warum nur einen Tag?«

»Manche Menschen schaffen nicht einmal das. Wenn man einen Tag glücklich ist, dann darf man an den zweiten denken. Vorher nicht. Wenn man zu viel nachdenkt, geht es sowieso in die Binsen.«

Und solch eine Frau hatte Ossi einfach sitzen gelassen? Das glaube ich nicht. Ein Grund mehr, der für Mord sprach.

Sie ging ins Bad, er lag auf dem Bett und ließ die Gedanken schweifen. Er suchte nach dem schlechten Gewissen, fand es aber nicht. Nur die Gewissheit, es würde sich melden, da durfte er sich keine Hoffnung machen. Nur nicht dran denken, dass da draußen sein Leben auf ihn wartete, jenes Elend, dem er für ein paar Stunden entkommen war und das doch wieder stärker sein würde wie ein unbezwingbarer Sog. Der würde ihn ergreifen, wenn er nur wenige Augenblicke zu denken wagte, wie es wäre, frei zu sein von den Zwängen und Qualen, die sein Leben beherrschten, weil er sein Leben niemals beherrschen würde. Wie eine schwarze Wolke schob sich die Düsternis näher, weil das Glück an diesem Morgen ihn nur stärker erinnerte an das Elend, das sein Alltag war. Sie hatte die Badezimmertür geöffnet, wohl um den Dampf entweichen zu lassen, und er hörte sie pfeifen wie ein junges Mädchen, das auf der Straße Figuren hüpfte. Da verzog sich die schwarze Wolke wieder und löste sich endlich auf, um einen Himmel freizugeben, der blauer nicht sein konnte.

»Warum weinst du?«, fragte sie erschrocken. »Anne?«

»Ist gut«, sagte er. »Ich bin tatsächlich glücklich, ich hatte vergessen, wie das ist.«

Sie schaute ihn neugierig an und setzte sich auf die Bettkante. Dann grinste sie. »Du bist mir ja ein Trauerkloß.« Sie lachte. »Ossi hat gesagt, du seiest einer, der sich von seinen Zweifeln fressen lässt. Da hat er wohl Recht gehabt.«

Stachelmann winkte ab. Dann fiel ihm ein, er hatte Wolf anrufen wollen, schon gestern Abend. Er fuhr hoch, dann schüttelte er den Kopf und ließ sich wieder ins Bett fallen. Das war ihm jetzt nicht wichtig. Sie schaute zu und lachte. »So sieht also dein Frühsport aus. Ist das typisch für Historiker oder nur für dich?«

»Normalerweise stemmen wir morgens Akten, fünfzigmal links, fünfzigmal rechts. Bis es staubt. Ich bin immer gern bereit, alle deine Vorurteile zu bedienen.«

»Das erleichtert das Zusammensein ungemein«, sagte sie. »Was hältst du davon, du würdest duschen, und wir fahren irgendwohin?«

»Aye, aye, Sir!« Stachelmann stand auf, grüßte militärisch und ging ins Bad.

»Und bitte gründlich!«, rief sie ihm hinterher.

Nein, Ossi hatte sich nicht selbst umgebracht.

Als er aus der Dusche kam, stand sie vor der Tür. »Ob das überhaupt geht, eine von der Mordkommission und ein Historiker?«

»Ob das überhaupt geht?«, fragte er zurück.

Sie antwortete nicht, aber er sah Traurigkeit in ihren Augen. Er nahm sie in den Arm. »Es ist nicht leicht«, sagte er endlich.

»Wegen Anne.«

»Auch wegen Anne. Aber ich finde, es ist zu früh, solche Dinge zu besprechen. Viel zu früh.«

»Tut mir Leid, ich will dich nicht bedrängen.« Sie löste sich aus seinen Armen und ging in die Küche. Er blieb stehen und hörte es klappern. Ihre Offenheit berührte ihn. Sie gab ihre Gefühle preis und riskierte, zurückgewiesen zu werden.

»Nicht dass du denkst, ich bin hier die Küchenfee«, rief sie.

Er ging in die Küche und spürte gleich, sie war wieder die Alte. Jedenfalls tat sie so. Aber ihre Fröhlichkeit wirkte nicht aufgesetzt. Er half mehr schlecht als recht, dann setzte er sich auf einen Stuhl und verfolgte, als stünde er neben sich, wie die Schmerzen vom Rücken aus in Arme und Beine krochen. Schweiß trat ihm auf die Stirn. Er stand auf und ging in den Flur, wo sein Jackett hing. In einer Tasche fand er den Tablettenblister, er drückte eine Pille durch das Aluminiumpapier, sie fiel auf den Boden. Er fluchte leise, dann bückte er sich unter Schmerzen, hob die Tablette auf und steckte sie in den Mund. In der Küche hielt er den Mund unter den Wasserhahn und drehte auf.

Sie verfolgte es, dann sagte sie: »So ist das also.« Er hörte kein Mitleid in der Stimme, es tat ihm gut.

»Ich lege mich einen Augenblick hin.« Er krächzte, die Stimme trat weg. Stachelmann legte sich aufs Bett und schloss die Augen. Sie legte sich neben ihn, ohne ihn zu bedrängen. Vorsichtig nahm sie seine Hand und streichelte sie sanft. »Wenn es dir besser geht, fahren wir an die Elbe«, sagte sie.

»Ja«, sagte er. Dann fiel ihm wieder Wolf ein. An diesem Abend musste er ihn anrufen, sonst dachte der noch, Stachelmann sei ausgestiegen aus der Sache. »Ich kriege euch«, murmelte er.

»Wen kriegst du?«

»Diese Thingstättenmörder und den, der Ossi umgebracht hat.«

»Wenn es den gibt.«

»Den gibt es.« Er erzählte ihr nun doch von seiner Anzeige.

Sie sagte nichts dazu.

Er lag noch eine halbe Stunde, auch sie döste vor sich hin. Ihre Nähe tat ihm gut. Wegen ihr brauchte er keine Angst zu haben vor dem Schmerzüberfall, der ihn beherrschte und alles änderte.

»Wie ist das, immer Schmerzen zu haben?«, flüsterte sie.

»Warum flüsterst du?«, flüsterte er und lachte leise. »Das mit dem Schmerz ist Gewöhnung. Und nachts hilft die Chemie.«

»Aber es beeinträchtigt dich doch.«

»Jein, den Hundert-Meter-Weltrekord werde ich wahrscheinlich nicht mehr brechen. Aber es ist auch eine Bereicherung. Manchmal glaube ich, es fördert die Konzentration auf Dinge, die einem wichtig sind.«

»Du bist sicher, dass Detmold und Kipper die Thingstättenmörder sind?«

»Gäbe es den Zusammenhang mit Ossi nicht, dann wäre ich mir nicht sicher. Aber wenn sie Ossi umgebracht haben, dann haben sie auch den anderen Mord begangen. Einen anderen Sinn kann ich in dieser Sache nicht entdecken. Wenn sie nicht früher gemordet haben, dann hätten sie später keinen Grund gehabt, Ossi zu töten, nachdem er in Heidelberg offenbar am falschen Ort ein falsches Wort gesagt hat. Und bedenke, Tramal mit einem Insulinspray, Letzteres ein neues Medikament, das weist eindeutig auf einen Arzt hin. Und welcher Arzt hat ein Motiv? Womit wir also wieder am Anfang wären.«

»Ich gebe zu, das ist ein schlüssiges Modell. Aber auf dem Lehrgang würden sie anfangen nach Beweisen zu fragen. Mit klugen Ideen kommt man nicht weit vor Gericht.«

»Gewiss. Aber wenn die beiden kein Alibi haben für die Tatzeit, dann sollten deine Kollegen sie mal verhören.«

»Puuh«, sagte sie. »Ich fürchte, rund zehn Millionen Deutsche haben für diese Zeit kein Alibi.«

»Dann verhört ihr eben alle.«

Sie gluckste. »Eine bessere Idee ward nie geboren.«

»Warum bist du eigentlich Polizistin geworden, wenn du nicht mal auf eine so einfache Idee von allein kommst?«

»Ich freue mich, es geht dir besser. Sonst würdest du nicht schon wieder frech werden. Meine Seele dürstet nach Gerechtigkeit. Außerdem stehe ich auf Uniformen und Polizeisirenen.«

Er lachte.

»Also gut, ich hatte nach dem Abi Lust, etwas zu tun, das für Mädchen nicht alltäglich ist. Friseurin ist nicht mein Fall. Habe mir gesagt, schnupper mal rein, kannst ja wieder aufhören. Und dann bin ich hängen geblieben.«

»Klingt ziemlich unheroisch.«

»Ist unheroisch, bedaure, Sie zu enttäuschen. Die Mehrheit der Menschen empfindet die Berufswahl übrigens nicht als sonderlich heldenhaft. Du bist natürlich eine Ausnahme. Der Kampf um die Wahrheit im lebensverkürzenden Staub der Archivkeller. Damit die Menschheit wenigstens im Nachhinein erfährt, warum es schief gegangen ist.«

»Genau«, sagte er. »Endlich jemand, der mich versteht.«

Plötzlich stand ihm seine Habilitationsschrift vor Augen. Aber sie erschreckte ihn nicht. Du wirst es schon schaffen. »Ich muss meine Mutter besuchen«, sagte er unvermittelt. Es drehte sich alles im Kopf.

»Dann tu es«, sagte sie. »Am besten gleich.« Sie brachte ihn zur Wohnungstür. »Komm wieder«, sagte sie und küsste ihn auf den Mund.

Draußen wurde er traurig. Er lief zur U-Bahn-Station und fuhr zur Kellinghusenstraße. Von dort brauchte er keine Viertelstunde zu Fuß bis zur Pforte der Klinik. Die Gelenke fühlten sich an, als wären sie aus Gummi, aber der Schmerz hatte nachgelassen. Seine Niedergeschlagenheit wuchs, als er durch die Gänge mit den spiegelnden Böden und den Neonröhren an der weißen Decke ging. Er begegnete Patienten im Bademantel, Männern und Frauen in weißen Kitteln. Es roch nach einem Reinigungsmittel. Ihm wurde übel, ein beißender Geschmack stieg die Speiseröhre hoch. Als er vor der Tür des Zimmers stand, in dem seine Mutter lag, sah er seine Hand zittern, als er zur Klinke griff.

Die Mutter schlief. Ihr Gesicht war eingefallen, sodass er einen Augenblick fürchtete, sie sei gestorben. Aber dann sah er sie atmen durch ihren leicht geöffneten Mund. Er hielt sein Ohr in die Nähe ihres Gesichts, der Atem war ruhig und kräftig.

Sie schlug die Augen auf. Er sah sie lächeln. »Schön, dass du da bist.« Ihre Stimme war brüchig. Sie nahm seine Hand, ihre war kalt, die Haut fühlte sich an wie Plastik. »Wie geht es Anne und Felix?«

Als würde ihm ins Herz geschnitten. »Gut«, flüsterte er, als ob sie nicht allein wären. »Gut.«

Sie schaute ihm skeptisch in die Augen, seine Stimme schien ihr das Gegenteil zu sagen. Aber sie fragte nicht weiter.

Nach einer Weile des Schweigens sagte sie, die Ärzte meinten, sie komme bald nach Hause. Ob etwas geblieben sei vom Tumor, könnten sie erst später feststellen, sie müsse in kurzen Abständen zu Nachuntersuchungen ins Krankenhaus. Wichtig sei ihr aber, dass sie nach Hause komme. »Weißt du, als ich unser Haus verließ, dachte ich, ich sähe es nie wieder. Das ist ein merkwürdiges Gefühl. So endgültig. Aber sterben müssen wir alle. Nur nicht zu früh, auch nicht zu spät. Wann ist die richtige Zeit zu sterben?« Sie schaute an ihm vorbei auf ein Landschaftsbild an der Wand. Er hätte gern gewusst, was sie in der Dutzendkopie irgendeines Künstlers sehen wollte. Aber er fragte nicht. Ja, wann ist es Zeit zu sterben? War es für Ossi so weit gewesen? Für Frau Brettschneider, für Adi? Wann ist meine Zeit?

Draußen auf der Straße war er wie benommen. Es nieselte, er fand die warmen feinen Tropfen im Gesicht angenehm. Wie sollte er verstehen, was seine Mutter gesagt hatte? Sie musste jederzeit einen Rückfall erwarten, eine Metastase, die sich vielleicht gerade jetzt im Körper auszuweiten begann.

Er fuhr bis zum U-Bahnhof Hallerstraße und lief zum Philosophenturm. In der Cafeteria aß er ein Käsebrot. Ihm war, als stünde eine unsichtbare Mauer zwischen ihm und den anderen. Dann nahm er den Aufzug zum Historischen Seminar. In seinem Dienstzimmer vertrödelte er einige Minuten und schaute hinunter auf das Treiben im Von-Melle-Park. Er hätte lange so stehen können, doch dann schaltete er den PC ein und machte sich an seine Arbeit. Erst am Abend würde er Wolf anrufen. Er war aufgeregt, vielleicht wusste Wolf schon etwas, zum Beispiel, wie Kipper und Detmold auf die Polizeibefragung reagiert hatten. Stachelmann malte sich aus, wie die beiden panisch flohen und sich dadurch nur verrieten. Aber er zwang sich zurück an seine Arbeit. Heute hatte er gar kein Verhältnis zu dem, was er geschrieben hatte. Es war ihm fast egal, mechanisch beseitigte er Fehler, schlug manches nach, fing immer wieder seine Gedanken ein, die nach Heidelberg schweiften oder zu Carmen, zu der er am Abend zurückkehren würde.

Um fünf Uhr versuchte er zum ersten Mal Wolf zu erreichen. Aber der nahm nicht ab. Stachelmann stellte sich vor, wie der Expolizist Detmold an den Fersen klebte, Fotos machte, Auffälliges notierte oder auf ein Tonband sprach. Bald würde Stachelmann mehr wissen. Wieder ein, zwei Seiten, und dann nahm ihn doch etwas im Text gefangen, die Schilderung eines KZ-Häftlings über die Arbeit im Steinbruch. Wie sie die Toten mitschleppen mussten, wenn das Arbeitskommando zurückmarschierte ins Lager. Steinbruch, das bedeutete für viele die Todesstrafe. Da wurden die Häftlinge geschunden, aus Rache, zur Strafe, aus Lust an fremden Qualen. So oft hatte er diese Passagen gelesen, jedes Mal berührten sie ihn aufs Neue. Es war seltsam, nach dem Krieg das große Schweigen, aber dann, ab den Siebzigerjahren bis zum heutigen Tag, unzählige Dokumentationen, die doch alle die gleichen Bilder zeigten, wenn auch in unterschiedlicher Abfolge. Die stete Wiederholung und die inszenierte Dramatisierung, wie sie inzwischen üblich war, vertiefte die Kenntnisse nicht, auch nicht die Abscheu. Eher spielten da manche mit der Macht der Bilder und der Faszination des Grauens. Nicht zuletzt, es war ein gutes Geschäft. Je weiter die Nazizeit zurücklag, desto unbefangener griffen die Deutschen nach Büchern oder sahen Dokumentationen, die doch nur wiederholten, was längst bekannt war. Nichts Neues, immer wieder das Gleiche, aber oft genug vorgetragen mit nichts Geringerem als dem Anspruch, nun endlich die Wahrheit zu berichten.

Es war sein Beruf, hinzuschauen, immer wieder hinzuschauen. Und sich vorzustellen, wie es gewesen war.

Vor allem, warum es geschehen war und wie die Entscheidungen getroffen wurden, aus welchem Grund und unter welchen Bedingungen. Da ging es nicht um die Dämonen, die das Fernsehen so wirkungsvoll vorführte, sondern um schwierige, vielfältige, oft kaum entschlüsselbare Prozesse, die zu Ergebnissen führen konnten, die am Anfang den Beteiligten nicht einmal im Traum erschienen waren. Aber das ließ sich nicht bebildern, weshalb es im Fernsehen nicht vorkam.

Zurück an den Text. Ein paar Zeilen, dann drückte er die Wahlwiederholungstaste, doch Wolf war immer noch nicht da. Wieder ein paar Zeilen, wieder die Taste. Stachelmann erschrak fast, als abgehoben wurde.

»Es ist einiges los hier«, sagte Wolf. »Ich weiß nur nicht, was es bedeutet.«

»Aha«, sagte Stachelmann. Warum spannte der Mann ihn auf die Folter?

»Ich bin Detmold überallhin gefolgt, nur nicht aufs Klo.« Er lachte über seinen Witz, dann stockte er, weil Stachelmann nicht mitlachte. Er räusperte sich, dann fuhr er fort. »Also, ich weiß jetzt, warum der Doktor Nachtschichten macht.« Wolf wollte es spannend machen.

»Und?«, fragte Stachelmann.

»Na, er hat was mit einer Arzthelferin.«

»So eine Schwarzhaarige, kurz geschnitten, stark geschminkte Augen.«

»Genau.«

»Und woher wissen Sie das?«

»Ach du lieber Himmel, wenn zwei sich so herzlich küssen und gar nicht mehr aufhören wollen. Und seine Finger unter ihrer Bluse wühlen und sie sichtlich nichts dagegen hat.«

»Wo haben Sie die beiden beobachtet?«

»Sie verließen gesittet zusammen die Praxis, dann gingen sie die Kleine Mantelgasse runter, er schaute sich um, fast hätte er mich gesehen, zog sie in einen Hauseingang, und da habe ich einfach auf neugieriger Spaziergänger gemacht. Die haben sich ganz schön erschreckt.« Er lachte.

Stachelmann überlegte. Dieser Bericht verwirrte ihn. Da kam eine Geschichte dazu, die er nicht bedacht hatte. Aber änderte das was an seinen Schlussfolgerungen? Er versuchte sich zu beruhigen. Du bist angespannt, das ist eine Sache, die mit deiner nichts zu tun hat. Hat er halt ein Verhältnis, das ändert nichts.

»War die Polizei bei Detmold?«

»Ja, zwei Beamte. Heute Nachmittag, so gegen sechzehn Uhr. In der Praxis.«

Stachelmanns Stimmung verbesserte sich schlagartig. »Und?«

»Was heißt und?«

»Wissen Sie etwas? Was hat er gesagt?«

»Guter Mann, nun kommen Sie wieder runter. Woher soll ich wissen, was die zu bereden hatten?«

Natürlich, du bist dumm. Woher soll Wolf das wissen. »Sonst noch etwas?«

»Ja, Detmold war gestern Abend kurz bei Kipper. Ist aber nach einer Viertelstunde wieder weggefahren, direkt nach Hause. Hat dem Kipper offensichtlich etwas mitgebracht, einen Umschlag hat er ins Haus getragen, und ohne Umschlag ist er zurückgekommen. Zu Hause gab's dann Ärger. Sie hat geschrien, dass es die halbe Hirschgasse hören musste. Ich tippe mal auf Ehekrise, Endstadium.« Er sagte es lakonisch, und das machte es umso überzeugender. Wieder war Stachelmann verwirrt. Es passte nicht in sein Bild.

Nach dem Telefonat kreisten die Gedanken durch seinen Kopf. Da passte etwas nicht. Dafür fand er zwar beim Nachdenken keinen Beweis, aber er spürte es. Irgendetwas stimmte nicht. Er hatte etwas übersehen. Nein, widersprach er sich. Du bist nervös, heute, spätestens morgen weißt du mehr. Vor allem, ob Detmold und Kipper in Hamburg waren. Wenigstens, ob sie ein Alibi hatten. Wenn nicht, er würde ihnen noch einmal auf die Pelle rücken. Ich kriege euch, flüsterte er vor sich hin.

Dann mühte er sich noch eine Zeit lang mit seiner Arbeit ab. Du solltest mit Anne telefonieren, dachte er. Aber was soll ich ihr sagen? Was ist mit mir? Ich weiß es doch selbst nicht. So ein Gespräch schafft nur neues Chaos.

Er schaltete den PC aus und fuhr mit dem Aufzug ins Erdgeschoss. Draußen war es noch warm, das Betonplateau, das irgendjemand Park genannt hatte, hatte sich tagsüber aufgeheizt und gab jetzt die gespeicherte Wärme ab. Bald würde es dämmern. Er machte sich auf den Weg zu Carmen. Schon im Treppenhaus roch er den Knoblauch und Gewürze. Sie öffnete ihm die Tür, umarmte ihn und sagte, sie habe etwas gekocht. Aber daran solle er sich nicht gewöhnen. Sie lachte unbeschwert, dann griff sie zum Schlüsselbrett neben der Tür und reichte Stachelmann einen Schlüssel an einem Lederband. »Damit du nicht mehr klingeln musst.«

Es berührte ihn, wie sie ihm vertraute und mit welcher Selbstverständlichkeit sie ihn in ihr Leben einbezog. Er setzte sich an den Küchentisch, er war schon gedeckt. Sie hatte Spaghetti gekocht mit einer Tomatensoße, die so gut schmeckte, wie sie roch.

»Dann haben wir ja doch eine Perspektive«, sagte er.

»Du bist korrupt.«

»Setzt mir jemand ein gutes Essen vor, vergesse ich alle Grundsätze meines Lebens.«

»Das ist ja einfach.«

»Ob du mal deine Kollegen in Lübeck anrufen kannst? Ich würde unheimlich gerne wissen, was die in Heidelberg herausbekommen haben wegen der Alibis, du verstehst.«

»Weißt du, wann die Heidelberger Kollegen …«

»Am Nachmittag.«

»Vergiss es. Du glaubst doch nicht etwa, die haben sofort einen Bericht geschrieben und den nach Lübeck geschickt. Die sind gleich in den Feierabend abgedüst, und morgen, wenn wir Glück haben, kriegen wir vielleicht ein Fax.«

»Kannst du dich darum kümmern?«

»Wenn das eine Bitte ist, gerne.« Sie grinste.

»Entschuldigung. Eigentlich wollte ich dich da nicht hineinziehen.«

Sie winkte ab und schenkte Wein nach. »Kein Wort mehr darüber. Wir machen uns einen netten Abend, und morgen fangen wir alle Verbrecher, die noch frei herumlaufen.«

Nun erst fiel ihm auf, sie war Anne ganz ähnlich. Sie hatte Annes Humor. In gewisser Hinsicht war sie eine Anne ohne Felix. Das machte die Sache nicht einfacher.

Am Morgen wachte er nervös auf. Er erinnerte sich, sie hatte ihm zum Abschied einen Kuss gegeben und gesagt: »Schlaf weiter, ich melde mich.« Nach einer Weile hatte er die Tür knacken gehört, bevor er wieder eingeschlafen war. Es kam ihm vor wie ein paar Minuten, bis er wieder aufwachte. Heute ist mein Tag, bestimmt. Sie haben keine Alibis, und ich habe Ossis Mörder. Er konnte kaum essen, so unruhig war er. Vielleicht waren Kipper und Detmold schon verhaftet? Vielleicht hatten sie gestanden, als die Polizei sie mit einer Frage überrumpelte, mit der sie nicht mehr gerechnet hatten?

Nach dem Frühstück fuhr er zur Universität. Er unterdrückte die Versuchung, Carmen anzurufen.

Dann klingelte das Telefon. Stachelmann riss den Hörer von der Gabel, der Hörer fiel ihm aus der Hand auf den Tisch. Er nahm ihn ans Ohr. »Ja?«

»Wo steckst du? Ich habe gestern Abend ein paar Mal versucht dich zu erreichen und dir auch auf den Anrufbeantworter gesprochen.«

Schweiß auf der Stirn. »Entschuldigung«, stotterte er. »Wir … ich warte gerade auf die Nachricht der Polizei, ob diese Heidelberger Leute Alibis haben. Vielleicht überführen wir heute Ossis Mörder.«

»Was ist mit dir? Du sprichst seltsam.«

»Ich bin aufgeregt.«

»Hm. Ich frage jetzt mal nicht, ob du zu Hause geschlafen hast.«

»Doch, doch. Aber ich habe vergessen, den Anrufbeantworter abzuhören.« Er schwieg einen Augenblick, dann sagte er. »Nein, ich habe in Hamburg übernachtet, bei Carmen.«

Sie sagte lange Sekunden nichts.

»Nicht, was du vielleicht denkst.«

»Was denke ich?«, fragte Anne.

»Na ja, was man in einem solchen Fall denken könnte. Aber sie trauert noch um Ossi. Und ich finde sie auch nicht so toll, dass …«

»Gelegenheit macht Diebe«, sagte Anne.

»Übertreib nicht.«

Sie lachte, er hörte die Bitterkeit. »Du willst sie trösten. Oder welchen Grund kannst du sonst haben, bei ihr zu schlafen?«

»Vergiss es einfach.« Und er dachte: Jetzt verrätst du Carmen, aus Feigheit.

»Es bleibt mir nicht anderes übrig«, sagte sie. »Sitzt du wenigstens ab und zu an deiner Arbeit?«

»Ja, zum Beispiel gerade jetzt.«

»Du wolltest jetzt aber nicht andeuten, ich würde dich stören?«

»Nein, nein«, versicherte er eilig. Zum Verrat gesellte sich die Lüge. Selten war ihm ein Gespräch unangenehmer gewesen als dieses. Weil ich begreife, dass ich fahrlässig eine Beziehung aufs Spiel setzte, die mir wichtiger ist als alle Beziehungen zuvor. Auch wenn wir uns gerade mal wieder eine Krise nehmen. Durch meine Schuld, weil ich nicht mit in den Urlaub gefahren bin. Weil ich mich dann auch nicht an diese verfluchte Arbeit gemacht habe, sondern auf Mörderjagd gegangen bin. Aber nun ist es so weit, dass die Mörder fällig sind, und dann kann ich die Arbeit abschließen. »Ich muss das jetzt zu Ende bringen. Es war bescheuert, dass ich damit angefangen habe, denn in Wahrheit wusste ich nichts, als ich anfing. Es waren Hirngespinste. Aber die haben sich zu handfesten Schlussfolgerungen entwickelt. Das soll es ja geben, dass verrückte Ideen sich als wahr entpuppen.«

»Denk an die Arbeit. Bohming meint es ernst. Und wenn du mit allem fertig bist, dann reden wir. Du meldest dich, ja?«

Er versprach es. Nach dem Gespräch fühlte er sich elend. Lange saß Stachelmann vor dem Bildschirm und sah nichts. Nein, er mochte sich jetzt nicht entscheiden, sondern wollte mit Carmen zusammenbleiben, eine Weile noch, eine kleine Weile nur, bis der Fall aufgeklärt war. Er brauchte sie jetzt, auch als Polizistin. Gib es zu, da ist noch etwas anderes. Aber darüber wollte er jetzt nicht nachdenken. Er musste weiterarbeiten, immer weiter.

Als er seine Augen gerade auf den Bildschirm gerichtet hatte, klingelte es wieder. Es war Carmen.

»Ich will nicht herumreden, ich habe mit meinen Lübecker Kollegen gesprochen«, sagte sie. »Die haben beide ein Alibi, wasserdicht, absolut wasserdicht.«

Es war wie ein Schlag in den Magen. »Das glaube ich nicht«, sagte Stachelmann. »Das kann nicht sein. Deine Kollegen haben sich das zu leicht gemacht. Wäre nicht das erste Mal.«

»Doch, doch. Die beiden waren in der fraglichen Nacht Gäste bei einem Wohltätigkeitsessen. Gastgeber war die Heidelberger Bürgermeisterin. Die Kollegen haben mehrere Leute befragt, die auch bei diesem Essen gewesen sind, darunter einen Oberstaatsanwalt. Alle haben bestätigt, dass Detmold und Kipper bis nach Mitternacht anwesend waren.«

»Und dann haben sie ein Flugzeug genommen …«

»Das ist doch Unsinn. Kein Flugzeug kann heimlich losfliegen und heimlich landen. Wenn du darauf bestehst, dann rufe ich die Flughäfen an, die infrage kommen …«

»Nein, nein«, sagte er. »Du hast Recht. Und wenn sie Doppelgänger …«

»Josef, ich verstehe ja, dass dich das entsetzt. Aber es ist die Wahrheit. Detmold und Kipper haben Ossi nicht ermordet, auf gar keinen Fall. Auch ich brauchte eine Weile, um zu glauben, er hat sich selbst umgebracht. Er hat es selbst getan, Josef. Dieser Idiot hat eben nicht mit mir gesprochen und nicht mit dir. Er war der Meinung, aus welchem verfluchten Grund auch immer, dass es für ihn Zeit sei zu sterben. Wir müssen uns damit abfinden. Jedes Mal, wenn sich bei mir Schuldgefühle melden, sage ich mir: Er hat mit dir zusammengewohnt, er hätte jederzeit den Mund aufmachen können. Wir hätten über alles reden können, das wusste er, und er hat es manchmal auch getan. Soll man von morgens bis abends hinter so einem herlaufen und ihn bedrängen: Mensch, wir müssen bestimmt was bereden, tu dir nichts an, ich bin immer für dich da und so weiter und so fort. Man muss sich nicht lächerlich machen. Nein, ich habe mir nichts vorzuwerfen, und du dir auch nicht. Ende der Durchsage.«

***

20. April 1979
Ich muss weg. Immer wieder kriecht mir dieser Satz in den Kopf. Weg, weg, weg. Die Bullen waren bei Angelika. Sie sind immer noch an der Thingstättensache dran. Und ich hatte gedacht, es sei vorüber. So ein Hauptkommissar Wolf habe sie in die Enge

getrieben. Eine Gestapotype, hat sie gesagt, und ich kann ihn mir vorstellen.

Von wegen vorstellen. Gerade eben war er hier. Eine Bulldogge, ich habe jeden Augenblick erwartet, dass er mich schlägt. Er war allein, keine Zeugen. Und er hat einen Blick, dass einem das Kotzen kommt. Als er ging, hat er gesagt: Ich kriege dich und die anderen Schweine auch. So ein Gesocks wie ihr gehört ins Lager. Das hat er wirklich gesagt. Und sein Blick hat gesagt: Ich meine es ernst. Ich mach euch fertig.

Angelika hat erzählt, mit ihr habe er das gleiche Spiel getrieben, dabei hat sie nichts zu tun mit der Sache. Er versucht es mit dieser Masche bei jedem.

R. hat gesagt, wir müssen aus Deutschland weg. Die Revolution ist vertagt, die Linke zerfällt, es bleiben nur ein paar Sekten, kleiner als mini. Untertauchen, am besten so tun, als wären wir tot. Oder eine Erklärung, die jeder glaubt. Sind in den Urlaub gefahren und nicht wiedergekommen. R. hat auch gesagt, er sei vor ein paar Jahren mal in Volterra gewesen, südlich von Livorno, in der Toskana. Er habe mit Genossen von Lotta Continua gesprochen, die wären richtige Kerle gewesen. Fragen nicht, wo man herkommt, sondern was man macht. Wir gehen in die Fabrik, arbeiten und agitieren. Oder machen eine Kneipe auf, hat R. gesagt. Zu zweit, das sollten wir doch hinkriegen.

Ja, lotta continua, der Kampf geht weiter.

14

Er lief durch die Stadt und sah alles durch einen Nebel. Er wusste nicht, wohin er ging. Zuerst redete er sich ein, dass es nicht so sein könne, wie Carmen gesagt hatte, dass Detmolds und Kippers Alibis auf raffinierte Weise falsch waren. Doppelgänger, oder sie hatten Zeugen bestochen. Die Polizisten hatten sich im Datum geirrt und nach der falschen Nacht gefragt. Es erschien ihm wie eine Verschwörung. War nicht alles glasklar gewesen? Und jetzt lag in Trümmern, was er herausgefunden und sich zusammengereimt hatte.

»Nun passen Sie doch auf!«, schnauzte ihn ein Passant an, den Stachelmann angerempelt hatte auf einem Zebrastreifen. »Der ist besoffen«, hörte er jemanden hinter sich.

Er wusste nicht mehr, wo er war. Da vorn ist eine Wiese mit Bänken, eine Bank ist unbesetzt. Er eilte hin, setzte sich und merkte erst jetzt, er war schweißnass. Er atmete schwer. Dann merkte er, er schüttelte schon eine Weile den Kopf. Er konnte es nicht glauben. Die Thingstättenmörder mochten davonkommen, vielleicht lebten sie gar nicht mehr. Aber Ossis Mörder?

Ossi ist nicht ermordet worden. Du bist Wissenschaftler. Wenn deine These nicht zu beweisen ist, dann ist sie wahrscheinlich falsch. Du hast alles getan, um Beweise zu finden. Vielleicht hättest du mehr Mühe darauf verwenden sollen, Gegenbeweise zu suchen. Popper lässt grüßen. Wenn man sich verrennt, endet man an der Wand. Du hast dich verrannt. Hak die Sache ab, mach deine Arbeit fertig. Das Detektivspielen überlass denen, die etwas davon verstehen. Du gehörst nicht dazu.

Und dann war es ihm peinlich. Wie er Leuten auf die Pelle gerückt war mit der Wahnidee, er, Josef Maria Stachelmann, könne einen Mordfall aufklären, an dem sich die Kripo, diese Amateure, die Zähne ausgebissen hatte. Ausgerechnet er. Er staunte über die Geduld, die andere mit ihm hatten. Die Polizisten in Heidelberg, Carmen, die ihn nun für verrückt halten musste. Anne, die hatte richtig gelegen, als sie ihm riet, die Finger von der Sache zu lassen. Ja, er hatte zwei Fälle aufgeklärt, mit viel Glück, und schon glaubte er, er sei berufen, die Mordkommissionen dieser Republik vorzuführen. Du bist ein Idiot, murmelte er vor sich hin. Du bist der größte Idiot seit Christi Geburt. Dann fing er an zu lachen. Er lachte Tränen, und als er aufhörte zu lachen, liefen die Tränen weiter. Er stützte die Ellbogen auf die Knie und legte die Hände vors Gesicht. So saß er lange. Und während du Gespenster gejagt hast, ist die Zeit verronnen, die Bohming dir gegeben hat. Noch acht Wochen.

Er zwang sich aufzustehen, überlegte, woher er gekommen war, und ging zurück zum Seminar. Der PC lief noch, der Bildschirmschoner zauberte Würfel und Dreiecke. An die Arbeit. Vergiss den Mist. Jetzt geht es nur noch um die Arbeit. Sobald die fertig ist, klärst du das Beziehungschaos.

Tatsächlich gelang es ihm, sich mit der Habilschrift zu befassen, wenn auch nicht so konzentriert, wie er es sich gewünscht hatte. Aber er fand Fehler, auch bessere Formulierungen, einen Datumsirrtum, auch gab es vom Namen eines Lagerältesten unterschiedliche Schreibweisen.

Er arbeitete stundenlang ohne Pause. Am Abend aß er eine Kleinigkeit in der Cafeteria, obwohl er keinen Hunger hatte. Er hatte keine Augen für die wenigen Menschen, die auch aßen und tranken. Bevor er seinen Salat verzehrt hatte, drängte es ihn zurück in sein Zimmer. Als könnte er mit Gewalt seine Dummheit ungeschehen machen.

Er ließ das Telefon eine Weile klingeln, dann nahm er ab.

»Kommst du noch?«, fragte Carmen.

»Nein, heute nicht. Ich muss mal wieder nach Hause. Nach dem Rechten sehen«, schob er nach.

»Ich verstehe«, sagte sie.

»Ich muss das erst mal verdauen und mich ganz auf meine Arbeit konzentrieren. Ich komme sonst in Teufels Küche.«

»Ja«, sagte sie nur. »Du hast ja einen Schlüssel. Komm, wenn dir danach ist.« Sie klang enttäuscht.

Als er spät im Zug nach Lübeck saß, fühlte er sich besser, aber nicht gut. Er hatte einiges geschafft, wenn auch das Ende nicht absehbar war. Er fürchtete, die Arbeit in einem Zustand abgeben zu müssen, den er nicht als perfekt empfand. Hauptsache, du bist fertig. Die wissen doch nicht, was du als perfekt ansiehst. Denk an die Prüfungsarbeiten, die du gelesen hast. Perfekt? Dass ich nicht lache.

Kurz bevor er das Haus erreichte, durchfuhr ihn die Vorahnung, Olaf könnte auf ihn warten. Aber Olaf ließ sich nicht blicken, und Stachelmann schloss schnell die Haustür. Er leerte den Briefkasten, Zeitungen, zwei Rechnungen, sonst nur Mist. Dann stieg er die Treppe hoch. Unwillkürlich lauschte er, ob Musik aus seiner Wohnung drang, aber dann lachte er leise und schloss die Tür auf.

Der Anrufbeantworter blinkte, es war Wolf. Er warte auf seinen Rückruf. Stachelmann schaute auf die Uhr, und obwohl es nach elf war, wählte er Wolfs Nummer. Der hob nach einigem Klingeln ab, seine Zunge war schwer.

»Herr Wolf, ich blase alles ab.«

Der schwieg erst, dann sagte er: »Wenn das mal nicht zu früh ist. Mir macht es jedenfalls Spaß.«

»Es hindert Sie niemand weiterzumachen. Aber nicht in meinem Auftrag. Ich will nichts mehr hören von der Geschichte. Haben Sie das verstanden?«

Es klickte.

Stachelmann freute sich, diesen Kerl losgeworden zu sein. So weit war er heruntergekommen, dass er sich mit einem Gestapotypen einließ. Gab es ein besseres Zeichen für Wahn?

Er hätte jetzt gern einen Schnaps getrunken, hatte aber nichts mehr im Haus. Den Gedanken, ins Ali Baba zu gehen, ließ er eine Weile im Hirn kreisen, dann schaute er auf die Uhr und strich die Idee. Stachelmann lief in der Wohnung umher, schaute aus dem Wohnzimmerfenster in den schummrig beleuchteten Hinterhof, wo sich zwei Katzen anfauchten. Etwas Blechernes schepperte. Dann war es ruhig.

Auf dem Schreibtisch lagen die Fotos von Schmelzer. Er setzte sich, rührte die Fotos aber nicht an. Dann schaltete er die Lampe ein und betrachtete die Bilder doch. Erinnerungen stiegen hoch, an Versammlungen, Liebschaften, Seminare, an Leute, deren Namen er vielleicht nicht einmal damals gekannt hatte. Dann wieder das Foto mit dem Brunnen vor dem Rathaus. Heute standen dort die Stühle von Cafés und Bars. Er erkannte Lehmann und die anderen. Er ließ seinen Blick über die Menschen auf dem Foto schweifen. Ein Stück weiter weg vom Brunnen, nicht mehr im Kontakt mit der Gruppe, stand eine junge Frau. Stachelmann bildete sich ein, ihre Augen leuchteten. Aber ihr Gesicht war nur schemenhaft zu erkennen. Konnte sein, dass sie einen der Männer aus der Gruppe anschaute. Einen Unterarm streckte sie nach vorn, eventuell in die Richtung des Mannes, den sie anschaute. »Hallo!«, sagte Stachelmann, weil die Szene aussah, als hätte sie Hallo gesagt. Er drehte das Foto um und blätterte weiter. Schau auf die Randfiguren, sagte ihm eine Stimme.

Auf dem Bild, welches das CA zeigte, davor Lehmann mit Genossen, glaubte Stachelmann, die Frau wieder zu erkennen. Aber es bedurfte einiger Phantasie. Immerhin, sie schien die gleiche Kleidung zu tragen, Jeans, einen schlabberigen dünnen Pulli, die Haare wohl zum Pferdeschwanz gebunden. Er legte die beiden Bilder nebeneinander. Gewiss, das konnte sie sein. Wieder stand sie in der Nähe eines Typen, der mit Lehmann zusammen zu sehen war. Zwei andere waren Kipper und Detmold. Aber die drehten der Frau den Rücken zu. Die Körperhaltung eines Dritten aber konnte verraten, dass er die Frau kannte. Sein Gesicht war zu ihr gewendet, mochte sein, dass er gerade etwas zu ihr sagte. Er muss gerufen haben, immerhin stand sie einige Meter entfernt von ihm. Sein Oberkörper konnte sich gerade zurückgedreht haben nach vorn, wo sie vielleicht die Polizei erwarteten. »Pass auf, geh ins Haus!« Stachelmann sagte es. Der Satz würde zur Szene passen. Er holte die Lupe, aber die verstärkte die Kontraste nur, die Frau wurde unkenntlich.

Wer war sie?

Dann begann Stachelmann zu fluchen. Er beschimpfte sich selbst, dass er sich schon wieder einließ auf diesen Unsinn. Geh ins Bett, morgen wartet die Habilschrift und übermorgen auch. Überhaupt jeden Tag, bis du fertig bist.

Nachdem er die Zähne geputzt und sich gewaschen hatte, legte er sich ins Bett. Den Oberkörper ließ er unbedeckt, es war warm in dieser Nacht. Er versuchte einzuschlafen. Aber dann erschien vor seinen Augen die Frau, die er erkannt zu haben glaubte. Er könnte die Bilder kopieren und an ein paar Leute in Heidelberg schicken. Vielleicht Wolf auf diese Fährte ansetzen? Das würde ihn keine Zeit kosten. Doch, es würde ihm Konzentration rauben und damit Zeit. Warum ließ ihn dieser Schwachsinn nicht los?

Am Morgen wachte er gerädert auf. Die Gelenke schmerzten, der Kopf auch, die Augen brannten. Er blieb liegen und versuchte sich auf den Tag zu konzentrieren.

Heute musst du weitermachen mit deiner Habilschrift. Am Abend kannst du Carmen besuchen oder dich mit ihr irgendwo verabreden. Sie wird dir die Dummheiten schon ausreden. Die Bilder nimmst du nicht mit. Wenn du es tust, beschäftigst du dich doch mit der Sache, du würdest Kopien machen und sie verschicken an alle möglichen Leute.

Er stand auf, setzte sich an den Schreibtisch und schaute sich die beiden Fotos an. Wie sollte jemand diese Frau erkennen? Und überhaupt, was brachte ihn dazu, sie in einen Zusammenhang zu stellen mit der Thingstättensache? Weil Körperhaltung und Gestik es nahe legten und Stachelmanns Phantasie es nicht ausschließen konnte, dass sie vielleicht einen kannte, der wiederum Lehmann gekannt hatte? Und bei diesem Konstrukt war vorausgesetzt, dass Lehmann von den eigenen Leuten erschossen worden war. Warum sollte diese Vermutung noch stimmen, wo doch die anderen sich in Luft aufgelöst hatten? Jetzt grast du schon vermeintliche Nebenfiguren auf Fotos ab, die mit größter Wahrscheinlichkeit gar nichts zu tun haben mit der Geschichte.

Fragen kostet nichts. Er griff zum Telefonhörer. Nach dem fünften Klingeln wurde abgehoben.

»Wolf, sind Sie es?«

»Was wollen Sie denn?« Wolf klang, als hätte er eine Flasche Schnaps geleert in der Nacht.

»War auch eine Frau unter den Leuten, die Sie verdächtigt haben?«

»Nee, da gab es diese oder jene Freundin. Aber die sind doch damals mit jedem ins Bett gegangen.« Unausgesprochen blieb der Vorwurf: außer mit mir. »Und eine Frau, die einem Kerl eine Luger 08 ins Genick rammt und dann abdrückt, nee. Frauen vergiften, im wörtlichen und im übertragenen Sinn.«

Wolf ekelte ihn an. »Also nichts Erhellendes über Frauen?«, fragte er bemüht freundlich.

»Erhellendes?« Wolf lachte dreckig. »Das gab es über die doch noch nie. Die versteht keiner, ich jedenfalls nicht.«

»Danke«, sagte Stachelmann und legte auf. Idiot, warum musst du diesen Kerl anrufen? Jetzt siehst du, was du davon hast.

Er machte sich fertig, stieg die Treppe hinunter, um den Briefkasten zu leeren, frühstückte missmutig und blätterte dann in den Lübecker Nachrichten. Er ärgerte sich, er war nicht geradlinig. Du machst jetzt deine Arbeit fertig. Er legte die Zeitung weg, er verstand nicht, was er las. Ein Blick auf die Uhr, er hatte noch Zeit. Er lief umher, sah die beiden Fotos auf dem Schreibtisch und schaute sie an. Das war bestimmt die gleiche Frau. Und sie kannte diesen Kerl, der wiederum Lehmann kannte. Aber dann rief er sich in Erinnerung, dass damals viele politische Aktivisten sich kannten, sich mochten oder sich hassten. Die anderen für Dilettanten hielten, für Leute, denen der Durchblick fehlte oder die günstigstenfalls auf dem Weg waren, ihn zu bekommen. Am schönsten war es, wenn man dem anderen die Worte des jeweiligen Gottes um die Ohren hauen konnte. Wie sagte der chinesische Bauernphilosoph Mao noch? Da ist der Genosse Breschnew aber ganz anderer Meinung. Du vertrittst da ja eine interessante Theorie, Pech nur, dass Ho Chi Minh die schon vor zwanzig Jahren widerlegt hat.

Stachelmann grinste. Sie hatten ihr Denkvermögen abgegeben an Götter, die möglichst weit weg wohnten. Die einzig gültige Wahrheit war, was der Parteitag in China, Albanien, der Sowjetunion oder Kambodscha beschlossen hatte. Es war alles Unsinn, aber damals empfanden sie es als größtmögliche Klarheit. Heute, was ist heute schon klar?

Er betrachtete immer noch die Fotos, während die Gedanken abgeschweift waren. Wenn er diese Frau fand, die wusste vielleicht etwas über den Thingstättenmord. Und über Ossis Tod. Er dachte es in diesen Worten, um vor sich selbst zu verbergen, dass der Zweifel weiter nagte. Es war ein lächerlicher Versuch. Doch im Hirn ratterte es weiter. Wenn Kipper und Detmold Ossi nicht ermordet hatten, dann waren es womöglich andere. Dieser Kerl auf dem Foto vielleicht, den diese Frau kannte. Er packte die Fotos in seine Aktentasche und lief zum Hauptbahnhof.

Im Zug erinnerte er sich an einen Copyshop in Uninähe. Die paar Minuten konnte er investieren, ohne in Verzug zu geraten. Er eilte vom Dammtorbahnhof in die Schlüterstraße, wo er den Copyshop vermutete. Sie hatten kopierte Fotos im Schaufenster hängen, das wusste er noch. Er fand den Laden gleich und fragte eine spindeldürre Frau mit strähnigem Haar und Zigarette im Mundwinkel, ob sie Schwarzweißfotos sauber kopieren könne.

»Da weiß ich was Besseres, kostet ein Euro pro Abzug. Scannen und auf einem Fotodrucker ausgeben.«

»Wie lange dauert das?«

»Sie müssen schon ein bisschen warten.«

»Und wenn ich es Ihnen gebe und nachher wiederkomme.«

»Nur gegen Vorkasse.«

»Gut, jeweils zehn Abzüge.« Er gab der Frau zwanzig Euro, erhielt eine Quittung und ging zum Philosophenturm. Die Niedergeschlagenheit kämpfte mit neu erwachender Hoffnung. Nein, die Sache war nicht vorbei. Noch nicht ganz. Aber die Habilschrift hat Vorrang, absoluten Vorrang. Die Sonne schien aus einem blauen Himmel, der Wind roch nach Nordsee, eigentlich war es ein guter Tag.

Ungeduldig begann er mit der Korrektur seiner Habilitationsschrift. Bald formten sich Worte in seinem Kopf, er öffnete eine neue Datei und schrieb einen Brief. Ob sie die Frau auf den Fotos erkenne. Oder ob sie jemanden kenne, der weiterhelfen könnte. Und dann schrieb er noch, es tue ihm Leid, dass er nicht die Kraft gefunden habe, ihr zu erklären, was damals passiert sei. Er sei einfach abgereist aus Heidelberg, er habe sich nicht einmal verabschiedet von ihr. Er sei davongelaufen. Gewiss, die Beziehung sei in der Krise gewesen, er habe sich eingebildet, von ihr zurückgestoßen worden zu sein. Aber das rechtfertige nicht seine wortlose Flucht. Dafür bitte er um Entschuldigung, obwohl er wisse, nach so vielen Jahren sei nichts mehr wieder gutzumachen. Er habe sich aber gefreut, dass sie doch miteinander reden könnten, und so hoffe er auf ihre Hilfe. Es gehe immer noch um diese Thingstättensache und deren mögliche Weiterungen. Wenn sie Informationen habe, wäre er für eine Mail dankbar. Er werde die beiliegenden Bilder auch an andere verschicken, wenn ihr Leute einfielen, die helfen könnten, möge sie bitte Name und Anschrift senden.

Er schaute auf die Uhr, es war zu früh, zum Copyshop zu gehen. Also wieder ein, zwei Seiten der Arbeit durchsehen. Das Telefon unterbrach ihn.

»Der Kipper hat dich angezeigt. Wegen falscher Anschuldigung. Der war sogar beim Oberstaatsanwalt in Heidelberg, um Druck zu machen.« Carmen klang beunruhigt.

»Was kann da schon passieren? Ich habe mich eben geirrt.«

»Wenn Kipper nachweisen kann, nur in den Augen des Gerichts, dass du das bewusst inszeniert hast, kann es teuer werden. Mit ein bisschen Glück geht die Sache mit einer Geldbuße ab.«

»Und meine Verbeamtung?«

»Keine Ahnung«, sagte sie. »Man darf nicht vorbestraft sein. Nimm dir einen guten Anwalt, der sollte wenigstens die Vorstrafe verhindern können. Wird schon nicht so schlimm werden. Keine Sorge, lebenslänglich wird es nicht.«

»Das tröstet«, sagte Stachelmann und wunderte sich, dass es ihn kaum beunruhigte. Die Verbeamtung schien ihm ohnehin fern. Er erzählte Carmen, er habe auf zwei Fotos eine Frau entdeckt, die vielleicht etwas wisse.

Carmen sagte erst nichts, dann schnaufte sie: »Ich dachte, du wärst durch damit.« Sie schnaufte noch einmal. »Und warum hast du die nicht früher entdeckt?«

»Das habe ich mich auch gefragt. Aber dann fiel mir ein, ich habe die Mörder gesucht in der Nähe von Lehmann, immer unterstellt, er ist von den eigenen Genossen ermordet worden. Und da haben meine Augen nur sehen wollen, was in meine Vermutung passte. Klassischer Fall von Fehlleitung. Ich bin gewissermaßen als Ideologe an die Sache herangegangen, nicht als Wissenschaftler, auch wenn ich natürlich weiß, dass die Unterschiede in der Wirklichkeit fließend sind.«

»Dr. Stachelmanns Hirnchaos als erkenntnistheoretische Grundfrage.«

»Mensch, bist du gebildet, besser hätte ich es nicht sagen können.« Nun musste er doch lachen, und er war ihr dankbar, dass sie ihn zum Lachen brachte.

»Ich habe auch mal studiert. Was machst du, wenn jemand die Frau erkennt?«

»Dann versuch ich sie anzurufen.«

Sie räusperte sich betont laut.

»Bestimmt, nur anrufen«, sagte er.

»Ich glaube dir kein Wort.«

»Du wirst es sehen.«

»Ich werde es sehen. Aber es ist mir egal. Kommst du heute Abend?«

»Ja, kann aber spät werden. Ich habe noch nicht viel geschafft.«

»Du hast ja einen Schlüssel«, sagte sie. »Übrigens, eines hast du mit deiner Privatermittlung erreicht, ich bin jetzt endgültig überzeugt, Ossi hat sich selbst umgebracht. Natürlich mache ich mir Vorwürfe, weil ich hätte merken können oder müssen, wie es um ihn stand. Aber das macht jeder, der einen Menschen auf diese Weise verliert. Und manchmal vergesse ich die Selbstvorwürfe schon.«

»Bitte schön«, sagte er. »Aber das bringt mich nicht dazu, zu deinem Glauben zu konvertieren. Außerdem dachte ich, für dich wäre das längst erledigt.«

»Na ja, manchmal habe ich doch gezweifelt.«

Als er aufgelegt hatte, starrte er auf das Telefon. Etwas gefiel ihm nicht an ihr. Lag es daran, dass Anne wieder in Hamburg war? Er überlegte, ob Carmen und er zueinander passten. Eher nicht. Sie war zu ihm gekommen wegen Ossi. Sie hatte sich an ihn geklammert, und das hatte ihm gefallen. Und es war in der Zeit, als Anne und er sich wieder einmal stritten. Obwohl, streiten ist was anderes. Als sie wieder einmal nicht stritten, sondern ihre Meinungsverschiedenheit nicht oder auf seltsame Weise austrugen. Gewissermaßen stritten sie sich, ohne sich zu streiten. Das verlängerte es nur und hatte ihn offenbar anfällig gemacht für andere Reize. Vielleicht ist es meine Weise kundzutun, dass ich unglücklich bin in dieser Beziehung, dass es einige Dinge gibt, mit denen ich nicht klarkomme und die vor allen Dingen mir unlösbar erscheinen. Die ich nicht beseitigen könnte, selbst wenn ich es wollte. Ein Kind lärmt eben. Und wenn es noch so schmerzhaft in dir bohrt, es ist von einem anderen. Daran bist du selbst schuld. Wer alle Gelegenheiten auslässt, darf sich nicht ärgern, wenn ein anderer sie nutzt.

Stachelmann schaute auf die Uhr. Die Ausdrucke müssten jetzt fertig sein. Er eilte zu dem Copyshop. Die dürre Frau unterhielt sich gerade mit einem kleinen Dicken, Stachelmann wurde ungeduldig. Dann sah sie ihn, nickte flüchtig, unterhielt sich aber weiter. Endlich hatte sie Zeit für ihn. Die Ausdrucke waren erstklassig, fast glaubte er, mehr darauf zu erkennen als auf den Originalen. »Ich habe Kontrast und Belichtung verbessert«, sagte sie.

Zurück im Philosophenturm, betrachtete er die Kopien

eingehend. Es war dieselbe Frau auf den beiden Fotos, und ihre Haltung verriet, sie kannte diesen Typen neben Lehmann. Warum hatte er sich nicht schon vorher um den Mann gekümmert? Weil Adi ihm schnell zwei Namen gesagt hatte und er glaubte, schon auf der richtigen Spur zu sein. Allerdings, der Mann war nicht zu erkennen, er wendete das Gesicht ab, und an ihm sah Stachelmann kein Merkmal, das ihm hätte helfen können, die Identität dieses Mannes zu klären. Nein, es blieb nur die Frau.

Er druckte den Brief an Regine aus, steckte ihn in einen Umschlag und packte vier Kopien dazu, falls sie jemanden kannte, an den sie diese Fotos weitergeben wollte. Dann suchte er in seinem Adressbuch nach Manfred, Uschi und Katharina. Den dreien schrieb er gleich lautende Briefe, in denen neben Grüßen nur stand, sie sollten sich melden, falls sie die Frau auf dem Foto gekannt haben sollten. Es eile sehr.

Dann frankierte er die Briefe und legte sie an die Seite. Am Abend würde er sie in den Briefkasten werfen. Bis dahin wollte er noch einiges schaffen, und tatsächlich kam er flott voran. Hin und wieder dachte er an Kippers Anzeige. Eine Geldstrafe, na und? Sollte es ihm aber gelingen, den Fall zu lösen, und Kipper war doch irgendwie verstrickt, und wenn auch nur am Rand, dann würde er gewiss straflos davonkommen. Nein, mit so etwas konnte man ihn nicht einschüchtern. Außerdem, der Anwalt hatte ihn anzeigen müssen, sonst wäre es einem Eingeständnis gleichgekommen, trotz aller Ausreden verwickelt zu sein in die Thingstättensache und dadurch in den Mord an Ossi. Jawohl, den Mord.

Aber bis die Briefe ihre Empfänger erreicht hatten, konnte er nichts tun. Außer zu arbeiten. Als die Dämmerung anbrach, saß er immer noch an seinem Computer.

Es klopfte an der Tür, gleichzeitig öffnete sie sich. Renate Breuer ließ ihre Absätze auf dem Boden klacken und legte Stachelmann ein Papier auf den Schreibtisch. »Habe gar nicht mitbekommen, dass Sie noch hier sind.«

Schwachsinnssatz, dachte Stachelmann. Viele halten es nicht aus zu schweigen, wenn sie nichts zu sagen haben.

Stachelmann dankte, ohne sich umzudrehen. Als sie draußen war, griff er nach dem Blatt, es war eine Mitteilung der Fakultät über Sitzungen und Termine. Er zerknüllte das Papier, zielte auf den Papierkorb, der neben dem Schreibtisch stand, traf hinein ohne Randberührung und simulierte den Jubel einer gut gefüllten Basketballhalle. Inklusive Cheerleaders natürlich. Er grinste über seine Albernheit und nahm die Unterbrechung als Zeichen, den Arbeitstag zu beenden. Ein Impuls ließ ihn die Hand auf den Telefonhörer legen, um Anne anzurufen. Aber dann fiel ihm nichts ein, was er ihr hätte sagen können. Stattdessen wählte er Carmens Nummer, aber es meldete sich nur der Anrufbeantworter. Er sagte, er wolle nach Hause fahren, frische Kleidung anziehen, Post anschauen. Wenn sie morgen Abend Zeit habe für ihn, wäre es schön.

Er hatte gut geschlafen und wachte auf mit dem Vorsatz, auch diesen Tag seiner Habilschrift zu widmen. Stachelmann wollte wieder die Befriedigung eines guten Arbeitstages genießen. Die Briefe fielen ihm ein, vielleicht waren sie schon angekommen, und womöglich meldete sich jemand, der diese Frau kannte. Doch dann sagte er sich, es sei zu früh, vor dem Wochenende werde nichts passieren, wahrscheinlich erst kommende Woche. Also brauchst du dir jetzt keine Gedanken darüber zu machen. Nutze die Zeit für deine Arbeit. Er packte einen Kleidungsvorrat in eine Reisetasche mit einem Trageriemen und weckte so die Vorfreude auf den Abend. Arbeit und Liebe, in dieser Reihenfolge. Carmen hatte sich nicht gemeldet, aber das nahm er als gutes Zeichen. Und wenn sie am Abend keine Zeit hatte, würde er sich damit abfinden.

Würde er den Mord an Ossi aufklären? Ihn tröstete der Gedanke, dass er mehr nicht habe tun können für seinen alten Freund. Ossi im Himmel – Stachelmann lachte – hatte ihm gewiss zugeschaut und würde sich freuen, auch wenn das Rätsel nie gelöst würde. Schon meldete sich der Zweifel. Vielleicht hatte er sich doch selbst umgebracht? War Stachelmann gut gelaunt, zweifelte er an der Mordthese, war er schlecht gelaunt, glaubte er an Mord. Solange er nur herumstocherte und nicht mehr Zeit verschwendete, war es egal. Wenn er es nicht herausbekam, würden immer Zweifel bleiben. Und ihn quälen, wenn er niedergeschlagen war.

Die Sorgen verflogen schon in der Bahn. In seinem Dienstzimmer arbeitete er weiter, ein Drittel war geschafft. Am Nachmittag sagte Carmen am Telefon, sie habe am Abend und am Wochenende Dienst, aber in der kommenden Woche wieder Zeit für ihn. Er glaubte ihr, dass sie es bedauerte, ihn nicht öfter sehen zu können. »Das ist der Preis, wenn man sich mit einer Polizistin einlässt.«

Am Samstag und am Sonntag fuhr er zum Krankenhaus und besuchte seine Mutter. Ihr Gesicht sah nicht mehr wächsern aus, die Ärzte hatten ihr eine Chemotherapie vorgeschlagen. Stachelmann riet ihr, dem Vorschlag zu folgen, auch wenn ihr das für einige Zeit eine Glatze bescheren würde. Um sie aufzuheitern, machte er Witze über Perücken und Mützen, sie lachte gequält. Sie würde länger im Krankenhaus bleiben, als die Ärzte es angekündigt hatten. Ob dies ein schlechtes Zeichen sei oder ein gutes? Sie schwankte in ihrem Urteil.

Am Sonntagabend saß er zu Hause und versuchte, die Niedergeschlagenheit zu vertreiben, die die Krankenhausbesuche in ihm ausgelöst hatten. Die Ärzte würden nicht zum chemischen Hammer greifen, wenn es keine Aussicht auf Erfolg gäbe. Der Gedanke beruhigte ihn. Dann fiel ihm ein, er könnte außer Haus essen, so käme er unter

Leute, die gewiss keinen weißen Kittel trugen. Draußen war es mild, daher ging er zum Ali Baba in der Fischergrube. Im Hinterhof saßen wenige Leute. Er fand einen Tisch an der Mauer, die den Hof eingrenzte. Er verbrachte zwei Stunden in der Gaststätte, beobachtete die Leute um ihn herum und ließ seine Gedanken treiben. Stachelmann dachte an Anne, mit der er ganz zu Anfang hier gewesen war, und es war ihm, als spürte er ihre Wärme. Er erinnerte sich, wie Ossi sich an sie herangemacht hatte im Stil jener Männer, die sich später nicht vorwerfen wollten, es nicht versucht zu haben, auch wenn es von Anfang an vergeblich war, schon wegen der Anmache selbst. Ossi hatte unter dem Zwang der Selbstbestätigung gelitten, und manchmal war es abstoßend gewesen, auch diese Blicke, die einen aufforderten, eine Frau zu bewerten.

In den Jahren, die er im Norden lebte, hatte Stachelmann keine Freunde gewonnen. Mit wem würde er sich verabreden, wenn er Lust dazu hätte? Ihm fiel niemand ein, die Kollegen nicht, in der Stadt hatte er keine Bekannten, um von Freunden nicht zu reden. Ossi war eine Erinnerung an eine Freundschaft gewesen, die längst gestorben war, aber doch so stark nachwirkte, dass sie mehr füreinander empfunden hatten, als ihr heutiges Leben hergab. Er hatte an Ossi die Erinnerung gemocht, und die war immerhin kräftig genug, dass er den Ossi ertrug, den er in Hamburg wieder getroffen hatte.

Am Montagmorgen glaubte er, nicht geträumt zu haben. Er war ausgeschlafen und überwand bald die Steifheit in den Gelenken. Der Schmerz plagte ihn kaum, aber er spürte, wie der lauerte, um ihn früher oder später anzufallen. In den Lübecker Nachrichten las er eine Anzeige, in der ein neues Mittel gegen Rheuma angepriesen wurde, auf rein pflanzlicher Basis, ohne Nebenwirkungen. Das erinnerte ihn an einen Gesundheitsguru, der durch die Lande zog und den Gläubigen versprach, sie von allen Leiden zu heilen, wenn sie nur seine Wundermittel kauften. Vitamine gegen Krebs, Aids, Arthritis und weitere Plagen, an deren Existenz die Pharmakonzerne schuld seien.

Als er in seinem Dienstzimmer im Philosophenturm saß, trat Renate Breuer gleichzeitig mit ihrem Klopfen ein. Eine Dame habe ihn am Morgen am Telefon sprechen wollen. Nein, eine Nummer habe sie nicht hinterlassen, sie werde sich wieder melden.

Das musste jemand aus Heidelberg sein, eine Antwort auf seinen Brief mit den Fotos.

Als er gerade den PC eingeschaltet hatte, klingelte das Telefon. Er nahm ab. Es war Regine. Sie klang, als hätte sie schon nach dem Frühstück getrunken.

»Ist ja nett, dass du mir das geschrieben hast«, sagte sie. »Ich hatte völlig vergessen, dass du damals einfach so abgehauen bist.«

»Es hat dir nicht viel ausgemacht«, sagte Stachelmann. Er war ein bisschen beleidigt.

»Offenbar.«

»Und warum?«

»Sag mal, bist du jetzt beleidigt?« Sie zögerte, dann legte sie nach: »Schließlich hast du mich sitzen gelassen.«

»Nein, nein«, versicherte er. »Nur, mich verwirrt deine Reaktion.«

Sie lachte, es schmerzte ihn fast. Er nahm den Hörer vom Ohr.

Dann sagte sie: »Es war doch so oder so am Ende. Jetzt kann ich es dir ja sagen, ich hatte damals was nebenher laufen.«

»Wie bitte?« Aber dann fiel ihm ein, dass sie damals plötzlich kaum noch Zeit für ihn gehabt hatte. »Du hattest einen anderen?«

»Nun krieg dich mal wieder ein. Damals tauchte der Herr Ginelli auf, dem ich meinen wunderbaren Nachnamen verdanke.«

»Trotzdem«, sagte er, obwohl er am liebsten nichts mehr gesagt hätte. »Einfach abzuhauen war nicht die feine Art.«

»Mir war es recht. Du hattest dir den schwarzen Peter freiwillig ausgesucht. Ich hatte keinen Grund mehr, ein schlechtes Gewissen zu haben. Und wenn du wüsstest, wie sehr ich diese Beziehungsdramen hasse und die nächtlichen Diskussionen mit Entschuldigungen und Vorwürfen, Heulen und was weiß ich. Damals war ich dir dankbar, dass du mir den Quatsch erspart hast.«

Stachelmann staunte. Und diese Geschichte hatte er jahrzehntelang mit sich herumgetragen. Immer wieder war sie hochgekommen, hatte ihn geplagt, weil er ein Feigling gewesen war und jemand anderem wehgetan hatte. Er hatte ihr nicht wehgetan. »Damals war ich dir dankbar«, hatte sie gesagt. Unglaublich.

»Jossi, bist du noch dran?«

»Ja, ja.«

»Also, wir müssen über diese alte Geschichte nicht mehr reden. Für mich ist das erledigt.«

»Gut, gut«, sagte er.

»Jetzt kommen wir mal zum Grund meines Anrufs. Du hast mir doch diese Fotos geschickt. Also, diese Frau kenne ich. Bilde ich mir zumindest ein.«

Stachelmann hörte sein Herz pochen. »Ja, und?«

»Sie heißt Angelika.«

»Und weiter?«

»Nichts weiter. Aber ich weiß, wen ich fragen könnte. Ich treffe die aber erst heute Abend.«

»Rufst du mich heute Abend noch an, auf dem Handy?«

»Wo treibst du dich denn herum?«

»Eine Verabredung.«

»Dann versetz die nicht auch noch«, sagte Regine und lachte rau. Dann hustete sie.

Stachelmann nahm wieder den Hörer vom Ohr. Er konnte sich nicht mehr vorstellen, mit dieser Frau eine Beziehung gehabt zu haben. »Bestimmt nicht«, sagte er. »Aber bitte ruf mich sofort an, wenn du den Nachnamen und möglichst die Adresse weißt.«

»Die Konfektionsgröße interessiert dich aber nicht?« Sie hustete wieder.

»Kommt drauf an«, sagte er gequält. Er musste sie bei Laune halten, obwohl sie begann, ihn anzuwidern.

Nach dem Gespräch saß er eine Weile mit geschlossenen Augen. Er versuchte sich vorzustellen, wie es damals gewesen war mit Regine. Er wusste es nicht mehr. Doch war er erleichtert, dass seine Feigheit damals nützlich gewesen war. Er hatte sich unnötig Vorwürfe gemacht. Oder doch nicht? Wurde eine schlechte Handlung besser, weil sie zufällig ins Kalkül des anderen passte? Sei's drum.

Dann spürte er die Aufregung. Er schwitzte. Und wenn er Angelika nicht fand? Oder wenn sie nichts wusste? Wenn seine Kombinationen einmal mehr in eine Sackgasse führten? Seine Gedanken wanderten weit weg, in die Zeit der roten Fahnen. Nein, an eine Angelika konnte er sich nicht erinnern. Doch bewiesen die Fotos, sie war dabei gewesen. Vielleicht nicht zu seiner Zeit? Er holte Kopien der Fotos aus seiner Aktentasche und legte sie vor sich auf den Schreibtisch. Es war schwer, sich aus den schwarzen und weißen Bildpunkten ein Gesicht zu denken. Und doch hatte Regine sie erkannt. Gewiss nicht wegen des schlecht erkennbaren Gesichts, sondern weil sie so dastand, wegen ihrer Gestik, ihrer Haare, ihrer Kleidung. Sie war hübsch gewesen, diese Angelika. Jedenfalls fand er nichts, was diesem Eindruck widersprach. Wie mochte sie heute aussehen? Er dachte an Regine, es schauderte ihn.

Etwas ließ seine Hand zum Telefonhörer greifen. Er wählte Annes Nummer. Sie nahm nach dem vierten Klingeln ab, im Hintergrund kreischte Felix.

»Stör ich?«

»Nein, es ist nur das Übliche. Ich lass ihn weinen, er will sich nicht trösten lassen und wird sich wieder abregen. Man könnte fast denken, du wärst der Vater. Genauso stur.«

Er lachte leise. »Sagen wir konsequent.«

»Lateinisch klingt es besser, ändert aber nichts am Sachverhalt, Herr Kollege. Kommst du voran?«

»Ja.«

»Ich meine mit der Arbeit.«

»Das meine ich auch. In der Ossi-Sache eher nicht.« Er berichtete ihr vom Stand der Dinge.

»Lass die Finger davon. Nachher findet Regine diese Angelika, und du fährst hin. Aber natürlich weiß sie nichts. Und wenn sie was weiß, macht sie sich womöglich strafbar, weil sie Mörder gedeckt hat. Und über Ossi, was soll sie dir über ihn verraten?«

»Ich glaube immer noch, dass der Thingstättenmord der Schlüssel ist für Ossis Tod. Bedenke, er war in Heidelberg, kurz bevor er umkam. Er hat in Heidelberg Leute befragt, die haben sich an ihn erinnert. Offenbar ist er dem oder den Mördern auf die Schliche gekommen, und der oder die haben das dummerweise spitzgekriegt.«

»Ich sehe schon, ich kann dich nicht davon abbringen. Wie geht es sonst so?«

Stachelmann verfluchte sich schon, während er antwortete. »Es geht. Arbeit, nichts als Arbeit.« Seine Stimme war plötzlich belegt.

»Du hast mir sonst nichts zu sagen?«

»Komische Frage, was denn?«

»Dann ist es ja gut.«

Am Abend fuhr er zu Carmen, nachdem er sich am Telefon vergewissert hatte, dass sie zu Hause war. Ungeduldig wartete er auf Regines Anruf. Immer wieder überfiel ihn das schlechte Gewissen. Er log Anne an, es wäre nicht nötig gewesen. Warum spielte er nicht mit offenen Karten? Sie hatte ihn zurückgestoßen. Darüber dachte er nach, während die U-Bahn durch die Dunkelheit fuhr und ein Schimmern die nächste Station ankündigte. Nein, so einfach war es doch nicht, es war eine lange Geschichte, an deren Anfang dieser Urlaub stand, den sie sich ausgedacht und gegen den er nichts eingewendet hatte. Urlaub heißt Erholung, jedenfalls für mich, hätte er sagen sollen. Aber nicht die Buchung akzeptieren und dann nicht mitfahren. Sie hatte Recht, es war nicht die feine Art gewesen. Er war feige, viel zu feige. Nicht nur in jener Sache. In diesem Augenblick würde er sich als Gummimenschen beschreiben, als jemanden, der sich bog und wand, um allem auszuweichen, was er als Belastung empfand. Wie lange hatte er gebraucht, um sich bei Regine zu entschuldigen? Dass sich seine Schuld als nichtig herausgestellt hatte, änderte nichts am Grundsatz. Warum erzählte er Anne nichts von Carmen, zumal sie die ja kannte? Um Anne nicht wehzutun? Lächerliche Entschuldigung, die die Feigheit in Großmut ummünzte. Und Anne wusste es doch längst, dafür hatte sie ein Gespür.

Auf dem Weg vom U-Bahnhof Lattenkamp zu Carmens Wohnung genoss er den Regen, der ihn mit schweren Tropfen durchnässte. Er lenkte ihn ab, als würde er die Sorgen des Tages wegwaschen, und er erleichterte es ihm, sich auf den Abend einzustellen. Nun freute er sich auf Carmen. Die begrüßte ihn zärtlich und sagte, sie wolle essen gehen. Sie kenne da einen Italiener, der habe gerade aufgemacht und solle hervorragend sein.

Er schaltete sein Handy auf lautlos, sodass es nur vibrierte, wenn Regine anrief.

»Kannst du es nicht ausmachen?«, fragte sie, nachdem der Kellner, ein kleingewachsener Italiener unbestimmbaren Alters, ihnen Plätze angeboten hatte.

»Nein, Regine will anrufen. Sie findet vielleicht heute Abend heraus, wer die Frau auf den Fotos ist. Den Vornamen kenne ich schon: Angelika.«

»Du verrennst dich«, sagte Carmen. »Aber ich habe dich schon so weit kennen gelernt, dass ich weiß, wie stur du sein kannst.«

Er nickte lachend. »Wenn alle sagen, ich sei stur, wird es schon stimmen.«

Sie bestellten, aßen, tranken. Und dann vibrierte das Handy in der Hemdtasche. Er hätte es fast fallen gelassen, so ungeduldig riss er aus der Tasche. »Ja?«

»Stolpe«, sagte Regine. »Wie dieser frühere Ministerpräsident aus Brandenburg.«

»Angelika Stolpe. Sie wohnt hier ganz in der Nähe, in Oberflockenbach, liegt etwa in der Mitte zwischen Heidelberg und Weinheim, aber im Odenwald. Ich war da schon mal, ist so ein Dorf, Bauernhof, Tankstelle, Gaststätte, die ist übrigens bekannt, weil der Koch in Frankreich gelernt hat. Kannst mich ja mal zum Essen einladen. Gästezimmer haben die auch, da hat mal eine Freundin von mir übernachtet. Straße und Hausnummer von Angelika weiß ich nicht, aber das kriegst du leicht heraus.«

Stachelmann bedankte sich und sah auf die Uhr.

»Du würdest am liebsten jetzt losfahren«, sagte Carmen.

»Ja. Aber ich fahre erst morgen früh, mit dem Auto. Die Nacht haben wir für uns.«

Ihr Gesicht rötete sich leicht. Aber in der Nacht spürte er, sie war mit ihren Gedanken woanders.

***

2. Mai 1979
R. hat den Absprung geschafft, und das auf raffinierteste Weise. Ich werde es nicht beschreiben, weil ich nicht ausschließen kann, dass mein Tagebuch in falsche Hände gerät. Er hat meine Bewunderung. Schade, dass ich es nicht so hinkriegen werde, aber es wäre auch zu auffällig.

Die Bewegung wird kaputtprozessiert. Studenten, sogar Rechtsanwälte werden angeklagt, immer neue Verfahren. Die zeigen Wirkung, selbst Aktivisten kriegen Angst. Vorstrafe ist gleich Berufsverbot, jedenfalls wenn man in den Staatsdienst will. Gewiss ist, wird man verurteilt, haben die einen auf dem Kieker. Man wird sie nicht mehr los.

Die gestrige Maidemo war friedlich wie nie. Die Gewerkschaftsbonzen und die Sozis, natürlich auch die DKPisten sind brav marschiert und haben die 35-Stunden-Woche gefordert. Kein Wort über die Prozesse. Während wir geschlachtet werden, grinsen die Arbeiterverräter sich einen. Denen ist es recht, wenn sie uns loswerden. Dann können sie ihre Spielchen ungestört spielen. Die Kapitalisten wird es freuen.

Angelika sehe ich nun wieder fast regelmäßig. Kürzlich hat sie gesagt: Aber kein Wort von dieser Sache, es macht mir Angst. Sie ahnt mehr, als sie weiß. Die Thingstättensache wird uns noch den letzten Nerv rauben. Sie muss keine Angst haben, ich werde nicht darüber sprechen. Aber die Bullen lassen nicht locker. Dieser Wolf klopft hier und dort an. Komisch, dass er mich nicht wieder heimgesucht hat. Wenn er kommt, bevor ich abhaue, dann werde ich den eiskalten Engel markieren, besser als Alain Delon.

Aber ich muss warten, bis R. mir das Signal gibt, dass ich nachkommen kann.

15

Als er kurz vor Darmstadt durch eine Baustelle fuhr, blitzte es. Er fluchte und schaute auf den Tacho. Dreißig drüber, auch abzüglich des üblichen Rabatts würden ein paar Euro zusammenkommen. Seit er am Morgen losgefahren war, fühlte er sich gehetzt. Das lag an der Einsicht, dass es falsch war, wieder auf die Suche zu gehen. Er hatte keine Zeit dafür. Und warum sollte diese Angelika mehr wissen als die anderen, die er gefragt hatte? Er stellte sich vor, wie er sie fragte, sie nichts wusste oder wenig und wie er schon morgen wieder nach Hause fahren würde, was aber nur bedeutete, dass er vor Baustellen stand, an denen sich der Urlaubsverkehr staute. Er war ein Narr.

In Dossenheim verließ er die Autobahn, dann fuhr er zur Bundesstraße 3, folgte dieser ein paar Kilometer in Richtung Weinheim und bog in Großsachsen rechts ab in Richtung Oberflockenbach. Bald stieg die Straße in den Odenwald hoch, sie wurde schmaler und kurviger. Er erreichte einen Gipfel, und dann ging es hinunter nach Oberflockenbach, mit Bauernhof und Tankstelle, bis er auf der linken Seite den Gasthof »Zur Rose« entdeckte, wo der Koch arbeiten sollte, der in Frankreich gelernt hatte. Er hielt auf dem Parkplatz vor dem über der Straße gelegenen Lokal. Er stieg eine schmale Steintreppe hoch und öffnete die Eingangstür. Drinnen begrüßte ihn in schwerstem Dialekt eine Frau mittleren Alters. Ja, ein Zimmer hätten sie frei für ihn. Wie lange er bleiben wolle? Vielleicht eine Nacht, vielleicht länger, er wisse es nicht. Das war ihr auch recht, es wäre nur nett, er würde Bescheid sagen, wenn er wisse, wann er das Zimmer nicht mehr brauche. Sie führte ihn eine Treppe hoch und öffnete gleich die erste Tür auf der linken Seite. Das Zimmer war im ländlichen Stil eingerichtet, die beiden Fenster zeigten zur Straße hinaus. Als er an eines der Fenster trat, sagte die Frau, nachts führen kaum Autos.

Stachelmann duschte, dann stieg er die Treppe hinunter. Im Gastraum saßen nur drei Leute, es war noch zu früh fürs Abendessen. Er suchte die Frau, fand sie aber nicht. Er ging zu einem Tisch, an dem saß ein Paar, er feist mit Glatze, sie mager mit grauem Haar. Stachelmann entschuldigte sich für die Störung und fragte, ob sie hier wohnten. Die beiden schüttelten nur die Köpfe und schaute dann weg. Auf einem langen Tisch vor dem großen Fenster stand ein Messingschild mit der Aufschrift *Stammtisch*. Ein kleiner dürrer Mann saß mit dem Rücken zum Fenster vor einem Schoppen Weißwein und blätterte in der Bild-Zeitung. Als Stachelmann ihn fragte, ob er sich auskenne, nickte der Mann.

»Ich suche Angelika Stolpe, kennen Sie die?«

Der Mann fixierte ihn. Missbilligung lag in seinem Blick. »Ja«, sagte er. Er dehnte es.

»Dann kennen Sie bestimmt auch ihre Adresse.«

Wieder der starre Blick. Dann trank der Mann und sagte: »Die wohnt in der Cestarostraße, Nummer 17, glaube ich.«

»Und wo ist die, bitte?«

Der Mann wiegte den Kopf, als überlegte er, ob er Stachelmann etwas mitteilen sollte. Dann wies er mit dem Arm, ohne den Oberkörper zu drehen, zum Fenster hinter ihm. »Da runter, dann Richtung Unterflockenbach und Gorxheim.«

Stachelmann verließ die Gaststätte, setzte sich in seinen alten Golf und fuhr die Großsachsener Straße hinunter, bis er an eine Kreuzung kam, wo links eine schmale Straße steil bergauf führte, Sandweg hieß sie, daran vorbei, fast geradeaus sah er ein Schild nach Unterflockenbach.

Er bog halb links ab und sah das Schild *Cestarostraße*. Für die paar Meter hätte er sich nicht ins Auto setzen müssen. Gleich hatte er die Nummer 17 gefunden, ein zweistöckiges Haus mit grauer Fassade und vier Mietparteien. Die Haustür war offen. Als er den Flur betrat, hörte er Kindergeschrei, zweistimmig. Die Klingelschilder der unteren beiden Wohnungen trugen andere Namen. Er stieg die Treppe hoch, sie war ausgetreten und knarrte, oben las er den Namen *Stolpe*, Kugelschreiber auf Klebeband, an der Wohnungstür. Er drückte auf den Klingelknopf neben der Tür und erschrak, die Klingel war schrill. Hinter der Tür gegenüber schrien die Kinder. Sonst rührte sich nichts. Er klingelte noch einmal, die Klingel schrillte gleichtonig, solange er sie drückte. Als sich nach einigen Sekunden Wartezeit wieder nur die Kinder hören ließen, klingelte er noch länger und schlug mit der Faust gegen die Tür. Ob ihr etwas passiert war? Als er die Klingel losließ, hörte er es schlurfen. Dann stand jemand hinter der Tür, Stachelmann glaubte, es atmen zu hören. Dann wurde drinnen die Klinke gedrückt. Die Tür öffnete sich, blutunterlaufene Augen starrten ihn an. Sie hatte ein feistes Gesicht mit Pickeln und fett glänzende Haare.

»Was wollen Sie?«, nuschelte die Frau.

»Sind Sie Angelika Stolpe?«

»Ja.«

»Ich würde Sie gerne etwas fragen, wenn Sie ein paar Minuten Zeit hätten.«

»Ich kaufe nichts!«, kreischte sie. Sie knallte die Tür zu. »Von was auch?«, fluchte sie drinnen.

Stachelmann klopfte an die Tür, nicht aufdringlich, nur dass sie ihn hörte.

»Lassen Sie mich in Ruhe!«, schrie sie.

Stachelmann drückte lange die Klingel, sie dröhnte fast schmerzhaft in den Ohren. Unten öffnete sich eine Tür. Stachelmann sah eine alte Frau am Treppenfuß. »Na endlich, die Polizei! Sorgen Sie da mal für Ordnung. Die Schlampe muss hier raus. Fast jeden Tag beschwere ich mich, aber nichts passiert.«

Die Wohnungstür öffnete sich wieder einen Spalt. »Wenn Sie wollen, dass ich mit der Polizei wiederkomme …«

Angelika schloss die Tür, löste die Sicherheitskette und öffnete die Tür wieder. Sie sagte kein Wort, sondern ging voraus. Er trat ein und schloss die Tür von innen. Es roch nach Schimmel. Sie trug fleckige Leggins, die ihr fettes Gesäß unterstrichen. Darüber ein T-Shirt, das vielleicht einmal weiß gewesen war, an den Füßen verschiedenfarbige Socken. Sie führte ihn in die Küche. Im Spülbecken häufte sich schmutziges Geschirr, Stachelmann entdeckte eine von Schimmel überwachsene Pfanne auf dem Herd daneben.

Stachelmanns Hand zuckte zurück, als er die Lehne eines Küchenstuhl ergriff, um ihn zurückzuziehen. Die Lehne klebte. Dann tat er es doch und setzte sich. Auf dem Küchentisch stand eine halb geleerte Flasche Billigschnaps. Sie nahm die Flasche, trank einen kräftigen Schluck, stellte die Flasche hart auf den Tisch und setzte sich ihm gegenüber.

Er überlegte, wie er mit ihr reden könnte, ohne sie zu verschrecken.

»Vielleicht kennen Sie mich ja?«

Sie stierte ihn an, riss für zwei Sekunden die Augen auf, sodass die Augäpfel hervorquollen. »Nee.« Sie schüttelte den Kopf.

»Sie haben in Heidelberg studiert?«

Sie schaute ihn an, wölbte die Unterlippe nach vorn und nickte. Dann griff sie nach der Flasche, aber Stachelmann, der das erwartet hatte, war schneller. »Später«, sagte er.

Sie schien aufstehen zu wollen, um sich die Flasche zu holen, aber dann sackte sie etwas zusammen. »Später«, wiederholte sie.

»Ich überlege mir die ganze Zeit, wie ich Sie aus dem Fall heraushalten kann.«

Sie glubschte über den Tisch, dann fragte sie: »Fall?«

»Ein Mordfall.«

»Ein Mordfall?«, wiederholte sie verständnislos.

»Wollen Sie nicht einen Kaffee trinken?«

Sie zuckte die Achseln. »Nein, ja, vielleicht.« Aber sie stand nicht auf. Stachelmann erhob sich, die Flasche in der Hand. Er stellte sie neben das Spülbecken. In einem Wandschrank fand er Pulverkaffee. Der Kessel stand auf dem Herd. Er füllte ihn und stellte ihn auf eine Elektroplatte. Dann schaltete er sie an. Er fand eine Tasse, spülte sie unterm Wasserhahn, trocknete sie ab und stellte sie auf den Tisch. Dann füllte er eine reichliche Portion Kaffeepulver hinein. Sie beobachtete, was er tat, und brabbelte vor sich hin. Er versuchte sich vorzustellen, wie sie früher ausgesehen hatte.

Ungeduldig wartete er darauf, dass das Wasser kochte. Endlich konnte er es in die Tasse gießen. Er stellte den Kessel auf eine kalte Platte des Herds und schob Angelika die Tasse zu. Dampf zog ihr ins Gesicht.

Sie nippte an der Tasse und verzog das Gesicht. »Heiß«, sagte sie. »Sie sind von der Polizei?«

»Nein. Ich bin ein Freund von Ossi Winter.« Er verschluckte den Nachsatz, dass Ossi tot sei.

»Ach, Ossi«, sagte sie fast stimmlos. »War ein lustiger Vogel. Wie geht es ihm?«

»Gut«, sagte Stachelmann.

»Gut«, wiederholte sie, als würde sie es sonst nicht glauben. »War eine gute Zeit. Und Ossi hab ich gemocht.«

»Es gibt Leute, die behaupten, Ossi habe diese Thingstättensache auf dem Gewissen.«

Sie prustete. Speicheltropfen trafen ihn im Gesicht. »Niemals!«

»Ich will Ossi da raushauen, ihn entlasten.«

»Das ist gut«, sagte sie.

»Aber Sie müssen mir helfen. Sonst kann das keiner.«

»Ich sag doch, er war es nicht. Ist das nicht Hilfe genug?«

»Und wer war es?«

Sie schaute ihn durch Augenschlitze an. »Weiß ich nicht. Und wenn ich es wüsste, ich würde es nicht sagen.«

»Und Ossi hängen lassen?«

Sie setzte beide Ellbogen auf den Tisch und stützte ihr Gesicht mit den Händen. »Hängen lassen?« Dann trank sie. »Ich lasse niemanden hängen, ich nicht. Hab ich noch nie. Dem Detlef habe ich auch geholfen, helfe ich immer noch.«

»Das ist gut«, sagte Stachelmann. »Solidarität.«

»Solidarität«, nuschelte sie. »Hoch die internationale Solidarität!« Sie ballte eine Faust zum Kommunistengruß. Dann lachte sie, aber ihr Lachen erstarb gleich in einem Brabbeln, das Stachelmann nicht verstand. »Zum Bumsen war ich gut genug.«

»Wie meinen Sie das?«

»Ach, der Dings, wie hieß er noch, also der Detlef, der hat mal Andeutungen gemacht. Er war wohl dabei, hat aber nicht geschossen. Wenn ich ihn richtig verstanden habe, war er dagegen gewesen. Aber mitgefangen, mitgehangen.«

»Und wo lebt der nun?«

»Was weiß ich? Ist einfach abgehauen, hat mir eine Kiste ins Zimmer gestellt. Hat er nicht mehr geschafft zu verbrennen. Der kam angehetzt, die Bullen sind hinter mir her, hier pass drauf auf, lass niemanden ran. Versprichst du mir das? Nur du darfst wissen, was drin ist. Wär aber besser, du weißt es nicht. Ein Scheiß ist drin.« Sie trank wieder einen Schluck Kaffee.

»Und wo steht die Kiste jetzt?«

»Nee, nee«, sagte sie.

»Ein Blick nur. Ich bezahl was dafür.«

Sie tippte sich mit dem Finger an die Stirn. »Einen Scheiß wirst du. Glaubst, weil ich manchmal einen saufe, kannst du mich kaufen? Irrtum, großer Irrtum. Ich hab's versprochen.«

»Wie heißt der Detlef mit vollem Namen?«

Sie schaute ihn böse an. »Der heißt nicht mal Detlef«, sagte sie.

Stachelmann glaubte ihr nicht. Er musste diese Kiste sehen. »Gut, kann ich verstehen, du hast Prinzipien. Ich auch, mir geht's um Ossi. Und wenn in der Kiste was ist, das Ossi hilft?«

»Ist nicht«, sagte sie. »Das wüsste ich.« Sie war ein wenig nüchterner geworden.

»Entschuldigung, ich will nicht aufdringlich sein, aber wovon lebst du?«

»ALG zwo, schon mal gehört?«

»Arbeitslosengeld 2«, sagte Stachelmann.

»Und ab und zu geh ich putzen bei Leuten in Steinklingen, morgen früh wieder.«

Stachelmann staunte, dass sie überhaupt jemanden gefunden hatte, der ihr Arbeit gab.

Er überlegte, ob er sie erpressen sollte als Mitwisserin des Mordes. Aber betrunken, wie sie war, wusste er nicht, wie sie reagieren würde. Wenn sie ihn hinauswarf, war alles umsonst gewesen. Er spürte, in dieser Kiste würde er etwas entdecken, das ihm weiterhalf.

»Hoffentlich lagerst du die Kiste trocken. Der Schimmel zerstört alles.«

»Mein Keller ist trocken«, sagte sie. »In dem könnte man Wäsche aufhängen.«

»Dann ist ja gut«, sagte er. »Ich werde jetzt gehen.«

Sie blieb sitzen, während er aufstand und zur Wohnungstür ging. Er saß eine Zeit lang im Auto und überlegte. Der Plan war einfach, er drängte sich geradezu auf. Er startete und fuhr zurück zur Gaststätte. Der Gastraum war jetzt gut besetzt, Stachelmann fand noch einen freien Tisch am Fenster. Er studierte die Karte, bestellte Rehrücken und ein Glas Württemberger Rotwein. Stachelmann schauderte es immer noch. Hatte der Irrsinn schon immer in dieser Frau gesteckt? Hatte sie in ihrem Leben nur verwirklicht, was in ihr angelegt war? Oder hatte sie Pech gehabt, war sie auf die schiefe Bahn gekommen und rutschte immer tiefer nach unten, ohne einen Haltegriff zu finden? Wie viele von den ehemaligen Kommilitonen waren gescheitert? Ossi gehörte eigentlich dazu. Und er auch, wenn er diese Arbeit nicht fertig stellte. Jetzt merkte er, er war traurig. Irgendwann hatten sie aufgegeben, sich selbst und davor schon alles andere. Einige waren ganz nach unten durchgerutscht, andere hatten unterwegs einen Ausstieg gefunden. Hatte Regine einen Ausweg gefunden, oder war sie auf dem Weg, den Angelika fast bis zum Ende gegangen war? Wenn er die Zeit zurückdrehen könnte im Wissen um das, was kommen würde, könnte er etwas ändern? Würden sie auf seine Warnungen hören? Kaum.

Das Wild schmeckte hervorragend. Während er aß, überdachte er seinen Plan. Eine Weile versuchte er das Risiko zu berechnen, aber dann wurde ihm klar, er würde es machen, egal was es ihn kostete. Wenn diese Schwachsinnsrecherche nun doch einen Sinn bekäme, das wäre ihm einiges wert. Es gibt Angenehmeres, als sich selbst zum Idioten zu machen. Sein Hirn beschäftigte sich nun mit der Vorbereitung. Er nahm einen Bierdeckel und schrieb in Stichworten auf, was er tun musste, damit die Sache gelang. Als er einigermaßen zufrieden war und glaubte, alle Möglichkeiten berücksichtigt zu haben, bezahlte er, steckte den Bierdeckel in die Jacketttasche und ging zu seinem Zimmer.

Er legte sich früh ins Bett, aber er schlief nicht ein. Immer wieder fielen ihm Szenen ein, wie sein Plan schief ging und er nichts gewann, aber viel verlor. Auf eine weitere Strafanzeige war er nicht erpicht. Dann biss ihm der Schmerz in die Beine. Er bewegte sich, fand aber keine Lage, in der er schlafen konnte. Stachelmann stand auf und starrte aus dem Fenster in die Nacht. Eine Laterne warf schummriges Licht auf die Straße und die gegenüberliegenden Häuser. In der Ferne röhrte ein Motorrad. Er zog sich an, vielleicht half es, wenn er lief. Draußen war es mild, er ging die Großsachsener Straße hinauf, bald bog ein schmaler Weg rechts ab. Er folgte dem Weg, der führte steil bergauf. Nach einer Weile, er schwitzte schon, sah er schemenhaft einen Wald. Stachelmann lief durch den Wald und genoss den Geruch der Tannen und des Moders. Dann öffnete sich der Wald zu einer Lichtung. In der Lichtung lag ein Sportplatz. Stachelmann lief einmal um den Platz herum, um dann wieder zum Dorf zurückzugehen. In seinem Zimmer duschte er und legte sich wieder ins Bett. Sofort kehrten die Gedanken an seinen Plan zurück. Als er sich gerade damit abfand, wach zu bleiben in dieser Nacht, schlief er ein.

Schon klingelte das Handy, das er als Wecker benutzte. Die Augen brannten, der Kopf war benebelt, als hätte er sich betrunken. Er saß eine Zeit lang auf der Bettkante, dann raffte er sich auf. Es war kurz nach sieben Uhr, als er zum Frühstück in den Gastraum kam. Er war allein, dann erschien die Frau, die ihn gestern begrüßt hatte, und fragte, was er trinken wolle.

Er frühstückte aus Vernunft, nicht weil er hungrig war. Er brauchte keine zwanzig Minuten, da saß er schon in seinem Auto und fuhr die Großsachsener Straße hinunter, bog ein in die Cestarostraße, fuhr vorbei an dem Haus, in dem Angelika Stolpe wohnte, und folgte der kurvigen Straße durch den Odenwald, bis er an die Abzweigung kam, wo er links nach Weinheim abbiegen musste. In Weinheim fragte er sich zu einem Baumarkt durch. Dort kaufte er eine Taschenlampe, eine Zange, einen Schraubendreher, ein Brecheisen, einen Hammer, einen Werkzeugkasten, einen Blaumann und einen weißen Helm. Er packte Schraubendreher, Taschenlampe, Brecheisen, Zange und Hammer in den Werkzeugkasten, zog den Blaumann an und legte den Helm auf den Beifahrersitz. Er war aufgeregt, wehrte den Gedanken ab, dass er den bisherigen Schwachsinnsaktionen eine weitere hinzufügen würde.

Er fuhr den Weg zurück in Richtung Oberflockenbach. Stachelmann stellte den Wagen ein Stück entfernt von dem Haus ab, in dem Angelika wohnte, setzte den Helm auf, griff sich den Werkzeugkasten und lief zu dem Haus. Er öffnete die Haustür. Die Tür zum Keller fand er sofort. Er tastete nach dem Lichtschalter, fand ihn und drehte das Licht an. Dann schloss er die Kellertür und stieg die Treppe hinunter. Unten waren vier Holzverschläge. Er leuchtete mit der Taschenlampe durch die Spalten zwischen den Brettern hinein in jeden Verschlag. Den ersten fand er zu ordentlich für Angelikas Verhältnisse. Im zweiten lagen nur zwei Teppiche, in der Ecke stand ein kleiner Nierentisch. Im dritten standen fünf Kisten übereinander, daneben lehnte ein Kinderfahrrad. Im vierten herrschte ein Durcheinander. Umzugskisten, Flaschen, Töpfe, Möbelteile, Bücher, Zeitschriften lagen herum. Das musste Angelikas Keller sein. An der Tür hing ein Vorhängeschloss an einem Stahlriegel, der mit vier Schrauben im Holz befestigt war. Er beleuchtete die Schrauben, dann nahm er den Schraubendreher, um sie zu öffnen. Es ging schnell, er hatte den Rest des Werkzeugs umsonst gekauft. Binnen weniger Minuten konnte er die Tür öffnen. Als er gegen einen Zeitungsstapel stieß, stiebte Staub hoch. Er musste niesen, im Schein der Taschenlampe weitete sich die Staubwolke aus. Er ließ den Lampenschein durch den Staub wandern, bis er einen Stapel von drei Pappkisten entdeckte. Er öffnete die obere Kiste. Darin lagen Bücher, Hefte, lose Papiere, Zeitungsausrisse, bedeckt von einer Staubschicht. Er ekelte sich vor dem Schmutz und fluchte, dass er vergessen hatte, auch Handschuhe zu kaufen. Dann hob er die Kiste vom Stapel und untersuchte den zweiten Karton. Geschirr, zum Teil zerbrochen.

»Was machen Sie denn?«, kreischte eine Frau.

Stachelmann fuhr herum, die Taschenlampe hielt er ihr ins Gesicht. Eine alte Frau, weiße Haare, hageres Gesicht, die Nase fast gebogen wie ein Papageienschnabel. Sie blinzelte, geblendet von der Lampe.

»Stadtwerke«, sagte er. »Notfall, Rohrbruch.« Etwas Besseres fiel ihm nicht ein.

»Hier ist aber kein Wasser.«

»Behindern Sie nicht meine Arbeit!«, drohte Stachelmann in einem Ton, der offiziell und autoritär klang.

»Man wird doch mal fragen dürfen«, schnappte die Frau. Sie drehte sich um, Stachelmann hörte, wie sie die Treppe hochstieg.

Er wusste, sie würde jetzt die Stadtwerke anrufen. Es würde eine Weile dauern, bis sie sich durchgefragt hatte und schließlich erfuhr, dass es keinen Rohrbruch gebe in Oberflockenbach. Stachelmann machte sich an die dritte Kiste. Darin lagen Kleidungsstücke und Stoffreste. Sie rochen muffig. Fehlanzeige. Er schaute sich um. Da stand an der Wand zum Nachbarverschlag ein Tisch mit einer Decke darüber, die bis auf den Boden fiel. Er hob die Decke und entdeckte Metallkleiderbügel, Besteck und eine weitere Kiste, kleiner als die anderen, aus harter, dicker Pappe. Er zog sie hervor, schaute hinein und sah, dass er die richtige Kiste gefunden hatte. Flugblätter, ein paar alte linke Zeitschriften, Bücher, darunter Lenins gesammelte Werke in drei Bänden, der dritte Band des »Kapitals«, eine Broschurausgabe des »Kommunistischen Manifests«, ein schmaler Band mit dem Titel »Lotta Continua«. Da lag noch mehr im Staub, aber Stachelmann hatte nicht die Zeit, es zu sichten.

In den Schmalseiten der Kiste waren Grifföffnungen eingelassen, an einer Seite musste er Lenins Werke wegdrücken, um die Finger durchstecken zu können. Die Kiste war nicht so schwer, wie er gefürchtet hatte. Er setzte sie vor dem Kellerverschlag auf den Boden, schloss die Tür, schraubte den Riegel wieder an und stieg die Treppe hoch. Er horchte, hörte aber nichts. Eilig verließ er das Haus. Einen Augenblick überlegte er, ob er den Werkzeugkasten holen sollte, wenn er die Kiste verstaut hatte im Auto, aber dann fand er, sie sei ein geringer Preis für seinen Fund. Als er gerade im Auto saß, hörte er das Alarmsignal der Polizei, dann raste auch schon ein Polizeiwagen an ihm vorbei.

Stachelmann fuhr in Richtung Unterflockenbach und Weinheim, um der Polizei nicht zu begegnen. Kurz vor Weinheim hielt er am Straßenrand, zog den Blaumann aus und packte ihn zusammen mit dem Helm in den Kofferraum. Jetzt fühlte er sich einigermaßen sicher. Er wendete und fuhr den Weg zurück. Vor dem Haus, in dem Angelika Stolpe wohnte, stand der Polizeiwagen, sonst war nichts zu sehen. Stachelmann wollte schnell weg, bevor ihn die Frau aus dem Haus durch einen blöden Zufall wieder erkannte. In der »Rose« sah ihn die Frau mit dem schweren Dialekt erstaunt an. »So eilig«, sagte sie.

Er antwortete nicht, bezahlte, räumte seine Sachen in die Reisetasche und verließ die Gaststätte. Als er in Großsachsen war, wich die Anspannung. Er tankte einmal, sonst machte er keine Pause auf der Fahrt nach Lübeck. Er kämpfte mit seiner Neugier, war hin und wieder versucht anzuhalten, um zu sehen, was noch in der Kiste verborgen war. Stachelmann bildete sich ein, den Schlüssel für alle Rätsel zu finden in der Kiste, dann aber war er sicher, dass sich darin nur Plunder befand. Erschöpft erreichte er endlich sein Ziel, parkte das Auto an der Trave und musste zweimal zwischen Auto und Wohnung hin- und herlaufen, zuerst trug er die Kiste.

Dann hielt ihn nichts mehr zurück. Kurz entschlossen kippte er die Kiste aus im Wohnzimmer. Eine Staubwolke ließ ihn husten. Er riss das Fenster auf, dann das Fenster in der Küche, um Durchzug zu machen. Schließlich stellte er den Staubsauger auf die höchste Leistungsstufe und wedelte mit dem Saugrohr überall herum, wo er gegen das Licht Staubwolken entdeckte. Dann holte er einen Hocker aus der Küche und setzte sich vor den schmutzigen Haufen auf dem Boden. Nun lag das Untere oben, auf Lenins gesammelten Werken und dem Kommunistischen Manifest. Er sah Postkarten, Papierschnipsel, einen Roman, den er nicht kannte, und ein in Kunstleder eingeschlagenes Buch. Er nahm den Kunstlederband, schlug ihn auf und wusste, er war am Ziel.

Seite um Seite mit handschriftlichen Einträgen, jeweils datiert. Ein Tagebuch. Er nahm es und legte es auf den Schreibtisch. Anfangs fiel es ihm schwer, die Schrift zu entziffern, aber er gewöhnte sich daran, sodass er fast jedes Wort lesen konnte. Angelika wurde immer wieder erwähnt. Der das geschrieben hatte, war ein Mann. Stachelmann blätterte und las:

Wenn ich mir vorstelle, ich wäre es gewesen, der das Schwein abgeknallt hat, ich müsste dauernd dran denken. Ich war sauer, als es passiert war, stinksauer. Mir hatte niemand was gesagt. Man will es doch vorher wissen, wenn man bei einer Hinrichtung mitmacht. Auch ein Revolutionär muss sich auf so was vorbereiten. Es hätte doch nichts gekostet, mir wenigstens was anzudeuten. Ich hätte trotzdem mitgemacht, oder? Doch, Verräter sind schlimmer als Wanzen.

Nun wusste Stachelmann, der Tagebuchschreiber war nicht der Mörder, aber er wusste, wer es war. Wahrscheinlich Zastrow, der früh gestorben war. Als er weiterblätterte, las Stachelmann von Volterra. Er legte das Tagebuch beiseite und wühlte in der Kiste nach den Postkarten. Aber keine zeigte Volterra, eine aber Siena. Er konnte nicht entziffern, was auf der Rückseite stand. Stachelmann holte seinen Atlas und fand Volterra gleich. Südliche Toskana, keine hundert Kilometer entfernt von Livorno.

Toskana, da war etwas, da hatte er etwas gehört oder gelesen. Ja, ab Lübeck-Blankensee gab es eine Billigflugverbindung nach Pisa. Er empfand es als Wink einer höheren Macht. Gleich schaltete er den PC ein und suchte die Homepage der Fluglinie. Schon für morgen Abend konnte er eine Maschine buchen, zurück am Abend darauf. Oder sollte er zwei Tage einrechnen? Er tat es. Daten eingeben für Flug und Bezahlung, ausdrucken, fertig. Schon war er Besitzer zweier Flugscheine, die ihn weniger kosteten als zweihundert Euro. Dazu kamen noch der Mietwagen und die Unterkunft für zwei Nächte. Er freute sich über seinen Fund und die Entschlossenheit, die er so oft vermisste an sich. Dann las er weiter im Tagebuch.

In der Nacht ließ ihn die Erschöpfung einschlafen, doch wachte er immer wieder auf. Das Tagebuch ging ihm nicht aus dem Kopf. Er konnte den Thingstättenmord aufklären. Zastrow dürfte es gewesen sein, seine Helfer waren der Tagebuchschreiber und Kipper oder Detmold. Wahrscheinlich Kipper, sagte ihm sein Gefühl. Er überlegte, ob er Angelika anrufen sollte, sie kannte den Namen des Tagebuchschreibers bestimmt, auch wenn sie so getan hatte, als hätte sie den Kerl kaum gekannt. Detlef war kein Spitzname, da hatte sie sich verplappert, immerhin ein kleiner Anhaltspunkt. Detlef Köhler in Volterra. Dann regte sich die Angst. Ob die Polizei herausfinden würde, dass der Gast in der »Rose« der Einbrecher bei Angelika Stolpe war? Er versuchte sich zu beruhigen. Das war unwahrscheinlich, bei einem Einbruch in einem Keller, bei dem nichts Wertvolles gestohlen worden war, würde die

Polizei nicht viel unternehmen, die hatten andere Sorgen. Und Angelika, hatte die nicht allen Grund, niemandem etwas zu erzählen von dieser Kiste? Nachher kriegte sie noch Ärger, weil sie Beweismittel in einem Mordfall unterschlagen hatte.

Am Morgen fühlte er sich trotz der nächtlichen Unruhe ausgeschlafen. Nach dem Frühstück wählte er Carmens Nummer im Präsidium. Sie war unterwegs zu einem Einsatz. Dann nahm er sich wieder das Tagebuch vor. Nun begriff Stachelmann ganz, was auf der Thingstätte geschehen war. Sie hatten Lehmann nicht ermorden wollen, jedenfalls zwei von den dreien nicht. Der Dritte aber hatte abgedrückt. Und dieser Dritte hieß Zastrow und war tot. Warum hatte er geschossen? Hatte der Schuss sich versehentlich gelöst? Warum flog er jetzt noch nach Italien? Um diesen Detlef zu suchen, wenn er denn so hieß und ihm Angelika keinen Bären aufgebunden hatte? Denn die war zwar eine Säuferin, aber nicht dumm. Und wenn er Detlef gefunden hatte, worin lag der Nutzen? Dieser Detlef musste wissen, wer Ossi auf dem Gewissen hatte, wenn er nicht selbst der Mörder war. Vielleicht hatte er noch eine Verbindung nach Heidelberg und hatte gehört, dass Ossi nach ihm suchte. Aber würde er von Italien nach Hamburg reisen, um Ossi zu töten auf den mehr als vagen Verdacht hin, der sei ihm auf der Spur?

Stachelmann lehnte sich zurück auf dem Schreibtischstuhl und schloss die Augen. Er hoffte, sich so besser konzentrieren zu können. Wenn Detlef Ossis Mörder war, dann war seine Reise nach Italien gefährlich. Er musste jemandem hinterlassen, wo er warum hinreiste, sonst konnte es geschehen, dass er in Italien verschwand. Für ein paar Sekunden überlegte er, wie das die Hinterbliebenen aufnehmen würden. Was würde Anne sagen? Endlich frei von ihm?

Kipper und Detmold hatten Ossi nicht ermordet, und

wenn dieser Detlef es doch nicht getan haben sollte, dann sprach alles für Suizid. Gut, ein Beweis wäre es nicht, aber alle Gegenthesen wären widerlegt. Er würde sich verrennen, endgültig verrennen, wenn er dann nicht aufgab und sich mit der offiziellen Version abfand. Es hatte also doch einen Sinn, nach Italien zu fliegen. Um Zweifel auszuräumen, um so viel Gewissheit zu finden, dass er wieder gut schlafen konnte und seine Pflicht getan hatte für seinen Freund, wenn der auch nur kurze Zeit wirklich sein Freund gewesen war.

Er nahm ein Blatt Papier und schrieb:

Ich bin nach Volterra gefahren, um einen Detlef Köhler zu finden, der beim Thingstättenmord dabei war. Sollte ich nicht zurückkehren aus Italien, sucht mich in Volterra.

Er betrachtete das Papier und fand sich albern. Bläst dich auf wie ein Ochsenfrosch. Er knüllte das Blatt zusammen und warf es in den Papierkorb. Dort mochten gründliche Polizisten es dann finden im Fall des Falles.

Stachelmann stellte sich vor, er sei schon in Volterra. Wie sollte er suchen? Nach Detlef fragen? Lächerlich. Seine Italienischkenntnisse waren erbärmlich bis nicht vorhanden. Er erinnerte sich der Broschüre von Lotta Continua, das war eine linksradikale Gruppe gewesen, die auch in Westdeutschland gearbeitet hatte, vor allem unter italienischen Arbeitern. Er suchte im Internet und fand gleich heraus, dass die letzten Aktivisten 1976 in den Untergrund abgetaucht waren. Als Köhler nach Volterra kam, gab es Lotta Continua nicht mehr als legale Gruppe. Aber der Spinner hatte es womöglich nicht mitgekriegt, und Zastrow auch nicht. Oder hatten sie sich dem Untergrund angeschlossen? War Zastrow vorausgefahren, um den Kontakt herzustellen, damit die beiden abtauchen konnten? Und wenn sie abgetaucht waren, wie sollte er sie dann finden? Je länger er nachdachte, desto klarer wurde ihm, dass er mit großer Wahrscheinlichkeit umsonst nach Italien fliegen würde. Mach ich mal eine kleine Urlaubsreise, dachte er. Ich habe ja sonst nichts zu tun. Er lachte kurz und bitter. Hätte er nachgedacht, bevor er wie ein Verrückter den Flug gebucht hatte, er wäre zu Hause geblieben. Dann spielte er mit dem Gedanken, die Flüge verfallen zu lassen. Nein, nun hatte er gebucht, Volterra hatte er nie gesehen, die Stadt war berühmt wegen ihrer Alabasterherstellung.

Er lief in die Königstraße zur großen Buchhandlung und fand einen Stadtplan von Volterra. Dazu kaufte er einen Reiseführer für die Toskana. Er sah die Menge von Büchern, es deprimierte ihn. Sollte er jemals fertig werden mit seiner Arbeit, als Buch würde sie untergehen, niemand würde auch nur nach ihr fragen in so einer Buchhandlung. Wer wollte es schon so genau wissen. KZs, wie furchtbar. Diese Kenntnis genügte in der Plappergesellschaft.

Zu Hause packte er Stadtplan und Karte in die Reisetasche. Er wischte den Einband von Köhlers Tagebuch feucht ab, trocknete ihn gleich. Das würde er Köhler unter die Nase halten, wenn er ihn finden sollte.

Da steht alles drin, Köhler. Auch dass du auf der Thingstätte mitgemacht hast. Du bist ein Mörder.

Nein, bin ich nicht. Lies genau. Ich habe es nicht gewollt. Maximal Beihilfe zum Mord, und die wäre längst verjährt. Vergiss es, Alter. Damit kannst du mir gar nichts.

Er spielte andere Varianten des Dialogs durch. Immer das gleiche Ergebnis, er würde Köhler damit vielleicht für eine kurze Zeit beeindrucken können, aber mehr nicht. Besser als nichts, dachte Stachelmann. Vielleicht gelingt es mir, ihn in diesen ersten Sekunden unseres Zusammentreffens so zu überraschen, dass er auf die Frage nach Hamburg und Ossi etwas herauslässt.

Er setzte noch einmal an. Stachelmann zeigte dem imaginären Köhler das Tagebuch. Du hast Lehmann ermordet, wenigstens warst du dabei und hast Zastrow gedeckt, der geschossen hat. War es nicht so?

Und bevor Köhler etwas sagen konnte, gleich hinterherschießen: Und vor kurzem bist du nach Hamburg gefahren und hast Ossi umgebracht. Das ist der Genosse von früher, der dir auf die Spur gekommen ist.

Aber nun konnte er sich nicht mehr vorstellen, was Köhler antworten würde.

Bis zum Abend las er weiter im Tagebuch. Er überlegte, wie Angelika früher gewesen sein mochte. Dann fiel ihm Regine ein, die nicht so tief gefallen war, aber auch mehr trank, als ihr gut tat.

Er packte das Tagebuch und die Fotos in seine Reisetasche.

Das Flugzeug sollte um zwanzig Uhr fünf starten, Stachelmann quälte sich schon um fünf Uhr durch den Berufsverkehr in Richtung Groß Grönau. Dann kurvte er eine Weile über den Parkplatz, bis er eine Lücke fand. Im Flughafengebäude schlug er die Zeit mithilfe der Süddeutschen Zeitung und einiger Tassen Tee tot. Als der Abflug nahte, reihte er sich in die Schlange vor dem Schalter des Billigfliegers ein, den Ausdruck der Internetbuchung und seinen Personalausweis in der Hand. Er war ein Gedränge, als brächte es einen Vorteil, früher im Flugzeug zu sitzen. Als die Maschine endlich abhob und Lübeck immer kleiner wurde, bis es im Dunst verschwand, lehnte Stachelmann sich zurück. Neben ihm saß ein junges Paar, das sich an den Händen hielt und sich immer wieder etwas ins Ohr flüsterte. Das erinnerte ihn an sein Beziehungschaos. Aber er spürte keinen Drang, sich zu entscheiden. Er wusste nicht, was er tun sollte. Vielleicht fiel es ihm ein, wenn er den Fall gelöst hatte. Er schloss die Augen, versuchte das Getuschel neben ihm zu überhören, aber er konnte nicht schlafen. Je näher er Italien kam, desto größer die Aufregung. Dann setzten die Zweifel wieder ein. Es ist ein Irrsinnstrip. Denk daran, wie sicher du dir gewesen bist in Heidelberg. So überzeugt, dass du sogar eine falsche Anschuldigung lanciert hast. Dann döste er doch eine Zeit lang, bis eine Stewardess ihn weckte, weil sie ihm etwas verkaufen wollte. Aber er hörte nicht zu, sondern winkte nur ab und wandte sein Gesicht zum Fenster. Draußen weiße Wolken, majestätisch und scheinbar unbewegt. Die Sonne ging unter.

Als das Flugzeug die Wolkenschicht durchstoßen hatte und landete, war es dunkel. Die Hitze des Tages dampfte aus Beton und Asphalt. Die Fluggäste drängten sich in einen Bus, dessen Klimaanlage offensichtlich ausgefallen war, sofern es überhaupt eine gab. Im Flughafengebäude fand er gleich den Schalter einer Mietwagenfirma, entschied sich für einen Fiat Seicento, hinterlegte die Daten seiner Kreditkarte und folgte der Wegerklärung zum Parkplatz. Er setzte sich ins Auto, drinnen war mehr Platz, als man dem Winzling von außen ansah. Im Handschuhfach fand er eine Straßenkarte der Toskana. Er entschied sich, die Küste entlangzufahren bis nach Cecina, um dann ins Landesinnere abzubiegen. So musste er nur wenige Kilometer durch die Berge fahren, schon auf der Karte sah die Strecke kurvig und steil aus. Stachelmann gewöhnte sich schnell an das Auto und fand gleich den richtigen Weg zur Küste. Immer Richtung Livorno. Dort steuerte er den Wagen auf die kurvige Küstenstraße in Richtung Süden. Es war wenig los trotz Hochsaison, vernünftige Menschen verdauten jetzt bei einem Glas Wein das Abendessen.

Er überlegte, wo er schlafen sollte, er hatte sich nicht um eine Unterkunft bemüht. Aber das war in dieser Zeit ohnehin aussichtslos, die Hotels und Pensionen waren bestimmt ausgebucht. Er fuhr vorsichtig, hin und wieder erfassten die Scheinwerfer Katzen oder Hunde. Vor Cecina endlich die Ausschilderung in Richtung Gello und Volterra. Bald ging es hinauf ins Gebirge, die Straße wurde kurviger. Ein Motorrad überholte ihn in aberwitzigem Tempo, der Fahrer berührte in der Kurve fast den Asphalt mit dem Knie. Dann war er verschwunden, so schnell, wie er herangerast war. Stachelmann durchfuhr Ortschaften, draußen Stühle und Tische, spärlich besetzt. Er hielt Ausschau, ob er vielleicht doch eine Unterkunft fand. Aber er sah kein Schild mit einem Hinweis. Jetzt spürte er die Erschöpfung, schalt sich einen Idioten. Aber nun wäre es das Dümmste gewesen, die Sache nicht zu Ende zu bringen. Ein blindes Huhn findet auch mal ein Korn. Der Vergleich gefiel ihm. Wie ein blindes Huhn stocherte er herum. Nur dass dem armen Tier nichts übrig blieb, wenn es überleben wollte, und er sich seine Verrücktheit selbst eingebrockt hatte. Jeder ist so dumm, wie er kann. Seine Laune fiel auf den Nullpunkt. Was, verflucht, sollte er in Volterra anfangen? Immer steiler, immer höher. Im Scheinwerferlicht erkannte er weiße Figuren, Alabaster im fahlen Licht des Mondes.

Dann, in einer steilen Spitzkehre, warfen die Lampen silbriges Licht zurück, daneben eine Gestalt am Straßenrand, liegend oder sitzend, das war schlecht zu erkennen. Stachelmann trat auf die Bremse, dann ließ er den Wagen ein paar Meter zurückrollen und stieg aus. Ein Motorrad lag am Straßenrand, daneben hockte ein Mann mit Helm. Stachelmann näherte sich dem Mann und sprach ihn an.

»Hallo!«

Der Mann hob den Kopf wie in Zeitlupe.

»Can I help you?«, fragte Stachelmann.

Der Mann schüttelte kaum sichtbar den Kopf.

Stachelmann zeigte mit den Händen an, der Mann möge den Helm absetzen. Tatsächlich löste der den Kinnriemen und zog den Helm vom Kopf. Ein schwarzer Lockenkopf mit einem kindlichen Gesicht. Der Mann passte nicht zu dem schweren Motorrad. Ein Auto fuhr vorbei, im Licht der Scheinwerfer sah Stachelmann, dass die Lederhose des

Motorradfahrers an mehreren Stellen aufgerissen war und dass er blutete.

»Wait!«, sagte Stachelmann zu dem Motorradfahrer. Dann ging er zu seinem Auto, rollte ein Stück zurück, schaltete das Warnblinklicht und die Scheinwerfer ein, sodass der Motorradfahrer und seine Maschine beleuchtet waren, stieg aus, holte aus dem Kofferraum den Verbandskasten und kniete sich vor dem Motorradfahrer auf den Schotter des Straßenrands. Der Mann blinzelte im Scheinwerferlicht. Sein Gesicht war weiß wie die Alabasterfiguren. Stachelmann fragte den Mann auf Englisch, ob etwas gebrochen sei. Der Mann bewegte vorsichtig Arme und Beine, er verzog das Gesicht, aber es schien nichts gebrochen zu sein. Er hatte wohl die Spitzkehre zu schnell genommen, war aber nicht schnell genug gewesen, um sich ernsthaft zu verletzen. Stachelmann mühte sich, die Schürfwunden am Bein zu verbinden, aber über der Hose erschien es ihm wenig sinnvoll. Trotzdem begann er zu wickeln, und der Motorradfahrer ließ es geschehen. Nachdem er den Mann eher schlecht verbunden hatte, stand Stachelmann auf und reichte ihm die Hand. Der Mann nahm sie und zog sich vorsichtig hoch. Als er stand, bewegte er die Beine, um zu prüfen, ob sie noch funktionierten. Dann ging er langsam zu seiner Maschine, versuchte den Schaden zu ermessen, schüttelte den Kopf, als könnte er nicht verstehen, was geschehen war. Er drehte sich um, ging auf die Straße und stieß mit dem Fuß an einer Stelle auf den Boden. »Olio!«, sagte er. Dann noch einmal, wütend: »Olio!«

Er stützte sich mit der Hand auf Stachelmanns Schulter, als sie zum Auto gingen, und setzte sich auf den Beifahrersitz.

»Volterra?«, fragte Stachelmann.

»Volterra«, sagte der Motorradfahrer.

»Josef«, sagte Stachelmann und zeigte mit dem Daumen auf seine Brust.

»Tonio«, sagte der Motorradfahrer. »Tedesco?«

Stachelmann nickte.

Tonio schwieg.

Stachelmann fuhr Kurve um Kurve, bis die Straße unter einer lang gezogenen mächtigen Mauer auf eine Kreuzung führte. »Dove?«, fragte er. »Wohin?«

Tonio zeigte geradeaus. Stachelmann fuhr weiter, bis Tonio nach links winkte. Eine schmale Straße, am Rand machten parkende Autos es fast unmöglich durchzukommen. Plötzlich winkte der Motorradfahrer hektisch und zeigte an, dass Stachelmann parken solle. Der steuerte den Wagen möglichst nah an eine Hausmauer auf der Fahrerseite, sodass Tonio leicht aussteigen konnte. Als der draußen war, quetschte sich Stachelmann auf den Beifahrersitz, stöhnte einmal halblaut auf und zog sich dann aus dem Auto hinaus. Tonio beobachtete, wie Stachelmann erst stakste, dann den Rücken in allen Richtungen bewegte, um schließlich den anderen fragend anzuschauen. Was nun?

Tonio mit den weißen Verbänden auf der schwarzen Montur zeigte Stachelmann an, der möge ihm folgen. Er ging zu dem Haus auf der anderen Straßenseite, er stützte sich nicht ab, es ging ihm wohl schon besser. Die Tür war nicht abgeschlossen, Tonio öffnete sie. Sie betraten einen dunklen Hausflur, ein Fernsehgerät dröhnte, hektische Stimmen, irgendeine Show. Tonio öffnete eine Tür, Licht fiel in den Flur und das Flackern des Fernsehers. Der war jetzt laut.

Ein Schrei: »Tonio!« Eine Frau sprang auf aus einem Sessel und stürzte sich auf Tonio. Sie redete auf ihn ein, schlug die Hände zusammen und beruhigte sich erst allmählich. Tonio sprach mit betont ruhiger Stimme, deutete auch auf Stachelmann, und der las im Blick der Mutter Dankbarkeit. Und doch kam er sich überflüssig vor. Die Mutter reichte Stachelmann die Hand, der verstand »Grazie! Grazie!«, und zog ihn aus dem Wohnzimmer in die Küche. Sie stellte eine

Flasche Wein und drei Gläser auf den Tisch, dazu Teller mit Gebäck, Wurst, Schinken, Käse, ganz wahllos. Dann fragte sie, ob er einen Kaffee möchte, und goss gleichzeitig Wein ein. Tonio setzte sich an Tisch. »Salute!«

Sie hoben die Gläser und tranken.

Die Haustür öffnete sich, ein Mann betrat die Küche, und das Palaver begann von neuem. Stachelmann begriff bald, es war der Vater, der von irgendwoher nach Hause zurückkehrte. Auch der reichte Stachelmann die Hand, bedankte sich, schimpfte mit seinem Sohn, winkte verächtlich in dessen Richtung und nahm ihn dann in den Arm, bis der jaulte vor Schmerz, die ihm Prellungen an der Brust bereiteten. Stachelmann überlegte, ob er vorschlagen solle, einen Arzt zu holen, aber dann ließ er es, das war nicht seine Sache.

Die Mutter schenkte ihm nach. Dann öffnete sich erneut die Küchentür, und in der Tür stand Liz Taylor in ihren jungen Jahren, als sie die Jüdin Rebecca in »Ivanhoe« spielte. Sie ließ ihren Blick wandern, bis der an Stachelmann hängen blieb. Er war der Einzige, den sie nicht kannte. Wieder wurde viel und durcheinander geredet. Stachelmann verstand nur, sie hieß Eleonora und war die Tochter, also die Schwester von Tonio. Als Eleonora verstanden hatte, was geschehen war, ging sie auf Stachelmann zu und reichte ihm die Hand. Die war kräftiger, als sie aussah. »Danke«, sagte sie leise und lächelte ihn an. Sie sagte es ohne Akzent. In seinem Magen lag ein Stein.

Eleonora setzte sich mit an den Tisch, lächelte ihn hin und wieder an, als wollte sie zeigen, er sei willkommen und sie sei ihm dankbar.

»Wo kommen Sie her?«, fragte sie ihn in perfektem Deutsch.

»Aus Lübeck, das liegt bei Hamburg«, sagte er.

»Ich weiß«, sagte sie und lächelte.

»Woher sprechen Sie so gut Deutsch?«

Die anderen am Tisch hörten zu, obwohl sie nichts verstanden.

»Ich habe es studiert, in München, und ich arbeite in einer Agentur in Cecina. Ferienhausvermittlung.«

»Ach ja.« Stachelmann nickte.

»Und Sie machen Urlaub?«

»Nein«, sagte Stachelmann. »Ich suche jemanden. Ich bin gerade hierher geflogen, nach Pisa, und ich suche einen Deutschen, der vor fast dreißig Jahren aus Heidelberg nach Volterra gezogen sein soll.«

Sie zog die Augenbrauen hoch. »Und dafür kommen Sie extra hierher? Wo wohnt dieser Deutsche?«

Stachelmann zeigte die Handflächen.

Sie lachte. »Hier wohnen viele Deutsche. Die halten die Toskana für einen, wie sagt man, Paradiesersatz. Für Leute, die nicht arbeiten müssen, ist sie das auch.«

Die Mutter mischte sich ein. In atemberaubend schnellem Italienisch sprach sie mit der Tochter. Die blickte mal die Mutter an, mal Stachelmann.

»Meine Mutter möchte gerne wissen, wo Sie übernachten.«

Stachelmann zuckte die Achseln. »Weiß ich noch nicht.«

Nun redete Eleonora Italienisch mit der Mutter. Die Mutter antwortete etwas, dann sagte Eleonora: »Wenn es Ihnen nicht zu« – sie zögerte – »einfach ist, können Sie hier übernachten. Wir haben eine Kammer, klein, aber ein Bett steht darin. Es ist schwer, ein Hotelzimmer zu bekommen. Aber wenn Sie wollen, telefoniere ich herum und versuche ein Zimmer für Sie zu bekommen.«

»Wenn es Ihnen nicht zu viel ausmacht, die Kammer würde mir reichen.« Er dachte an die Schmerzen, die ihm diese Nacht in einem Gästebett bereiten würde. Die Mutter stand auf und verschwand aus der Küche.

»Diesen Deutschen, den Sie suchen, wie heißt er?«

»Detlef Köhler.«

»Mehr wissen Sie nicht?«

»Vielleicht doch, er war ein Politaktivist, wollte vielleicht zu Lotta Continua, untertauchen.«

Als der Vater »Lotta Continua« hörte, streckte er den Rücken. Dann begann er mit Eleonora zu reden, er zeigte immer mehr Erregung. Stachelmann verstand nur »Partito Comunista«. Als der Vater fertig war, er unterstrich es mit einem angedeuteten Faustschlag auf den Tisch, fragte Eleonora: »Aber Sie gehören doch nicht dazu?«

»Nein«, wehrte Stachelmann ab. »Ich erzähle Ihnen die ganze Geschichte.« Es war dann doch nicht die ganze Geschichte, sondern eine Zusammenfassung, bei der sich Stachelmann auf den Thingstättenmord beschränkte. Er erzählte ein, zwei Sätze, dann übersetzte Eleonora es für die anderen. Der Vater und Tonio hörten schweigend zu, der Vater nickte hin und wieder, besonders als Stachelmann behauptete, er könne nicht hinnehmen, dass ein solch feiger Mord ungesühnt bleibe. Das reichte dem Vater als Erklärung, aber Eleonora warf Stachelmann einen skeptischen Blick zu. Stachelmann hätte es selbst nicht geglaubt, wenn ihm ein anderer diese Geschichte erzählt hätte.

Dann sagte der Vater etwas. Eleonora hörte zu, als der Vater fertig war, wendete sie sich Stachelmann zu: »Er wird sich umhören. Morgen weiß er vielleicht etwas. Er war früher Kommunist, er hasste Lotta Continua, für ihn waren das Intellektuelle, Spinner, die sich zu Unrecht auf die Arbeiterklasse berufen haben und dann im Terrorismus versunken sind. Er kennt jemanden, der Anfang der siebziger Jahre bei Lotta Continua war, als die noch nicht terroristisch waren. Ein ehemaliger Genosse, der den historischen Kompromiss nicht mitmachen wollte. Luigi.«

Der Vater blickte Stachelmann unentwegt an, während Eleonora zusammenfasste, was der Vater gesagt hatte.

Stachelmann nickte und bedankte sich.

Tonio hatte den Abend nur zugehört, er war ein junger Kerl, der sich nur auf dem Motorrad stark fühlte.

Der Vater stand auf, warf Tonio eine Bemerkung zu und verabschiedete sich von Stachelmann. »Buona notte!«

Stachelmann erhob sich und erwiderte den Händedruck. Dann setzte er sich wieder.

Tonio stand auf und hielt Stachelmann die Hand hin. »Grazie. Buona notte!«, sagte er. Dann verließ er hinter dem Vater die Küche.

Eleonora goss Stachelmann und sich noch einen Schluck Wein ein. »Der Großvater, sein Vater« – ihr Blick schweifte zur Tür, durch die der Vater die Küche verlassen hatte – »war bei den Partisanen. Hat Schreckliches erlebt, aber wenig erzählt. Er hat die Deutschen gehasst, auch die, die jeden Sommer die Toskana bevölkern. Er« – wieder der Blick zur Tür – »war sogar in Deutschland gewesen, als Gastarbeiter, in Stuttgart. Hat es aber nicht ausgehalten und ist bald zurückgekommen. Er wird Ihnen helfen.« Sie strich sich mit der Hand durchs halblange schwarze Haar. »Aber Sie dürfen ihn nicht enttäuschen. Verstehen Sie?«

»Sie meinen, weil ich nur einen Teil der Geschichte erzählt habe?«

»Ja, man könnte den Eindruck bekommen, dass Sie das Wichtigste verheimlichen. Und dass die Sache vielleicht ganz anders aussieht. Dass er Ihnen bei etwas hilft, das ihm nicht gefallen kann. Verstehen Sie mich?« Ihre Augen waren plötzlich hart.

Er nickte. »Ich suche einen Mörder. Verschwiegen habe ich nur, dass er nicht nur einen Mord begangen hat und ich ihn wegen des zweiten Mords suche.«

»Und warum sagen Sie das nicht? Ach, Entschuldigung, es geht mich ja nichts an.«

»Weil ich die Sache selbst ein wenig absurd finde. Alle, mit denen ich darüber gesprochen habe, halten mich wenigstens für seltsam, wenn nicht für irre. Ich werde ungern für verrückt gehalten.«

Sie gluckste leise. »Das verstehe ich.« Sie blickte auf ihre Armbanduhr, es war fast schon halb zwei Uhr morgens.

»Entschuldigung!«, sagte Stachelmann. »Ich habe nicht gemerkt, wie die Zeit verflog.«

»Ja, es war ja auch aufregend. Hoffentlich hat Tonio etwas gelernt bei dem Unfall. Er fährt wie ein Wahnsinniger. Aber das tun alle hier, sobald sie auf einem Motorrad sitzen. Ich zeige Ihnen die Kammer.« Sie führte ihn durch einen engen Flur, an dessen Ende eine Tür angelehnt war. »Das ist sie«, sagte sie. »Und das hier ist das Bad.« Es war die Tür rechts vor der Kammer. »Ich hoffe, Sie kommen zurecht.«

»Ich muss noch meine Reisetasche holen«, sagte er.

Er ging hinaus auf die Straße, holte die Tasche aus dem Kofferraum und blickte nach oben. Unendlich viele Sterne in einem klaren Nachthimmel. Viel zu schade zum Schlafen. Dann kehrte er zurück, ging durch die Küche zur Kammer. Im Badezimmer war es eng, er passte kaum zwischen Waschbecken und Rückwand, sein Bein stieß schon an die Klobrille. Er beeilte sich, nahm seine Waschutensilien mit in die Kammer und schloss die Tür. Er zog sich um und legte sich auf ein Bett mit einer Matratze, die bis zum Boden durchzuhängen schien. Dann hörte er Geräusche im Bad. Sie hatte gewartet, bis er fertig war.

Die Müdigkeit zwang ihn zu schlafen. In der Nacht träumte er von rasenden Motorrädern und wie er Köhler fand, groß und kräftig, in einer Villa am Berghang mit Meeresblick, und wie der ihn auslachte. »Beweisen muss man das, du Idiot. Beweisen! Hast du einen Beweis?« Wieder dieses furchtbare Lachen, das fast wie Grölen klang.

Die Klospülung im Badezimmer weckte ihn. Er bewegte seine Wirbelsäule und die Beine, um die Steifheit loszuwerden. Dann schaute er auf die Uhr, es war acht. Eine gekippte Milchglasscheibe ließ weißes Licht in die Kammer. Die Luft war mild und kündigte einen heißen Tag an. Er stand auf und linste aus der Tür, ob das Bad frei war. Die Tür war geschlossen, die Geräusche verrieten, es war besetzt. Stachelmann ging in der Kammer im Kreis wie in einer Zelle, hin und wieder drehte, beugte und streckte er den Rücken, um beweglicher zu werden. Endlich war das Bad frei. Als er fertig war, ging er zur Küche, wo die Mutter am Herd hantierte. Sie begrüßte ihn mit einem Lächeln, zeigte auf den Tisch, wo Brot, Butter und Zucker standen und Mokka in einem Gerät mit Druckkessel, der auf dem Herd erhitzt wurde. Sie goss ihm Kaffee ein, er nahm ein Brot und bestrich es mit Butter. Sie zeigte zum Fenster und wollte ihm offenbar sagen, es werde schönes Wetter geben. Eleonora und Tonio, sie winkte zur Haustür, waren offensichtlich schon zur Arbeit gegangen. Papa, sie winkte wieder. Dann sagte sie: »Lotta Continua« und noch etwas, das Stachelmann nicht verstand. Aber er begriff, der Vater war schon unterwegs, um ihm zu helfen. Die Aufregung zwickte im Magen.

Nach dem Frühstück bedeutete er der Mutter, er werde einen Spaziergang machen, indem er zuerst nach draußen wies und dann den Finger kreisen ließ. Die Mutter lächelte ihn freundlich an und nickte. Er ging durch schmale Häuserschluchten mit mittelalterlichen Fassaden, vorbei an Kapellen, Stadtvillen, Türmen, die vom früheren Reichtum der Stadt zeugten. Vor der Stadtmauer, zur Überlandstraße hin, ein Gefängnis, in dessen dickem Gemäuer die Insassen im Sommer schwitzten und im Winter froren. So sah es jedenfalls aus. Er blickte hinab ins Tal, über dem der Dunst lag wie eine Wolkenschicht, bis die Sonne ihn auffraß. Er ging zurück ins Innere der Stadt, setzte sich vor eines der vielen Straßencafés und bestellte einen Espresso, noch walzte der Touristenstrom nicht durch die Gassen. Gegenüber ein Plakat, das eine mittelalterliche Handwerksmesse ankündigte. Auch ein Theaterstück würde demnächst unter freiem Himmel aufgeführt werden, und das Stadtfest stand ebenfalls noch aus. Er war jetzt ruhig, bedachte sein Glück, dass er Tonio getroffen hatte, ließ seine Gedanken bei Eleonora verweilen, was ihm aber gleich die Trostlosigkeit seiner Frauenbeziehungen in Erinnerung rief. Er wischte den Anflug von Trübnis weg, unterstrich es durch eine Handbewegung und bestellte noch einen Espresso, mehr um auf andere Gedanken zu kommen. Wenn er Köhler fand, dann sollte er ihm das Tagebuch vorhalten. Oder vorher eine Schriftprobe besorgen? Aber er war ja kein Schriftsachverständiger, nein, er würde mit der Tür ins Haus fallen, Klartext, überfallartig. Stachelmann war sicher, so würde es gehen. Und wenn nicht? Dann eben nicht, dann hatte er eine schöne Zeit in Volterra verbracht. Morgen Abend, Viertel vor sechs Uhr, würde er wieder nach Hause fliegen. Er wünschte sich, er säße schon im Flugzeug, die Gewissheit im Gepäck und damit die Chance, den Wahnsinnstrip zu beenden. Es war nicht so schlimm, dass andere an seinem Verstand zweifelten, bedenklich war, dass er selbst damit anfing. Stachelmann schaute auf die Uhr, es war zu früh, wie sollte der Vater so schnell etwas herausbekommen?

Die Sonne stieg, es wurde wärmer. Stachelmann beschloss, sich ein Zimmer zu suchen für die kommende Nacht. Aber es schien keine freien Zimmer zu geben, Hochsaison in der Toskana. Er würde Eleonora bitten müssen zu telefonieren. Dann wurde die Ungeduld stärker, und er ging zurück zum Haus. Obwohl er sich zwang, langsam zu laufen, schwitzte er, als er vor der Haustür stand. Er klopfte und trat ein. Tatsächlich saß der Vater in der Küche und begrüßte ihn, nachdem er seine Tasse abgesetzt hatte. Der Vater sah zufrieden aus. Er bedeutete Stachelmann, bis zum Mittag zu warten. Eleonora sei dann hier und könne übersetzen. Um nicht weiter der

Sprachlosigkeit ausgesetzt zu sein, ging Stachelmann in die Kammer und legte sich aufs Bett. Er konnte natürlich nicht schlafen, und die Zeit wollte nicht vergehen. Endlich klopfte es an der Tür. Stachelmann stand auf und öffnete. Eleonora lachte ihn an. »Ich glaube, er hat gefunden, was Sie suchen«, sagte sie.

Als Stachelmann in die Küche kam, unterhielt sich der Vater angeregt mit der Mutter, offenbar über das, was er herausgefunden hatte, mehrfach fielen die Worte »tedesco« und »Detlef Köhler«. Als der Vater Stachelmann sah, zeigte er auf den Stuhl gegenüber, Eleonora setzte sich an die Schmalseite des Tisches. Der Vater begann, und Eleonora übersetzte.

»Luigi hat gesagt, irgendwann Ende der siebziger Jahre, wahrscheinlich 1979, aber das sei ja schon eine Weile her, da seien zwei Deutsche erschienen, hätten irgendwie einen Typen von Lotta Continua gefunden und erklärt, sie wollten mitmachen im Untergrund. Die Regionalleitung von Lotta Continua habe das erst abgelehnt, von Revolutionsabenteurern habe man die Nase voll.«

Stachelmann bewunderte ihr Deutsch.

»Einer der beiden hieß wohl Detlef …«

»Und der andere«, unterbrach Stachelmann.

»Das weiß Luigi nicht mehr. Er ist inzwischen ein alter Mann, und mit Lotta Continua wollte er nichts mehr zu tun haben, ein paar Jahre, nachdem die in den Untergrund gegangen sind.«

Der Vater sagte etwas und betonte es, indem er mit der flachen Hand leise auf den Tisch schlug.

»Weiter. Die beiden Deutschen haben dann gedrängt und versucht, die Leitung umzustimmen. Sie haben sich auf einen Genossen in Mannheim berufen, den sie kennen gelernt hatten. Schließlich hat die Regionalleitung auf irgendwelchen Wegen in Mannheim nachgefragt und die beiden auf Probe aufgenommen, hier in Volterra. Sie haben sich eingeordnet, und die italienischen Genossen waren ganz zufrieden über die neuen Mitkämpfer. Sie fanden sie nur etwas fanatisch. Der Vater sagt: noch fanatischer als die anderen.« Sie grinste.

»Und wo ist Detlef heute?«, fragte Stachelmann. Er fragte sich: Wer war der andere? Reimund Zastrow, der infrage käme, war doch tot.

»In Riparbello. Die haben dort eine Bar.«

»Wo liegt Riparbello?«

»Richtung Cecina, nicht weit.«

»Begleiten Sie mich?«

Sie zögerte ein, zwei Sekunden, dann nickte sie.

»Darf ich auf Ihr Angebot zurückkommen, nach einem Hotelzimmer für mich zu telefonieren?«

»Das ist nicht nötig. Sie bleiben bei uns. Meine Eltern würden es als« – wieder zögerte sie – »unangemessen betrachten, wenn Sie gingen.«

»Danke, dann bleibe ich noch eine Nacht. Morgen Abend fliege ich zurück.«

Tonio erschien. Er war nicht mehr so blass, überhaupt lebhafter. Er hatte den Schock überwunden. Fast überschwänglich begrüßte er Stachelmann und erzählte etwas, das der nicht verstand.

»Er hat zusammen mit einem Freund das Motorrad geholt. Es seien nur ein paar Kratzer, und darüber ist er froh«, sagte Eleonora. Dann sprach sie mit ihren Eltern, und als sie ihm das Profil zeigte, erinnerte sie ihn wieder an Liz Taylor. Es ging hin und her, und Stachelmann bildete sich ein zu verstehen, es gehe um den Abend und die Fahrt nach Riparbello.

Dann war das Gespräch beendet, und die Mutter begann den Tisch zu decken. Erst jetzt roch Stachelmann den Duft von Kräutern und Knoblauch, der schon die ganze Zeit die Küche füllte. Es gab Spaghetti mit einem fruchtigen Tomatensugo, danach Schnitzel in einer Rotweinsoße und zum Abschluss Käse mit Brot. Stachelmann lobte das Essen, die Mutter freute sich, als Eleonora übersetzt hatte. Er wusste, dieses Mahl hatte die Mutter gekocht, weil er im Haus war. Er fand es übertrieben, nur weil er Tonio aufgelesen hatte, der nicht einmal richtig verletzt war.

Nach dem Essen gab es Kaffee, dann deutete Eleonora an, die Eltern würden einen Mittagsschlaf halten. Stachelmann begriff, dass auch Eleonora Ruhe brauchte, bevor sie wieder in die Agentur ging. Auch er legte sich hin. Erstaunlicherweise schlief er ein. Als er aufwachte, hörte er es rumoren von der Küche her. Er blieb noch eine Weile liegen, dann holte er das Tagebuch und die Fotos aus der Tasche und legte sie aufs Bett. Die Anspannung wuchs und hinderte ihn, sich zu konzentrieren. Wie sollte er es anfangen in der Bar? Fragen? Behaupten? Vorsichtig sein? Angreifen? Einen Vorwand nutzen? Er dachte über die Möglichkeiten nach, spielte sie durch, verwarf sie, entschied sich für eine, verwarf sie wieder, dann für eine andere und verwarf auch die. Es war ein Elend. Er betrachtete die Fotos, als könnte er in ihnen etwas Neues entdecken, etwas, das ihm half. Dann ergriff ihn Angst, immerhin wollte er einen entlarven, der an einem Mord beteiligt war. Und wer war der zweite Deutsche? Hatte Köhler einen Genossen mitgenommen, von dem Stachelmann noch nichts gehört hatte? Dieser neue Gesichtspunkt verwirrte ihn. Es war ihm nicht wohl bei der Sache. Was konnte es bedeuten? Er grübelte, fand aber keine Erklärung, die ihn überzeugte.

Er verließ die Kammer, grüßte die Mutter in der Küche und ging in die Stadt. In einem teuren Weinladen kaufte er eine Flasche Grappa höherer Güte, die wollte er als Dankeschön hinterlassen. Dann schlenderte er am mächtigen Dom vorbei, Zinnen auf dem Dach, eher Zierde als militärischer Zweck. In der Sonne war es nicht auszuhalten, er suchte sich seinen Weg im Schatten. An einem Schaufenster mit Alabasterfiguren verweilte er, sie faszinierten in ihrer Hässlichkeit, diese Jungfrauen mit entblößtem Busen, sich windende Löwen, antike Athleten, die Sandalenfilmen entsprungen schienen. Unzählige dieser Skulpturen. Aber seine Gedanken ließen sich nicht daran hindern, nach Riparbello zu wandern.

16

Es war mild, eine warme Brise wehte Meeresluft ins Land. Sie fuhren in Stachelmanns Mietwagen nach Riparbello. Sie war ihm nah und roch gut. Fast die ganze Zeit schwiegen sie, nur manchmal wies Eleonora den Weg, obwohl es zunächst nur geradeaus ging, von dem Ausläufer des Apennin mehr als fünfhundert Meter tiefer in die Ebene. Dann fragte sie: »Was wollen Sie machen, wenn es so ist, wie Sie glauben?«

Stachelmann überlegte, dann sagte er: »Weiß ich noch nicht.«

Sie schaute ihn verwundert an, erwiderte aber nichts.

In einem Kreisel musste er links abbiegen und bald rechts, dann ging es wieder in die Berge, steil, aber nicht so hoch wie in Volterra. Als sie am Ortseingangsschild von Riparbello vorbeifuhren, zog sich ihm der Magen zusammen. Und wenn es umsonst war? Und wenn er einen Verbrecher traf, der ihn zum Schweigen bringen musste? Brachte er nicht Eleonora in Gefahr?

»Sie hätten meinen Eltern nichts schenken müssen.«

Aber er sah noch die Freude in den Augen des Vaters. »Ich weiß, aber es ist gut so.«

Sie zeigte den Weg zu einem Parkplatz, wo Stachelmann den Seicento abstellte. Dann führte sie ihn eine kleine Straße hinauf, er begann zu schwitzen. »Wie heißt es? Ohne Fleiß keinen Preis?« Sie lachte leise.

»So wäre es grammatikalisch richtig. Aber das Sprichwort schert sich nicht drum: kein Preis.«

»Ihr Deutschen seid manchmal komisch.«

»Hab ich nie bestritten.«

»Da vorn ist es.«

»Wir, äh, ich bin Tourist, Sie sind eine Bekannte, wir gehen was trinken, das Normalste der Welt, und schauen uns die Bar von innen an.«

Draußen hing nur eine Holztafel an zwei Seilen an einer Stange, mit der Aufschrift *Bar*. Sonst nichts. Im Eingang Mückenschnüre, Stachelmann schob sie weg, ging hindurch und hielt sie offen für Eleonora. Seltsam, dass auf der Straße keine Stühle und Tische standen. Sie waren die einzigen Gäste, offenbar war es zu früh. Sie setzten sich an den Tisch in der Ecke. Gespannt starrte Stachelmann zum Tresen, aber dort war niemand. Er schaute Eleonora an, die hob die Schultern und die Hände.

»Komisch«, flüsterte sie. »So leer.«

Er nickte.

An einer Wand hing ein Marienbild, an der anderen ein Kalender, das Monatsblatt zeigte eine barbusige Blondine. Der Kalender zeigte den Juni an. Am unteren Rand des Blattes hatte jemand etwas gekritzelt.

Draußen knatterte ein Mofa vorbei. Der Schall drang durch die Mückenschnüre und verfing sich einen Augenblick im Gastraum. Er schmerzte in den Ohren. Hinter dem Tresen erkannte Stachelmann einen Durchgang, auch in ihm hingen Mückenschnüre. Dahinter tat sich etwas, die Schnüre bewegten sich. Dann wurden sie zur Seite gedrückt, eine Frau erschien. Sie fuhr sich mit der Hand durch lange schwarze Haare, sah ihre Gäste und kam gemächlichen Schrittes heran.

Sie bestellten zwei Wasser und zwei Espressi.

Die Frau schlappte zum Tresen, Stachelmann sah ihr nach, sie war klein und hatte ein breites Becken. Sie machte sich hinterm Tresen zu schaffen. Stachelmann und Eleonora schauten sich fragend an. Es zischte, dann schlug sie den Tresterbehälter auf eine Stahlkante, füllte ihn, drehte ihn ins Gewinde der Maschine, es zischte wieder. Sie stellte zwei Gläser und zwei Tassen auf ein

Tablett, dann schlappte sie wieder heran und servierte wortlos.

Stachelmann traute sich nicht, mit Eleonora zu sprechen. Er nippte am Espresso, sie tat es ihm nach.

»Vielleicht fragen Sie?«, sagte Eleonora.

In diesem Augenblick glaubte er, alles sei Unsinn. Es gibt hier keinen Detlef Köhler, und die Typen, die auf der Thingstätte gewesen waren, die gab es auch nicht mehr. Ossi hat sich selbst umgebracht, und er, Stachelmann, war ein Idiot, der einer Wahnidee nachlief, ohne sie jemals greifen zu können. »Bitten Sie die Dame an unseren Tisch«, sagte Stachelmann.

Eleonora stand auf und ging zu der Frau, die hinterm Tresen wirkte, ohne ihnen einen Blick zu gönnen. Sie sprach leise, aber Stachelmann verstand »Detlef«. Die Frau baute sich auf hinterm Tresen, musterte Eleonora, ohne es zu verbergen, dann schüttelte sie den Kopf und antwortete knapp. Zwei Sätze nur. Dann verschwand sie hinterm Mückenvorhang. Eleonora blieb stehen und wendete ihr Ohr zum Vorhang, sie lauschte. Dann trat sie ein Stück zur Seite, reckte ihren Hals, um trotzdem hören zu können durch den Mückenvorhang. Stachelmann musste grinsen, ihre Verrenkung sah lustig aus. Dann ging sie mit schnellen, kurzen Schritten auf den Zehenspitzen zum Tisch zurück. Der Mückenvorhang öffnete sich, die Frau erschien, warf ihnen einen grimmigen Blick zu und machte sich am Tresen zu schaffen. Stachelmann verkniff es sich, Eleonora zu fragen, was sie mit der Frau gesprochen und dann belauscht hatte. Eleonora winkte die Frau herbei und zückte ein Portemonnaie. Stachelmann legte kurz seine Hand auf ihre, die die Geldbörse hielt, und nahm sein Portemonnaie. Er verstand, was die Getränke kosteten, zahlte, und sie verließen die Bar. Als sie auf der Straße waren, fragte Stachelmann: »Was hat sie gesagt?«

»Später«, sagte Eleonora. »Drehen Sie sich nicht um. Sie schaut uns bestimmt nach.«

Sie setzten sich ins Auto, aber Stachelmann startete den Motor nicht.

»Sie hat jemanden angerufen, offenbar diesen Detlef. Sie hat gesagt, er solle heute nicht kommen, es habe jemand nach ihm gefragt. Dann hat sie noch gesagt, sie würden in der Nacht über alles sprechen, er solle nicht gleich in Panik verfallen.«

»Und was hat sie geantwortet, als Sie sie gefragt haben?«

»Dass sie einen Detlef nicht kennt, dass sie überhaupt keinen Deutschen kennt, außer flüchtig ein paar Touristen, die immer mal wieder bei ihr was tränken.«

»Und nun?«, fragte Stachelmann. Wenn er allein gewesen wäre, hätte er gewusste, was er zu tun hätte. Dann sagte er: »Ich fahre Sie nach Hause, dann warte ich hier und folge der Frau. Sie wird mich zu diesem Detlef führen.«

»Nein«, sagte Eleonora. »Wir müssen die Bar ab sofort überwachen. Wenn wir jetzt nach Volterra fahren, kann es sein, dass die Frau die Bar einfach schließt und nach Hause geht.«

»Aber Sie müssen morgen früh wieder arbeiten.«

»Schlaf ich eben ein bisschen weniger. Ich finde es spannend, ich suche nicht jeden Tag einen Mörder.«

»Aber vielleicht ist es gefährlich?«

»Ich liebe die Gefahr«, sagte sie gespielt pathetisch. Dann kicherte sie.

Er fuhr den Wagen vom Parkplatz und stellte ihn so ins Halteverbot, dass sie den Eingang der Bar im Auge hatten. Er schaltete die Scheinwerfer aus.

Während sie warteten, wollte Eleonora genau wissen, was auf der Thingstätte geschehen war. Er erzählte ihr auch, warum er nicht glaubte, dass Ossi sich umgebracht habe.

»Haben Sie eine Frau?«, fragte Eleonora plötzlich.

Stachelmann spürte den Schweiß auf der Stirn. »Ja und nein«, erwiderte er.

Sie lachte.

»Und Sie?«

»Ich bin verlobt.«

»Ich hoffe, Ihr Verlobter ist nicht eifersüchtig.«

»Ich weiß es nicht. Aber er ist verreist, geschäftlich. Und Sie sind meine Freundin. Mit der bin ich unterwegs, falls er anruft, meine Mutter hat darauf bestanden. Mir wäre es egal gewesen.«

»Dann ist es Ihrer Mutter nicht recht, dass Sie heute Abend mit mir zusammen sind?«

»Ja und nein. Wie heißt es? Sie kann nicht aus ihrer Haut.«

»Aber sie ist mir nicht böse?«

Eleonora lachte, dann strich sie schnell über seine Hand auf dem Lenkrad. »Nein. Sie hält Sie für ungefährlich.«

»Jetzt muss ich überlegen, wie ich das verstehen muss.« Er grinste. »Wie ein Kompliment klingt das nicht.«

»Es ist eines«, sagte sie.

Sie unterhielten sich über ihre Arbeit in der Ferienhausagentur, den Ärger mit Touristen, die ihren Müll nicht wegräumten, und Hausbesitzern, die den Backofen vom Strom abklemmten, um Geld zu sparen. Dann schwiegen sie und hingen ihren Gedanken nach. Stachelmann wurde müde, die Augen brannten. Ab und zu fuhr ein Auto oder knatterte ein Kleinlaster mit drei Rädern und Motorradmotor vorbei. Wenige Gäste besuchten die Bar an diesem Abend, und Stachelmann hoffte, sie würden bald wieder gehen, damit die Frau schließen konnte. Am liebsten wäre er spazieren gegangen an diesem lauen Abend. Vielleicht an der Strandpromenade. Aber dann überkam ihn wieder die Unruhe. Stachelmann stieg aus und ging ein paar Schritte in der Nähe des Wagens. Er streckte und beugte den Rücken, schüttelte die Beine. Auch sie stieg aus.

»Gute Idee«, sagte sie. Er lehnte sich an die Motorhaube, immer die Bar im Blick, aus der mattes Licht auf die Straße fiel. Sie stellte sich neben ihn, dann lehnte sie sich auch gegen das Auto. Urlauber zogen in Gruppen durch die Straße, aber sie gingen an der Bar vorbei.

Dann erlosch das Licht der Bar. Schnell setzten sich Stachelmann und Eleonora ins Auto. Die Scheinwerfer ließ er ausgeschaltet. Die Frau trat aus der Bar, drehte sich um, schloss ab, steckte den Schlüssel in die Hosentasche und eilte die Straße hinunter, auf den Seicento zu. Eleonora legte ihren Arm um Stachelmann und zog seinen Kopf zu ihrem.

»Sonst erkennt sie uns«, flüsterte sie.

Sie taten, als würden sie knutschen. Stachelmann gefiel es. Dann ließ sie ihn los.

»Wir müssen wenden«, sagte sie. Sie hatte die Frau im Augenwinkel verfolgt.

Stachelmann fürchtete einen Augenblick, der Wagen würde nicht anspringen, aber der Seicento schnurrte gleich los. Er legte den ersten Gang ein und wendete das kleine Auto auf der Straße, ohne einmal zurücksetzen zu müssen. Die Scheinwerfer ließ er aus. Sie sahen genug im Schein der Straßenlaternen. Die Frau saß in einem kleinen Citroën, zündete sich eine Zigarette an, wobei sie ihr Gesicht kurz beleuchtete, dann fuhr sie los. Stachelmann schaltete die Scheinwerfer ein und folgte ihr. Zunächst fuhren sie auf dem Weg, den Stachelmann und Eleonora aus Volterra gekommen waren. Am Kreisel aber bog die Frau ab in Richtung Cecina. Sie fuhr schnell, Stachelmann versuchte nicht zu dicht aufzufahren, aber den Abstand nicht so groß werden zu lassen, dass sie entwischen konnte. Er schloss die Lücke, als er weit vorn eine Ampel sah. Sie hatten die Einfahrt nach Cecina erreicht. Der Citroën hielt vor der

Ampel, der Seicento stand direkt dahinter. Als die Ampel auf Grün umschaltete, fuhr die Frau in die Stadt hinein. Sie war schnell, aber in der Stadt fürchtete Stachelmann nicht, dass sie die Verfolgung bemerkte. So fuhr er dicht hinter ihr, um sich nicht abhängen zu lassen. Sie steuerte ihren Wagen um einen großen Platz, auf dem Autobusse standen, Laternen beleuchteten sie. Dann bog sie in eine Seitenstraße ein und stellte den Wagen ab. Stachelmann fuhr langsam vorbei, Eleonora drehte sich um und beobachtete die Frau. Endlich fand Stachelmann eine Lücke. Er parkte schief vor Aufregung, sie stiegen aus. Die Frau war in einem Haus verschwunden. Stachelmann und Eleonora stellten sich vor das Haus und sahen durch die Treppenfenster, wie die Frau nach oben stieg. Dann erhellten sich Fenster rechts neben der Treppe, im dritten Stock.

»Dritter Stock rechts«, flüsterte Stachelmann.

Sie nickte und flüsterte: »Ja«, als ob die Frau sie hören könnte.

»Sie setzen sich besser ins Auto«, sagte Stachelmann.

»Nein, jetzt will ich auch das Ende erleben. Außerdem, die Frau spricht kaum Deutsch, Sie werden mich brauchen.«

Sie hatte Recht.

Die Haustür war abgeschlossen. Er überlegte, ob er klingeln sollte. Aber er fand keinen Namen, der ihm etwas sagte.

»Mist!«, sagte Stachelmann. »Aber ich werde es versuchen. Die dritte Klingel von unten in der rechten Reihe.«

»Nein.« Sie nahm ihn an der Hand und führte ihn ein Stück die Straße hinunter. Dort gab es einen Durchgang, der sie hinter das Haus führte. Sie entdeckten eine Tür, die nicht abgeschlossen war. Vorsichtig betraten sie das Haus. Links eine Tür, die führte wahrscheinlich in den Keller. Sie gingen nach vorn durch, sahen die Haustür von innen, drückten den Lichtschalter, der laut klackte und sie erschreckte, und stiegen die Treppen hoch. Im dritten Stock legte Stachelmann sein Ohr an die Tür, direkt über einem kleinen Papieraufkleber mit einem unleserlichen italienischen Namen. Drinnen zwei Stimmen, ein Mann und eine Frau, nicht laut. Die Frau sprach, aber Stachelmann hätte sie auch nicht verstanden, wenn sie Deutsch geredet hätte. Das Licht klackte und ging aus. Stachelmann fuhr zusammen, lauschte wieder, aber drinnen achtete niemand auf die Geräusche im Treppenhaus.

»Wollen wir?«, fragte Eleonora. Sie zeigte keine Aufregung.

Stachelmann fühlte den Schweiß auf Stirn und Händen. »Ja, ja.«

Sie drückte die Klingel, deren Ton dröhnte ihm unerträglich laut in den Ohren. Er legte wieder seinen Kopf an die Tür. Drinnen Schweigen. Dann Schritte, gedämpft. Jemand nestelte innen an der Tür, die öffnete sich. Die Frau aus der Bar schaute die beiden verwundert an. Bevor sie etwas sagen konnte, legte Eleonora los. Während sie laut und schnell sprach, ging sie auf die Frau zu, die verdattert in der Tür stand. Sie redete ohne Pause und schob die Frau zur Seite. Stachelmann folgte ihr in die Wohnung.

Dann endlich reagierte die Frau. Sie begann zu schreien. In diesem Augenblick kam der Mann in den Flur. Er trug halblange dunkelbraune Haare, einen Vollbart und eine Brille mit runden Gläsern. Er war dünn und groß.

»Hallo, Detlef!«, sagte Stachelmann.

Der Mann guckte Stachelmann an, als käme der von einem anderen Planeten.

»Kennst du mich nicht mehr? Wir haben beide in Heidelberg studiert«, bluffte Stachelmann. »Ich will schon lange mit dir reden, habe aber nur Esau und Rainer gefunden.«

Der Mann starrte ihn nur an.

»Du bist doch Detlef, oder?«

Der Mann nickte kaum sichtbar, dann schien er zu bereuen, es bestätigt zu haben.

»Dann lass uns reden.«

Eleonora sagte etwas auf Italienisch. Die Frau schien zu widersprechen. Sie tippte auf ihre Armbanduhr.

»Kommt rein«, sagte Köhler und zeigte auf eine Tür.

In diesem Augenblick ein Ruf, eine Männerstimme. »Wer ist da?« Die Stimme klang, als hätte jemand seine letzte Kraft aufbringen müssen.

Die Frau verschwand hinter einer Tür am Ende des Gangs.

In Stachelmanns Kopf rasten die Gedanken durcheinander. Wer war dieser andere Mann? Plötzlich wusste er es. Und dass er einer Finte aufgesessen war. Dass auch die Polizei getäuscht worden war, tröstete ihn nicht.

Köhler schien in Stachelmanns Gesicht gelesen zu haben, dass der sie durchschaut hatte. »Es ist anders, als du denkst«, sagte Köhler.

Eleonora schaute erst Köhler an, dann Stachelmann. Der folgte nun der Aufforderung, in die Küche zu gehen. Er setzte sich an den Tisch, Eleonora tat es ihm nach. Dann kam auch die Frau wieder. Sie und schließlich auch Köhler setzten sich dazu.

»Du brauchst es gar nicht mit Ausreden oder Lügen zu versuchen«, sagte Stachelmann. Noch war Köhler verunsichert durch den nächtlichen Überfall, das wollte Stachelmann ausnutzen. »Ich habe dein Tagebuch gelesen, und ich habe mit Kipper und Detmold gesprochen. Du warst bei der Thingstättensache dabei.«

»Ich kenne dich nicht«, sagte Köhler. »Suzanna sagt, ihr seid in der Bar gewesen und habt nach mir gefragt.«

Stachelmann nickte, aber er antwortete nicht. Er ließ sich nicht abbringen, Köhler wollte Zeit gewinnen, das war klar.

»Du hast nicht geschossen, aber du warst dabei. Und das ist, als hättest du geschossen.«

»Ich habe nicht geschossen«, sagte Köhler. Er verstand Stachelmann offensichtlich nicht. »Im schlimmsten Fall war es Beihilfe zum Mord, und die ist verjährt.«

»Hast dich also kundig gemacht.«

Köhler antwortete nicht.

»Und den Mörder versteckt. Ich glaube, den Juristen könnte es gleichgültig sein, wer abgedrückt hat. Du bist ein Mörder wie der, der geschossen hat. So sehe ich das. Ein Hinweis darauf ist die Tatsache, dass du den, der abgedrückt hat, versteckst. Daraus kann man nur folgern, du billigst seine Tat, und wenn nicht er abgedrückt hätte, dann hättest du abgedrückt. Stimmt's?«

Köhler schüttelte heftig den Kopf. »Ich habe das nicht gewollt. Ich habe nicht einmal gewusst, dass der« – er stockte, dann sprach er weiter –, »dass eine Waffe da war. Als der die zog und dem Lehmann an den Kopf drückte, da hab ich nichts begriffen. Und dann löste sich der Schuss.« Er schien den Knall im Wald noch einmal zu hören, das vielfältige Echo, das die Bäume zurückwarfen. Der Schrecken wanderte über sein Gesicht. »Und der geschossen hat, der hat das nicht gewollt. Der wollte dem Lehmann Angst machen, damit er gesteht.«

»Was gesteht?«

»Dass er für den Verfassungsschutz gespitzelt hat.«

»Und hat Lehmann gestanden?«

»Nein, bevor er gestehen konnte, war er tot. Das beweist doch, dass es ein Unfall war. Außerdem, wir haben das zwar nicht gewollt, aber es hat nicht den Falschen getroffen.«

»Unglaublich!«, entfuhr es Stachelmann. »Da erzählt einem einer seelenruhig, so ein Mord sei so schrecklich auch wieder nicht. Manche begreifen es nie.« Stachelmann stand auf. Die anderen am Tisch schauten ihn erstaunt an. »Ich werde jetzt mal den Meisterschützen besuchen.« Suzanna kreischte auf Italienisch, was zeigte, dass sie Deutsch verstand. Köhler sprang auf, aber da war Stachelmann schon im Flur und rannte zu der Tür am Ende. Er riss sie auf und prallte zurück. Vor dem Anblick und dem Gestank. Da lag ein Mann auf einer Matratze auf dem Boden. Obwohl es heiß und stickig war, hatte er sich zugedeckt. Aus einem Totenkopf, übersät von schwarzen Flecken, quollen zwei blutunterlaufene Augen hervor. Der Mann hatte schüttere lange Haare, die wirr auf dem Kopf standen. Am Kinn trug er eine Art Ziegenbart. Eine Hand lag auf der Decke, wie um zu verhindern, dass sie weggezogen wurde. Stachelmann merkte, ohne sich umdrehen zu müssen, Köhler stand hinter ihm, auch Suzanna und Eleonora.

»Das ist Reimund Zastrow«, sagte Stachelmann, als er die Sprache wiederfand. »Er hat Lehmann erschossen und sich dann einen Totenschein besorgt, bei wem auch immer. Und als er tot war, hat er sich abgesetzt nach Italien und dann seinen Freund Köhler nachgeholt. Die beiden Herren haben sich zunächst bei Lotta Continua amüsiert und ein bisschen Helden des Untergrunds gespielt. Aber Lotta Continua gibt es nicht mehr, auch nicht den Untergrund, und die Helden unserer Tage treten im Fernsehen auf.«

Er drehte sich abrupt um, die Wut machte ihn aggressiv. »Gib's zu!«, schnauzte er Köhler an.

Der schrak zurück und antwortete nicht. Für Stachelmann war es so gut wie ein Geständnis. Eleonora starrte sie an und hielt sich die Nase zu.

Der Mann im Bett hob langsam die Hand, streckte den Zeigefinger und winkte Stachelmann heran. Der näherte sich dem Bett und unterdrückte den Brechreiz. Der Finger winkte ihn hinunter. Stachelmann sah die gelben Zähne mit weißen Flocken darauf, wie Schimmel. Er kniete und schob sein Ohr an das Gesicht des Mannes. »Ich wollte nicht schießen«, flüsterte der. »Wirklich nicht. Der hat plötzlich den Kopf nach hinten geworfen, und da hat sich der Schuss gelöst. Ich schwöre es.« Tränen flossen in die Hauttäler, die früher seine Wangen gewesen waren. »Es ist gut, dass du mich gefunden hast. Bist du von der Polizei?«

»Nein«, sagte Stachelmann. Plötzlich überkam ihn Mitleid, es gelang ihm nicht, es wegzudrängen.

»Ich habe AIDS«, flüsterte der Mann mit fast tonloser Stimme. »Endstadium. Du kommst gerade noch rechtzeitig.« Die Hand bewegte sich langsam und zitternd auf Stachelmann zu. Sie klammerte sich kraftlos an seinen Unterarm. »Du musst mir glauben. Bitte.«

»Du hast dir einen Totenschein besorgt in Heidelberg.«

»Von Detmolds Vater, der war auch Arzt.«

»Und die Leiche, die an deiner Stelle beerdigt wurde?«

»Wir haben gewartet, bis wir einen einsamen Penner fanden, der nicht mehr lang zu leben hatte. Ich habe ihn beobachtet, bis er auf einer Parkbank starb. Der liegt im Grab.«

»Und ihr habt nicht nachgeholfen beim Tod des Penners?«

»Nein. Nur beobachtet.«

Stachelmann mochte an einen solchen Zufall nicht glauben. Ein Penner, der zur rechten Zeit starb und den niemand vermisste. Aber das Gegenteil konnte er nicht beweisen.

»Und der Mord in der Thingstätte?«

»Das war kein Mord«, keuchte Zastrow. »Das war ein Versehen. Ein Unfall. Ich habe es nicht gewollt. Glaub mir. Aber danach war auch mein Leben zu Ende.« Er hustete.

»Ein Versehen? Du hast Lehmann die Pistole an den Kopf gehalten.«

»Aber nur, damit er gesteht.«

»Es gab aber nichts zu gestehen.«

»Das stimmt nicht.« Zastrow flüsterte nur noch.

»Das stimmt doch«, sagte Stachelmann. »Wenn man jemandem eine Pistole an den Kopf hält, ist das doch keine Spielerei. Warum war sie geladen?«

Zastrow winkte schwach. Er verzerrte sein Gesicht, schien unter Schmerzen zu leiden. »Du sagst, es habe nichts zu gestehen gegeben?«

Stachelmann nickte. »Gar nichts. Wie willst du das von einem erfahren, dem du die Pistole ans Genick hältst. Der hatte doch gar keine Chance. Entweder er log und wurde erschossen, oder er log nicht und wurde erschossen. Das hat er wahrscheinlich geglaubt. Das ist wie mit der Folter.«

»Nein, nein. Ich wollte gar nicht schießen. Nur Angst wollte ich ihm machen.«

»Aber die Waffe war geladen«, wiederholte Stachelmann. »Warum?«

Zastrow starrte ihn an, dann schloss er die Augen. Er nahm die Hand von Stachelmanns Unterarm. Jetzt lag er nur, er atmete flach und schnell.

»Dein Leben war nicht zu Ende«, sagte Stachelmann. »Für ein paar Revolutionsspielchen hat es noch gereicht. Nur Lehmann, der ist wirklich tot. Du hast vielleicht mal schlecht geschlafen, aber das tun andere auch, wenn auch aus anderen Gründen.« Stachelmann fühlte sich unsicher. Was sollte er machen mit diesem Mann? Nun hatte er einen Mörder gefunden, aber der war selbst halb tot. Ossi aber konnte der nicht umgebracht haben. Stachelmann wandte sich wieder an Köhler. »Wann warst du das letzte Mal in Hamburg?«

Köhler staunte. »Keine Ahnung, ist ewig her. In meiner Kindheit, dort lebte eine Tante, bei der war ich mal in den Sommerferien.«

»Ich meine, so um den 4. Juli dieses Jahres herum.«

Köhler verstand nichts. Er schüttelte den Kopf.

»Kannst du das beweisen?«

»Natürlich, ich war jede Nacht in der Bar. Nur die letzten Tage nicht regelmäßig.« Sein Blick zeigte auf Zastrow. »Aber sonst immer. So was wie einen Ruhetag haben wir nicht.«

»Und du kennst auch niemanden, der in letzter Zeit nach Hamburg gereist ist?« Stachelmann bedauerte es gleich, diese Frage gestellt zu haben. Natürlich kannte Köhler niemanden, der nach Hamburg gereist war. Und wenn doch, würde er ihn nicht verraten.

Köhler schüttelte nur den Kopf. Er verstand nichts mehr.

»Du sagst, der Lehmann hat gar nicht ...?«, flüsterte Zastrow. »Aber es gab doch Beweise. Ich hab ihn selbst gesehen mit diesem Verfassungsschutztypen, dem Wieland.«

»Das sagt doch nichts«, erwiderte Stachelmann.

»Doch«, widersprach Zastrow. Er versuchte zu schreien, aber mehr als ein Zischen wurde es nicht. Es wollte ihm nicht in den Kopf, dass Lehmann nicht nur Opfer eines von Zastrow verschuldeten Unfalls, sondern auch unschuldig gewesen sein sollte. Stachelmann konnte sich ausmalen, womit sich Zastrow all die Jahre getröstet hatte. Wenn es auch ein Versehen war, verdient hatte Lehmann diese Strafe. Der war selbst schuld, dass es so weit kommen konnte. Hätte er nicht gespitzelt, hätten sie ihn nicht auf die Thingstätte bringen müssen. Und er hätte Vaters Pistole nicht aus dem Öllappen wickeln müssen. Er erinnerte sich noch, wie gut sich die Waffe angefühlt hatte. Sie lag schwer in der Hand, verlieh einem Macht, machte einen unangreifbar.

»Die Polizei hat den Wieland verhört, und der hat ausgesagt, Lehmann habe nicht gespitzelt.«

»Und das glaubst du?« Köhler war empört.

»Das ist glaubwürdiger, als wilde Behauptungen in die Welt zu setzen, für die es keinen einzigen Beweis gibt, sondern nur ein Konstrukt in euren kranken Hirnen. Ihr habt euch eine eigene Welt gebastelt. Ich gebe zu, das macht das Leben leichter, wenn alles so wunderbar ineinander passt wie in einem Uhrwerk. Aber es ist alles anders. Ihr habt einen Kommilitonen oder meinetwegen Genossen umgebracht, weil ihr einem Hirngespinst aufgesessen seid, das ihr selbst geschaffen habt. Ihr könnt zwar nicht wissen, was Lehmann mit Wieland gesprochen hat, aber euer Hirngespinst beweist ja alles.«

»Du redest Blech«, schnauzte Köhler. »Dummes Zeug.«

»Ja, ja, ist schon recht«, sagte Stachelmann. »Wo ist eigentlich die Waffe?«

»Im Neckar«, sagte Köhler. »Wo genau, verrat ich nicht. Aber sag du mal, was du jetzt machen willst.«

»Gar nichts«, sagte Stachelmann, ohne eine Sekunde zu zögern. »Ist alles verjährt. Und wenn es juristisch doch als Mord gilt, dann ist der Mörder nicht verhandlungsfähig.« Er schaute auf Zastrow. Dessen Augen waren geschlossen, der Atem kaum wahrnehmbar.

»Habt ihr einen Arzt?«, fragte Stachelmann.

Köhler nickte.

Stachelmann beugte sich zu Zastrows Ohr. »Und Kipper war der dritte Mann«, sagte er.

Zastrow nickte kaum merklich.

»Unsinn«, sagte Köhler. Es klang nicht überzeugend.

Stachelmann drängte sich an den anderen vorbei in den Flur. Er konnte den Anblick des sterbenden Mörders nicht ertragen, auch wenn dessen Schicksal ihm gerecht erschien. Schlimmer noch aber war die Enttäuschung. Er wollte Ossis Tod aufklären und war in einer Sackgasse gelandet.

»Du kennst doch Ossi Winter?«, fragte er Köhler.

Der überlegte kurz, dann nickte er.

»Wann hast du zum letzten Mal von ihm gehört?«

»Puh«, sagte Köhler.

Eleonora wechselte mit ihrem Blick zwischen den Sprechern. Sie war bleich.

»Was heißt das?«

»Seit Jahrzehnten nicht mehr.«

»Ossi ist tot.«

Köhler überlegte, dann sagte er: »Früher oder später erwischt es jeden.«

Stachelmann hätte ihm am liebsten eine geknallt. »Er wurde ermordet.«

Köhler zuckte die Achseln. Er wollte wohl sagen: Und was hab ich damit zu tun?

Suzanna ging weg. Stachelmann hörte eine Tür, die ins Schloss gezogen wurde. Nach einer Weile rauschte die Wasserspülung. Niemand sagte etwas, und wie angewurzelt standen sie, ohne sich anzuschauen. Endlich legte Eleonora ihre Hand auf seine Schulter. »Komm, wir gehen.« Er merkte, dass sie ihn duzte. Als er sich nicht bewegte, nahm sie seine Hand und zog ihn sanft zur Tür. Köhler schaute ihnen nach, aber seine Augen schienen Schleier zu tragen.

Sie saßen lange im Auto, ohne ein Wort zu sagen. Ihr Atem ließ die Scheiben beschlagen, bis Eleonora ihr Fenster hinunterkurbelte.

»Alles umsonst«, sagte Stachelmann. Er schlug mit der Hand aufs Lenkrad.

»Es ist doch auch ein Ergebnis, wenn man ausschließen kann, dass es ein Mord war. Dann hat die Polizei Recht. Ist das wirklich schlimm?«

War es schlimm? »Sie haben Recht. Mich ärgert wohl am meisten, dass ich mich zum Narren gemacht habe.«

»Das finde ich nicht. Sie haben etwas Entscheidendes herausgefunden. Es entspricht nicht Ihrer Erwartung, aber Sie sollten es annehmen, wenn ich das vorschlagen darf. Ihr Freund wurde nicht ermordet …«

»Nicht von denen.«

»Von niemandem«, sagte Eleonora. »Wenn es keinen Mörder gibt, gibt es keinen Mord.«

Er hatte kaum geschlafen in den letzten beiden Nächten. Der Heimflug war nervig gewesen, das Flugzeug voll und laut. Aber auch im eigenen Bett fand er keine Ruhe. Am Sonntagnachmittag rief er endlich Carmen an. Er schilderte kurz, was er erfahren hatte.

»Also doch«, sagte sie. »Dann haben wir wenigstens die Gewissheit, dass die Kollegen sich nicht verhauen haben. Das ist auch etwas. Wann kommst du?«

Er sagte: »Wir müssen miteinander reden.« Es rutschte ihm heraus, als hätte ihm eine innere Stimme befohlen, das zu sagen. Er dachte an Anne und daran, was er ihr angetan hatte. Ohne Grund, wie sich nun gezeigt hatte. Weil er Gespenster gejagt hatte.

Carmen hörte heraus, was er meinte. »Du kannst jederzeit vorbeikommen. Ich habe in der kommenden Woche abends frei, es sei denn, es passiert was. Ruf vorher an.« Sie klang traurig und erschöpft.

Dann sprach er mit seiner Mutter. Danach glaubte er wieder, sie sage ihm weniger, als sie wusste. Er nahm den Hörer wieder in die Hand und blieb lange so sitzen. Dann drückte er auf die Taste mit Annes gespeicherter Nummer.

»Ach, dich gibt's auch noch?«, sagte sie.

Er erzählte, was er herausbekommen hatte.

»Dann war also der ganze Aufstand für den Mülleimer«, sagte sie.

»Ossi wurde nicht ermordet. Ich bin mir jetzt immerhin sicher.«

»Das erfreut uns alle.« Sie klang gleichgültig, aber Stachelmann wusste, dass sie anders empfand.

»Kann ich vorbeikommen?« Er glaubte, seine Stimme zitterte hörbar.

Ein Schweigen, das seine Anspannung nur steigerte. »So

gegen acht Uhr, vorher geht es nicht. Tschüs.« Sie legte auf, ohne auf die Antwort zu warten.

Stachelmann setzte sich an den Computer, löschte die Spammails, las die paar Mitteilungen, die übrig blieben, und löschte auch die, weil sie unwichtig waren. In den Semesterferien konnte er anderes als Mist in seinem Postfach nicht erwarten. Dann öffnete er die Datei mit seiner Habilitationsschrift. Er ging zur Textmarke, die zeigte, wo er die Korrektur unterbrochen hatte, und versuchte sich wieder einzulesen. Doch seine Gedanken schweiften erst nach Italien zu der stinkenden Wohnung, in der Köhler, Zastrow und Suzanna hausten. Dann hatte er Eleonora vor Augen, die ihn zum Seicento begleitet und ihn zum Abschied umarmt hatte. Ihren Geruch hatte er noch in der Nase. Sie winkte ihm nach, er sah sie im Rückspiegel und winkte ihr aus dem Fenster, bis er abbiegen musste. Eine schlanke Gestalt im weißen Kleid, das der Wind an ihren Körper schmiegte.

»Du bist nun zu Hause«, flüsterte er. Tatsächlich gelang es ihm, ein paar Seiten durchzusehen, aber dann ergriff ihn die Unruhe. Wie sollte er anfangen bei Anne? Und wie sollte er es tun bei Carmen, damit es nicht unnötig schmerzte? Er stand auf und ging in der Wohnung umher. Auf dem Beistelltisch sah er den Poststapel, den er aus dem Briefkasten geholt hatte. Er blätterte ihn durch, bis er auf ein Schreiben aus der Justizvollzugsanstalt Lauerhof stieß. Er öffnete es und las. Dann lachte er. Olaf saß schon wieder. Er hatte seinen Bruch nicht hingekriegt, sondern war schon vorher von einem Kumpel verpfiffen worden. Trotzdem klang der Brief fröhlich. Er kündigte seinen Besuch an. Bestimmt würden sie ihn bald entlassen aus der U-Haft. »Man wird sich doch noch über einen Bruch unterhalten dürfen. Gemacht hab ich nichts.« Olaf würde in die Geschichte eingehen als größter Gaunerdilettant aller Zeiten.

In einem Brief von Regine war nur der Ausriss aus einer Zeitung: »Ballastfort-Knabbertabletten entpuppen sich als Wundermittel gegen Rheuma«. Er warf den Ausriss mitsamt dem Briefumschlag in den Papierkorb.

Dann verfinsterten sich seine Gedanken, er dachte an Carmen. Was wollte er von ihr? War ihre Beziehung mehr als eine Flucht vor Anne? Wenn er es denn nur wüsste. In Italien hatte er wenig an Carmen gedacht, aber an Anne. Am besten wäre es, er nähme sich eine Beziehungsauszeit, aber das würden weder Anne noch Carmen verstehen. Natürlich verlangten sie Klarheit. Aber Anne hatte ein Kind von einem anderen. Der Gedanke kreiste eine Weile durch sein Hirn. Er empfand es immer noch als Beleidigung, wie einen Racheakt. Und wenn er sich gar nicht entschied, einfach so weitermachte? Wie lange ginge es gut? Oder war es Anne egal, wenn er nebenbei noch eine Freundin hatte, oder wie man das nennen sollte? Nein, er würde es nicht durchhalten. Er bestimmt nicht.

Dann arbeitete er wieder, manchmal unterbrach ihn der letzte Anblick von Eleonora in ihrem weißen Kleid. Da musste er lachen. Er schüttelte den Kopf über sich selbst und seine Anwandlungen.

Am Abend fuhr er mit der Bahn nach Hamburg. Es war zunächst der gleiche Weg wie zum Philosophenturm. Dann stand er vor der Tür von Annes Wohnung und sah seinen Finger zittern, als er die Klingel drückte, obwohl er einen Schlüssel besaß. Nach ein paar Sekunden ihre Schritte. Sie öffnete die Tür, sagte: »Schon da?« und eilte zurück in die Küche. »Sonst brennt es an!«, rief sie ihm zu, ohne sich umzudrehen. Er ging zu ihr in die Küche. »Wo ist der Kleine?«

»Bei Ruth, ach, die kennst du nicht. Die verdient sich ein bisschen Geld nebenher, wohnt zwei Häuser weiter. Komischerweise mag er sie und findet es dort lustig. Liegt wohl an dem Dauerchaos, das dort herrscht. Und Ruth ist nicht so streng wie Mama. Die lässt sich leichter um den Finger wickeln. Wenn er dann nach Hause kommt, ist erst mal wieder erziehen angesagt. Das ist der Preis für ein paar Stunden Ruhe.«

Auf dem Tisch standen Weingläser, eine Kerze, die noch nicht brannte, Teller und Besteck. Auf dem Herd dampften Töpfe. Stachelmann rührte es, er hatte nichts anderes erwartet als einen Streit. Der konnte ja noch kommen.

Sie hatte Tagliatelle gekocht mit einer scharf gewürzten Tomatensoße, dazu eine Flasche Nobile di Montepulciano, als gäbe es etwas zu feiern.

Während sie aßen, sagten sie kaum ein Wort. Ihm schmeckte es, und er wollte fragen, wie sie auf die Idee gekommen sei, für ihn zu kochen. Aber er sagte lieber nichts.

»Du fragst dich wahrscheinlich, warum ich das hier auffahre?« Sie schaute ihn lächelnd an, aber hinter dem Lächeln lauerte die Strenge.

Er nickte.

»Weil ich gerne gut esse und trinke. Aber für einen allein macht es keinen Spaß. Glaub bloß nicht, das sei eine Belohnung für deine« – sie suchte ein Wort – »Eskapaden.«

Was meinte sie mit Eskapaden? Wusste sie etwas von Carmen, außer dass sie sich kannten?

»Du, ich muss …«

»Lass, es interessiert mich nicht.«

Das störte ihn aber. Warum interessierte sie es nicht? Und, verdammt, warum ahnte sie immer alles, bevor er etwas gesagt hatte? Hatte Carmen sich offenbart? Kaum, warum sollte sie das tun? Sie las es in seinem Verhalten. Eine bessere Erklärung fand er nicht, sofern er Außerirdisches ausschloss.

»Ich habe den Thingstättenmord aufgeklärt.« Es klang ein wenig triumphal, so wie: Ich hatte doch Recht.

»Das hast du mir schon am Telefon erzählt. Aber es hat dir nichts genützt. Der Polizei auch nicht.«

»Aber der Kipper wird sich vorsehen mit seiner Anzeige.«

»Dazu müsste er es erst mal wissen.«

»Der Köhler wird den anrufen. Schon, damit alle Beteiligten bei einer Version bleiben, sonst wird am Ende doch noch ein richtiger Mord draus.«

»Verrückt, einem eine geladene Pistole an den Kopf zu halten. Das gibt's doch sonst nur im Kino.«

»Die haben sich großartig gefühlt, mächtig, waren die besseren Menschen, weil sie den Lauf der Geschichte kannten und auf der richtigen Seite standen. Wenn man fest davon überzeugt ist, dann darf man Dinge tun, die andere nicht tun dürfen. Dann gelten die normalen Regeln nicht für einen, weil die nur für normale Menschen gelten, nicht für jene, die das richtige Bewusstsein haben. Solche Leute halten anderen nicht nur die Knarre an den Kopf, sie drücken auch ab. Stalin, Mao, Pol Pot, von denen gab es und gibt es die kleinen Ausgaben, die nur noch lächerlich sind, aber in einer bestimmten Konstellation gefährlich sein können wie andere Fanatiker auch. Wir waren eine Spezies von Verrückten, die sich eine eigene Wirklichkeit gebaut hatten.«

Sie staunte. So einen Ausbruch war sie nicht gewöhnt von ihm. »Solltest du das erst durch deine Recherchen gelernt haben, dann haben die Eskapaden sich fast gelohnt. Wenn auch in anderer Hinsicht, als du es dir gewünscht hattest.«

»Nein, ich bin inzwischen zufrieden mit dem, was ich gefunden habe. Am Anfang war ich enttäuscht, aber nun habe ich begriffen, dass es weniger um diesen Mord, der eigentlich keiner ist, geht als vielmehr um das, was wir damals waren, was wir uns damals eingebildet haben.«

»Ein besserer Mensch, welch Ehre, ich sitze einem besseren Menschen gegenüber. Ich hoffe, ich darf dich weiter duzen.«

»Ich denke darüber nach, versprochen.«

»Und was ist mit Ossi?«

»Der hat sich selbst umgebracht. An den Gedanken muss ich mich zwar gewöhnen, aber Ockhams Rasiermesser lässt mir keine Wahl.«

»Wenn die Polizei es sagt, die Rechtsmedizin, und wenn sogar die Freundin daran glaubt, wie hieß sie nochmal?«

Stachelmann spürte, wie ihm heiß wurde im Kopf. Bestimmt lief er rot an. »Carmen«, sagte er.

Sie prüfte ihn mit einem langen Blick, sagte aber nichts. Dann: »Also, wenn Carmen nun ebenfalls überzeugt ist, dann ist die Sache erledigt.«

»Gewiss«, sagte Stachelmann.

»Und die Toten in Heidelberg, die Archivtante, der Penner?«

»Menschen sterben eben, es war alles Zufall. Adi war überfällig, so, wie der soff. Er hatte einen großen Abgang, seinen Auftritt im Palme hättest du erleben sollen. Und Unfälle passieren. Es ist ein Zufall gewesen, und nur meine Angst hat es zusammengefügt, die Männer, die mich aus Spaß verprügelt haben, und die Todesfälle. Das Hirn neigt dazu, Ereignisse miteinander zu verflechten, wenn sie zueinander zu passen scheinen.«

»Du hast dich also selbst ins Bockshorn gejagt?«

»Genau, ich habe mich selbst reingelegt. Aber immerhin habe ich dabei etwas herausgefunden, das ich sonst nie herausgefunden hätte.«

»Das könnte man Kollateralnutzen nennen.«

Stachelmann grinste.

»Und die Habil?«

»Ich schaffe es, jetzt, wo ich die anderen Geschichten erledigt habe.«

Sie schob ihre Hand über den Tisch, und er ergriff sie.

»Du wirst ja nicht vierundzwanzig Stunden am Tag daran arbeiten.«

»Nein, nicht einmal heute Nacht.«

17

Er war prächtig gelaunt, als er am Morgen in seinem Dienstzimmer saß. Seite um Seite arbeitete er ab. Am Abend wollte er wieder zu Anne gehen, und es störte ihn nicht einmal, dass Felix da sein würde. Er schaute aus dem Fenster, es nieselte, der Himmel war bedeckt, der Westwind trieb graublaue Wolken vor sich her. Aber weil er glücklich war, war es schönes Wetter. Nicht einmal die Aussicht auf das Gespräch mit Carmen trübte seine Laune. Er hatte sich verrannt, Enttäuschung, Ärger, Mitleid und die Ungewissheit wegen Ossis Tod hatten ihn dazu gebracht, sich auf die Beziehung mit Carmen einzulassen. Red dich nicht raus. Du warst immer Herr deines Willens. Aber statt darüber zu grübeln, statt sich zu tadeln, weil er Carmen diesen Tort antun würde, pfiff er die Melodie eines Liedes vor sich hin, an dessen Titel und Text er sich nicht erinnerte.

Mittags aß er ein Baguette in der Cafeteria. Außer ihm saß in einer Ecke nur eine Gruppe von Studentinnen, die miteinander lachten. Er dachte an die Wohnung in Riparbello, an Köhler und Zastrow, der vielleicht schon tot war
und [illegible] tte. Der Einzige,
d [illegible] er der war schon
[illegible] konnte.
[illegible] Morgen werde er
[illegible] i. Sie hatte Zeit
[illegible] hörte sie sich an
[illegible] n sie erst jetzt zu
[illegible] ann und sie den
[illegible] irde er ihr auch
[illegible] s ihr recht. Alles

Wie war es bei ihm? Spürte er den Verlust? Nicht, oder noch nicht. Vielleicht nie. Er hatte Ossi ja auch nicht vermisst, als der noch lebte und sie sich jahrelang nicht getroffen hatten. Und als sie sich getroffen hatten, war Stachelmann nicht erpicht gewesen auf eine Wiederholung. Er entsann sich, wie großmäulig Ossi aufgetreten war, wie er den Eroberer aller Frauen herausgekehrt hatte, wie abstoßend er auf Anne gewirkt hatte und gewiss auch auf Ines.

Kaum dachte er an Ossi, arbeitete es wieder in ihm. Aber er hatte doch alles getan, um die Sache zu klären. Und die Sache war geklärt. Ossi hatte sich selbst umgebracht. Doch er hatte dies auf merkwürdige Weise getan. Tramal und ein Insulinspray, das man noch nicht kaufen konnte. Wo hatte er das Zeug her? Und warum hatte er sich auf diese seltsame Weise umgebracht? War es sein letzter Triumph? Schaut her, selbst mein Abgang ist einzigartig. Ihr könnt es mir nicht mal nachmachen, weil ihr dieses Spray nicht kriegt. Aber ich habe es.

Je länger Stachelmann darüber nachdachte, desto merkwürdiger erschien es ihm. Nein, diese Methode passte nicht zu Ossi. Stachelmann hätte nicht genau erklären können, was daran nicht passte, aber er war sich sicher. Die Methode hatte ihn schon von Anfang an verwirrt, nur hatten andere Indizien die Verwirrung überdeckt. Da hatte es stärkere Hinweise gegeben auf Motive und Täter. Aber jetzt, da diese Hinweise ihn ins Leere geführt hatten, jetzt, da die Luft entwichen war aus den Truggebilden, begriff er endlich etwas, das er längst gesehen hatte.

Er schloss die Augen und schimpfte leise vor sich hin. Begib dich nicht schon wieder auf einen Wahntrip. Der Fall ist abgehakt, Klappe zu, Affe tot. Stachelmann stand auf und lief umher in seinem Dienstzimmer. Wer hatte Zugang zu einem Präparat, das noch nicht im Handel war? Ärzte, Labors. Er dachte an Detmold. Aber dessen Alibi war betonfest. Hatte Ossi Kontakt zu einem anderen Arzt? Das hätte er Carmen längst fragen sollen. Aber er führte keine Ermittlung nach irgendeinem Plan, sondern hechelte jeder Spur hinterher, die sich mehr oder weniger zufällig ergab. Er dilettierte, was das Zeug hielt. Mal war er sicher, dann galt nichts mehr. Aber war es sein Beruf, der Polizei Ermittlungen abzunehmen? Gewiss nicht. Er dachte an den Holler-Fall und an Griesbach. Da war er doch auch mehr zum Ziel gestolpert, als dass er einer Richtung gefolgt wäre. Vielleicht ist Stolpern in manchen Fällen die einzig vernünftige Fortbewegungsweise.

Am Abend ging er zu Anne. Draußen war es lau. Er nahm sich vor, Anne die Sache mit Carmen zu gestehen. Die Sache, so konnte man es auch sagen. Aber eine Beziehung war es nicht gewesen. Sein Mut verließ ihn, als er die Treppen hochstieg. Felix' Lärmen drang durch die Wohnungstür nach draußen. Stachelmann zögerte, dann schloss er die Tür auf. Er trat in die Diele und lauschte, wo die beiden waren. Offenbar im Kinderzimmer, jedenfalls hörte er dort Annes Trost. Felix war hingefallen oder hatte sich etwas angeschlagen. Er linste ins Kinderzimmer. Anne saß auf dem Bett, Felix auf dem Schoß. Der Kleine nuckelte am Daumen und schien einzuschlafen. Anne hob ihren Kopf, lächelte Stachelmann zu und hielt den Finger an die Lippen. Dann legte sie Felix ins Bett, deckte ihn zu, strich ihm über die Haare und ging auf Stachelmann zu. Sie war glücklich, er sah es ihr an. Gleich fühlte er sich mies. Sie nahm ihn in den Arm, drückte und küsste ihn.

»Jetzt wird er eine Weile schlafen«, sagte sie.

Sie nahm seine Hand und zog ihn in die Küche. Gemeinsam deckten sie den Tisch, er zog den Korken aus einer Rotweinflasche, sie schnitt Brot. Als sie alles bereitet hatten, setzten sie sich.

»Was macht die Arbeit?«, fragte sie.

»Es wird.«

»Also warst du wieder auf Abwegen, im Kopf, meine ich.«

Er ließ sich Zeit mit der Antwort, aß, trank. »Ich frage mich, wer an dieses Zeug herankommt. Ein Spray, das es noch gar nicht gibt.«

»Ärzte, Leute aus der Pharmaindustrie …«

»Ja, aber Ossi war Kommissar, der hatte doch nichts zu tun mit solchen Leuten.« Er staunte, sie ließ sich auf dieses Thema ein. Sie hatte seine Detektivspielerei diesmal abgelehnt, aber vor allem wohl, weil er nicht mitgefahren war in den Urlaub mit der Begründung, seine Habilschrift fertig stellen zu müssen, um dann einen Mörder zu jagen, wo es doch nicht einmal einen Mord gab. Offensichtlich hatte sie dieses Ärgernis abgehakt. Stachelmann wäre froh gewesen, er könnte Dinge einfach abhaken wie sie. Stattdessen quälte er sich ewig herum mit Kleinigkeiten.

Er schaute sie an. Sie überlegte, wie sich diese Frage beantworten ließ. Was war die Verbindung zwischen einem Kriminalpolizisten und einem Medikament, das man nicht kaufen konnte in der Apotheke?

»Die Rechtsmedizin«, sagte sie. »Das wäre die plausibelste Erklärung.«

Darauf hätte er selbst kommen können. »Stimmt. Und was heißt das?«

»Du musst herauskriegen, ob Ossi mit einem Fall zu tun hatte, in dem dieses Zeug eine Rolle spielte. Oder ob ein Pathologe aus irgendeinem Grund mit ihm darüber gesprochen hat, wenn es keinen Fall gab. Von allein konnte Ossi nicht darauf kommen.« Sie sagte es einfach so hin. Dann kratzte sie sich an der Nase. »Wenn das so war, dann war es wahrscheinlich ein Freitod. Wenn nicht, eher Mord.«

Sie hatte Recht. »Und dieser ganz Thingstättenfall hat gar nichts zu tun mit Ossis Tod. Ich habe mir das nur zusammengereimt. Genauso, wie ich mir die Todesfälle in Heidelberg zusammengebastelt habe zu einem Muster.«

»Das ist eben so«, sagte sie trocken. »Die Menschen kennen keine Zufälle, sie sortieren alles in Muster ein, die sie der Wirklichkeit aufzwingen. Die unschlagbaren Experten auf diesem Gebiet sind die Verschwörungstheoretiker. Aber du bist auch nicht schlecht, hast gewaltige Fortschritte gemacht auf dem Weg in deine Privatwelt. Schön, dass du dich mit Normalsterblichen überhaupt noch abgibst.«

Ihr Spott schmerzte ihn, auch wenn er sich eingestand, es war ihre Art, sich mit Dingen auseinander zu setzen. Und, verdammt, sie hatte Recht. Immerhin hatte er sich nicht zu weit verrannt, noch akzeptierte er Tatsachen, aber man musste sie ihm schon an den Schädel hauen.

»Wenn ich die Muster oder besser Wahngebilde auflöse, bleibt tatsächlich nur die Frage übrig, ob Ossi an dieses Präparat herankommen konnte oder nicht. Beziehungsweise wer sonst etwas wusste von der Wirkung des Insulinsprays.«

»Du übertreibst. Diese Thingstättenspur war nicht ohne. Ossi war in Heidelberg, hat danach gefragt, aber offenbar nicht nachdrücklich. Und dass die Akten auf seinem Schreibtisch lagen, das kann viele Gründe haben.«

»Das kann viele Gründe haben«, wiederholte er. Er nickte.

Sie schaute ihn neugierig an, sagte aber nichts, versank eine Weile in sich selbst. Sein Hirn sortierte die Dinge neu. Aber pass auf, dass du nicht ein Wahngebilde durch ein anderes ersetzt.

»Was ist?«, fragte sie.

Jetzt wäre eine Gelegenheit gewesen, offen mit ihr zu sprechen. Aber warum sollte er die Harmonie zerstören, die gerade zu wachsen schien. »Nichts. In meinem Kopf dreht es sich mal wieder. Wenn es ausgegoren ist, melde ich mich.«

Sie grinste.

»Warum grinst du?«

»Ach nichts«, sagte sie. »In meinem Kopf drehen sich Dinge, und wenn es ausgegoren ist, melde ich mich.«

Sie lachte, dann lachte er mit.

Sie räumten ab und gingen ins Wohnzimmer. Er stellte sich ans Fenster und schaute hinaus. Die Rechtsmedizin, das wäre die einzig plausible Verbindung zwischen einem Kriminalpolizisten und dem Spray. Wenn Ossi sich das Zeug dort besorgen konnte, war alles klar. Dann könnte er endlich aufhören zu suchen. Aber wenn Ossi es nicht von dort hatte? Dann drängte sich eine andere Möglichkeit auf. Bitte nicht. Bitte, bitte nicht.

»Was ist mit dir?«

Er schüttelte den Kopf. »Ich überlege gerade, welche Möglichkeiten sich aus deiner Idee ergeben könnten.«

»Prüf doch erst einmal die eine, und wenn es die nicht ist, kannst du dich immer noch mit den anderen beschäftigen. Aber ich sehe, du hast vor etwas Angst.«

»Vor Bohming und davor, dass mir der Himmel auf den Kopf fällt.«

Sie lachte nicht, sondern schaute ihn ernst an. »Schade, dass du keinen Zaubertrank hast.«

Er lachte nicht, hörte kaum, was sie sagte. Da bohrte etwas in seinem Hirn.

»Was ist? Sag schon.« Sie kannte ihn ja.

»So genau weiß ich das noch nicht.« Das war eine halbe Lüge, sofern Lügen teilbar waren. »Wollen wir reden? Über den Urlaub und alle meine weiteren Sünden?«

Sie schüttelte den Kopf. »Eher nicht, es sei denn, du willst es unbedingt. Ich weiß doch, was ich an dir habe und was ich nicht an dir habe. Das wird durch Reden nicht besser. Ich werde dich nicht ändern können, sondern muss mir überlegen, ob ich dich so will, wie du bist.«

»Und?«, fragte er. Er ärgerte sich, seine Stimme klang ängstlich.

»Was bleibt mir übrig?«, sagte sie.

»Morgen komme ich nicht«, sagte er.

»Bist du zu Hause?«

»Nein, ich muss etwas klären.«

Ihr Blick war eine einzige Frage. Aber sie fragte nicht.

»Morgen gehe ich zuerst zur Rechtsmedizin. Und dann sehen wir weiter.«

»Dann siehst du weiter, hoffentlich.«

Sie saßen lange schweigend. Er hätte gern gewusst, was sie dachte. Stachelmann dachte an Ossi und warum der sterben musste. Abkürzung eines verpfuschten Lebens?

»Glaubst du, dass Ossi glücklich war?«, fragte er.

»Woher soll ich das wissen?« Sie überlegte, dann sagte sie: »Nein, eher nicht. Er machte auf mich einen« – sie gestikulierte, als suchte sie mit der Hand das Wort – »verzweifelten Eindruck. Diese Angeberei sollte vielleicht sagen: Ich bin in Wahrheit nicht dieser popelige Polizist, ich bin ein anderer.«

»Ja, er wollte der Anwalt der Bewegung werden. Aber die Bewegung gibt es nicht mehr. Und den Anwalt gab es schon nicht mehr, als manche sich noch einbildeten, es gäbe die Bewegung noch. Er ist im Studium gescheitert, und sein Dasein als Polizist erinnerte ihn tagtäglich daran.«

»Und seine Familie?«

»Über die weiß ich nichts oder noch weniger. Aber als Familienvater scheint er auch gescheitert zu sein. Seine Frau ist eine schreckliche Ziege. Ich habe sie mal kurz erlebt.«

»Vielleicht hat sie …«

»Weil sie eine Ziege ist? Nein. Möglich ist theoretisch immer alles. Auch dass du …«

»Pah!«, sagte sie.

»Ossi hat etwas getan, das ich nicht verstehe. Er hat Regine, meiner ehemaligen Freundin, angekündigt, ich würde sie anrufen.«

»Wahrscheinlich hat er sich wieder aufgespielt. Der hat wohl in der Thingstättensache was herausgekriegt, und ich glaube auch, dass er schon zu seiner Studienzeit geahnt hat, wie das gelaufen ist. Schließlich kannte er die Typen alle. Jedenfalls machte er mal wieder auf Mister Wichtig. Vielleicht wollte er den großen Coup landen und sich als derjenige feiern lassen, der einen Mord nach fast dreißig Jahren im Alleingang aufgeklärt hat. Wäre typisch für ihn. Und spräche übrigens gegen die Selbstmordthese.«

»Und Regine?« Er erzählte ihr, wie er all die Jahre ein schlechtes Gewissen hatte, weil er davongelaufen war. Und wie er Regine jüngst erlebt hatte.

»Du hast doch Ossi tausendmal besser gekannt als ich. Regine wird irgendwas erzählt haben, wie seltsam sich eure Beziehung aufgelöst hatte. Und Ossi wird gesagt haben, er richte das schon, würde dir schonend beibringen, dass Regine damals längst einen anderen hatte. Und damit die Dinge ein für alle Mal erledigt würden, würde er dich dazu bringen, sich bei Regine zu melden. Es ging nicht um dein schlechtes Gewissen, es geht sowieso nicht immer nur um dich, verehrter Herr Kollege, sondern darum, dass Regine sich schlecht gefühlt hat. Vielleicht auch nur, wenn sie betrunken war. Und das war sie bestimmt, wenn sie mit Ossi eine Kneipe besucht hat.«

Felix begann zu husten.

Während sie im Kinderzimmer versuchte Felix zu beruhigen, schweiften seine Gedanken nach Italien. Zu dem Loch, in dem Köhler und Zastrow hausten. Einen Augenblick fiel ihn der Gedanke an, sie könnten ihn ausgetrickst haben. Wenn sie wussten, dass er auf ihrer Spur war, hätten sie die Möglichkeit gehabt, ihm Theater vorzuspielen. Aber dann rief er sich ins Gedächtnis, wie Zastrow ausgesehen hatte. Nicht einmal ein Schauspieler hätte das hingekriegt. Zastrow war eine lebende Leiche. Ob ich die

Polizei informieren soll, damit sie den Fall abschließen kann? Nein, erst wenn ich alles weiß, was herauszukriegen ist. Dann vielleicht. Eigentlich ist es mir egal.

Dann hatte er Eleonora vor Augen, wie sie ihm nachwinkte in Volterra im weißen Kleid, das sie vielleicht angezogen hatte, um ihm zu gefallen.

»Du bist ja ganz weit weg«, sagte Anne. Er hatte nicht gemerkt, dass sie zurückgekommen war.

»Ja«, sagte er. Er fühlte sich ertappt. »In Italien. Du hättest Zastrow sehen sollen. Ein Bild des Grauens, das ich so schnell nicht vergessen werde.«

Schweigen.

»Mal sehen, was in den Nachrichten kommt«, sagte sie und schaltete das Fernsehgerät ein. Sie schauten hin, aber Stachelmann hörte kaum zu. Die Bilder rauschten vorbei und verwandelten die Welt in eine Einheitssoße. Der Mann von der einen Partei sagte etwas, und die Frau von der anderen erwiderte etwas, und es war offensichtlich, dass sie nicht meinten, was sie sagten.

In der Nacht lag er lange wach. Sie lag neben ihm und atmete gleichmäßig. Als die Schmerzen sich meldeten, stand er auf, ging ein paar Schritte, fand eine Tablette, schluckte sie und hoffte, sie würde wirken. Irgendwann kroch er wieder unter die Decke, sie lag inzwischen auf der Seite und wandte ihm den Rücken zu. Er versuchte geordnet zu denken, aber in seinem Kopf herrschte Chaos. Wie kann es gewesen sein? Und wenn es so war, wie er fürchtete, warum war es so? Das konnte er sich nicht erklären. Es beruhigte ihn ein wenig, das machte diese Möglichkeit weniger wahrscheinlich.

Am Morgen weckte ihn Felix. Anne hatte ihn ins Bett gesetzt, und er zog Stachelmann an den Haaren. Dann versuchte er, dessen Augen zu öffnen. Stachelmann fuhr hoch, sah Felix und sank zurück aufs Kopfkissen. Dann beschloss er gut gelaunt zu sein und zwickte Felix, was den wiederum zur Höchstform brachte. Anne kam, blieb in der Tür stehen und betrachtete grinsend die Balgerei. »Typisch Männer«, sagte sie.

»Klar. Und ich werde gewinnen«, sagte Stachelmann. Er winkelte den Arm an wie ein Bodybuilder.

»Willkommen im Urwald«, sagte Anne. »Wer von euch übrig bleibt, darf frühstücken.« Sie verschwand.

Stachelmann stieg aus dem Bett, griff Felix und warf ihn auf die Decke. Dann rannte er in die Küche. »Erster«, sagte er und tat so, als würde er schwer atmen.

Felix trottete hinterher, Anne setzte ihn auf seinen Kinderstuhl. Sie warf Stachelmann einen Blick zu, in dem eine Frage lag. Vielleicht die, ob er sich doch daran gewöhnen könnte, mit einem Kind zu leben, mit einem zumal, dessen Vater ein anderer war, obwohl Stachelmann es hätte sein können. Aber sie sagte nichts, ein Lächeln zeigte an, sie hoffte.

Im Dienstzimmer suchte er die Telefonnummer des Instituts für Rechtsmedizin heraus und wählte.

»Wer kann mir Auskunft geben über Gifte?«, fragte er, als eine Frauenstimme sich meldete.

»Das toxologische Labor«, und sie verband ihn, ohne nachzufragen.

»Toxikologie.« Ein Männerstimme, jung, aber abgeklärt.

»Ja, guten Tag, Dr. Stachelmann. Wer kann mir Auskunft geben über ein Insulinspray im Zusammenwirken mit einem Schmerzmittel wie Tramal.«

»Das macht unser Dr. Kahr. Aber der ist gerade beschäftigt. Vielleicht kommen Sie hier vorbei, so gegen 14 Uhr? Da hat er meistens Zeit, wenn nicht was dazwischenkommt.«

Stachelmann blieb keine Wahl, er willigte ein, auch wenn die Ungeduld ihn plagte.

Er zwang sich, seine Arbeit fortzusetzen, obwohl er seine Gedanken immer wieder einfangen musste auf Abwegen. Zäh zog sich die Zeit, mittags aß er wenig, der Magen war unruhig. Dann hielt er es nicht mehr aus. Er speicherte die Datei, machte eine Sicherheitskopie auf Diskette, verstaute diese im Schreibtischschubfach, schloss es ab und verließ das Zimmer. Im Aufzug alberten drei Studenten herum. Sie scherten sich nicht um ihn.

Stachelmann ging zur Rothenbaumchaussee, dann in Richtung Dammtor, bis es ihm gelang, ein Taxi anzuhalten. Er nannte dem Fahrer die Anschrift Butenfeld 34, was ihm einen mitleidigen Blick eintrug.

Autos verstopften die Straßen, sie standen mehr, als dass sie fuhren. Endlich verließen sie den Ring 2 und bogen ab in den Steindamm. Hier war der Verkehr weniger dicht. Am Eingang des Instituts, als er bezahlt hatte und ausgestiegen war, steigerte sich Stachelmanns Unruhe ins Unerträgliche. Und wenn alles so war, wie er glaubte? Es wäre schrecklich.

An der Pforte wies ihm eine freundliche Dame den Weg zum Zimmer von Dr. Kahr. Dann ergriff sie den Telefonhörer und rief an. Stachelmann klopfte an die Tür, und als niemand sich meldete, drückte er die Klinke. Ein kleiner, dürrer Mann mit lichten blonden Haaren in einem weißen Kittel blickte von einer Akte auf.

»Der Kollege Stachelmann«, sagte er.

»Dr. ja, Kollege nein. Jedenfalls nicht direkt, ich bin Historiker.«

»Auch eine ehrwürdige Zunft. Hätte nie gedacht, dass ein Vertreter dieses Fachs den Weg in unser armseliges Institut findet.«

»Den Wettbewerb in Armseligkeit haben sie längst nicht gewonnen.«

Kahr grinste. »Sie interessieren sich für dieses Insulinspray, das gerade getestet wird? Die Hersteller machen einen Hype daraus wie dereinst bei dem unsäglichen Vioxx. Erinnern Sie sich?«

Natürlich erinnerte er sich, da sein Arzt ihm dieses vermeintlich revolutionäre Präparat verschrieben hatte. Er nickte.

»Und bevor es in den Handel kommt, wird es schon missbraucht.«

»Ich bin ein Freund von Oskar Winter.«

»So. Ein bedauerlicher Fall. Aber kennen Sie einen Todesfall, der nicht bedauerlich wäre?«

Fast hätte Stachelmann genickt.

»Ich habe hier nur eine Schwierigkeit, ich darf Ihnen eigentlich gar keine Auskunft geben. Wenn Sie Kollege wären und einen triftigen Grund hätten …«

»Und wenn ich Polizist wäre und einen triftigen Grund hätte?«

»Noch besser.«

»Darf ich mal telefonieren?«

Kahr zeigte auf das Telefon auf seinem Schreibtisch.

»Oder besser, Sie rufen selbst an, sonst glauben Sie es vielleicht nicht. Wählen Sie die Mordkommission im Polizeipräsidium, dort die Oberkommissarin Hebel.«

»Die kenne ich«, sagte der Arzt. Die Nummer des Präsidiums hatte er im Kopf, als die Verbindung hergestellt war, fragte er nach Carmen. Er wartete, dann sagte er: »Hier sitzt ein Dr. Stachelmann und will Auskunft über den Tod Ihres Kollegen Winter … So, ist in Ordnung, Sie haben keinen Einwand? … Gut, wir wollen nicht bürokratischer sein als der Innensenator … Ja, danke, tschüs. Die Kripo hat also nichts einzuwenden, dann fragen Sie mal.«

»Woher kann Winter gewusst haben, dass es dieses Spray gibt?«

»Ganz einfach. Von mir.«

»Und wem haben Sie das noch verraten?«

Kahr zog eine Augenbraue hoch. »Allen, die es wissen

wollten. Spätestens seit Winters Tod weiß in der Kripo jeder davon.«

»Und davor?«

»Ein paar, die hier gewesen sind und sich für so was interessieren.«

»Hat dieses Spray in Ihren Gesprächen mit Kriminalbeamten eine große Rolle gespielt?«

»Als wir erfuhren, dass das Präparat vor der Zulassung steht, haben wir zuerst in unseren Kreisen darüber diskutiert. Ist ja eine tolle Sache, dass einige Diabetiker nicht mehr spritzen müssen, sondern ihr Insulin inhalieren können. Wie Nasenspray. Das macht denen das Leben viel leichter. Aber dann …« Er fuhr sich mit der Hand durch die Haare. »Dann wurde uns klar, dass dieses Zeug auch eine Waffe sein kann. Überdosis oder auch in Kombination mit einem starken Schmerzpräparat. Dann kann es passieren, dass wir gar nicht nach dem Insulin suchen.«

»Tramal zum Beispiel allein ist tödlich?«

»Eine Frage der Dosis. Auf jeden Fall kann es eine Insulinüberdosis kaschieren. Wenn Sie also sichergehen wollen, ermorden Sie Ihr Opfer doppelt.«

»Und Sie finden eventuell nur das Tramal.«

»Ja, wir haben viel zu tun, Personalmangel, und eine Todesursache reicht.«

»Seit wann ist bekannt, dass das Insulinspray so gefährlich ist?«

»Bekannt ist das falsche Wort. Die heutigen Insulinspritzen sind nicht weniger gefährlich. Aber die Anwendung eines Sprays ist leichter, als Medikament und als Waffe. Dass es dieses Spray bald gibt, davon wissen ein paar Mediziner und wenige Polizisten, die es von den Medizinern erfahren haben. Stand aber auch schon in der Zeitung, auf der Wissenschaftsseite. Und morden lässt sich damit prima. Sie träufeln Oma Tramal in den Tee, und wenn sie belämmert ist, sprayen Sie ihr Insulin in die Nase. Da reden Leute davon, es könne keine unaufgeklärten Morde mehr geben, weil der Kriminaltechnik schon Haarspitzen zur DNS-Bestimmung ausreichen. So ein Quatsch. Mein Rat also: Wenn Sie morden wollen, dann müssen Sie keinen Laboranzug anziehen, machen Sie es mit Medikamenten aus der Apotheke. Da können wir hier schnippeln, was das Zeug hält.«

Stachelmann hatte immer wieder genickt, um dem Mann zu zeigen, wie sehr ihn diese Dinge interessierten. »Ich werde Ihren Rat beherzigen, wenn ich mal die Lust verspüre …«

»Sie habe ich jetzt auf dem Kieker, Sie sind der Einzige, der besser nicht mordete.« Kahr lachte.

Stachelmann lachte mit. »Mich interessiert aber auch, welcher Kriminalbeamte vor Winters Tod davon wusste.«

Kahr zog wieder die Augenbraue hoch. »Na, wie gesagt, alle, die hier auftauchen. Also Mordkommission. Ich, meine Kollegen, wir haben denen natürlich erzählt, dass sie bald ihre Dienstmütze an den Nagel hängen können. Oder den Verkehr regeln, Schulschwänzer einfangen, Junkies jagen können. Die Begeisterung können Sie sich vorstellen.«

»Gehörte Winter zu denen, die es wussten?«

»Ja, natürlich.«

»Frau Hebel.«

Wieder die Augenbraue. »Und Taut, Kurz und Kamm und einige andere.«

»Und der rote Fleck an Winters Stirn?«

Kahr zögerte, dann: »Dafür gibt es verschiedene Erklärungen.«

»Könnte er auch der Abdruck eines Pistolenlaufs sein?«

»Er könnte auch der Abdruck eines Besenstils sein. Der Fleck hat uns nicht weitergeholfen. Es gibt fast unzählige Möglichkeiten, sich irgendwo einen Druckfleck auf der Haut zu holen.«

»Aber es geht um Mord.«

»Nein, Herr Dr. Stachelmann. Unsere Ergebnisse weisen nicht auf einen Mord hin.«

»Vorhin sagten sie, die Kombination aus dem Spray und einem Schmerzmittel erlaube so etwas wie den perfekten Mord.«

»Da habe ich natürlich übertrieben. Es gibt viele Mittel, mit denen Sie einen Menschen umbringen und es nachher wie Suizid aussehen lassen können.«

»Aber nicht in der Apotheke.«

»Gewiss, aber noch gibt es das Zeug nicht in der Apotheke. Ich habe von der Zukunft gesprochen. Für den Tod von Herrn Winter trifft das nicht zu. An das Spray kommt man zurzeit noch so schwer heran wie an Gift.« Er musterte Stachelmann. »Ich fürchte, Sie haben da, nehmen Sie es mir nicht übel, eine fixe Idee, eine vorgefasste Meinung. Es war kein Mord. Nichts spricht dafür.«

»Nichts spricht dagegen«, sagte Stachelmann.

»Sie sind doch selbst Wissenschaftler.« In Kahrs Stimme schwang Verzweiflung mit.

»Viele Wissenschaftler, die meisten, fürchte ich, gestehen ungern ein, dass sie sich geirrt haben.«

Kahr schaute auf die Uhr.

»Herr Dr. Kahr, auch ich bin nicht unfehlbar.«

»Gewiss.«

»Eine andere Frage: Könnte ich mir dieses Spray hier im Institut besorgen?«

Ein langer Blick, Stachelmann las Misstrauen darin. Gegen wen? »Wir haben in der Tat dieses Präparat im Labor. Den Grund können Sie sich leicht ausmalen.«

»Seit wann?«

»Genau weiß ich es nicht, da müsste ich nachschlagen. Aber ich schätze, seit dem Frühjahr. Vielleicht April, Mai.«

»Und wenn Sie einmal eine Bestandskontrolle machen?«

Die Augenbraue wanderte nach oben.

»Sie meinen, das Spray, mit dem Winter sich getötet hat, stammt aus unserem Labor?«

»Könnte doch sein.« Er verkniff sich die Frage, warum Kahr nicht selbst darauf gekommen war. Woher sollte Ossi oder sein Mörder das Zeug haben, wenn nicht von hier?

Kahr griff nach dem Telefonhörer. »Wie viel Insulinspray haben wir bekommen? ... Überprüfen Sie mal, wie viel wir haben. ... Wenn was fehlt, prüfen Sie, wo es geblieben oder wofür es verbraucht worden ist. ... Steht alles in der Kladde. ... Wenn nicht, ist es eine Schlamperei, die Folgen hat.«

Stachelmann verfolgte, wie Kahrs Gesicht sich verfärbte.

Kahr legte auf, schaute einmal zur Decke, dann auf die Schreibtischplatte. Das Telefon klingelte.

»Zwei? ... Meinen Sie das ernst?« Er hörte eine Weile zu, sagte nichts und knallte den Hörer aufs Telefon. Dann, mit leiser Stimme: »Es fehlen zwei Sprayflaschen.«

»Seit wann?«

Er zuckte die Achseln. »Schon eine ganze Weile. Wir werden versuchen, es herauszufinden. Ich fürchte, Herr Winter hat wenigstens eine davon mitgenommen, wahrscheinlich alle beide. Nach dem Motto: Sicher ist sicher.«

Stachelmann verabschiedete sich und dankte Kahr. Der schaute finster. Da arbeitete etwas in dem Arzt.

Stachelmann leistete sich wieder ein Taxi. Als das vor dem Haus hielt, in dem Carmen wohnte, zögerte Stachelmann auszusteigen, dann sagte er: »Ich habe es mir anders überlegt. Fahren Sie mich nach Bergstedt.« Er nannte die Adresse von Ossis Exfrau. Der Taxifahrer drehte sich zu Stachelmann um mit gerunzelter Stirn, dann wandte er sich wieder ab und sagte: »Sie sind der Fahrgast.«

Auf dem Weg überlegte Stachelmann, was er sie fragen könnte. Dann wusste er es. Und er wusste auch, was er danach zu tun hatte. Nun hatte er es eilig.

18

Carmen nahm ihn in die Arme, als er ihre Wohnung betrat. »Besser spät als gar nicht«, sagte sie.

»Ich muss mit dir reden«, sagte Stachelmann und löste sich aus der Umarmung.

»Ich weiß.«

»Wir können das nicht weitermachen.«

Sie lächelte. »Ich ahne, was du meinst. Anne?«

Er nickte, sagte aber: »Es geht weniger um sie als um mich. Ich gehöre zu Anne.«

»Klingt ein bisschen altmodisch. Passt aber zu dir.«

»Bist du mir böse?«

»Nein. Ich wusste es von Anfang an. Und ich habe dich ja auch benutzt.«

Er schaute sie fragend an.

»Ich war so allein nach Ossis Tod. Und verletzt, weil er sich umgebracht hat, ohne etwas anzudeuten. Immer dieses Gefühl, ich sei schuld daran. Ich hätte es merken, etwas tun müssen. Das zermürbt einen. Da hast du mich aufgefangen, auch wenn du es vielleicht so nicht wahrgenommen hast. Wenn du jetzt gehst, werde ich damit klarkommen. Ich glaube, ich bin fast durch damit. Rückfälle wird es bestimmt geben, aber ich fühle mich stark genug.«

Sie standen sich in der Diele nah gegenüber. Er streichelte ihr übers Haar. Er mochte sie immer noch, obwohl es niemand verstehen würde. Aber Ines mochte er ja auch noch.

Er wartete ab, wie sie es versuchen würde.

»Du siehst, ich mache kein Theater. Geh du, wohin du gehörst. Aber wir müssen noch einmal in Ossis Wohnung.

Dort hat es angefangen, dort soll es aufhören. Du findest das vielleicht kitschig, aber selbst wenn, den Gefallen tu mir bitte. Dann geh.«

So also.

Schweigend fuhren sie in ihrem Auto zu Ossis Wohnung. Stachelmann kämpfte im Kopf gegen die Einsicht, er sei verrückt geworden, sich auf diese Sache einzulassen. Aber sonst kannst du es nicht beweisen. Aber was für einen Nutzen hat ein Beweis, den du mit ins Grab nimmst? Das wird sie nicht wagen? Sie muss. Sie hat keine Wahl. Er hoffte, sie würde seine Anspannung nicht merken.

»Da sind wir«, sagte sie. Ihre Stimme klang dünn und zittrig.

Sie stiegen die Treppe hoch, und sie öffnete mit dem Schlüssel Ossis Wohnung. Stachelmann ging als Erster hinein und schaute aus dem Fenster. Draußen war ein Sommertag, er spürte noch den warmen Westwind und roch das Meer. Natürlich war es Einbildung. Dann setzte er sich an Ossis Schreibtisch, dorthin, wo der gestorben war, wo die Akten gelegen hatten, die Stachelmann in die Irre geführt hatten.

»Hast du die Akten auf den Schreibtisch gelegt?«

»Nein, wie kommst du darauf?«

»War nur eine Frage.«

Es überraschte ihn nicht, als sie plötzlich eine Pistole in der Hand hatte.

»Aber doch nicht die Dienstwaffe«, sagte er.

Sie schüttelte den Kopf. »Warum konntest du nicht aufhören mit der Wühlerei?«

»So bin ich nun mal.«

»Seit wann weißt du es?«

»Lässt sich schwer datieren. Und seit wann weißt du, dass ich es weiß?«

»Seit dem Anruf aus der Rechtsmedizin. Es gibt sonst keine Erklärung dafür.«

»Dann hattest du nicht viel Zeit, etwas vorzubereiten.«

»Genug, denk daran, ich bin vom Fach.«

»Und ich habe bei meinem Anwalt ein Schreiben hinterlegt, in dem steht, dass Carmen Hebel meine Mörderin ist, falls ich ums Leben komme.«

»Das hast du nicht.«

»Für wie blöd hältst du mich? Erinnerst du dich nicht an den letzten Coup, im Wald, mit dem Strick um den Hals?«

Sie wurde blass. Er sah, wie sie nachdachte. Aber dann las er Entschlossenheit in ihrem Gesicht. »Ich habe keine Wahl, Josef. Selbst wenn du diesen Brief hinterlassen hast, wie könnte ich dich laufen lassen.« Schmerz verzerrte ihr Gesicht. »Warum musstest du nur herumschnüffeln? Es ändert doch nichts mehr. Ossi ist tot. Und ich bin diejenige, die es am meisten bedauert. Hätte dieser Idiot …« Sie hielt ein. Eine Träne quoll aus dem Auge. »Ich bin keine Mörderin. Ich musste mich schützen.«

»Ich weiß«, sagte Stachelmann. »Er wollte zurück zu seiner Frau, vor allem zu den Kindern. Deshalb hat er ihr dreimal zehntausend Euro gezahlt, als er was erbte. Er hat sich gewissermaßen eingekauft. Die Frau war pleite, wie günstig. Du hast das als Zurücksetzung empfunden. Als Beleidigung. Dass er diese Schreckschraube quasi dafür bezahlen wollte, wieder mit ihm zusammen zu sein, wo er doch mit dir zusammenlebte.«

»Er kriegte manchmal solche Anwandlungen«, sagte sie. »Da fehlten ihm seine Kinder. Und die Alte hat jedes Mal Stress gemacht, wenn er sie sehen wollte, obwohl es ihm doch zustand. Sie hat die Kinder aufgehetzt. Sie hat dem Jugendamt gesteckt, Ossi sei Säufer. Und dann kommt der Idiot auf die Idee, er müsse zurück zu dieser Frau und den Kindern. Das ist doch nicht normal.«

»Nein«, sagte Stachelmann. »Aber noch verrückter ist es, einen deswegen zu ermorden.«

»Mord?« Sie schüttelte den Kopf, schnäuzte sich und sagte: »Ich habe ihm nur geholfen.«

»Was hast du?«

»Dieser Wunsch zurückzugehen, das wäre sein Ende gewesen.«

»Du warst sein Ende.«

Sie hörte nicht zu. »Da saß er auf dem Stuhl.« Sie zeigte auf den Stuhl, auf dem Stachelmann saß. »Da saß er, den Kopf in die Hände gelegt, die Ellbogen auf der Platte. Er hat geheult. Er war fertig. Aber er hatte sich entschieden. Gegen mich, für die Alte.« Sie schaute Stachelmann an. Ihr Gesicht war tränennass. »Verstehst du mich nicht?«

»Nein«, sagte er kalt. »Mörder habe ich noch nie verstanden. Und schon gar nicht egomanische Mörder, selbstverliebte Irre, die andere umbringen, weil die nicht so wollen, wie sie sollen. Aber es passt in unsere Zeit, Narzissmus ist angesagt, und du bist eine der Schlimmsten.«

»Warum hast du mich nicht angezeigt?«

»Ganz einfach, mir fehlte der letzte Beweis. Der restlos schlüssige Beweis. Ich habe mich in dieser Sache so furchtbar verlaufen, dass ich mir selbst nicht mehr getraut habe. Sicher war ich mir aber erst nach dem Besuch in der Rechtsmedizin. Also, wer hat diese Heidelbergakte auf den Tisch gelegt? Warst du das?«

Sie nickte.

»Respekt. Das war genial. Das hat mich daran gehindert, die einfache Frage zu stellen, wer an dieses Spray herankommt, um den Täterkreis von vornherein einzugrenzen. Obwohl, da war ja nachher auch ein Arzt im Spiel. Dennoch, die Akte hat mich auf einen Irrsinnstrip geschickt. Hätte ich diese Typen in Italien nicht gefunden, ich würde heute noch glauben, sie wären es gewesen.«

»Das war nicht meine Absicht«, sagte sie. »Ich wollte den Kollegen nur ein Motiv nahe legen. Dass Ossi sich als gescheiterte Existenz empfand. Was übrigens gar nicht stimmte. Diese Akte war keine genaue Spur, sondern verwaschen, irreführend eben. Wer die Gegenwart nicht erträgt, verkriecht sich in der Vergangenheit …«

»Und bringt sich um, weil es die nicht mehr gibt.«

»So oder so ähnlich. Oder ganz anders, ist doch egal. Dich hat die Akte jedenfalls auf eine lange Reise geschickt.«

Er lachte trocken und hörte sofort auf, als das Misstrauen in ihr Gesicht zog. »Zieh dich aus«, sagte sie.

»Du spinnst.«

»Keineswegs. Los!« Sie winkte mit dem Pistolenlauf.

Er zog sich aus bis auf die Unterhose. Sie betrachtete ihn kurz, dann sagte sie: »Kannst dich wieder anziehen.«

Er zog sich wieder an. »Gehst auf Nummer sicher«, sagte er.

»Ich versuche dich nicht zu unterschätzen. Warum bist du zu mir gekommen, wo du doch wusstest, dass ich Ossi …«

»Ich konnte es nicht glauben. Und wenn, ich habe erwartet, dass du gestehst, dass du dich stellst. Dass du Anstand hast.«

»Wenn der bedeutet, zwanzig Jahre im Bau zu sitzen, nein danke! Da bin ich lieber ein bisschen unanständig.«

»Was nun?«

»Stimmt, wir haben es lang genug hinausgezögert.« Sie holte ein Fläschchen aus ihrer Handtasche und eine kleine Schachtel. Die öffnete sie, darin lag ein braunglasiges Fläschchen.

»Ach so«, sagte er. »Sehr originell.«

»Der Herr Stachelmann ist in Ossis Wohnung eingedrungen, da hat ihn der Schmerz überwältigt. Schlimm, dass er gerade in einer Lebenskrise steckte, auch weil er seine Habilschrift nicht fertig kriegte.«

»Diesen Quatsch glaubt dir doch kein Mensch. Und der Dr. Kahr wird sich erinnern, dass ich bei ihm war.«

»Na und, ein Grund mehr, eine Depression zu kriegen.«

»Und wo habe ich dieses Spray und die Tramaltropfen her?«

»Da hat die Spurensicherung versagt. Bei Suizid sind die manchmal nicht so gründlich. Natürlich stand das Zeug nicht im Badezimmer herum zwischen Rasierwasser und Zahnpasta. Du hast gekramt, wie das so deine Art ist. Und in der Küche, da werde ich eine Dose präparieren, die haben die lieben Kollegen leider übersehen. Aber du nicht. Bist ja bekannt als Schnüffler. Dann hattest du das Zeug in der Hand. Ein leichter, schneller Tod. Dort, wo dein Freund sich das Leben genommen hat. Neigt ihr Historiker denn nicht zum Pathos?«

»Eigentlich nicht«, sagte Stachelmann. »Und wenn ich das Zeug nicht schlucke?«

»Dann erschieße ich dich.«

»Hast du das mit Ossi genauso gemacht?«

»Ja und nein, dem konnte ich noch erzählen, die Tropfen und das Spray, das wäre ein Trip, wenn man sie richtig dosiert, dann wäre der Sex der Wahnsinn. Er hat es eher als Spiel genommen, trotz oder wegen der Pistole. Er stand auf solche Spielchen. Ein bisschen Gewalt, Handschellen, du weißt, was ich meine. Ich habe ihm den Lauf an den Kopf gedrückt, er hat gelacht, dann hat er die Tropfen geschluckt, und ich habe ihm in die Nase gesprayt. So einem Typen musst du nur was von Sex erzählen, und er wird handzahm. Hätte das nicht funktioniert, dann hätte ich ihn mit seiner Dienstwaffe erschossen. Suizid eines Bullen. Soll vorkommen.«

»Du willst doch jetzt nicht behaupten, er hätte sich freiwillig töten lassen.«

»Doch, so war es. Wenn man es genau betrachtet. Aber vor Gericht käme ich damit nicht durch.«

»Dann musst du mich also aus Notwehr umbringen.«

Sie ließ den Gedanken wirken. »Keine schlechte Interpretation.«

»Bringen wir es hinter uns«, sagte Stachelmann.

Sie staunte ihn an, dann zuckte sie die Achseln und stellte sich hinter ihn. Sie drückte ihm den Pistolenlauf an die Schläfe, gab ihm die Tropfen und sagte: »Mach die Flasche leer!« Er trank die Flasche leer. »Jetzt lassen wir sie ein bisschen wirken.«

Sie strich ihm über die Haare. »Warst kein schlechter Kerl. Aber Ossi war besser. Sex mit Ossi war schon was Besonderes.«

Er fragte sich, wie es geschehen konnte, dass eine Irre Polizistin wurde.

»Willst nicht mehr mit mir reden?«

»Nein. Ich gewöhne mich an den Tod.«

»Das hört sich an, als hättest du eine Teufelei im Sinn.«

»Die Einzige, die hier für Teufeleien infrage kommt, steht hinter mir.«

Sie lachte.

Dann schwiegen sie. Carmen schaute ab und zu auf die Uhr. Er spürte ihren Schweiß. Die linke Hand lag an seiner Kehle. »Nur als Tipp, die Tropfen helfen dir, schmerzlos zu sterben. Ich werde dir gleich eine so hohe Dosis Insulin verpassen, dass die allein reichen würde. Allerdings ist dieser Tod schmerzhaft und kann dauern. Ich habe mit dem Doktor über den Insulinschock gesprochen und weiß Bescheid.«

Stachelmann spürte ihre Verunsicherung. Er wehrte sich nicht, das irritierte sie. Aber wie soll man sich wehren mit einer Pistole am Kopf?

Dann löste sie ihre Hand von seiner Kehle. Sie kramte hinter seinem Rücken, die Hand kehrte zurück in sein Gesichtsfeld, darin eine Sprayflasche. Sie hielt die Flasche vor seine Nase und drückte. Ein feuchter Nebel benetzte sein Gesicht. Sie sprayte immer weiter. Sein Körper wurde schwer, sie nahm die Pistole weg, er sackte auf den Boden, der Kopf schlug auf.

»Tschüs, Josef«, sagte sie. »Ist schade um dich.« Dann ging sie in den Flur, öffnete die Wohnungstür und verschwand.

***

Als sie im Präsidium eintraf, zitterte sie am ganzen Körper. Reiß dich zusammen, reiß dich zusammen. Sie sah die verwunderten Blicke der Kollegen, denen sie begegnete. Als sie ihr Dienstzimmer betrat, glaubte sie, ihre Nerven einigermaßen im Griff zu haben. Kaum saß sie am Schreibtisch, kam Taut herein und sagte: »Einsatz! Im Lohkoppelweg 7 in Lokstedt wurde eine Leiche gefunden. Oder auch nicht. Anonymer Anruf.«

Kurz sagte: »Das gibt's doch nicht, das ist Ossis Adresse!«

Das Zittern kam wieder.

Taut schaute sie neugierig an. »Was ist los?«

»Ein Infekt oder so was«, sagte sie.

»Lass dich krankschreiben.«

»Nein, ich muss mit. Ossis Wohnung. Du verstehst, ich *muss* mit!«

»Ist ja gut, ich bin auch dabei.«

Zusammen mit Kurz fuhren sie zu Ossis Wohnung. Unterwegs marterte Carmen ihr Hirn. Wer hatte angerufen? Wer konnte in Ossis Wohnung hinein? Und warum anonym? Beruhige dich, Stachelmann ist tot, der kann dich nicht verraten. Niemand sonst war in der Wohnung, niemand sonst hat zugehört. Du bist aus dem Schneider, keiner kann dir was.

Die Tür war verschlossen, so wie Carmen sie zurückgelassen hatte.

»Du hast noch einen Schlüssel?«, fragte Taut.

Carmen nickte. Hoffentlich sieht er nicht, wie meine Hand zittert. Sie holte den Schlüsselbund aus der Hosentasche und gab ihn Taut.

Der guckte sie verwundert an. »Welcher?«

»Der … der mit dem gelben Überzug.«

Taut schloss auf. Er betrat als Erster die Diele und ging zum Wohnzimmer. Er öffnete die Tür, dann rief er: »Verdammte Scheiße, das ist dieser Stachelmann.«

Kurz und Carmen drängten sich ins Wohnzimmer. Neben dem Schreibtischstuhl lag Stachelmann, verkrampft.

»Nicht anfassen!«, donnerte Taut, dabei hatten die beiden anderen regungslos gestanden. »Noch einer«, sagte Taut. »Am selben Ort, es würde mich nicht wundern, wenn nicht auch auf die gleiche Weise.«

»O Gott!«, sagte Carmen.

»Der hilft hier auch nicht mehr«, sagte Taut. »Kurz, ruf den Notarzt.« Er kniete sich nieder und fasste mit dem Finger an Stachelmanns Hals. »Mausetot«, sagte Taut. Carmen spürte die Erleichterung.

Da drehte Stachelmann den Kopf und schaute groß aus seinen Augen.

Carmen schrie auf. Taut fuhr zurück, Kurz rülpste vor Schreck.

»Guten Tag!«, sagte Stachelmann.

»Nein!«, rief Carmen.

»Herr Taut, nehmen Sie Ihrer Kollegin die Handtasche weg, schnell.«

Carmen zog die Tasche an ihren Körper.

»Seit wann trägst du eine Handtasche?«, rutschte es Kurz heraus.

»Seit sie Insulinspray transportieren muss, um Leute umzubringen«, sagte Stachelmann.

Sie drückte mit beiden Armen die Tasche noch fester an ihren Körper. »Du Lügner!«, schrie sie. »Du bist ein gottverdammtes Schwein!«

»Dass eine Dame so flucht«, sagte Stachelmann ruhig.

Taut hatte sich im Griff. »Gib mir die Tasche!«

»Nein!«, sagte sie. »Das darfst du nicht!«

Taut gab Kurz einen Wink. Der trat hinter Carmen, packte sie an den Oberarmen und zog sie auseinander, während Taut an der Tasche zog. Mit einem Ruck riss er sie endlich an sich. Er griff hinein, dann hatte er das Spray in der Hand. Und dann die Tramalflasche.

»Ist nur Wasser drin«, sagte Stachelmann. »Das Insulin und das Tramal finden Sie in der Wohnung der Dame. Ich habe mir vorhin erlaubt, die Inhalte auszutauschen. Sonst hätte sie mich wirklich ermordet.«

Sie hechelte. Öffnete den Mund, um zu schreien, aber sie bekam kein Wort heraus.

»Ich habe auch mit Ossis Frau gesprochen. Sie ist doch ganz nett, ein bisschen konsumfixiert. Aber ich kann Ossi schon verstehen.«

Carmen stierte ihn an wie eine Irre.

Kurz legte Carmen Handschellen an. Sie war nun wie betäubt.

Taut schüttelte den Kopf. »Sie haben was gut bei mir, Herr Stachelmann. Danke, dass Sie uns gleich angerufen haben. Ohne Ihre Vorführung hätten wir die Kollegin vielleicht nie gestellt.«

Stachelmann ging hinaus auf die Straße. Der Wind roch nach Salz. Langsam näherte er sich einer Kreuzung. Er bog rechts ab, lief eine Weile, dann drehte er sich um und schaute, ob ihm jemand folgte.

Mein Dank gilt

Gisela Gandras, Bad Schwartau, und *Dr. Herbert Brehmer*, Berlin, fürs kritische Gegenlesen;

Prof. Dr. Axel Schildt, Direktor der Forschungsstelle für Zeitgeschichte in Hamburg und Professor für Neuere Geschichte an der dortigen Universität, der mir einige Stunden seiner Zeit opferte, um mich in die Voraussetzungen und Verästelungen akademischer Laufbahnen einzuführen;

Nicolaj Ennulat, Bad Schwartau, der mit medizinischem Sachverstand die Kriminalliteratur um einen ganz besonderen Mord bereichert hat;

Dr. Hilke Andresen vom Institut für Rechtsmedizin am Universitätsklinikum Eppendorf in Hamburg für die Aufklärung eines toxikologischen Rätsels;

Dr. Werner Moritz, Leiter des Universitätsarchivs Heidelberg, für die in jeder Hinsicht sachkundige und großzügige Unterstützung vor, während und nach meinem Aufenthalt in seinem Archiv;

Silvi Urlique, Mitarbeiterin im Universitätsarchiv Heidelberg, für das Stöbern in noch nicht erschlossenen Quellenbeständen und das stets geduldige Bewegen einiger Aktenstapel in die jeweils gewünschte Richtung;

Katja Nagel, Heidelberg, für wichtige Hinweise auf Fakten und Quellenbestände, die sie bei ihrer zweifellos äußerst erfolgreichen Promotion über die Heidelberger Studentenbewegung nutzt;

Susanne Schulz, Neustrelitz, für das Aufspüren der Bärenfährte und weitere Kritik;

Elfriede Müller, Berlin, für die Aufdeckung verheerender politischer und historischer Fehler (mit der Bitte um

Verständnis, dass der Autor sich in einigen Punkten nicht überzeugen ließ);

Lutz Dursthoff, Köln, für sein wie immer großartiges Lektorat.

***

Natürlich habe ich alles erfunden. Nichts in diesem Buch ist wahr. Gar nichts. Verbliebene Fehler gehen auf meine Kappe.

Pressestimmen zu »Mann ohne Makel. Stachelmanns erster Fall.«

»Ein packender Krimi, der zeigt, dass deutsche Autoren mit deutschen Themen bestens gegen internationale Konkurrenz bestehen können.« *Focus*

»Ein erstklassiger Roman.« *Brigitte*

»Ein höchst intelligenter, spannender und lesenswerter Krimi.« *WDR 4 Radio*

»Man wünscht sich noch mehr Fälle für Josef Maria Stachelmann.« *Die Welt*

»Wallander hinterlässt eine schmerzende Lücke bei Krimilesern. Vielleicht aber gibt es Trost. Der kommt aus Hamburg, heißt Josef Maria Stachelmann und ist Historiker.« *NDR Fernsehen*

»Deutschlands Antwort auf Henning Mankell.« *playboy*

»Hohes Suchtpotential« *Saarbrücker Zeitung*

Paperbacks bei Kiepenheuer & Witsch KiWi PAPERBACK www.kiwi-koeln.de